在阅读中展开，人生的可能

CONTENT
肯特文化

檀上兮

慕时因 著

长江出版社

图书在版编目（CIP）数据

檀上弓 / 慕时因著；
— 武汉：长江出版社，2018.9
ISBN 978-7-5492-5439-2
Ⅰ. ①檀… Ⅱ. ①慕… Ⅲ. ① 长篇小说-中国-当代 Ⅳ. ①I247.5
中国版本图书馆CIP数据核字(2017)第266920号

檀上弓 / 慕时因 著

出　　版	长江出版社 （武汉市解放大道1863号 邮政编码：430010）
选题策划	盛世肯特
出版统筹	柯利明　林苑中
特约监制	李　昂
市场发行	长江出版社发行部
网　　址	http://www.cjpress.com.cn
责任编辑	钟一丹
特约编辑	欧密麦
营销推广	刘　源
装帧设计	吴　倩
责任印制	法成海
印　　刷	三河市华东印刷有限公司
版　　次	2018年9月第1版
印　　次	2021年5月第2次印刷
开　　本	787mm×1092mm　1/16
印　　张	19.5
字　　数	350千字
书　　号	ISBN　978-7-5492-5439-2
定　　价	49.80元

电话：027-82926557（总编室）027-82926806（市场营销部）

目录

楔子

夜。

封灵海面，雾浓如米汤。

隐约中，一弯月从海平线上升了起来。没有人知道那光是如何透过雾气的，总之伴随着潮水的翻涌声，盘桓在海面的风骤然紧了。

被风刃切开的水天尽头，一道光华的银练直铺上了辽阔的海面，一位白衣白裙的女子遥遥立在了上头。海风急啸，将她鸦羽般的发高高绾起在身后，月色清寒，只勾勒出她在天水间的一个影。

这是怎样的一个影？就仿佛所有的修辞都只为衬托这一个影。

这应该就是神界那位说不得的女上神。

装饰富丽的蜃楼中，以整块紫云母为基座雕铸的水镜前，美人榻上的男子对着里头的人影微勾了勾唇。他身着一袭艳丽的红锦袍，领口微敞，修长的手指闲闲地把玩着披散的墨发，越发衬得食指上那一枚色泽如碧玺的环戒通透欲滴。

绕过牡丹屏风，一位清秀的少年手端茶水，暗自打量了榻上男子一眼道："老板今天似乎很高兴？"

"看起来，千机很想知道原因。"男子嗤笑一声，一双桃花眼轻瞥了过来。

这男子的肤色生得极白皙，慵懒的墨发下五官精致如琢，尤其一双微挑的桃花眼，似秋水横波，怎奈何是生在一名男人身上，只可用"妖孽"形容。

"不过可惜啊，"男子轻笑一声，旋即以双臂作枕，闲闲靠向了身后的紫檀木贵妃榻，"关于这名女上神的故事，三天三夜也说不完。"

话音毕，名唤千机的少年愈发好奇了，他是这蜃楼里唯一的仆从，也是唯一能和男子讲得上话的人。他抓抓脑袋，一双黑豆般的小眼睛机灵地转了转，总算期期艾艾道："老板的意思，难道她就是？"

“杜君恒。”

听到这个名字，千机一惊：“杜君恒！”

仿佛是为回应这叠起的声音般，同一瞬，水镜里的光华也暴涨开，不多时，一位白裙飘飞、腰间别着根通透碧玉箫的女仙出现在了蜃楼的入口处。

蜃楼，又称海市蜃楼，传说中是由蛟蜃吐气而成的海上楼阁，谁知今夜竟会出现在这片早已被人遗忘了千年的海面上。封灵海，三千年前神魔一役留下的最后一片古战场，每当潮汐变化最剧烈时它都会洞开海天石门，为的便是迎接蜃楼尊贵的访客。

今夜的访客正是神界现任罗浮宫的宫主，三神之中仅有的一位女神，君恒上神。一位素来不招神界女仙待见，又素来被神界诸男仙明里暗里惦记的杜君恒。

然而——

“没想到，传说中的蜃楼之主竟会是这样一位标致的美人。”这是杜君恒见到他时说的第一句话。

这一瞬间，他隐隐察觉到了有什么地方不对劲。

“本座此行的目的，是为了……”略一顿，白衣女仙平静无波的黑眸看定他，“天机卷。”

那神情里并无半分倨傲的意思，语气也是从容淡然的，可即使这样，话里的不留余地却是显而易见。思及此，他掩在长睫下的双眸还是忍不住又看了她一眼：

白裙，碧箫，额心一点红朱砂。

真是素净又嚣艳的一张脸啊，连他也忍不住想。

女上神面容沉静，一缕淡笑飘上端凝的眉宇。

与此同时，一股淡淡的白檀香弥散了开来，那种感觉，就像是忽然置身于佛龛林立的古道间，万丈云袅之上，大道梵音之中，一张月形弓从天光中渐显了出来：

那是一把由远古白檀神木所打造的弯弓，经年的岁月下，弓臂的包浆沁出一种温润厚重的光，弓弦则是一线极细、极亮的红，仿佛是一粒血珠划过形成的轨迹。

但这并不是一把如外表般祥和的武器，而是魔族这三千年来压在心头最大的噩梦！

“老板，这是檀、檀上弓！”千机失声叫道。

他颔首，收敛目光，并非因他不认得此物，而是他的确没想到她居然会开出这样一个他绝无可能拒绝的价码。

“以神族圣器檀上弓换天机卷上的消息，看来神尊对我这蜃楼的规矩倒是打听得清楚，”男子嗤笑，目光刻意未在那神弓上停留，反是直视杜君恒的一双隽秀黑眸，“在下风黎，正是这蜃楼的主人，不知神尊想用天机卷找寻这天下间的何物？”

是的，天机卷并非如秘辛里流传的那样，仅仅是一部记载着上古遗珍的神秘卷轴，而是拥有它，便可搜寻天下间所有未被秘法封印的至宝。

静候答案的同时，风黎但见杜君恒的嘴角微微翘起，目光一寸一寸深入他的眼眸，让人移不开，也不愿移开。

下一刻，那个笃定的嗓音犹如从封灵海面的惊涛中而来，又似从来不曾在这蜃楼中听闻过，它是读自书中，记于心海：

“你且听好，本座要的是，转生石。”

壹篇·天机

第一章 转生石

眼前的景象似真亦幻。

巷陌深长，花灯流转，琳琅的光线里，连更夫的打更声都仿佛沾染着一重重桃色的水汽。

更声过处，一方水粉色的丝帕从熹风中缓缓飘来，它柔软地覆过一名年轻男子的眼眸，飘过男子的鼻息。猛地，男子握住了它，就好似握住了女子柔滑纤细的脚踝。

他埋着头，又深深嗅了一口，霎时间，整片肺叶都好似充盈了这帕面上的奇异酥香，他双眼迷离，脚步也不由地加快了。

他似想去寻一个人，但又仿佛是去寻一个梦，一个远于青涩少年时，不敢宣之于口，又偏偏萦绕心底的梦。

现在，他终于要为这个梦寻到它的主人。

他的心突突地跳得很快，双脚也开始变得慌里慌张，甚至开始犹豫是先迈左腿还是右腿，他深吸了口气，终于鼓足勇气去推开梦尽头的那扇门。

霎时间，无数天光涌入眼帘。

他长睫微颤，几乎要睁不开眼。是了，就是这样，如此的明亮炙热，正一如那年的相遇，十万星河流耀天幕，三千灯树遥映星辰，喧嚣的人群瞬时安宁，整个世界唯剩她梨涡边的盈盈浅笑。

他伸出手拥住她，仿佛这便能拥住他的整个世界。

然而，他的手在下一刻顿住了，他浑身僵硬如石块，竟是丝毫也动弹不得，只能任由那张明艳不可方物的脸一点点地接近、接近。

倏地，他的心口一阵钝痛，一蓬血花骤然覆上了面前女子的面纱……

“神尊！神尊！”聒噪的男声从耳边传来，杜君恒眼皮沉重，她黛眉微蹙，只觉得天地都在晃。她本能地探身瞭望，远处，晨风轻拂，桐香满城，山水两岸风光，而自己正身处一艘沁出油木香的乌篷船上。

原来方才的景象竟是一场白日幻梦。

她心中叹息，拇指亦不自觉地揉上了太阳穴，小半晌，这才总算正视上眼前人那一张分明俊丽又分明沮丧着的脸：“天机卷还是没有传来消息？”

话音落，她分明感到船身又一晃。

她被晃得愈发头疼，却见那人摆摆手，故意转移话题道：“神尊也会皱眉，真是难得。”

见他这样，杜君恒心知是没有好消息了。

算起来，能遇着像蜃楼楼主风黎这样一位明明生着副精明长相，实际却是个路痴的人，也是她下界寻找转生石以来收获的第一份见识了。她眸光微动，又想起了方才的梦境。

这梦境的源头要从三日前他们来到人界说起。

想人界之所以谓之人界，最大的不同，便是这里住的是人，而这样的地方如今不但出了一位“神”，更多了一个“鬼”。

自然，说这话的只能是人界的人，准确说，是一个死人。

幽深的宅巷里，夜幕新起，薄雾升腾，一阵阴风猛地呼出，将屋檐下缀着的白灯笼吹得吱吱作响，不知哪里来的野猫在面前一晃而过。杜君恒定了睛方才看清门口立着的一面殷红色招魂幡上明明灭灭，森森鬼气似能从那“魂兮归来”的古篆体上渗出。

一瞬间，杜君恒错以为自己是入了秦广王的森罗殿。

恍惚的片刻里，铜环声响，一口薄棺在旋即响起的敲锣打鼓声中被推了出来。

尚未封棺，还能辨得那年轻男子面色涨红，眼球凸起，他全身肌肉紧绷如石块，可只这轻轻一动作，便如散架了般，猛地向棺内一沉，发出“轰”的闷响。

“一个被吸干了精气的可怜鬼而已，有什么好看的？”一旁的风黎嫌弃般扇了扇面前的浮灰，很快评价道。

他们皆隐去身形，凡人并无缘得见。但这样的一幕，还是很难不让久未下界的杜君恒心下一凛，她仍未出声，便听得那随后而至的推棺人呜咽道：“也不知道最近咱们郡上到底坏了什么风水，算上我这小弟，都已经死了十八人了！”

话音堪歇，便听另个铜锣嗓子的男声从门内挤了出来：“就是就是，再这样下去，咱男人以后谁还敢半夜出门？不过说来也怪，好像自从花神娘娘的祠堂在咱们郡里出现……"

"呸呸！花神娘娘的坏话也是你能说的？"他还未说完，就被推棺人打断，"花神娘娘可是比菩萨还灵的仙，去她那许愿的，就没一个说不灵验的，你再敢乱说，小心我揍死你！"

"三哥别打，我也就是这么一说嘛……"男子捂头，险些失手要将手里的薄棺撞上门口的石墙。这时有一阵怪风平地忽起，阻了他的脚步。"好险！"他龇牙，吐了吐舌头，自然无缘得见虚空处的杜君恒刚刚垂下的半片白色衣袖。

"我说神尊，咱此番下界是为了转生石，像这等闲事，您还是别管了吧。"风黎打了个哈欠，"您可知我陪您走这一遭，一日里要损失多少生意……"

"楼主，别说我不提醒你，这段时日，你都是本座的人了。"杜君恒一张端凝的脸上看不出过多情绪，倒是一副安然又不自知的语调着实很难不让人心生联想。

"神尊——"风黎又一声唤，将她的神思立时拉回了现实。

"其实我也有一事一直不解，"他顿了顿话音，还是道，"不知神尊要那转生石究竟是为何？"

然而杜君恒黑眸看定他，俨然是没有回答的意思。

"好吧好吧，本楼主也不过是好奇罢了，"风黎撇撇嘴，玉雕般的手一指前方不远处，"过了这条河，应该就是那座花神庙了。"

杜君恒尾音拖长了"哦"了声，眉头微微攒起："楼主这一路诓本座，也着实是辛苦了。"

风黎："……"

这一路被这位九重天上头一位的女神尊呛得不知该怎么开口，这事也已经不是第一次了，饶是如此，他还是忍不住想撬开她的嘴，让她同自己说说话。

狭窄的乌篷船里，片刻又静下来的沉默间，他的目色瞬了瞬，到底还是又飘到面前人的玉颜上。为了行走方便，杜君恒幻化成男装，容貌和本尊相差并不太多，但额心那颗红痣连化了形都消不去，就这么嚣艳地闯入他眼帘，真是让人看一眼就再难移开了。

杜君恒自然注视到那目光，虽然这一路上已频频被这道目光注视，但还是不甚习惯，她向他微微侧脸，不作想便道："本座也清楚，自己这张脸是生得招摇了些，但楼主一路这样偷看本座，难道是希望本座能算你便宜些？"

"这……罢了，其实本楼主还有一个问题，"他掩袖作咳嗽状，抢在被杜君恒拒绝前开口，"不知神尊此前可曾去过一个名为枫林谷的地方？"

“枫林谷？”杜君恒这回倒真认真瞧了他一眼，满眼狐疑，“并不曾。”

“哦？哦——”持久的尾音，片刻后终于平寂。

杜君恒这人向来对八卦没什么好奇心，目光从风黎脸上停了半瞬，便独自去了船头。她双手松松地搭在膝盖上，表情闷闷地坐着，有时看天有时看河。风黎纵久闻她这人薄情又疏离，但此番望着她的背影，还是忍不住摇了摇头。

下了乌篷船，极目远眺，近处成排的竹林青翠挺拔，竹影拂动间，依稀露出远处山神庙的一角。

没曾想是座破庙。

杜君恒眉头微皱，径自踏上渡口。石缝中的青苔已经冒了尖，略略让人感到滑脚，她一路头也不回地往前走，显得身后的风黎像个小跟班似的。他皱眉，将怀中的天机卷摊开又合上，一溜烟又小跑跟了上来。

“神尊，我有话说！”

他在后面边招手边喊停，几乎要开始怀疑自己是不是得了自言自语的毛病：“在这凡界，我总不便一直这样称呼您神尊吧？”

听他这么说，走在前面的杜君恒倒真的停了下来。她立在碧海生涛般的竹林里，就这么猝不及防地回了头，她一袭白袍翻飞，容颜胜雪，唯独嗓音似从竹海深处传来，却是大大方方：“君恒，你可以叫我君恒。”

同一刻，细密的银线从天光尽头飘来，细雨如丝，沁凉沁凉地吹在他的脸上，令他忽而晃了心神。

混着泥土和木叶香的地面上，一股淡得不易察觉的气味像得了滋养般争先恐后地从君恒身上钻出，他深深地看了那背影一眼，片刻后勾起了唇。

“到了。”

随着风黎的话音落下，那庙宇近在眼前。

怎奈何庙是座老庙，却着实不是风黎口中的花神庙。杜君恒叹了口气，一时竟找不到言语来指责对方。

本说已该是习惯的，但到了关键时候，还是忍不住地想要生气，她原觉得自己脾气已经足够好了，但遇上像风黎这样的人……

罢了，像他这样细皮嫩肉的人，多半也不禁揍。她握紧手心，方意识到自己此刻不单是幻了凡体，就连仙术都被暂时封印了。

她叹了口气，四下环顾一圈。

多半因废弃太久，这庙连门楣上的牌匾都歪斜了，烛台早已空了油，暗沉沉地仅依稀能瞧见横梁原本银朱的颜色，至于那积了陈灰的神案后供奉的究竟是哪一路神仙，更是被层叠的蜘蛛丝盘绕得看不清本来的模样。

在她打量的同时，风黎也探身进入。天机卷翻腕上手，倏忽便幻成了一方古铜的八卦罗盘，可惜那罗盘上的指针依旧纹丝不动，惹得他直想凑近了去吹那指针，但见杜君恒冷刀般的目光紧追不舍，遂只得放弃。

他里里外外又踱了三遍，到最后还是不得不开腔，虽然这在杜君恒看来，又无非是想给自己多挣些脸面罢了："怎么回事？不应该啊，难道是这岐阳郡的磁场不对？"他砸砸嘴，在替自己开脱的同时，还偷看了眼杜君恒的脸色。

可惜这时杜君恒连敷衍他都懒得了，索性站在那神案前，用那挺直如青竹的后背对着他。

他瞪着那背影不小心居然还多看了两眼，蓦地又回过了头，忙不迭快步走开，一时间只觉心如擂鼓……

他手抵着胸口，但就在他即将回退到那漏风的庙门口时，手里的罗盘却突然间有了反应，就像是被谁拨了下似的，旋即便飞转个不停。

与此同时，一道尖厉的妇人声音也从山神庙的雨幕外高声传了来："快，快抬进来！少夫人八成是要生了！"

难道转生石会在眼前这个粗手大脚的黑脸妇人身上？风黎后退一步，看看那妇人又看看杜君恒，一张俊脸顿时黑了。

不等他思考，眨眼的工夫，庙里又多了乘由两个阔脸壮汉抬入的青顶小轿。

其中一位壮汉擦着风黎的衣角而过，看见有人，登时也一愣，指着风黎便道："陈妈，这里还有人！"

多半那妇人一时心急也是没瞧见站在阴影处的两名男子，此时屋外正落着雨，实在是请他们出去也不是，不请他们出去也不是。她一咬牙，索性先下手为强，道："二位先生，我家少夫人此刻怕是要生了，你们在此恐怕多有不便！"

她话音甫落，就听到软轿内的女人一阵倒抽凉气的隐忍哭腔，听情形，怕真是要顶不住了。杜君恒从未见过人界女子生产，虽好奇，但心知自己这般模样还是避嫌为好，谁料她刚准备开口，风黎就说道："这位大婶此言差矣，我与堂弟虽为男子，却也是您家夫人的贵人，我等来此，正是为了夫人腹中的小少爷。"

他手握罗盘，仪表俊秀清贵，虽然年纪尚轻，却颇有一副世外高人的架势，再加上又一口点出了那女子怀的是名男胎，不得不让人心生狐疑。那妇人显然被他唬住，谁料这一等，轿中的女子又是一声撕心裂肺的叫喊。

“少夫人，您千万再忍忍，只要停了这雨，咱们一回到孟府，立刻就有稳婆……”

可惜她话还未说完，手中就被那年轻男子塞入了个白玉瓷瓶：“这里头的灵药只要给她服下，我保证，她立刻就会没事，你们的小少爷也会没事。”

“陈妈，这可万万使不得啊，我们与这两人素昧平生，万一他们要害少夫人，待少爷进京赶考回来，我们该如何交代啊？”那阔脸壮汉见状，第一个站出来反对。

“既是素昧平生，我们又焉有害人的道理？”这次说话的是一直默不作声的杜君恒，她自阴影中走出，一张气度清正的脸显然比风黎更有说服力，“你家夫人难产，此刻性命危在旦夕，若是用这灵药还能赌上一把，若是不用，那就只有死路一条。”

这本账谁都会算，但事情真有他说的这么严重吗？陈妈也在寻思，但她再思量，也抵不过轿中女子一声比一声凄惨的叫喊，但许是累得实在没有劲儿了，半刻后，轿中竟是没了声音。

陈妈煞白了一张脸，脚步虚浮地忙掀开轿帘一角，好在她家少夫人险险还在，只是气若游丝，像是阎王爷故意留了最后一口气：“把那东西拿来吧，若真左右是死，那不如来个痛快的。”轿中人几乎是咬着牙道。

陈妈也是生过孩子的人，自是清楚这女人生孩子遭的苦，现今夫人既然已经发了话，她也只得遵从，她咽了咽火烧似的喉咙，又看了杜君恒和风黎一眼，终于下定决心把白玉瓷瓶里的红色药丸给少夫人就着水服下。

其实她也不知道这样做究竟是错是对，她实在是没法子了，只能选择相信自己旁边站着的两位神仙般的人物，相信这世上真有菩萨显灵，救救她这苦命的少夫人。

光线昏暗，她跌跌撞撞地朝着几案后被蛛丝裹着的山神跪下磕头，她也不知自己到底磕了多少下，终于听得一声响亮的啼哭声从轿中传来。

于是磕头的对象立刻变成了杜君恒和风黎：“两位的大恩大德，孟府上下一定会铭记在心的！”她刚把话说完，就抹了把脸上的鼻涕眼泪往少夫人的轿子跑去。

青顶小轿内，但见自家少夫人虚弱地怀抱着个沉甸甸的小家伙，朝着她安详地笑。忽然间，她觉得少夫人的笑也变得慈眉善目了，就像是菩萨借着少夫人的身，记下了她这笔功德。

陈妈深吸了口气，从轿下的箱底取出一条厚厚的花被，稳稳地将小少爷裹好。

奇异的是，就在她将小少爷从轿中抱出时，山神庙外的天色居然也放晴了。

她张着嘴惊讶得不知该说什么，但见怀中软软糯糯的男婴张开眼，朝着她笑得眉眼弯弯。

下一刻，那递给自己药瓶的神仙公子上前一步，一双桃花眼笑起来既善意又算计："方才您说这事府中上下会铭记于心，不过依本公子看，铭记于心就算了，既然是恩，那还是尽早报了吧。"

从来只听说过大恩难言谢，但这施恩却要向人讨还的，杜君恒这千千万万年来还真是头一次听说。

哪知风黎一张俊脸上连半丝尴尬都没有，甚至还毫不客气地接下了陈妈那句还打着战的"这个自然，还请二位先生同我一并前往孟府"。

孟府位于车水马龙的平康坊中，府墙内栽种有姿态嶙峋的冷梅数株，似隐隐昭示着其为书香世家。

为此，陈妈也解释道，此番少夫人就是为了少爷能高中新科光宗耀祖，这才冒着动胎气的危险前去百里外的花神庙上香祈福，谁知回来时居然真就动了胎气……

"花神？"杜君恒眼皮一跳，在又一次听到这个熟悉的仙讳时打断了她。

"没错，正是花神娘娘！"提到这个花神，陈妈的表情瞬间变得无比崇敬，"听说，不论你有什么心愿，只要诚心地去祈求花神娘娘，她都能保管你如愿呢！"

"看来这位花神娘娘在这里的呼声很高啊。"正盯着孟府门口两尊石狮瞧的风黎这下也转过头，他与君恒对视一眼，抬脚跨上了孟府的大门槛，"只是没想到这世上竟有这样的奇事，有机会，我也要去见识见识。"

谈话间，众人已入孟府。如君恒曾在天宫水镜中观过的人界宅邸的模样，孟府也是个粉墙黛瓦的宅邸，虽然瞧规格略小了些，但内室雅致，庭院幽静，也是闲适得很。

然而，风黎这一路走一路瞧，却是一直啧叹着摇头。终于引得身体尚虚弱的少夫人问话道："先生，您如此，难道是觉得我孟府有何处不妥？"

见鱼儿已上钩，风黎罗盘上手，故作玄虚道："少夫人，不瞒您说，在下君越其实是名算命先生，"他自报家门，并手指向杜君恒，"至于我堂弟君恒，抱歉，他的身份我恐怕不便透露。"

他方才的表现众人皆已经目睹，自然不会对他的话有所存疑。孟夫人虽然虚弱，但心思尚还清明，她哄了哄怀中的婴儿，想了想道："所以先生的意思是……"

得了这个话头，风黎果断将话接下：“实不相瞒，方才回程这一路，我已用紫微斗数为小少爷卜了一卦命数……”

“命数如何？”事关自己儿子，孟夫人自然心急。

“小少爷是因胎气大动而生，并非足月足时，是以根基不稳。出生时又在孤煞的陆判庙，是以命途注定多舛，但这最凶险的……”风黎啧叹了声，故意不往下说。

这下可急坏了陈妈，她慌张地看少夫人一眼，想当初，若不是她怂恿少夫人去拜什么花神又哪会折腾出这些个幺蛾子？这下可好，耽误了小少爷的富贵命，少爷回来可当真是会赶她出门的呀！

“先生所指最凶险是？”说话间，陈妈的手已不自觉握上了风黎的衣袖。

“满月之前，若无高人庇佑，这孩子必死无疑。”风黎把那最后四字咬得极重。

话音甫落，面前二名妇人顿时面色煞白，倒是那孟氏夫人虽也震惊，但仍努力镇定下了话音：“请问恩人，可有何解法？”

“其实这一卦，也并非无解可破。”风黎一扬眉，故意拖慢了嗓音，并将目光投向杜君恒，一本正经道，“我堂弟君恒命格殊异，他的身份虽然不便多说，但我可以保证，只要我堂弟在你们孟府一天，你们的小少爷就能无事一天。”

身旁，杜君恒本听着他信口胡诌权当解闷了，没想到他居然胆大包天地将话头指向了自己。她眉角隐隐一抽，手当下就被陈妈抓救命稻草般地抓住了，只听她对少夫人说：“少夫人，看在小少爷的份儿上您就留下这两位先生吧，他们救了您和小少爷的命，咱们于情于理都是不能亏待的呀！”

“陈妈您说的我又何尝不知？我就是怕孟郎回来……”许是意识到家中还有客人在场，少夫人后面的话顿住了，挥挥手忙道，“罢了，二位不如先行在我府上住下，其他的事，等奴家身体好些了再从长计议。”

“少夫人说的是。”陈妈赶紧道。

得了少夫人的答允，陈妈麻利地领着杜君恒和风黎前去厢房。她们一路沿抄手游廊而来，院内画栋飞檐，天井下一方半月形广池，楼阁云影，倒映池中，亦算得盎然成趣。

在天井的正西方向，陈妈在一扇古色的房门前停了下来，她伸出手冲他们比了个请的手势。倒是杜君恒刚要推门，余光就被走廊尽头的一道光亮晃了眼，在这个阴沉的天气里，居然有一道人影鬼鬼祟祟地躲在那里。

她还未出声，便见陈妈眉角一抽，显然也是发现了那人：“抱歉啊，二位先生，这是我的小老乡小柳，年纪太小，不懂事得很，”她皱着眉，一边将那妙龄女子往这边拽，一边作势拍了拍那女子的手臂几下，絮絮叨叨地继续，“自从前阵子遭风寒害了病，她就有些……”她用手指了指自己的脑袋，像一时不知用什么词形容，“格外的活泼。”

是……活泼吗？

杜君恒“嗯”了声，抬眸向眼前人打量去，那人身材娇小，穿着条色泽鲜亮的鹅黄裙衫，巴掌大的小脸上，两梢柳叶弯眉，一双伶俐圆眼，正是女儿最爱美的二八年纪，她手里还不忘攥着个袖珍的菱花镜。

小柳本是咬着唇，见她瞧自己，反倒更大胆了：“我听说府上来了两位神仙公子，所以就心急想来看看嘛。”

她话说着，手指还有一下没一下地抠着菱花镜的边缘，倒是陈妈听罢抬手轻敲了下她的头，作势就要赶她走。

好在杜君恒并不介意，只是挥手道：“无妨。”

见杜君恒并不嫌弃自己，小柳便也不再胆怯，她飞快地黏到杜君恒身边，甚至替陈妈介绍了起来：“君先生，您别看这间是西厢，平素的日照比起东厢也不差多少哩！”

风黎平素最烦这种自来熟的人，拉长着脸想将她轰走，哪知小柳又飞快地换到了杜君恒的另一侧，那一副黏黏糊糊甚至脸颊飞出红晕的模样，不需猜都知她是被杜君恒迷住了。

说来也是，以杜君恒的容颜幻了男形，又有几个小姑娘能逃过？只是在陈妈看来，明明君越先生的条件也不差，怎地小柳就好上这如闷葫芦的君恒先生了？她摇摇头，正要将小柳拉回来，就被君越先生的下一句话吓了一大跳。

“什么，我俩睡一间？”

刚推开房门，一眼看到内中环境的风黎几乎跳了起来。正对着的厢房中，虽说是窗明几净，陈设素雅，厅后只有一间摆了张圆桌的寝屋，也就是说，他居然要和杜君恒睡在同一间屋子里？

然而话刚堪脱口，他就后悔了，因为陈妈、小柳加起来四只眼睛已经齐刷刷地望向了他。至于说杜君恒，则好似没听见般一脚跨过了门槛。

“你们不是兄弟吗？”陈妈一脸局促道，她看看小柳，又看看杜君恒，双手都好似不知该往哪里放了，“我本以为西厢里有两张床，刚好合适两位君先生……”

“罢了，就这样吧。”

杜君恒话音刚落，风黎几乎是心惊肉跳地看着她。

见着二位贵客终于肯住下来，陈妈一颗悬着的心也总算坠了地，她不再含糊，拽着小柳的手就向着他们再一鞠躬，道：“今日天色已晚，老身就不打扰二位先生休息了。”

孟府西厢房中。

待陈妈、小柳二人的脚步声远去了，坐在圆桌旁的杜君恒这才对风黎道：“说吧，这究竟是怎么回事？”

她的嗓音淡然温雅，然而刚刚落下的门闩却仿佛在提示他，如果这个问题无法圆过去，那么他的小命恐怕也有危险了。

他转过身，眼看着杜君恒用细长手指端起茶壶，缓缓向瓷杯中注水，他觉得那动作其实不是在注水，而是随时能凝成冰棱，向他刺过来。

这般想着，他长长地“嗯”了声，遂边踱步边道：“回神尊的话，是之前的推断有误，原来那转生石并非灵石，而是这位刚出生的小少爷。”

一语既出，再来已是无声。

半晌，杜君恒的手停了下来，她端起茶盏，看着内中的茶水，淡声开口：“那如果本座现在便将转生石带回神界，他会如何？”

“转生石既已遗落人界，那便算是人界之物。天上一日，地上一年，转生石若强行回归神界，怕是活不过七日。再者，”风黎话音停住，目光略带试探地看向她，“再者转生石的天命是为转生，他此一去，必死无疑。”

“他还只是个婴孩。”杜君恒沉默了片刻，道。

风黎点头，虽然他素来不关心他人的生死，但对于杜君恒的心思，他总忍不住地想要窥探一二：“那么神尊，您真的会带他走吗？”

“在罗浮宫，妄图猜测神尊旨意的人都会被关进仙牢，楼主，你是嫌自己的命很长？”并未正面回答他的问题，杜君恒只是淡淡扫了眼他。

见杜君恒又不搭理自己，风黎只好故意岔开话题：“那座花神庙究竟是怎么回事？我记得花神大人的仙讳是……”

“婴缇上仙。”杜君恒话说着，周身衣袂似无风自动，她推开房门，头也不回道：“她现在应是正在与瑶姬她们准备百花宴。至于此郡的邪祟之事，本座自有决断。”

杜君恒回屋时已经是月上中天，房屋内留有一盏小烛，烛苗在她推门时轻轻曳动了一下。

昏暗的烛影下，她发现房间中的一张床已经被风黎占了，不过他背对着自己，在黑暗中看不清脸。其实男女同住一室对她来说也不是什么大忌讳，毕竟小的时候，她就天天跟虚白睡在一处，只是人长大了，许多事就变得不同了。

这般想着，她已走到了中厅，她在木质光泽的圆桌旁靠坐下，照例看了几页书，没料很快便眼皮沉重，竟沉沉睡了去。

淅淅沥沥的雨水从天幕而来，杜君恒抬手拭去脸上的水滴，不知怎地又回到了那里。

那里便是神族的仙山，空濛的雾里，但见虚白缓步而出，他又变回了少年时的模样，面容俊朗，长身玉立，额心处的银色莲纹彰显出仙资清绝，只是他的表情总好似有些不耐，他冲她微微扬了扬下巴，说："小君，你准备好了吗？"

她则抱着摞书，闷闷地点头，越发衬得小脑袋上一大一小的两个圆髻别扭得厉害。

恍然间，她想起来了，她头上那发髻正是她兄长虚白上仙当年的杰作，红头绳则是某一日他和云枢从人界摸来的，他们一人弄了一根，被他这样乱七八糟地绑在了她的头上。

他当时还一本正经地对她说："小君，上仙就应该有上仙的样子。不过嘛，人界的小姑娘都是这样打扮的。"

那还是她第一次听说人界，和书里形容的不一样，原来人界的小姑娘都是用红绳来绑发髻的。

所以人界的颜色，该是红色的，远不似她居住的神界，放眼望去，永远都是大片大片深浅不一的白。

等后来她终于有了机会去人界，并非正大光明的游历。彼时她幻成一方素色方帕躲在虚白宽大的袍袖里，途经南天门时听见那些镇守神界的将士们窃窃私语。

那些人惊叹于虚白那张令神界所有男仙都自惭形秽的俊脸，甚至等他们行出老远，还不住地遥望并说道："原来这就是莲仙啊！"这个说完，那个立刻摇头，笃定说："不，他将来会是莲神。"

神界向来都是恪守着三神四仙的制度，并将此称为"九重凌霄"，至于那至高的荣耀之主，人们则谓之：神尊。

然而，那个时候杜君恒对这一切还没有概念，她的世界很小，仿佛只有看不完的古书、兄长虚白，以及虚白在游历人界时遇到的少年云枢这三样而已。

但云枢并非人界中人，据虚白说，云枢的精魂曾是上古时代的神器古琴太枢，可惜因遗落人界太久，故而需重新修炼。

为着这个理由，她其实颇有些同情云枢，也为着这个理由，她第一次下界的地方，便是云枢的故乡檀城。

记忆里的檀城早已模糊不清了，但梦境里的檀城却异常清晰，她甚至能嗅到太阳的味道，她从虚白的宽袖中轻轻飘出，挂在溪水边正晒着白棉絮的树梢上。风贴着脸颊吹过，像一只温柔的手，偶有从叶片中筛出的光线落在她的眼眸里，舒服得让人想睡觉。

不多时，她便被虚白提了起来。她只好幻形，且听着他用训诫中透出兴奋的口吻道："小君，不如我们来做一天的人族吧！"

她还没应声，就看见云枢从远处的小木屋里跑出来，这时的云枢与成年时的他有所不同，没那么爱笑，也没那么风雅倜傥，唯独一双眼睛很亮，是那种能劈开人心的亮。

云枢看见小小的她，甚至连鞋都没来得及穿，压抑的话语中仍有掩不住的兴奋。他说道："你怎么把君恒也带来了？"

虚白听罢白了他一眼，修眉微挑，一脸不屑地回击："难道不是你说要带她来的？"

云枢瞪着他，微微别过脸，她则是一脸疑惑，但是疑惑也不出声。等到最后连云枢都摇了摇头，他盯着她的眼，又摸了摸她的额发："小君，做人族可是很无聊的，你当真要试？"

她木木地点头，又从她带来的那摞书里抽出其中一本。云枢凑近一看，登时笑得前仰后合，他拍拍虚白的肩，道："你这个妹妹啊。"

而虚白也笑，笑得那样放肆而生动，她伸出手，下意识地想要触上他的脸，然而画面陡转，已然又是另一幅景象。

瑞气千里的仙池上，一口晶莹剔透的冰棺虚浮在巨大的玉莲上，她御急风上前，如何也不能相信里面躺着的竟会是她的兄长，仙力顶峰的虚白上神！

这究竟是怎么回事？她险险从风中跌落，好在云枢及时赶来，他扶住她，那张千年万年总带着笑意的眼终是不再笑，他看着她，就像是要看进魂里。

他说："君恒，对不起。"

若对不起是因，这眼前所见却远不是她能承受的果。她摇着头，一字一句，声嘶力竭："这不可能，我不信！"

她还记得自己下界历劫前，虚白明明一脸不舍，又偏偏装作不太在意地替她整理着衣领角，说："待这琉璃端砚里的墨干了，为兄的头就又要开始痛了。小君，这么重要的事，你去了人界，可千万别忘了呀。"

她还记得那时虚白的话刚说完，垂手站在一旁的云枢就一脸认真地纠正道："神尊，待君恒下了界，可就什么都不记得了。"

她确实是不记得了，又岂止是不记得？她甚至因为下界的一场意外沉睡了整整三百年，不单错过了后来的神魔之战，更因为三神少了她一人，害得虚白在此役中丢了性命！

而这正是她此行下界的真正原因。当年神魔一役后，神族与魔族缔结的三千年和平条约破裂在即，她并没有自信能以一己之力对抗魔尊玄镜，这一点"九重凌霄"自然清楚，故才想出了用转生石复活莲神虚白的办法。

但对她来说，这恐怕是她唯一能够自我救赎的方式。她紧蹙眉头，梦境中几度懊悔，又几度挣扎，但终是未有泪水。

古铜镜前，风黎的身影不知何时站在了她的身前，他凝视了她好一会儿，这才留意到那擦得光亮的镜台上不知何时多了方精致的楠木小盒。他轻手轻脚地打开，不想居然会是盒女子用的朱色口脂。

杜君恒若用上这口脂是个什么模样他是没见过的，但光想一想，也足够他回味许久的，思及此，他的唇角也慢慢勾了起来，直到天光大亮，他才总算回到了自己的床上。

支摘窗外，日影东倾。

院府中未有鸡鸣，杜君恒醒转是因为一道鬼祟注视自己许久的身影，那身影犹如一团黑墨骤然出现在挡在两个偏厅之间的素白屏风上，简直不注意到都不行。

她揉了揉眉角，道："楼主，你在那做什么？"

风黎本以为这屏风的挡光效果不错，哪知居然露了馅，他顿了下身形，这才探出头来："我，正在研究。"

说罢还像模像样地摸了摸屏风表面。

杜君恒摇头，又松了松筋骨，这才发现自己不知何时居然躺回了床："昨夜是你将本座扶上床的？"

很显然，她的口吻流露出她经常会被这样做。

风黎却起了打死不承认的念头，将头晃成了拨浪鼓："神尊，我昨天一夜都未曾起过，怕是您后来自己上的床吧？"

"后来？"杜君恒扫了他一眼，淡然的视线落在他灰黑了一片的眼眶上，"看来楼主的睡眠习惯很是别致啊。"

风黎："……"

一阵诱人的饭菜香勾醒了味觉，片刻后，房门被轻声叩响。

门外站着的是陈妈，她双手提着个红木食盒，一脸不知怎么开口的模样，在她身后，穿着鹅黄裙衫的小柳指尖轻绕着发辫，正笑嘻嘻地向里面探着头。

杜君恒推开房门时，风黎恰巧看见了那张对着杜君恒垂涎欲滴的小脸。他抬手正欲关门，奈何最后还是被杜君恒拉开了。

"两位君先生，这是老身为你们准备的吃食。"陈妈的语调客气，手里的红木食盒也一并推了上来，杜君恒见她话里有话，刚要询问，小柳已然先一步替陈妈说了。

"陈妈说希望君先生你能帮一个忙。"

"哦？"杜君恒眉头微挑，"不知陈妈所指何事，不妨说来一听。"

听杜君恒这样说，陈妈原本忐忑的心这下便定了一半，她将正欲向杜君恒黏去的小柳拉至身后，接着郑重向杜君恒作了一揖："昨日听君越先生言道您将是我家小少爷的福星，老身还望先生平日无事时，能将小少爷偶尔照拂一二，就算是沾沾您的运气。"

原来她打的是这个主意，身后的风黎绷着张俊脸，心说眼下神界头一位的神尊在此，还有何方妖孽敢来造次？反观杜君恒眉头拧起，迟迟未有动作。

"小君先生，算是老身求您了！"见杜君恒迟迟不动作，陈妈扑通一声朝她跪下了，甚至连小柳也跟在后面不断地煽风点火："小君先生，你就答应了嘛，人家也觉得小少爷和你有缘分！"

她一口一个"人家"，听得风黎直起鸡皮疙瘩，也亏得杜君恒耐性好，居然还能忍住，她微抿唇角，终是点了头："左右如此，那我便答应了。"

"谢谢小君先生，谢谢君先生！"

陈妈口中千恩万谢，反观杜君恒面上虽有疑色，但也依旧默然不语。

风黎知她担忧的是什么，直等陈妈出了门，才故意道："神尊，你其实是舍不得那小鬼死的，对吧？"

杜君恒未接话，目光在那红木食盒上停上一瞬，才道："死很容易，活着很难。满月一过，我终要取他性命，楼主，你想问的是这个吧？"

风黎心下哑然，没想自己那点心思竟被她看破，只得道："神尊清楚这一点便好，我只是怕您与他接触太多，到最后会下不了手。”

因为孟夫人和陈妈的嘱托，近日里，杜君恒陪转生石的时间也多了起来。这不，从最初的陪吃哄睡，到现今连洗浴这样的事都少不了杜君恒亲自上手。

窗户紧闭的育婴房中，水汽蒸腾，杜君恒对着风黎大眼瞪小眼，风黎将手一摊，撇嘴道：“神尊，你说现在算是怎么回事？”

他话说着，双眼则嫌恶地瞥向身侧圆桌上的大木盆，那木盆里趴着个软软糯糯的小娃儿，小娃儿一双大眼弯成了月牙，正用小手抓着旁边盛满皂角的镂空圆盒玩。

杜君恒叹了口气，上前止住了小娃儿将皂角往嘴里塞的举动，道：“楼主这么说，难道是有更好的办法？事已至此，那不如既来之则安之吧。”

风黎不接茬，只是不情不愿地捧过一本薄蓝皮的册子，搬出张矮凳一屁股坐下，怎奈何那腿太长，只能委委屈屈地弓起来。

杜君恒没理会他，翻开那册子便开始认真阅读起来，然而谁人能想到，九重天上的君恒上神此刻手里拿的居然会是本《育婴册》！

只见她一手托着小娃儿，一手仔仔细细地翻开，那股认真劲儿几乎不亚于平素批阅仙章奏折，小半晌后，她开口道：“楼主，可以开始了。”

被迫接过《育婴册》的风黎只当这句没听见，他故意将手上的册子翻得噼里啪啦响，也不知是否要以此吸引杜君恒的注意力，倒是杜君恒的注意力没引起，澡盆里的小娃儿先不乐意了。

可不，他乌溜溜的大眼睛先瞥瞥风黎，再可怜兮兮地看向杜君恒，最后用肉嘟嘟的小手将他风黎一指，简直不是告状胜似告状。

“喂喂喂，你可以了啊！不要以为你是转生石我们就得依着你惯着你，我们可是……”

“风黎！”

杜君恒摇摇头，打住了他的牢骚，又将转生石从澡盆里轻轻抱出来。也是奇了，这小娃儿立刻就安静了，还敢用小脑袋蹭蹭杜君恒的尖下巴。

杜君恒叹气，索性抱起他慢慢沿着圆桌兜开了圈子，可才走了几步，风黎就警觉地发现，那小崽子竟然抿着一张小嘴，趁他不注意时偷偷用大眼睛瞪他。

双眼皮了不起了啊！

风黎这下果断不干了，他撸起两边袖管溜到杜君恒身后，见势就要给这小崽子一点教训……

“你想做什么？”哪知最后对上的又是杜君恒一张冷冷的脸。

“没什么。”他强咽下口水，瞪着那小鬼喃喃道，“小崽子，你给我等着，等这凡界的三十日一过，哼！”

果然，他话音才落，那小家伙就又哭了，还不是那种高声痛哭，反是极委屈的，就像是被人遗弃了的小猫般，声音细细的，一下一下抽抽搭搭的，简直能把人的眼泪酸出来。

他撇撇嘴，看看杜君恒，灰溜溜地又坐回到那个矮板凳上，一双长腿委委屈屈地弓起来。

一阵沉默。

“还是快给他擦洗吧。”好半晌，杜君恒出声道，她将《育婴册》翻到有图文注解的那一页，放至风黎双膝前，“书上说了，给婴孩沐浴，需一人托着头，另一个人轻轻擦洗。楼主，不如你托着他的头，由我来擦洗吧。”

也不等风黎说不，她便动手给小娃儿一件件脱起了外衣，转生石天生体热，并不畏冷，倒是因为杜君恒亲自“伺候”，这下也不再抽泣了，甚至还露出一脸欣欣然的样子。这可把风黎憋屈坏了，奈何还偏偏得听从杜君恒的指挥。

“楼主，你倒是配合些，你这样，让本座如何做？”杜君恒腰身前倾，又将额间长出些许的刘海绾到一侧，风黎见她这样，虽明知她此刻化的是男形，但还是忍不住面色一红。

水汽氤氲，杜君恒依葫芦画瓢地给小娃儿擦洗身体，虽然不可否认，此刻连她也被这糯糯软软的小家伙折腾得很是心浮气躁。

至于风黎，则趁机大着胆偷瞄了眼杜君恒因低头而露出的白细脖颈，也因此，小娃儿被他托着的脑袋就这么渐渐滑了下去，且听扑通一声，他的脸被溅上了洗澡水。

与此同时，房门被推开，小柳就这么冷不防地出现在了门外。

“我是听见里面有水声才进来的。”她的脸蛋红扑扑的，也未等房中人同意，居然就这么进来了。

“小君先生，我来帮你。”她朝杜君恒露出个亲昵的笑，袖子也麻利地挽了起来。被浇了一脸洗澡水的风黎目瞪口呆地看着房中莫名多出的这个人，顿时有种跳脚的冲动。

他张开嘴，眼见着自己的位置被人生生占去，至于那小柳，则是一副没看见的样子，她动作熟练地帮着杜君恒将水中的小人儿托起，又用帕子轻轻擦拭了，这才收了手。

“照顾孩子这种细致活儿哪里是你们男人能干得了的？”她嗔笑一声，目光这才从转生石身上移向了杜君恒。

杜君恒倒是也瞧她，温和的目光里辨不出什么，只觉得客气但也疏离。小柳有些尴尬，只好又去瞧转生石，奈何转生石显然也对她极为不喜，这堪堪被她一碰，居然还恼得拍了小柳一下子。

风黎看罢，瞬时也没那么讨厌转生石了，说来也是，转生石再讨嫌，也不过是个生命不足百日的小娃儿，而眼前这个女人……

他形容不出来，只觉得是哪里刻意了，但偏生又找不出证据：“柳姑娘的好意我们心领了，但受人之托忠人之事，还请柳姑娘不要介意。”说话间，便已下逐客令。

“小君先生——”小柳咬唇，一副得再委屈不过，杜君恒拍拍她的肩，本欲开口解释，谁想风黎见杜君恒如此，一时只觉自己真是狗拿耗子。他一声冷哼，先是收走了他的那本《育婴册》，再是将那原本挂在他脖上的毛巾摔在板凳上，最后才扬长而去。

这期间他没有说一句话，但以杜君恒对人情世故粗浅的理解，这位蜃楼之主多半是生气了，而且还气得不轻。

傍晚的时候，小柳来西厢找杜君恒一起用晚膳，她带来了亲手做的精致菜肴，还顺便拎了坛尚封着泥的竹叶青。反观偏室另一间里的风黎，自下午回房开始便一直在床上挺尸，嘴里一直哼哼着，不时瞄一眼杜君恒，倒是杜君恒未来，先把献殷勤的小柳等来了。

小柳见他在此，杵在门口并不进，只是柔声问道：“君越先生是不舒服吗？”

杜君恒答“是”。

小柳于是道：“既是如此，那不如我们去庭院用膳吧，免得打扰君越先生休息。”

杜君恒答“好”。

两句简短的回答，几乎就让风黎腹中的火噌地蹿上了眉毛。

不过这一切杜君恒并不知晓，她不过是随同小柳将东西搬去了屋外，接着与小柳对酒谈天起来。原来，小柳的身世颇为凄苦，曾是个孤女不说，还险些被恶人拐去青楼，好在后来流浪至岐阳郡遇到了同乡的陈妈，这才总算安顿下来。

杜君恒边听边不时颔首，那谦雅又倜傥的君子模样简直就是多少少女的春闺梦里人，小柳自然心生爱慕，虽然她隐隐地总感觉到从支摘窗里透出两道阴冷的目光。

杜君恒沉吟一番，道："小柳，你此番请我吃饭，该是另有用意吧？"

小柳一听，娇俏的脸颊立时浮起了两朵红云。杜君恒自然不解其意，倒是小柳居然也不扭捏，当下便从身后拿出了一卷事先准备好的册子："我不识字，想请先生教我读书。"

杜君恒定睛一看，居然还是本《莺莺传》，她微微皱眉，嘴上则是道："今天时日已晚，不如这样吧，我先教你读第一段，明日开始，再教你别的。"

她这摆明了是缓兵之计，但在小柳听来，仍是欢喜地连连点头，甚至还敬了杜君恒几口小酒，倒是杜君恒来者不拒。

几盏薄酒下来，弦月已上梢头。

送小柳走后，杜君恒回房时见一道人影一动不动地定在床头，正是风黎。杜君恒没理会他，径自往中厅走，才走了一半，那个身影便动了起来："你们今天聊得挺开心嘛。"

杜君恒答了句"是"。

沉默了会儿，又闻风黎阴阳怪气道："你还给她念《莺莺传》，总不是动了凡心吧？"

杜君恒一愣，回了句："她是女人。"

风黎一想也是，再一想，自己这吃女人的醋算是怎么回事？这般懊恼着，中厅中一点豆大的烛光已然亮了起来，显然是杜君恒点的灯，如同昨日一样，她又开始读起书来。

真不知是什么书让她如此着迷，风黎撇嘴，轻手轻脚地蹭到她身边，并趁她不注意一把夺下那本早被翻得起了毛边的陈旧册子。

竟会是《思无邪》！敢情像她这样高高在上的神尊，居然也看这种男欢女爱的仙宫本吗？还是个残本！

他惊讶着，表情急剧变化，俨然一出好戏。

反观杜君恒一脸淡定，似也不急于收回那本《思无邪》，只是颇镇定地道："怎么，本座读《思无邪》，你奇怪了？"

她的话简直让风黎不知该怎么答。

"《莺莺传》里的张生始乱终弃，实不能作为男人榜样，是以本座不欲对小柳多加讲解，反是这本《思无邪》——”她拖长了话音，端凝如玉的脸上居然显出了难得回味的表情，“男女之情固然是情欲，亦是天道人伦啊。”

一句“天道人伦”，蓦地就让风黎对杜君恒整个人都刮目相看了，他一直以为倘若这世上真有人不解风情，那么杜君恒排第二，就没人敢排第一。但现今杜君恒居然有这样的观念，他沉吟一番，觉得杜君恒其实藏得很深。

为了证实自己的想法，他仔细看看杜君恒，又看看那本《思无邪》，小心翼翼地问道：“想来神尊平素看得不少。”

杜君恒点头：“不算多，一般只挑有趣的看。名字有趣的，譬如《思无邪》这类。”

风黎：“……”

一阵沉默，杜君恒似又想起了什么：“楼主今日似乎脸色不好，可是病了？”

病、了？

几乎是立刻的，风黎就否认了自己刚才的判断。他咳嗽了声，旋即摆出一副虚弱状，并对杜君恒眨眨桃花眼：“神尊，我是头疼，你不如给看看。”

杜君恒疑惑地“嗯”了声，但还是用手背轻试了试风黎的额头，这一试，倒真让她惊了一惊，还……真的是烫。

然而一番“诊断”后，怎料她再张口，说的居然是：“楼主，你其实并非神族中人吧？”

只这一句，便让风黎心头狂震，不过他这人向来对做表面文章很有一套，他哼哼几声，顺手捞过一张三足圆凳坐下：“亏我还一路帮着神尊忙里忙外，你瞧，这都累出病了！”

杜君恒哑然，她活了这般久，还从未碰见过像他这样的男人，明明一张嘴厉害得很，但偏偏就是各种能装，不单装傻充愣，还撒娇卖乖。

她叹气，想他既然不肯说，那索性便不再追问了，象征性地又给他号了号脉，便道：“多半是人界的气息让楼主觉得哪里不适了，再加上连日来的操劳。这样吧，我的仙气楼主虽用不得，但也是不错的药引。楼主那里奇珍无数，想来以此炼药，总是可以的。”

说罢，她还当真从袖中拿出了一枚五色琉璃瓶，风黎张着嘴还没反应过来，琉璃瓶就被她塞入手中：“本座的仙气不说是神界第一，也是独一无二了，楼主可要好好使用。”

第二章 长命锁

许是因为无意中撞破杜君恒翻看《思无邪》，此事之后，风黎总觉得自己与杜君恒的关系亲近了些。然而，这仅仅是他的主观想法，杜君恒甚至没有过哪怕一点的表示。

为此，他决意再去暗示暗示她。

这是一个清晨，天刚蒙蒙亮，风黎趁着小柳那臭丫头还没来，脚还没离地就对杜君恒道："小君，不如我们今天去个地方？"

杜君恒淡淡地扫了他一眼："你刚刚称呼本座什么？"

风黎闭嘴不接话茬，径自将床底的靴子摸出套好，便走至支摘窗前探身看了看屋外天色，今天是个阴天，也许，还会落雨。

早膳过后，杜君恒与风黎穿过平康坊来至偏僻的青鱼巷，这是一条以经营玉石书画为主的小巷。看情形风黎似乎对此地颇熟，杜君恒不点破他，不久便随他进入了其中一间画阁。

画阁分上下两层，因为占地狭窄，连楼道处也挂满了尚未装裱的字画。色调昏暗的画阁中，一幅幅高悬的字画随清风自然摆动，淡雅的墨香忽近忽远地萦绕鼻端。

杜君恒不知风黎卖的什么关子，倒是那店老板分明知晓已有人来，仍过了好一会才从二层探出头来，竟是个年纪极轻的文雅男子。男子手里仍抓着狼毫，俯身向下问道："二位公子是要字还是要画？"

话音刚落，风黎抢先把头点了："老板不用招呼我们了，我们就随便转转。"

男子闻言"哦"了声，立时又将头缩回去了，杜君恒见他这个模样反倒好奇了，细长的手指轻拂开一幅幅尚凝着书墨香的字画，提衣向阁楼二层走去。

她的脚步并不算轻，但如此居然没打扰到那位年轻男子作画的心境，压着紫檀镇尺的白宣上，墨笔寥寥淡染几笔远山，近处千里江面，一叶孤舟，几片苇草，疏密有致。此刻，他正在全神贯注地勾勒着孤舟上的那位蓑衣人。

这应该就是那幅人界的名画《寒江雪》，杜君恒心想。然而，小半刻过去了，她突然改口道：“这蓑衣人并非一位老者，是稚童？”

“小生这幅画并非是《寒江雪》，为何上一个客人也是这样说呢？”男子摇摇头，左手提袖将手中画笔小心放至青瓷笔架上。

“这是《枫林行舟图》，您仔细看此处——”他话说着，将手比向画面左侧的山峦，“深冬时节，枫叶凋敝，树身与青山掩映，独剩下一片光秃秃的枝丫，也难怪公子发现不了。此画正是前些天一位公子托我代笔。”

话刚说完，他又似想起了什么般捂上了嘴：“哎呀，我忘了此事不可说的！”再一顿，又狐疑地看向杜君恒，“难道您就是这位客人？”

枫林，又是枫林。看来有人费尽心思地想要暗示她些什么。

杜君恒脸色微变，心中波澜万顷。她头也不回地向楼下走去，倒是那年轻的画师看她模样古怪，抓抓头，想问什么，但终究没问出口。

自从来到这画阁就好似消失了般的风黎，则如计算好了般出现在门口，他手里拎着两个用细绳扎成方块的牛皮纸包，与杜君恒的视线对了个正着。

“小君。”他犹豫了下，还是道。

哪知杜君恒却不理他，她目不斜视，衣袂飘飞，与他擦肩而过时，画阁中高悬的数十幅字画也好像转动起来。忽远忽近的墨香中，她的话音落入耳畔，她说：“楼主，我不是你要找的那个人。”

她的声音很轻，却分明有千斤重。他手中的牛皮纸包应声跌落，露出内中的一角，那阁楼上的画师恰巧看见，忙不迭高问出声：“这位公子，你上哪儿买的仙草糕呀？”

杜君恒回去时小柳已在孟府门口候了许久，看见是杜君恒，她绕着辫子的手指立刻停下，欢喜地向她跑过来，一脸娇嗔道：“小君先生，你今天都去哪儿了呀？我四处都寻不见你。”

杜君恒有意无意地扫了眼身后空空的街道，道：“没事，就随便转了转，你找我有事？”

听她这么说，小柳立刻腻歪了上来：“我来找先生念书，嗯，我也想像先生一样有学问。”

杜君恒听罢微微颔首，下意识又打量她了一圈，要说这小柳实也算是个清秀美人，怎奈何这时不时圆目微睁、樱唇半咬的模样，她怎么看都觉得亲近不起来。她平素多与男人打交道，这难得要与一两个女子打交道了，居然更觉头疼。

行过一座假山时她又注意到一方掩在青翠绿荫中的雅致匾额，上书“焚香小筑”。

“那是夫人的棋室。”小柳抢话道。

杜君恒“嗯”了声，临近了，方看见那雅室中置着柏木书架二三，支摘窗下，一方铁杉棋盘旁，孟夫人正在与自己弈棋。

倒是没想到这位夫人居然也爱下棋，杜君恒嘴角微翘，不作想便向棋室走去，小柳见状，一张俏脸自是有些不悦，她拉住杜君恒的袖子，将袖中藏着的一个绣着并蒂莲的精致荷包递了去。

“先生若是不嫌弃……”

“自是不嫌弃。”杜君恒的目光在那荷包上的花样停了半瞬，略有诧色，又看看小柳，面上倏然浮起个浅笑，“这花样倒是别致得很。”

小柳得她如此评价，倒也不扭捏，只低笑道:“这是我们家乡的莲花，寓意……”

“这寓意很好，一看便知。”杜君恒冲她温和笑笑，旋即便将那荷包送入宽袖中，“小柳姑娘有心了。”

小柳见她这样，俏脸上难掩一副心终于放下的表情，片刻后，便跟着杜君恒一道进了棋室。

孟府是个典型的读书人家，孟夫人虽已成亲，但毕竟男女授受不亲，此番有小柳跟着，倒是合适些。

杜君恒的目光在另一端的空座上扫了扫，并未坐下。片刻后，凝神思索着棋局的孟夫人这才发现房中多了一人，倒是杜君恒那一脸端详棋局的模样，俨然同道中人。

“先生也爱下棋？”

“解馋而已。”

“这几日多亏先生照拂幼子了。”

“无妨。”

对答之中，杜君恒落座，棋局上的黑白两阵这时才真正活络起来，它们就像是两条缠斗着的游龙，谁都不肯先松开口。

抄手游廊外，不知何时也多了个人，他站在夕阳的阴影下，身量高得略显单薄，他的模样有种阴柔的美丽，独一双眼睛像失了神。

许久，他终是被眼尖的小柳发现了，她不断地向他招手，不得已，他还是跨进了那道门。

房中人在弈棋，自是没意识到有人到来。他收敛心神，看她认认真真的模样，柔和流畅的下颌线条，独额心一颗红痣妖娆，只是缺乏面部表情，像是一碗清汤寡水。

未几，他又换作了往日的模样。

他清清嗓子，故意弄出声响："小君，听为兄的，快破孟夫人中路！"

他这句指点纯属瞎扯，好在总算成功吸引了杜君恒的注意，她向他瞥来一道目光，极淡的，就像是风声或月色。

但他已然不在乎了，长手长脚蹭到她身边，甚至一把搂上了她的肩，故作亲昵道："为兄跟你说话呢，怎么又不理人？"

杜君恒瞥他一眼，用两根手指便把他搭在身上的爪子抬开："你很吵。"

风黎："……"

风黎晚间同杜君恒一起回屋时，无意中扫见杜君恒的镜台上多出了个并蒂莲的荷包，看这精致的绣工和针脚，不需猜都知是出自小柳之手了。

又是这个小柳！

他冷哼了声，慢腾腾走至中厅，又慢腾腾拿起茶壶，再慢腾腾倒水。杜君恒见他这样，已猜到他是有话说，但偏偏不点破，只是照旧拿起了她那本《思无邪》，点燃灯烛，翻到了早先的折角页。

风黎故意将瓷壶弄出声响，到最后实在耐不住了，才总算拖拖拉拉开口："你都收了人家礼物了？"

杜君恒鼻息间一声不轻不重的"嗯"，显然没把这件事放在心上。但她越是这样，风黎心中就越是气恼，他猛地站起身又坐下，再给自己灌下口水权当是消火。"她是个女人。"他重重道。

杜君恒不徐不疾地将书翻过一页："我知道。"

风黎听罢更加气急败坏："你们这样是不对的！"

杜君恒扫他一眼："我没想怎么样。"

"等你真正想的时候就晚了！"风黎已经跳了起来，他疾步上前，一把夺下杜君恒手里的书，"那个臭丫头对你不怀好意你看不出来？"

杜君恒听他这么说，倒真静了一静，她一双黑眸看定他，深得仿似能吸人："那么你呢，楼主？你一再地暗示我，又究竟是何用意？"

一句反问，登时便让风黎无言以对。

他攥紧袖下的手，脸色一时阴晴："小君，我与她不同。"

"如何个不同法？"杜君恒话音一住，一脸饶有兴致地看着他。

风黎别过脸，小半晌，终是道："小君，你与我的一位故人很像。"

杜君恒听罢则是摇头，音调平缓，神色也似一如既往："世上的像有千万种，不知楼主所言是哪一种？但不论是哪一种，都不可能是楼主认为的那一种，本座孕化自昆仑仙境，这万万年来，经修仙、天劫、神魔之战……"

说到这，她声音一轻："这一切均被仙籍记录在案，更何况，我也从不认识楼主你。"

尽管有些事已经有所准备，但被当事人用如斯字正腔圆的口吻道出，还是让人难以接受，风黎抿紧唇，然而有些话说不出口，如鲠在喉。

几日之后，阴沉的天气终于放晴。

喧嚣的市集上，难得又恢复了人流如织。自从那一晚杜君恒出去了一遭，这郡上就未再传出有年轻男子离奇死亡的事。

原因并不难猜测到，只是风黎不明白，杜君恒如此一插手，那她秘密下界的事，不就要被暴露了吗？

思及此，他还是没忍住顿下了脚步，以灵识悄悄感知周围的环境，但怪异的是，他并没有感受到杜君恒所布下的任何的法阵，他眉头皱起，忽听走在面前的杜君恒道："楼主是有心思了？"

见杜君恒先挑起话题，那他风黎自然也从善如流，他颔首，凑耳低道："神尊果然是神尊，暂封了仙力，也能将那作祟之人逼得不敢现身。"

"你怎知是我出手？又怎知如此是逼她不敢现身？"杜君恒脸上似笑非笑，一恍神，风黎竟觉那神色居然也正邪难辨了，忙地错开目光，回话道："是风黎小人之心了，原本我还想着……"

"想着什么？"

"想着若是神尊肯开口，我那蜃楼里奇珍无数，当有一两件是神尊能看上眼的。"

"你这算盘倒是打得门儿清。"

"不敢不敢，只是……"风黎又一顿，一副的欲言又止，见杜君恒给了他个眼神继续，他这才道："依照民间俗礼，这婴儿在满月时，长辈需赠送一样礼物，您看这转生石的满月之期即到，不知……”

“届时我自会亲手取他性命。”杜君恒未再看他，径自向前走去，仅数尺，又顿住了脚步，但并不回头，“但在这之前，我会给他一个人界的满月礼。”

风黎一愣，要说这连日来的相处，让他对杜君恒还是有些见解的，毕竟这女神尊对人情世故，尤其凡世的人情世故没什么见识他也不是第一次知道了。但就在他决意继续在“蜃楼里有诸多宝物，大可任君挑选”这件事上继续添把柴时，却见杜君恒已与他开始有了些许距离，这不，远处一挂湖蓝色门帘落下，杜君恒已然没了踪影。

他忙小跑上前，也钻进了那街道边的店铺里，原是家首饰店，在外头不仔细瞧，像他这样的人，看见这样朴素的门头，怕怎样也要错过了。

不过这店虽是间小店，不过摆放着的花样倒是不少。光线从推窗外透入，越发显得货架上的玩意儿琳琅闪光，那店老板迎面走来，花甲的岁数，身材瘦得似竹板，偏生走路倒是稳得很：“客官，有什么需要的？”那老板见他来，招牌似的挤出两弯笑，这一笑，本就不大的眼睛几乎都要看不见。

风黎不由多看了两眼，这才伸手一指货架边的杜君恒，才堪看定个正形，便听杜君恒气定神闲道：“老板，我要一把长命锁。”

敢情竟是一早做过功课的。

当着杜君恒的面，风黎没敢笑出声来，只是从侧面静静打量着她，眼见她目标明确，她边走，目光边细细寻过那由红绸铺底摆满各式锁样的长屉，眸中七分比对，三分好奇。

他嘴角的弧度愈发高起来，倒是那老板自也是个眼精的生意人，一看她这模样，便知晓是个生手，他从未摆出的柜台下抽出窄窄一屉，一脸恭维的笑道：“没想到这位公子看起来如此年轻，居然也有孩子了。这里头的是本店最新最好的式样，不如您看看这边的？”

“孩子？”杜君恒闻言一愣，回身看看正憋笑的风黎，旋即便明白过来。她拧着黛眉，刚要解释，目光便被那一屉新抽出的锁样吸引，她曾在仙宫本上读到过，人界中愈是压箱底的才愈是好物，这般看来，果真如此。

思索间，她细长的手指一一抚过锁样，终于拿出了其中一个形似如意的金镶玉锁样，笃定道：“就要这个了。”

“这位客官果然好眼力！这把锁可是本店做工最精细用料最扎实的了！老朽见与您有缘，不如……”他伸手向她一比五指，“您看这个数如何？”

在人界随意走一遭，没想这样也能遇见同行，一直默不出声的风黎看罢大步上前，一把握住店老板那张开的手，“大爷，在下不才也曾经做过几年生意，知道这要宰便宰过路客的道理，只是您要的这个数，”他嘿然一笑，按下了店老板三根手指，“就这么多，再多，我们可就不要了。”

“这……哎，好吧。”眼见着到手的肥羊飞走了，店老板不由叹起气来，然而，就在他这气还没叹完的倏忽间，眼前竟是没了杜君恒的人影，他不可置信地揉眼，只见青布门帘动了几动，竟是真不见人了。

同时，帘外一股酥软的异香飘入，直让他失神地将手中的锁样跌落在地。

清脆的金属响落在地，随即手里便被塞入了一块碎银：“这是定钱。”

这是方才和自己讨价还价的俊俏男子的声音，混沌中，这是他脑中最后闪过的意识。片刻后，他终于回过神来，他咬了口银元宝，确认是真的，这才放下心来。他摸了摸脑门，直想：难道是青天白日见鬼了？

花了半炷香的工夫，风黎才总算在一间粥铺门口发现了杜君恒，杜君恒神色淡然，唯独一双秀目紧盯着双手，仿佛那空空的掌心真有什么东西。

“发生什么事了？”他面色狐疑，看看她，又不死心地多看了眼她的手，确定没有他物，这才又道，“你方才是不是发现什么了？

“是她。”

半晌，杜君恒终于答，她抬眸望了眼他，又将目光投向充斥着各种叫卖声的熙攘市集，最后才淡淡收了回来。

“就是那个‘花神’。”她道。

“没想到她竟真的出现了，”风黎心中一震，与先前所料想一致，有着那样奇异的酥香，以及杜君恒不同寻常的反应，怎样看，都不可能是寻常之事。只是，这个“花神”居然能在杜君恒的眼皮底下溜走，风黎蹙眉，心下忍了几忍，终究还是道：“也不知这‘花神’究竟有何秘法，竟能躲过你的身法。”

“她并不能躲过我的身法，”杜君恒听他这样说，倒也一愣，“是我故意放她走的。”

“什么？”

“我还没有找到足够的证据，再说，这光天化日之下，你要我如何抓人？”

风黎因她的态度有些着恼，一脚踹开挡在路前的石子，阴阳怪气道：“这样看来，这岐阳郡上最近能无人生事，神尊也是得了某位高人相助了？”

“高人？”多半是甚少听见这个词，杜君恒听罢，嘴角旋即翘起一个弧度，她的双眼目视前方，却挡不住黑瞳里难得的柔光，“他嘛，确实不错。”

他？她？

见她这个模样，鬼都知定是个男子了，风黎心头猛颤，正欲刨根问底，便见陈妈一路小跑地从绸缎庄旁赶来。她一副上气不接下气的模样，只那表情着实古怪，明明都已看见他们了，却还欲言又止。

“二位先生，老身总算是找到你们了！”迟疑了好半刻，她才总算开腔。

风黎与杜君恒对视了一眼，又速速避开，道：“陈妈，是不是出什么事了？”

陈妈重重叹了口气，点头道：“少爷进京赶考回来了，谁知道居然榜上无名！现在正气得在家里摔东西呢！”

一个大男人，气得摔东西？风黎听罢与杜君恒对视了眼：“但他摔东西又干我们何事？”

“少爷今晨想去抱小少爷，小少爷却打死都不肯让他碰，后来他才知道原来是家里住进了二位神仙般模样的先生，想必小少爷也是习惯了小君先生，所以才……”她话头微顿，强忍住哭腔，“现在小少爷大哭不止，还望二位先生速速与老身回府。”

“这……好吧。”

此刻孟府内阴云笼罩，一干家众皆垂手在庭院里站着，他们俱面面相觑，但谁也不肯先开口。就连本在月子中的孟夫人都被请了出来，她秀眉紧拧着，极力忍耐。

杜君恒甫踏进院门，就听一个低沉的男声指着她的鼻子骂开了：“我才离家不到半年，你居然就领了个小白脸回来了？”

小、白、脸？

杜君恒还是第一次听说这个词，一时甚有些新鲜，倒是见她这个反应，男人本就不小的火气猛地更蹿高了：“还有你，小柳！”

他的手指摇向人群，怎奈何却左右未见小柳的身影，越发气得跳脚：“小柳人呢？居然也被这个小白脸迷得七荤八素的，简直就是败坏我们孟家的门风！”

小柳不见了？杜君恒心想着，出神间，陈妈已经将哭得肝肠寸断的小家伙抱了来，陈妈看看她，又迟疑了半刻，还是将人递到了杜君恒的面前。

奇的是，那小奶娃一看见来人是杜君恒，立刻就不哭了。他藕节般的手臂欢喜地挥着，软软糯糯的小手甚至点了点杜君恒的尖下巴，接着扑哧一声笑了出来。

“真是活见鬼了，这个小浑蛋亲爹不认，居然对着个外人笑得这般开心！”男人转过身，二十八九的年龄，方脸薄唇，穿一身少见的青绿袍子，活像一株刚从地里拔出的油菜。

他满脸怒气，扫了眼杜君恒，目光又落到风黎身上，只是越看越气，越气嗓音就越粗：“你自己看看，像他这种明摆着一脸风流债的模样，哪里是你这种妇道人家能招惹得起的？”

对于“一脸风流债模样”这个贴切形容，风黎表示受用得很，不过纵使这般，该回敬的话也还是一字不落：“亏你还是个读书人，我们好心好意救了你家夫人一命，你就是这么报恩的？”

他的声调越拔越高，简直生怕墙外的人听不见：“还是说，你根本就信心不足，怕我堂弟拐跑了你家夫人和丫鬟？也是，毕竟像我堂弟这样的相貌人品，在我们家乡，那可是不知多少姑娘倒贴他都不看一眼的，你知道为什么？因为我堂弟他老实啊，他……”

说到这儿，他下意识又看了杜君恒一眼，像这样信口胡诌的故事，说得多了，连自己都快要信了：“真名士，自风流。孟少爷，您说是不是？”

杜君恒离他最近，自然就听得最清楚。她活了千万年，还从未见过这样的男人，装不出大度也就算了，又自恋得要死，还一丝亏都不肯吃。

然而，像这样一个人，居然也会第一个站出来，态度强硬地想要维护她，维护她这个九重天上首屈一指的上神。

却也因为是上神，平生最惧因这芝麻绿豆大的事而斗嘴，她上前一步，面色冷然，索性一把将眼下的局面道破：“所以孟少爷的意思是？”

庭院里霎时间一片鸦雀无声。

片刻后，终听得孟夫人鞋面摩挲，她咬着唇，温声但坚定地道：“孟郎，这从来哪里有把客人往外面赶的道理？再者说，若不是我自己要去拜花神，也不会因此动了胎气，就更不会遇到这二位救命恩人了！”

孟夫人是个讲理也讲情的果敢女人，只可惜她的话到了孟少爷耳朵里，不知怎么就成了：“这么说来，倒是他们二位刻意等在那儿的了？说，你们到底有何企图？”

说到这里，连陈妈也忍不下去了，她手指着他，颤得厉害：“我们家小姐是闻名瑾城的女秀才，若不是和你指腹为婚，哪里能轮到你娶她？你自己名落孙山也就罢了，现在还拿我们小姐的客人撒气！你，你简直不是人！”

她这话说得连个外人都看出来这桩姻亲是怎么回事了，孟少爷听罢眉毛抖了几抖，情急之下拽过身边的扫帚作势就要向陈妈抽去。

风黎虽被这人的样子逗乐，但这番行径如何能看过眼？他将单手背过身，一道法诀偷偷从袖间释出——

顷刻间，小院里风云变色，本还是晴朗的天瞬时昏暗，一阵鬼哭狼嗥般的阴风贴着孟少爷的小腿肚刮上来，生生将院内植着的木叶扯下覆上了孟少爷的眼睛。但没有人看到的是，那木叶里一线虚光闪过，便再不见了踪影。

“你，你们！”饶是孟少爷面上已经吓得惨白，难得腿还能维持着不打架。

风黎上前一步，虽留意到了那虚光，但现下的注意力终究在如何多给这个孟少爷一点教训上，奈何刚要动作，手就被杜君恒拉住了。且听她落字平静，声音中却透着少见的寒气：“这孟府有邪祟，我与堂兄就不久待了。”

话毕，就将怀中的小家伙一把抱回给陈妈，小家伙自然不肯，陈妈也自然要推辞，却不料这位小君先生递来的力竟重千斤。

“君先生，小君先生！”陈妈不甘心地拍着大腿，在那阎王出游般的阴风中望眼欲穿，“你们就要走了，好歹给这孩子留下个名字吧！”

与风黎并肩走着的杜君恒听罢倒真顿了一顿：“不如就叫磊之吧。”

出了孟府，沿着平康坊一直向东走，遇见沽月楼再拐一个弯，便到了本镇最大的同福客栈。同福客栈旁有一石桥，名曰荐桥。杜君恒现便在荐桥上往下看……

也不知她在看什么。

自孟府出来后，风黎就一肚子牢骚，偏生这杜君恒又是个闷葫芦，简直憋到他都快内伤了。他忍了几忍，终于忍不住开口道：“神尊可曾有过这被人轰出门的经历？”

“不曾。”杜君恒终于将目光从那河堤上收回来，她认认真真地看了他一眼，语气却并无起伏，“这是第一次。”

“这般说来，本楼主也是第一次。”

也许是意识到两人前后的两句“第一次”太过敏感，他咳嗽了一声，压低嗓子，没话找话问：“三石为磊，孟小少爷那个磊之，其实就是转生石的意思吧？”

杜君恒点头，神色并无故作玄机的意思，但眼眸里的认真比之刚才却愈见浓烈了：“人界女子无法自主婚约本座是知晓的，但情形竟是这般，着实让人愤慨。”

能令如她这般性情寡淡的神尊发表上一句愤慨的，显然已不是小事了。

风黎叹了口气，道："人界向来都是如此，父母之命，媒妁之言。若说真有两情相悦便能结合的，三界里恐怕就剩下魔族了吧。"

他的话不无道理，倒是杜君恒听罢盯着看了他一阵，半真半假道："想不到小小蜃楼之主，也懂得兴风唤雨的法术，真不知你究竟是何来历。"

风黎听后掩面一声咳嗽，脸还挂着夸张的笑："我说你这人，怎么就只准州官放火不许百姓点灯啊？当初在金店是谁第一个先破了规矩的？还有方才你对孟少爷下的那个仙诀，到底是怎么回事？"

杜君恒早知这人记仇，却不知他还记得这么清楚。她摇摇头，伸手指向石桥对面一栋三层楼高，檐角下左右挑着两个红灯笼的客栈，没话找话道："你看，同、福、客、栈到了。"

不想这杜君恒也有卖关子的时候，风黎哼哼一声，一掀衣摆，向那走了去。

同福客栈作为本镇第一大客栈自然客似云来，见他俩落座，很快便有机警的店小二前来伺候。风黎一门心思打算化悲愤为食欲，刷刷刷便点下了店里最好的酒和最贵的菜。

等待的空闲里，风黎看看杜君恒，又看看瓷杯里的茶。

正准备要提问了，便听杜君恒道："你方才问的，我现在可以回答你。"

为何这人总是快自己一步？风黎憋屈了，甚至产生了某种只在戏文中看过的一物降一物的感觉，他撇撇嘴，有些故意又有些忧伤地将瓷杯里的茶晃得叮当响："我还以为你一辈子都不打算说呢。"

"我的这一辈子太长，怕是会辜负了楼主的好意。"

"放心，我风黎的命可是很长的，不信你可以试试。"

"呵，好。"

杜君恒淡淡抿出个笑，细长的手指在他的瓷杯上轻拂过，便见内中水纹波动，一个"计"字慢慢旋了出来。

"我杜君恒从不惧吃亏，只是从不吃这不明不白的亏。"她落音如钉，眼锋沉静。然而她这样说，却猛地让风黎心中一震，是了，毕竟她是九重天上头一位的神尊，在这天底下，又有何人能真正逃过她的双眼？

只是，他不敢去想象的是，在那孤寂清冷的罗浮宫中，在那万古长夜的岁月里，她孤身一人，素手纤纤，究竟需要提防多少的明枪暗箭才能换来今时今日的沉稳不惊。

突然间，他感到有些心疼，也在这同时间，他心中浮现出一个人。他低头饮酒，似不愿回忆这与之相关的往事。

然而仅片刻，又听杜君恒在耳边斟酒，她的动作如行云流水，潺潺的酒声里，他听见她疑惑的嗓音飘入耳际："其实我有一事不解。"

杜君恒说她不解，那必然是有事情真的没明白，她一双秀目映着酒色，也似无限风月近在眼前："那孟少爷，为何不满我们住在他家？我们虽未付过房钱，却是救过他夫人和儿子的命。"

"这……"风黎实在未料到杜君恒居然到现在还不明白，他抽了抽嘴角，刚夹住一片淋着浓香酱汁、飘着翠绿葱花的鲜嫩鱼肉的筷子也停住了，只是停在半空，不上不下，正如此刻的心情，不尴不尬。

"这正是因为他妒忌我们英俊潇洒，吃醋了呗！"他说完，哧溜一口将鱼肉吞下，奈何尚不及咀嚼，便被那鱼刺卡住了，他吞咽不得，且听旁座的杜君恒悠悠道："吃醋，原来是如此。"

她长长"嗯"了声，紧皱的眉头总算舒展开，"本座只会酿酒，不会酿醋，有机会也可学上一学。那沧海老头没事便爱找本座的麻烦，下次便可用此法一试。"

风黎："……"

那是风黎第一次觉得杜君恒除了清冷孤傲也有迟钝可爱的一面，虽然将"可爱"这个词用在九重天上独一份的女神尊身上是有些冒犯的。

第三章 花神案

风黎之后又偷偷回了一趟孟府，因为他发现自己丢失了一样东西，那东西正是杜君恒“补偿”给他的仙气琉璃瓶。

可他并不敢将此事告诉杜君恒，他怕杜君恒因此讥笑他，哦不，高高在上如君恒上神自是不会讥笑他的，因为她甚至懒得搭理他。

但是，自从孟府离开后，他这自言自语的毛病就加重了不少，今晨他在客栈里思来想去了整一个上午，终于想到了一个好办法。

风黎叩响杜君恒的天字号房门，贴耳低声道：“小君，我能进来吗？”

杜君恒懒懒应了声“嗯”，风黎遂推门而入，却见杜君恒正在读书，一副没看见他的模样。

他清了清嗓子，又径自给自己倒了杯茶，正寻思着该怎么开口，便见杜君恒一双黑眸自书册中抬起，淡声道：“楼主来我房中，总不是为了这一口茶吧。”

她的话旋即拨了风黎一个机灵，他从圆凳上站起，少见地开门见山道：“近来无事，咱们不如去烟花楼逍遥一番吧。”

其实，去逍遥不过是他的借口罢了，真正的原因是杜君恒曾经对他表示小柳长得还不错，而在他认为她会这样想，纯粹是因为她见过的世面还不够，倘若她见识得足够了，那定然也就悟了。

是以对这个办法，他甚是满意。

等了许久，杜君恒还未回话，他因等得不耐烦，索性也凑近看了眼那书，赫然四字：酿醋秘法。同时，他听见杜君恒认真地回话道：“那烟花楼既是只有男子才可去的地方，那本座需不需要化个皮囊俊俏些的男子，以供行事便利？”

风黎听后差点被一口茶水呛住，她还想行事便利？风黎简直快哭了，但面子上还偏偏得挂住，他抽动嘴角：“我们此番只是为了体察一番，并不需要行事便利，况且神尊本是女子身，这女子和女子……”

他实在不知该如何往下说，倒是杜君恒不徐不疾地将手中的《酿醋秘法》翻过一页，一脸淡然道："这男子与男子相好称作'龙阳'或'断袖'，女子和女子则是'磨镜'。蜃楼之主，真难得你也有答不上来的时候啊。"

风黎："……"

泯江江畔日暮西陲，宽阔的河面如金鳞闪烁，一艘装饰富丽的画舫停泊在天青石修筑的渡口边。微风徐徐，撩出花阁内女子们的阵阵胭脂香。

杜君恒与风黎在江边站立良久，这才进了那名为迷津画舫的烟花之地。

迷津画舫共有三层，第一层是姿色普通、才艺生疏的女子；第二层则是姿色尚可、才艺尚可的女子；至于这第三层，才是男人们梦寐以求的容貌与才艺堪称双绝的天仙美人。

对于天仙，早已经待腻了九重天的杜君恒自是不感冒，是以选择去了二层听戏看曲。事实上，二层说是折中水准，但其实也不乏姿容纤丽、性情婉约的花娘。这些花娘有些是因色衰而从三层退下来的，也有些是因自幼孤苦，只图以一门琴艺傍身而来的。

是的，这里的女子多是卖艺不卖身，但毕竟是烟花之地，一旦入了，就再难找个好婆家了。

这些话都是杜君恒在听曲时风黎偷偷告诉她的，她听后黛眉蹙起，将手中的白玉盏杯静静放下，沉声道："世间总以女子的容颜论其存在价值，实是最不公平一事。本座现虽为神尊，却也因为女子身屡遭质疑，不过，对于那些不服本座之人，本座向来只会用能力证明。"

风黎点点头，虽然心里想的是"你这哪里是用能力证明，分明就是用拳头证明啊"。他一脸哂然，片刻后将视线望向前方。

宾客满座的画舫里，无数双眼睛盯着戏台上的花娘，她们面庞妩媚，腰肢动人，天气明明还透出寒意，她们却敢于穿着轻薄的裙衫翩翩起舞。

被这一群舞娘簇拥着，一位发髻如云、肤白如凝脂的女子以一手反弹琵琶惊艳出场，引得众宾客纷纷叫好。但风黎却眼尖地注意到，那位弹琵琶的女子，手指的指腹上因常年套假指甲而被勒出了明显的深痕。

他撑开手里的空白折扇虚摇了摇，目光忽又不听使唤般移回到杜君恒的脸上，如果说这些凡界女子都不易的话，那么她，则是不同。

这种不同让他忍不住地想要探寻，就像好容易才在这世间寻得的一本好书、一壶好酒、一场好梦。

这般神游间，原本听戏看曲的心情也淡了，他嗑着瓷碟中的瓜子，心不在焉地左顾右盼。忽地，他在一群陌生人中发现了一道熟悉的身影，那人一副警觉的模样，正被人引着通向三层画舫——

他猛地将折扇合起，点了点杜君恒的肩膀，低语道："小君，有位咱们的老熟人来了。"

杜君恒狐疑地看一眼他，顺着他的目光，她自然便也发现了那人，赫然是孟府的少爷，她眸色一凛，与风黎一道跟了上去。

画舫的空间越往上，便越是狭窄，他们需弯着腰才能进入三层。杜君恒走在最前，风黎紧跟其后，然而看着身前人松竹似的背影，风黎脑中突然涌起了一个念头，这母老虎一发威，等下该不会没忍住顺手就宰了那小子吧？

但那样的话，倒还真是解了他的心头之恨。

不过想归想，待到他们真上了晃晃悠悠的三层，谁料那小子竟像是一个闪身凭空消失了。

眼前，一重重嫣红色的薄幔阻挠视线，偶有几位裸着玉颈的美貌花娘经过，也仿佛女妖似的眨眼就不见了身影，仅余下撩人的脂粉香在鼻息间飘过。

幔影幢幢的通道里，间隔着支开的窄窗透出河道西陲的日光，越发将那帷幔透出一层融金般的虚渺色泽。倒是忽而一阵似曾相识的酥软香味飘出，立时引起了他们的注意。

那是极淡的味道，混在画舫的木香和香炉的熏香中，几乎淡不可闻。

是她！

一个念头闪电般在头脑中炸开，杜君恒眸光一凛，当下就要使用法术。好在风黎一个箭步拉住了她，他朝她比了个"嘘"的手势，又带她走了几步，这才用指尖戳开了身旁的纸窗。

透过半指粗的小孔，他们的目光恰好落在了遮挡视线的绢纱折屏上——

一道男女调笑着互相喂酒的身影被灯烛的光线勾勒得分明。

杜君恒此前从未见过这情形，一双秀目登时便睁大了，她面上虽泛着薄红，目光中却杀气明显。她也从未学过任何骂人的话，以至于憋到最后，也不过低低道了句"该死的"。

但也是这一句轻不可闻的话引起了房中人的注意，须臾间，暗室内的灯烛被吹熄，紧接着一阵花香如迷雾般溢出，直要让人昏昏倒地。

可惜这些对杜君恒他们来说都是雕虫小技，她目光敛起，并指如剑。风黎心知眼下劝她已经不得，起手间已撑开了一道透明的结界，以防止走过的人发现此地的异样。

不等他做好准备工作，杜君恒一个气劲瞬间撑裂了房门，风黎不知她几时解了自己设下的仙术封印，一时只能帮着她做些善后的事儿。倒是房中人甫见这气场不对，身影腾挪间居然也换上了面纱。

黑不见五指的画舫暗室内，本就狭促的空间越发变得挪不开脚，几个回合的气劲回旋下来，屏风倾倒，器具碎裂……屋内已是一片狼藉。

奈何风黎那结界只可混淆视听，并不可真的掩去声响，一时间也开始着急起来，他低喝了句："小君！"另一道气劲也上了手，直直朝那女妖面门砸去。

倒是那女妖反应也快，一个闪躲间，蛊惑花香再起，风黎还当又是先前招数，谁知竟被花粉蜇中双眼，再想睁开，已然是疼得厉害。

因为疼，他只能闭上双眼，瞬间里，他听得一声类似机关转轴的声响，接着眼皮前一道光亮乍现，旋即便是自船尾传来的落水声响。

难道是那女妖跑了？他刚要想，便听晃动的船板传来一阵咚咚咚的声音，显然是他们动静太大，被人发现了。

"小君！"黑暗中，他又喊了一声。

但并未有人回答。

此刻，距离他不到十尺的杜君恒正微倾着身子，向那突然破开的窄窗探身望去。方才那女妖纵身一跃，谁想竟是从这个地方脱逃了。

余晖渐收的泯江上，一个水花高高溅起，生生将那江面凿出个水窟窿。杜君恒本有追的打算，但在岸上纷纷向这投来的目光中还是止住了。

她回过身看向风黎，倒是风黎虽也想看她，一双眼却因蜇痛而用手紧捂着。

"罢了，我们走。"杜君恒水色唇紧抿，她抬手虚化了个诀，指尖一点银光点起的瞬间，方才看见那孟少爷原来早被女妖弄晕了扔在地上，就像是被抽走了骨头的犬类一样。

待她和风黎一起回到同福客栈时，天色已全然暗了。在同福客栈二层的雅座看去，那一江深沉的水在夜风中无声涌动着，仿佛一条蛰伏着的黑鳞巨蟒。

她盯着江面出神，片刻后收回目光，再一抬指，在风黎的双目上轻轻覆过。

被仙气包裹的瞬间，一直疼得嗷嗷直叫的风黎总算消停了，但仍是不解气，他用力一捶桌面，龇牙咧嘴道：“今天那个小妖究竟是何人？居然能在你我的眼皮子底下溜了！”

“她应当就是那个所谓的‘花神’，”许久，杜君恒终于开口，她看向他，目色凝重，“还有，她不是妖……”

“不是妖？”风黎捂着脸，不可思议道。

“想来该是堕化了的仙。”杜君恒最后道。

对于这个假设，风黎自是好半晌没回过味儿来，人都说神仙好、魔族恶，而今天看来，也并非全如传统认识里的那样。

他长叹了口气，道：“既是如此，你打算如何做？”

“诱，而后杀之。”杜君恒浅抿下一口茶，道。

果然是居于神位的女人，谈及杀伐之事，近乎面不改色，他颔首，话里却是故意道：“我有一问题想请教神尊。”

“讲。”

“魔救一人和仙杀一人，神尊当如何看？”

“魔救一人是为善，仙杀一人是为恶，本座向来只以事实论事。但飞升有飞升的规矩，魔并不会因施救一人而立刻飞升为仙，仙却会因杀一人立刻堕落为魔。”杜君恒看向他，正色道：“是以自古由善入恶易，由恶入善却很难。”

“神尊还真是满口仁义啊。”风黎撇撇嘴，一脸不受教的模样。但或许这就是为仙的好处吧，永远可以站在道德的神座上评判他人，他忽然恶狠狠地想。

多半因为杜君恒他们已经打草惊蛇的缘故，在这之后的一段时间，那个“花神”都未再露面。至于那位孟少爷也在这件事后，消停了不少，多半因为是在迷津画舫被寻回太过折损颜面，故而在很长的一段时间里，他都未再出门。

他不出门，风黎他们就只有干等，等孟少爷再次出门，而至于为什么说一定要等这个孟少爷……

“因为这位孟少爷，就是那第十九个人。”

“你是说？”

“没错，在神族的禁法里，曾记载有以十九个阳年阳月阳日生辰的男子魂魄为他人续命的办法，那孟少爷的生辰正是罕见的阳年阳月阳日。只是此法过于邪佞，自上一代神尊起，便将那本禁书封印入了太冥湖里。”

“所以你那一日夜晚出去，便是在调查这件事了？”

同福客栈的厢房里，一豆烛火摇曳不止，忽而拉长的铜黄色光线里，当初的重重迷雾也在一点点地清晰起来。

“想当初，我发觉事态有异，便第一时间去寻了掌管这片地域的土地君，奈何……”杜君恒的声音停了下来，表情也像不知该如何去谈及这件事，但最终她还是不打算瞒下去，“他近日被调任他处，而新上任的土地君的上任公文又因我下界无法颁发，故才闹出了这档子事。”

敢情这天界的仙官管理制度，原来也与人界、魔界一般无二，风黎心想着，又听杜君恒道：“算来这事也怪我，若不是我未将先前之事未处理妥善，又何至于让事态发展至此？不过，”她话音顿住，抬眸看向风黎，“我相信用不了多久，此事便能有一个了结。”

岐阳郡一年一度的庙市在万众期待下如期来临，因庙市是在夜晚，是以杜君恒他们直挨到傍晚才出门。在这之前，杜君恒紧闭门窗待在自己的房内看书，风黎则施了个诀，将他远在千里之外蜃楼里的仆从千机召了来。

千机原身是一只鼯鼠，坊间也称飞鼠或飞虎，也是随了它主人的风格，无事就爱把自己打扮得花里胡哨。这不，它一身绒毛被染成了蓝绿色，黑豆似的小眼睛眨巴眨巴，生怕没人看见它似的。

风黎叹了口气，将它从窗棂上揪了下来，调子慵懒道：“事情进展如何了？”

多半因为太懒，千机并未化为人形，窝在风黎的手掌心里便道：“回老板的话，已经查证，泷姬大人当年最后消失的地方，就是那处魔族中人不敢踏足的仙灵圣地。”

千机的话藏头去尾，并不能教人明白这其中的确切含义，但风黎却是一个失神，险些让千机从掌心上掉下来。好在千机有飞膜，这下索性放肆地蹿上风黎的头顶，倒是向来讲究的风黎居然也不赶走它，他长睫微垂，忽地安静下来，半个身体倚靠在了雕花窗框上。

很多年了啊，很多年了。

他细细摸索着食指上的碧色环戒，仿佛能从那光面上映出某个人的温柔眉眼。

门外，叩门声一声接着一声，而等他好容易反应过来时，原本梳得光顺的发髻早被千机抓了个稀烂。

他倒也没心情责怪它，反是在开门的瞬间被眼前的女子晃了心神：

白裙，碧箫，额心一点红朱砂，这是他第一次看见她的模样，但也并不完全相同。

那白裙是人界女子温婉含蓄的曲裾款式，那随云髻也是，不过是将鸦羽般的墨发松松盘起，以一枚白玉璎珞簪固定，她皮肤本就白皙细腻，这下竟还略施了胭脂水粉，更显得眉目如画。

唯有那额心美人尖下一点红痣不变，甚至越发耀眼了。

倒是杜君恒并未留意到他出神的目光，仅将注意力停在了与自己对视的那只鼯鼠上，她不动，鼯鼠也不动，好半晌，她才道："不知楼主原来也有养灵宠的嗜好，本座见这飞鼠可爱，不知可否以物交换？本座有一至交好友，想来可与楼主成为知音。"

她的话刚一说完，风黎头顶的千机就先颤了颤，它腿短，整个身子更是圆滚滚的。这一颤，风黎只觉整个头都在晃，他将它抓下来，但见它整个身子瑟瑟缩成一团，小眼睛里一副"求求主人不要把我卖掉"的委屈神情。

他默叹一声，并未正面回答杜君恒的话，反是迅速换上了一副戏谑的神情，抬手阖上了房门，道："不知神尊为何突然会幻回了女形？"

杜君恒的目光虽还停在那鼯鼠身上，不过话倒回得快："我恐那日与她交手时已经被她窥见了相貌，为防打草惊蛇，还是换个身份更为妥当。"

杜君恒的话不无道理，然而风黎看看她，再又看看自己，旋即便明白过来，他挤出个笑，语调也拖拉起来："所以神尊的意思是，连本楼主也要……咳咳，假扮成女人？"

他的这句以退为进迟钝如杜君恒自然听不出，仅是一本正经地回道："若是楼主肯割爱将这鼯鼠换与本座，本座倒也愿意耗些修为替你幻形。"

敢情她压根就没对他的千机死心呢！风黎看看她，又看看怀中的千机，终于还是拒绝了她的"好意"，一咬牙，索性"请"走了杜君恒，自行"装扮"起来。

半个时辰后，杜君恒终于在一层的茶馆里等来了徐徐走下楼梯的风黎。

要怎么形容呢？

原本杜君恒觉得风黎的相貌就算在神界里也是拿得出手的，只是偏阴柔俊秀，尤其一双桃花眼总隐隐透出股歪风邪气，不似她平日在天宫中见到的那些或儒雅或俊逸或清隽的男仙，但现在她忽然意识到问题的症结处了。

是气质，一副看起来可以卖个好价钱的气质。

经迷津画舫一事，她已对男欢女爱一事有了不少的长进，甚至还能举一反三，说出譬如这相貌若能换银子，那么像云枢那种已经可以换不少银子，而像她的兄长，号称神族第一美男的莲神虚白则能换好几个云枢。

但是眼前这位，真是掏出了全副身家，还要问他够不够的类型。

妖孽。

还是只冲着自己眉眼弯弯、抱了只圆滚滚鼯鼠的妖孽。

夜幕降临，塘口街庙市。

宽阔的街道上早已人头攒动、车水马龙。放眼望去，有小贩推着特色小吃，有首饰商人准备着精巧小玩意，还有读书人为卖弄学问挂起的灯谜。

杜君恒他们被人流推搡着，一个劲儿地朝东边走去。他们都是头一次参加人界的庙市，心中自然免不了有几分好奇，再加上“她们”衣着鲜丽，容貌出尘，更是吸引了无数年轻男女艳羡的目光。就连买肉煎包，都能得到格外照顾，生生能比旁人多出一个来。

杜君恒一脸不明所以，倒是风黎毫不客气地啃下一口，故意卖关子道：“想知道为什么吗？”

杜君恒摇头。

风黎耸耸肩，啧道：“因为你我生得好看呗，没办法，这个世道就是这么现实的，在其他条件都差不多的情况下，就只能看脸了。”

杜君恒“哦”了一声，既没赞同也没否定，倒是视线随即像被什么勾住了般，头也不回地向石桥边走去。

顺着她的目光，风黎看见河边处有人开始点起了莲灯，再细一看，数量居然还不少，大红的、淡粉的、嫩黄的……虽然颜色不一，但中间都置着一支点燃的红烛。

在月辉的指引下，它们载着摇曳的烛光沿幽深的河道而下，河水阴碧，万千的浮光朦胧而鲜活。青砖铺就的河道边，有人在赏灯，但更多人则是付上几个铜板取过白纸思考该写下什么心愿。

杜君恒从不知人界还有如此习俗，自然也欲一试，怎料率先抓过笔墨的竟会是风黎的那只蓝毛鼯鼠。

风黎似乎对它头疼得很，但也没说二话地就是上前付账。杜君恒看罢，目光似又柔了几分。

飘曳的烛光下，二人对着新拿过的笔墨一阵发愣。

也是，她杜君恒本就是神，自然无须再乞求自己。至于风黎，趁着她低头思索的片刻，又偷偷看了她一眼，再一眼，目光却仿佛再自然不过地落到那颗艳红的朱砂痣上。

片刻后。

“我好了。”杜君恒率先道，谁曾想对上了他意味深长的目光，“楼主难道是有字不会写？”

小半天，杜君恒得出结论。

话音甫落，直让风黎险些把刚刚写好的、墨迹尚未干的字条险些丢进了河里！

是上辈子欠了她，才会这辈子被她一再地戏弄，偏他又甘之如饴。

下一刻，一阵清越的驼铃声从远处响起，引得游人纷纷放下手中的莲灯，抬头张望去——

浓如墨洒的夜幕下，一乘由四匹装饰华丽的单峰驼牵引的巡游车宛如从云端徐徐驶来。铺着红毯的车座上，一名身着薄红裙衫的妙龄女子美得惊心动魄。她梳着手法繁复的反绾高髻，头戴镏金步摇，面上薄纱随风摆动，曜黑的星眸风情流转，她奶白的玉足踩着拍子，双臂舒展，分明跳的是一曲番邦之舞。

没有人能读懂这舞姿的含义，但都纷纷被她那勾魂夺魄的眼眸和舞姿吸引了。甚至还有年轻的男子不径自家娘子的劝说，如丢了魂般扑向了驼铃车。

是她！

风黎双眸一凛，刚要准备出手，手腕就被人握住了。

“再等等！”杜君恒在人群中搜寻着孟少爷的身影，果然，他今天也来了，身后还跟着两名阔脸壮汉，显然，迷津画舫的事他至今还耿耿于怀。但纵使这样，也没能阻止他如迷失了心神般鬼使神差地走向驼铃车。

围绕着华丽的巡游车，面纱女子不时弯下腰肢，步态妖娆地与男子们跳着贴面舞，可就在目光扫向他时，她蓦地停了下来！

所有人都没意识到究竟发生了什么事，但见那女子足尖忽地跃起，似应着震响的驼铃声，踩踏着是一众人群的头顶掠过。不过眨眼的工夫，她犹如苍鹰捕猎般凌空将人群中的孟少爷就抓了起来。孟少爷反应过来想要大叫，却惊恐地发现怎么都喊不出声音。

下一刻，面纱女子手中气劲再起，夹着他就向河面疾飞去，甚至因速度过快，连连掀翻了好几盏漂浮的莲灯。

莲灯熄灭的瞬间，庙市上的百姓也逐渐清醒过来，但他们哪里见过这阵势，慌乱间扯开了嗓子就高喊起来：“有妖怪啊！有妖怪啊！”

与此同时，已化为女形的杜君恒和男扮女装的风黎也凌空跃起，众人见状，呼救声更是一浪高过一浪。那面纱女子自然感到了来自身后的威胁，一个纵身，足尖更是用力，甚至索性丢了团迷烟障眼。

“雕虫小技。”

杜君恒一声冷哼，黑夜的尽头，只见她弹指一线银芒闪没。她将风黎护在身后，一双黑眸平静无波：“一会儿跟在我后面，我保护你。”

她的声音同样不徐不疾，仿佛事情合该是如此。

十里之外，城郊花神庙。

天色晦暗，越发显出眼前刷着赭石色外墙的花神庙格格不入，就像是凭空冒出了这么一座庙。但尽管如此，前来拜谒的香客依旧不少。

杜君恒淡淡环视一圈，步伐亦放缓了些。大抵因为这里栽种有奇花异草数十余种，故而面纱女的气味已变得淡不可闻。但饶是如此，杜君恒似乎也并不心急，不过是一路走一路停，直等到进入后院，她才突然开了口：“就是这里了。”

风黎闻言一愣，险些被眼前一株需三人合抱的大榕树撞个正着，他扫一眼树，又盯看向杜君恒，疑道：“你是说这里？”

杜君恒则再了然不过地颔首。

风黎挑高眉“哦”了一声，且看她抬袖一挥，一道透明结界便如气罩般徐徐笼下，她的动作流畅，神色认真，只是太过一丝不苟，简直让他风黎毫无存在感。

他咬了咬牙，又咳嗽一声清了清嗓子，总算吸引了她的视线。

“有事？”她淡淡瞥他，语调不轻不重。

风黎看看她，又看看这弥漫着雾气的朦胧后院，一咬牙，索性吩咐千机拿出了盏烛台。起初千机一直在他怀里舒服地蹭来蹭去，这下听到烛台的名字，一双黑豆似的小眼睛立时仿似来了电。

原来那烛台名唤蚀月烛，乃是逍遥子的法宝之一，那逍遥子虽是个散仙，修为却并不亚于四上仙。是以这蚀月烛也是个厉害角色，除了能吸收月华以做灯烛使用外，更有增强修为的效用。但最神奇的，莫过于它所布下的结界，能将内中一切完全隐形，只是需要耗费些时间，也是因为此，迷津画舫那一次，风黎并没有用上它。

此时，得了风黎的吩咐，千机一阵旋风般就将烛台端了出来，顷刻间，整个结界中如衔日月，连绵不绝的修为似水波纹般不断倾注于体内。

杜君恒被这光华吸引，当下便认出了蚀月烛，唇角一牵，道：“没想到楼主的生意遍通三界，就连逍遥子这样的避世高人，都成了您的座上宾。”

风黎自然听出了她的弦外之音，奈何他这人的脸皮向来厚得足以当城墙使，且绝不轻易被人下套，一啧嘴，很快回道：“神尊这是哪儿的话，我风黎打开门做生意，自然四海之内皆宾客。若神尊您这次成功得了转生石，下回若有好事，还记得来找，我蜃楼的大门永远为神尊您而开。”

杜君恒看看他，又看看那在蚀月烛旁的鼯鼠，调子不轻不重的：“楼主果然好口才。”

风黎还没来得及解释，便听一声轻微的碎裂声响，随即，一圈黑不见底的漩涡犹如刻纹般骤然出现在了枝干的中央位置。

“走吧。”她淡淡一挥袖，道。

黑不见五指的洞穴里，唯一的光源来自风黎头顶的千机捧着的蚀月烛。因为洞穴里密布结界的缘故，连蚀月烛的光辉到此处都有所暗淡。

洞穴里的空气潮湿而黏稠，偶有滴水声从远处的石壁传来，似在提示他们这洞穴的深度。这里甬道曲折，岔道口极多，低矮处甚至需要人弯腰前行。杜君恒默施了个诀，指节间一根缠绕的银丝便浮现了出来。

风黎疑惑着正要询问，且见杜君恒微停住脚步，空灵嗓音与远处岩壁的滴水声一同落下：“你之前一直追问我为何不拒绝小柳，那么现在我告诉你，因为她不寻常。”

不、寻、常？

她杜君恒此时此刻告诉他这三个字，难道说？

风黎心神一震，几乎是同时便反应过来：“所以你早就知道了？知道那小柳其实就是假花神，你是什么时候知道的？”

“一开始。”素白如玉的脸上一双黑眸澄净如洗，但就是这样一双眼，居然瞒了他这样久？

还是他看岔了？

风黎突然觉得头有些痛，倒是她不徐不疾地继续：“一开始我只是怀疑，但直到她送给我荷包，我才敢确定。”

“那荷包的一针一线皆是人界之物不错，但唯独那花样是千瓣并蒂，这种花只有仙界才有，她大概是还未见过人界的并蒂莲，才会以为二者是一样的吧。”

“可这个女子，我也曾仔细查探过，她身上并无任何仙气或是妖气的痕迹，你又是怎么发现的？”风黎挑眉道。

“因为那把菱花镜。”

话到这儿，风黎的脑子也瞬间活络起来，的确，当时他也留意到了一丝异样的光，只是……

他还要出声，奈何一个踉跄，直直栽在了她身上。

“至于那菱花镜的秘密，一会儿你就知道了。”

肌肤贴近的瞬间，杜君恒的话语也同时落入耳畔，她的身上有一股难以形容的味道，似药苦似花香，全然不似寻常女子的酥软芳馨，它是干净清冽的，像是某种恣意生长于湖边的蘅芷。

可惜那株迟钝的“蘅芷”显然没有他这么的有诗情画意，她冲他比了个噤声的手势，起手间一道仙诀已然注入面前的石壁里。

犹如龟裂般，旋即那石壁便撕开了一道细缝，接着越开越大，大到足够容纳他们穿行而过。一束幽暗的光线从洞口射出，伴随着一股森冷中带出腐气的阴风，这里赫然才是真正的秘穴！

视野所及，眼前的山道狭窄，除了岩壁边零散堆置的木箱外，便是摆放着的再简单不过的生活器具了。但最让人惊愕的，还是沿着山道被随意丢弃下的一具具年轻男子的尸体，他们衣着完好，身上也无明显伤痕，唯独面色铁青，身体僵硬如石块——正恰犹如他们第一晚在那个深巷里见到的那具男尸一样。但此时最让人捉摸不透的，则是他们面前不远处倒扣着的青瓷碗。

杜君恒走上前，蹲下细瞧了瞧，瞬时变了脸色：“是银晶草。”

“银晶草？就是那服用后可令魂魄与肉体分离之物吗？”风黎讶异道。

杜君恒点点头，并未再说话。迂回的山道中，二人沉默着，每看见一个空瓷碗，杜君恒就会停下来，风黎注意到，她是在记数。

等记到第十八个瓷碗的时候，前面已经没有了路。青苔斑驳的岩壁迂回处，一个男子战战兢兢地躲藏其中，他身着蜀锦长袍，因低着头而看不清长相，待杜君恒走近了，他又实在无处可藏身了，才不得已地从那旮旯之地探出，接着一把抱住了她的腿哀求道：“求求你不要喂我喝那个！”

他的下颚方正，却也眼熟得很，不正是被拐来的孟少爷还能是哪个？

孟少爷看见他们，魔障般迟疑了片刻，又开始求饶。

倒是杜君恒虽发现了他，却意外的并未给他松绑，反是故意转了一圈，看看那岩壁，又再看看他，悠悠启口道：“小柳，你还打算装到什么时候？”

话音刚落，那“孟少爷”霎时失了声，但仅一瞬，他又继续做起先前的动作：“女侠饶命，我真的不知道你在说什么，求求你放了我吧！”

但无论他如何做，杜君恒都不为所动，她只是看着他，用很淡，但也很不屑的目光看着他。

这个目光风黎简直再熟悉不过，他冷笑一声，手指向那尚且干净的青瓷空碗：“臭丫头，到了这个时候还敢骗人，如果你真的是孟少爷，又怎会在刚被擒来时就知晓其他人都是因为这银晶草而死？还有，你居然胆敢趁着本楼主出门偷走我的琉璃瓶！”

“什么琉璃瓶？”杜君恒眉头一蹙。

然而也是这一阵的分神，“孟少爷”猝然出手，他的身法很快，虽然招式不稳，但颇为凌厉。饶是如此，他还是被杜君恒看似云淡风轻的挥手一带，摔了个狗吃屎。

“怎么？还不肯现出原形，难道是逼本座废了你的修行吗？”杜君恒身影不动，声音也并不如何狠厉，莫名的却有震慑力。

终于，小柳摔倒在地，不消片刻，她便幻回原形，赫然是一名仙宫宫娥的模样，但让人诧异的是，那脸庞并非是小柳。

“我是输了，但我还是不服！”她用拳头砸着地，愤愤不已。

她这么一说，风黎倒是第一个先乐了，虽然他也疑惑她此刻的外形，但还是难得地想为她解惑：“你知道她是谁？你不服？”

“她是谁？不就是一位上仙吗？”女子愕然地看着他，又重新看看杜君恒。

只听风黎冷冷又道：“你也不想想，在你们神界，究竟什么人敢自称本座。”

他的话顿时点醒了女子，她将脑袋晃成了拨浪鼓，她张着能塞下整个鸡蛋的小嘴，惊道：“君恒，杜君恒。我还以为只是巧合！但是君恒上神怎么可能会来人界？”

话已至此，已无可隐瞒，风黎和杜君恒步步逼近她，终于，还是杜君恒开口了：“说吧，这究竟是怎么回事？你为何要假扮成花神取人性命？”

“我并非是白白取他们性命，在此之前，我已经完成了他们的夙愿！”她强词夺理道，双眼直盯向杜君恒，像至今仍不能明白为何会在此看见这九重天上头一位的大人物，“再说了，在神界，谁不知婴缇上仙与您是对头，我本以为……”

“以为什么？”

“以为她的事，您是最不会插手的。”话到此，她的声音也小了去，她双手捂着脸，泪水从指缝间溢出，“我本是碧霞宫的一名仙娥，名叫雁玉……”

原来，小仙娥本名并非小柳，而是雁玉。这雁玉因贪玩，某一日趁着碧霞元君闭关时偷偷溜下了人界，后又恰逢孟府丫鬟小柳因病新死，便趁机附上了小柳刚刚断气的身体，并借着小柳之名留了下来。在这迥异于天界的地方，她很快认识了一名陆姓秀才，随后与之相爱，哪知就在二人私订终身不久后，陆秀才的身体状况便急转直下，几乎到了生死边缘。为了保住陆秀才的性命，不得已，她这才动用了那神族禁术。

“那册禁书明明被莲神封印在太冥湖底，你怎会得知书中秘辛？此事单凭你一人，究竟是如何做到的？”提及神族不世之秘辛，连杜君恒也不禁动容。

倒是风黎站在一边，心道这事听也不是，不听也不是，只得干干看着杜君恒。下刻，且听那雁玉终于还是回了话：“一开始，我也以为此事绝无可能，但在我潜入太冥湖后，发现……”

“发现什么？”

“发现那里的封印早不知何时被人动过，所以我这才有机会……”雁玉不敢往下说，风黎也不敢往下听，暗自又看了眼杜君恒，却见她黛眉紧蹙，不发一语。

显然，她越不动声色，往往也就意味着这事态越严重。

雁玉知晓自己是道破了不该道破之事，霎时间面白如死，她咬唇，只得将自己所犯之事絮絮叨叨往下继续。原来，在得到禁术之后，为了能顺利实施自己的计划，她便以仙法建造了一座花神庙，假借花神之名，引各方香客前来，并伺机找寻那出生于阳年阳月阳日之人，最后在完成其愿望后夺其魂魄，为她的心上人续命。而至于说为何从一开始她便能瞒天过海，则全是因为……

“所以你不单是偷偷下界，还顺便盗走了碧霞元君的留霞镜？”风黎向来对世上异宝颇有心得，据说此宝物能掩去这世上的诸般表相，更能将人之容貌任意幻化且不被察觉。拥有此等宝物，这也难怪连杜君恒都难以察觉她的真实身份了。

雁玉默认了他的疑问，惨然道：“你们来此地之前，我的计划都一直很顺利，但就在你们来孟府不久，我便发现再也无法寻见生于阳年阳月阳日的人。时间紧迫，奈何我又无法如期取得……”

话到这儿，她突然像噎住了般惊恐地看向杜君恒，像终于找到了所有谜题的中心。

反观杜君恒，信步踱到雁玉的面前，单手挑起她尖翘的下巴，自上而下俯视她：“雁玉，本座要的东西也敢打主意，你胆子不小。”

她杜君恒要的东西，难道是？瞬间里，风黎脑中闪过无数昔日相处的片段，他屏息，思路停在了雁玉无故出现在育婴房前的那幕，还有无数次他们与转生石在一处，雁玉突然出现，目光好似是在看杜君恒，却总不时越过她，将视线飘向转生石时……

是了，转生石。

“神尊，我不是故意的，若不是那一日我用留霞镜微观时偶然窥见你们在房中说少夫人怀的婴孩其实就是转生石。”话到这儿，她拼命地摇了摇头，仿佛要以此否认曾无意知晓神界最高机密的事实，“天地三界，唯有转生石可真正让他活下来，其他的，都不过是暂时续命罢了！”

“你也知不过是暂时续命，”杜君恒黑眸眯了起来，手也松开了她，“说来，此事也并不怪你，转生石乃逆转天时之物，莫说是你，便是寻常上仙也无法动得。”

“是是是，奴婢不敢打转生石的主意，这才将目标换成了孟少爷，”雁玉忙点头如捣蒜，“那孟少爷是文昌星转世，即使无法达到转生石的效果，也比那些普通的男子强上许多。”

话到这儿，她才陡然像明白过来了什么，她瞪大眼，看着眼前的女子，仿佛从不曾认识过：“不对，我既无法取得转生石，又无法找到阳年阳月阳日出生的人，这便冒出来一个文昌星转世，难道说，这一切都是你……不，是神尊计划好的？”

杜君恒淡淡牵起嘴角，那表情分明是在笑，却又分明让人胆寒：“既然你都问到了这里，那我不如一次告诉你，当日我在城中暗查此事，发现死者均为阳年阳月阳日生人，便已知晓有人在用神族禁术炼魂，只是碍于自封了仙力，便向云枢讨来了天罗伞。”

原来是天罗伞，传说此伞可逆四时节令，而凡人用之，则可暂隐命格。也无怪乎不论是当时的雁玉还是风黎，都无法察觉了。

只是，云枢上神？

风黎心中一怔，那是他第一次从杜君恒口里听说另一个男子，他蓦地想起那时他问她究竟是何人帮她时，她眉梢眼角不经意流露出的亲昵和信任。

而现在，他终于知道了这个人的名字，那是九重天上神位仅次于杜君恒的人，更是和杜君恒自幼年起便相识，最青梅竹马的人。

忽然间，他觉得心中有哪里不痛快了，这种不痛快犹如某种蛊毒般在全身蔓延开来，让他本能地想要逃离。然而也是在这一刻，忽听雁玉再次开腔，她声嘶力竭，眸中如聚星火：“神尊，我只差最后一个了，就差最后一个他的命就有希望了！”

“此时此刻，你居然还在想着那个邪法？”杜君恒眸色如寒霜，厉声打断她，“他只是个凡人，你以仙身与他私订终身。你自无事，但你可知，他实是因无法承载你的仙气导致身体折损！想必你偷风黎的仙气，也是因为这个吧？”

她的话让雁玉猛地一哆嗦，雁玉妄图狡辩，但很快被杜君恒的另一句戳中心尖："你是仙，他是人，你有上千年的寿命，但他只有不到一百年，你们现在相爱自然无须计较，可你有想过几十年后，你依然年轻貌美，他却已经白发苍苍了吗？等到那个时候，你真的还会喜欢他吗？"

杜君恒字字珠玑，但这一层她又何尝不知晓，奈何这世上的至情从某种意义上说，亦是至毒，她紧握双拳，没忍住反唇相讥："我只知道人生在世，就该痛快而行，我既已爱上了他，就无须计较这么多！"

"好一个人生在世就该痛快而行。"杜君恒弯下腰来，与她四目相对间，犹如冰火交锋，"你为救他一命已害得十数人白白丧生，即使他今日能侥幸活下来，他日下了地府，孽镜台上一照，也是免不了下修罗地狱的命数！"

"神尊！"许是知晓了这一层的利害关系，雁玉这才总算放弃了要炼魂的念头。她胡乱擦了把鼻子，忙不迭挪开身体，露出脚下布置隐蔽的石板，然又微一顿，手指紧抠住那石板盖，神色泫然欲泣，"神尊，求求您救救他吧，如果您也曾爱过什么人的话……"

如果她也曾爱过什么人。

雁玉的话让杜君恒有片刻的失神，她长叹了口气，终于点头："既然你已肯将孟少爷放出来，那我便替你走一遭地府，会上一会那冷面的秦广王，或许事情会有转机。"

片刻的沉默后，劈锁声响起。

当箱盖被顶开，且见被调包了的、真的孟少爷一脸哭相地蜷缩在箱中，奈何嘴被封着，半句话都说不得，他瞪大眼看着杜君恒和后面站着的风黎，一脸茫然。

最后还是风黎先发了话："这小子你打算怎么处理？估计他现在已经知道了我们的身份，就这样带回去，怕是不妥吧。"

杜君恒则抬眼看他："那你有什么主意？"

杜君恒的话其实正中风黎的下怀，他忙不迭朝千机使了个眼色，千机得令，飞快从口中吐出一枚小指盖般大小的珍珠色气团。风黎得意道："这是'梦髓'，可以洗去人的一部分记忆，要说起这个宝物，还真是个好东西呢！"

他一边夸一边注意着杜君恒的脸色，奈何还是被雁玉先开了口，她直勾勾地望着"梦髓"，神色巴巴的："我能不能，能不能也要一颗，我可以……可以用自己的内丹来换。"

"你是为了要洗去你那情郎的记忆？"风黎撇撇嘴，一副不屑道。

“是的，就当我……求求你。”雁玉见他半天不答话，一咬牙索性又向杜君恒哀求了起来。杜君恒虽非什么同情心泛滥之辈，但也确如她那自命清高的兄长一般见不得普通女子掉泪，遂抬眼望向了风黎，只是也不说话，大概是不知道该怎么说才好。

偏偏风黎最是受不住杜君恒这么个欲言又止的模样，彼此对视了半天，竟是先转过了头，虽然嘴上说的是：“好吧好吧，就给你们一人一颗。”

他话说完，末了又补上一句：“神尊，你那颗可不是白给的啊。”

杜君恒尾音上扬地“哦”了声，且见风黎冲她眨了眨桃花眼，道：“放心，神尊的条件，我日后再提。”

杜君恒且道了声“好”，这便走至孟少爷跟前，一语不发，对准那脖颈就是一记利落手刀。

风黎此前从未见过她“杀人”的模样，惊得直忘了眨眼，倒是她脸上依旧没什么表情，仅是一手将瘫软下的孟少爷扶稳了，一边道：“好了，‘梦髓’要如何使用，看你的了。”

风黎颔首，虽心想着这杜君恒求人也没个求人的态度，但手上动作并不停，一道光华流转间，“梦髓”便沿着孟少爷的额心注入了他的意识里，自然，这只是稍稍更改了孟少爷的记忆，并没有全然让他忘了是自己和杜君恒出手救了他。

处理完孟少爷的记忆问题后，接下来就是雁玉的事了，风黎表示这是神族的事他不便插手，说完给杜君恒留下颗“梦髓”就提着孟少爷走了出去。

尸腐气经久不散的洞穴里，杜君恒面对着雁玉默叹了口气，终于还是到了这个时刻，虽然明知为神界清理门户是对的，但内心毕竟还是残存了一丝不忍。

这丝不忍也许是为曾经同族，也许是为雁玉纵然舍身也要救情郎，亦或许，是为她内心里最后剩下的一丝优柔寡断。

“作为神尊，最重要的是平衡，即使你再爱一件事，或者再恨一件事，都不应当表现出来，不然有朝一日，它们就会成为你的弱点。”这是虚白当年对她一再提及的话,她至今历历在目,然则今时今日回想起来,竟觉那也像是虚白对她的托付。

她紧了紧袖下的手心，将视线对上雁玉：“你还有什么话希望我转述给碧霞元君的？”

话音落，竟又是冗长的沉默。

终于，雁玉还是开口了，她朝杜君恒磕了三个重重的响头：“来生，如果还有来生，我依旧会做那个替元君摘白杏的丫头，她总说，我摘的白杏，是最甜的……

至于说他，他现在城郊外三十里处的木屋里，还望神尊……”

她睁大眼看着杜君恒，像第一次这么认认真真地瞧一个人：“但是像我这样的人不会有来生，所以，所以还请他忘了我吧。”

她话说完，便运气生生逼出了自己的内丹。在她身侧，杜君恒眼看着她脸色越来越白，却自始未有任何动作，杜君恒知道，这是不该有，也不能有。

只是，亲眼看着同族一步步迈入生命的终结，终究并非一件容易之事，她侧过脸，努力将思绪放至在那些因雁玉而死的无辜人身上。是了，他们毕竟阳寿未尽，本该一享人世喜乐天伦。

仙者，经千万年修炼，历万劫而飞升，却因杀一人，便要被堕入无间地狱。这是为仙者的规矩，而这个世上，总要有规矩，总要有人来维护这个规矩。

她叹了口气，看见一颗透明玲珑的、还流转着光泽的内丹从雁玉渐渐消散的身体里悠悠飘出，好似一颗……六月的白杏。

坚硬的地面上，一面留霞镜清脆跌落，光华晃动间，也像是照尽了眼前人的前世今生。

杜君恒从洞穴出来时，月已飞过了第三重屋檐，院落中迷雾散去，独剩下风黎和千机这一人一宠大眼瞪小眼地等着她。风黎脸皮厚，朝她摊着手掌也依旧笑嘻嘻的，杜君恒将雁玉的内丹交给他，两人又走了一阵，才低低地道了一句：“你说人生在世，到底在求什么呢？”

不过她这话与其说是问，不如说是在自言自语，风黎一路打量着那透明的玲珑内丹，嘴里含糊地道：“神尊您是神又不是人，还有什么可求的？”

还有什么可求的？

杜君恒默念着，与风黎一起，穿过花神庙前茂密的小树林，走向了雁玉口中的那座小木屋。

周围很静，池塘里的蛙鸣声便愈发显得清晰，月辉轻柔地从窗棂外透入，清澈而温柔，就像是那个魂牵梦萦的她的双眸。

可近来的时日，她的那双眼里，担忧却在一点点地加深、加重。

甚至，她都已经消失整整两日了。

他在房里忽轻忽重地咳嗽，忽然，他听见了两个一前一后的脚步声从远处传来，那鞋面在石子路上摩挲的声音，一时间让他有些恍然，他又咳嗽了声，心道自己居然已经忘了是有多久未与外界人接触了。

其实有些事，他多少是有过怀疑的，他只是不敢说，怕说了惹她生气，而她一生气，便会赌气不同他说话，不理他，甚至……不要他。

他抬起手，用略带鄙夷的目光看了看自己掌心的纹路，还有那微微泛青的指甲，他想，自己恐怕是活不长了，可就是在死前，他也好想再看一看她，再嗅一嗅她带着花香的秀发……

他这般想着，思绪已然被推门声打断，那晃动的烛影在眼前蓦地放大，眼前的两名男子惊为天人。

他张着嘴惊讶得说不出话来，一时间，除了自惭形秽，他简直找不到更好的形容，意识到自己的失态，他忙伸手比了个请坐的手势。

可惜来者并没有半点要坐的意思，不过是打量了他的屋子一眼，便开口向他道："你便是陆棣？"说话的是那个身量更高面容也更俊俏的男子。

他下意识点头，便听另个容貌温雅的男子道："既然找到人了，那我们便可以开始了。"

话音落，俊俏男子立时摇头，一副恨铁不成钢的模样："小君，你难道不觉得现在开始的话……会少了些什么？"

温雅男子听罢看了他一眼，遂也摇头："那是她好不容易为他争取的生机，难道我不应该尽快完成？"

听到这儿，陆棣心中的不安顿时强烈起来，他猛地直起身，瞪大眼直直瞧着这二人："你们要做什么？我不认识你们！"

"你看，他完全不信我们。"杜君恒叹了口气，索性一弹指用一道法诀将他定住，"别怕，我们不会杀你。"

听他这么说，那名唤陆棣的男子愈发惶恐起来，风黎心中一声长叹，惹得怀中的鼯鼠一哧溜钻了出来。陆棣此前还从未见过一只蓝毛的鼯鼠，登时眼珠瞪得更大了。

"你、你们究竟是什么人？"陆棣发觉虽然浑身都被定住了不得动弹，但喉咙居然还可以发出声音，他下意识地抿唇，却听见那声音仿佛从喉道中挤出，"她是不是出什么事了？"

他们来之前，他便觉得今天有哪里不对劲，现在看来，定是她出事了。思及此，他身体重重一沉，整个人都像是被罩入了某个巨大的铜钟里，钟鸣从他身体里透体而出，连时空也仿佛在片刻间定格。

"她……回到她该去的地方了。"杜君恒嘴唇微阖，终究还是决定给这个可怜人以最后一丝念想。

然而她的话才说完不到一刻，便见眼泪从陆棣的眼里无声地涌了出来，她不知他为何要哭，只是觉得这样的眼泪，连她这样活了万载的神见了都心中涩然。

“她是不会不声不响就离开的，她一定是出什么事了。”陆棣哽咽了喉头，一语点破杜君恒的话，“我不信她会这样离开我，我不信！”

“如果不是她，你当我们会出现在此？”风黎摇摇头，向着陆棣走近了些，其实他风黎平生最讨嫌的便是眼下的场面，或者说是见不得，毕竟人虽不同，有些情却总相似，“这感慨离愁别绪的时间已经够了，小君，你可以开始了。”他摇摇头道。

然而这时他这样说，反是杜君恒迟迟未有动作，虽她已经从袖间拿出了那颗“梦髓”：“你喜欢她什么呢？”杜君恒望着他的双眼，眼前浮现的却是雁玉临死前那样执着的向她恳求的神情。

明明都已满身罪孽，却偏偏眼中仍见佛陀。

“因为她是我见过的最纯洁、可爱的女子啊！”仿佛心有灵犀般，陆棣的双眼直勾勾地盯着杜君恒手心的那颗“梦髓”，想来他只是个凡人，当不知晓这宝物的作用，但不知为何，在这个当口里，杜君恒恍然觉得这个羸弱的、只剩半条命的年轻男人其实是洞悉一切的，他洞悉雁玉的好，甚至还有她为他所做的那些事。

“这样……也好。”

杜君恒看一眼他，再又看了眼风黎，遂将那“梦髓”贴上了他的额间，霎时间，一道华光在陋室内亮起，杜君恒看清，在他的梦境里，原来雁玉当真是一名纯洁美丽的女子。

他们相遇于一场浪漫的风筝节，记忆里山花烂漫，她自晚霞的余晖中分花拂柳而来，一时竟将他看得呆住了：“小生失礼，唐突小姐了。”他忙作揖赔礼，却见她笑得一脸乐不可支，“长得不好看的小生才叫唐突，至于说你嘛，算了，本姑娘就不计较了。”

于是他也笑，笑起来羞涩地用宽袖遮住脸，却还是没忍住从那衣袖的缝隙间又偷看了一眼她。

一梦前尘。

杜君恒不知原来人的记忆就算没有“梦髓”，竟也是可以被修改的，只要他希望记住的，真是那些他的内心想要记住的。

第四章 生死题

解决了假花神事件的第三日，杜君恒他们就被孟少爷重新请回了孟府。风黎说像孟少爷这副德行，他便是命人八抬大轿来抬自己，自己都不去。哪知后来同福客栈门口当真停了一架装饰得华丽无比的马车，高挑的门帘内，见得孟少爷那张方正又谦卑的脸，他们也最终是软下了心。

这三日里，孟少爷也一度过得浑浑噩噩，先是梦见了驼铃车上那一位妖娆的面纱女，后又变成了与君恒先生容颜相似的美娇娥，他觉得自己真是病糊涂了，居然会把君先生看成女人。

然而待梦境转醒，他终于看清这哪里有什么环肥燕瘦，有的只是为了照顾他而形容憔悴的妻子，这位曾以弈棋名动瑾城的女子，也不过是刚坐完月子而已。

他看着她，再几眼之后，眼眶也不禁红了。他是个读书人，也算是个聪明人，在经过这两场糊涂事后，终于彻悟了。这不，晃荡的马车里，孟少爷又是斟茶又是赔礼的，还险些将茶水泼到杜君恒的白袜上。

风黎见状作势要擦，却又在猛然看见杜君恒已然幻回男形的脸时顿住了。孟少爷一脸不明所以，伸手就向杜君恒的袜上擦去，好在被风黎及时抓住："抱歉，孟少爷，我这位堂弟一向不爱被生人碰的。"

说罢，自己反倒是用爪子蹭了几蹭。

杜君恒脸上瞬时阴晴，奈何又不好发作，倒是孟少爷赔笑了声"先生教训的是"之后，又道出了一件让所有人都惊讶的事。

原来，就在他刚刚睡醒后没多久，就接到了朝廷的通告，原来他并非落榜，而是有人顶替了他的名次，最后那人被朝廷查出来，被打入了天牢。

"如此看来，君先生果真是我孟府的福星啊！"孟少爷眉开眼笑，这一笑，顿时将那本就小的眼睛挤得都要寻不见了，杜君恒垂眸品茗，风黎则不屑地将眼光投去了车窗外。

人群如梭的街道上，车轱辘在百年的青石板上轧出吱呀的声响，这一座城，也好像忽然雨霁天晴了起来。

孟府。

屋檐下的两盏红灯笼在夜色里挑出喜气。

杜君恒与风黎对视一眼，在热闹的人声中迎门进入，眼前不大的庭院中摆了满满十数桌酒席。白榆木圆桌上，清一色以红绸铺底，其上十数种菜肴品相喜人，引人食指大动。饭香与酒香中，往来宾客笑语晏晏，他们皆衣着光鲜，一面向主人道着“恭喜”，一面将写了自己名字的红纸包放在了铺着红绸的签到台上。

杜君恒不解其意，虽偷瞄了好几眼，但依旧端着架子故意不问。不多时，一个眼熟的身影闯入视线，竟是难得穿了身鲜亮体面衣裳的陈妈，她看见杜君恒，一时间悲喜上心头。

“小柳的事，真是多亏先生了。”陈妈想了想，终是浅尝辄止。

小柳，不，雁玉的消失被杜君恒他们解释为与情郎私自回乡了。其实回乡了也好，人有时候要的不过是个念想而已，毕竟再怎么样，对真正关心她的人来说，总比没了强。

杜君恒轻拍她的手臂，道：“陈妈，好久不见。”

话音刚落，就见陈妈拭了拭眼角。她怀里抱着孟磊之，小家伙正在熟睡，数日不见，他居然又长圆了许多，甚是惹人喜爱。她吸了吸鼻翼，喃喃回话：“没想到时间竟这样快，再看见先生，都是我家小少爷满月了。”

原来，一别数日，孟磊之都已经满月了。

杜君恒心中暗惊，面色却平静，身旁的风黎坏心眼地用手指戳戳孟磊之的小脸蛋，一副要把他弄醒的样子。杜君恒无奈叹气，正欲拉开他的手，便见此时陈妈又有了新的差事，情急之下只得将孟磊之托付给了杜君恒。

人声热闹嘈杂的庭院里，风黎将杜君恒拉到抄手游廊的最僻静处，压低嗓音道：“神尊，转生石已经可以启用了。”

杜君恒垂睫，看着怀中被鲜艳的锦被裹成一团的小奶娃，却也只是看着：“我还当你没有听见。”

风黎故作轻松般笑笑：“我们生意人，最忌讳的就是动真情。”他微顿，一双桃花眼转向杜君恒，语调中带出刻意：“神尊身居高位，想必是能理解的。”

杜君恒听罢微微牵动嘴角：“如果这世上的事只讲利益，那倒是简单许多了。”

“所以神尊是已经决定了？”风黎试探道。

奈何杜君恒并未接话，同时间，怀中的孟磊之不知何时已经醒来，他趁着杜君恒没注意偷偷含住了她的小指。倏地，杜君恒只觉一阵恍惚，她下意识抚向额头的红痣，觉得那突突地跳动得厉害。

风黎看她神色不对，皱眉道："小君，你怎么了？"

可惜未有回应。

不消片刻，她神色便又恢复如常，仿佛无事发生。她看看怀中软糯的孟磊之，视线又飘向远处，顺着她的目光，风黎发现那目光落处正是那铺着红绸的签到台，遂解释道："这些呀，都是礼钱，人界中人最讲究的就是礼尚往来，所以红白喜事、科举高中、子女满月，都要互相串个门，图个热闹吉利。"

杜君恒低"嗯"了声，神思不由地回到了当初自己初登神尊之位时，那是虚白刚仙逝不久，罗浮宫里也并不主张大办，于是到最后竟只来了三个人，一个是上神云枢，一个是上仙沧海，再一个是上仙婴缇。云枢与她是千万年好友，他来自是寻常；沧海老头虽然严肃刻板，又常常惹她讨厌，但做事毕竟不偏不倚；至于婴缇，则全然是追着云枢的脚步而来，毕竟她倒追云枢，已经不算是神界的什么秘密了。

"那个时候罗浮宫里开了一株白斛生，云枢说白斛生好，见此花者，诸恶去除。但后来我才知道那斛生花也是云枢用术法催开的，大概是觉得太冷清，冷清得没了一丝人情味儿。"

杜君恒在说这话时，风黎在一旁默默地听，他想，也许杜君恒的性子会变成这样真是无可奈何的，毕竟是在那样仙渺不可及的地方，再多的七情六欲，也抵不过高处不胜寒的寂寞吧？

在满月宴结束后，让杜君恒万万没想到的是，风黎居然喝了个酩酊大醉，虽说这并非什么大事，但要在众目睽睽之下抱着风黎回房，还真是一件十分考验她底线的事。

她想了想，觉得既然横竖都要把他弄回去，那不如改成背好了。哪知这风黎一上她身就犹如八爪鱼附体，勒得她几乎透不过气来。至于那只鼯鼠，则很识相地躲在风黎前襟里，当然也可能是害怕她会趁着主人醉酒把它给拐跑了。

等回到厢房中，杜君恒才总算能"摆脱"掉风黎，她将他平放在床上，可不想她才刚抽出手，风黎就一个鲤鱼打挺般向前一捞，死死将她给搂住了。她自幼除了那行事乖张的兄长虚白上神外，就再没被别的男仙如此大胆地碰过，是以，她下意识的反应不是脸红，而是道了句"放肆"，同时一抬手便扇了过去。

扇飞的是那赶来护主的鼯鼠，睡梦中的风黎还在一脸满意地咂嘴，冲她分明喊的是："姐姐。"

杜君恒一脸哭笑不得，但纵使如此，她也不能任由他这般抱着自己，抬袖又施了个仙诀，那风黎这才直直栽了下去。

安置好了风黎，她终于得了闲暇回到自己的床榻。支摘窗外，一弯清冷的弦月挂上了树梢，在漆黑的夜中越发刺得人眼眸生疼。

终于也还是到了这个时刻，然而，她真要对一个无辜的婴孩下手吗？

她不知道，她只知道如果面对着的是雁玉，她可以，因为她能够找到足够说服自己的理由。但孟磊之还只是个婴孩啊，难道只因他是转生石，就应该死吗？

虚白的命是命，这婴孩的命就不是命了吗？

她握紧拳，张开，复又握紧。

"兄长，如果是你，你会怎么做呢？"她对着夜空喃喃。

星空深邃而宁静，她的问题却无人能解答。她垂眸，从袖中拿出一方精致的楠木小盒，她还记得在她的成人礼上，虚白曾送了她一盒相似的朱色口脂。

想那时，他总试图将她打扮得像个女仙，可惜事与愿违，她既不爱涂脂抹粉，对修仙的兴致也不算大，唯独爱读书，读各种各样的书，甚至在当时，虚白还头疼地怀疑等她成年了会不会对男人没兴趣。

但偏是这样，纵使她有一万个无心，因为神脉，她还是坐上了神尊的位置，神界自始未有女神尊，她是第一个。因为这个，她觉得自己不应有优柔，哪怕真的有，也只能藏进心里。

然而终是不能逃了，她重重叹了口气，眼看着那盒口脂在眼前化为齑粉。

兄长，如果你是我，也会这样做的，对吗？她默念着，索性放下那支摘窗，任自己在那铺着锻被的雕花木床上躺下了。

人界一行，黄粱一梦，待一切回归正轨，就又会很快忘记吧，她不禁想。

随着铜烛台里的灯油燃尽，她也很快进入梦中。

这是一个奇异的地方，漫天的红叶似火，枫树林绚烂得仿佛无边无际，万里晴空下，一只银狐幼崽似一个圆点般从那山谷的尽头缓缓出现。一名身姿窈窕的女子出现，她有着一头深红如枫叶的长发，虽未能看清五官，但能让一只银狐如此追随，必然是位容颜绝世的女子。

临近了，终于看清这居然是只罕见的九尾银狐，奈何面对着女子，连九尾银狐也丢了它原本的骄傲，居然像只狗崽般黏着人。

但好在那红发女子也不跟它计较，心情好时还会停下来逗逗它，摸摸它柔软的狐狸耳朵。每当这个时候，狐狸崽就变得尤为兴奋，每每跃跃欲试地，总有种要将红发女子扑倒的意思，可它还是太小了，红发女子一只手就能把它拎起来，所以它虽然闹，但也只能像只狗崽般跟着她。

夕阳西下，不多时，红发女子便来到一处山洞里，那山洞很大，大得登时就让那狐狸崽惊恐地睁大了狐狸眼。但尽管如此，它摆了摆才长出的短短一截的狐狸尾巴还是跟了进去。

山洞里，唯一的光源来自顶部山岩裂缝外的月光，一线银光泻下，将眼前的景象笼罩得朦朦胧胧。

那红衣女子背对着她褪去裙衫，露出大片白如牛乳的肌肤，瞬时，狐狸崽一双狐狸眼都瞪圆了，它躲在石堆后，从那罅隙间看她慢悠悠地向远处的清泉中走去。她身姿轻盈，脚踝尤其生得好看，秀挺纤细，还戴着条细得能揉进骨子里的金链子，她每走一步，那镶嵌着金珠的链子便是一颤，让人产生种要将它握在手心的冲动。

可惜狐狸崽终究只是狐狸崽，它只能远远地看着她撩起那瀑布般的红发，露出美人颈、流水肩……于是到最后，它竟然一扭头跑了，或者说，是逃了。

其实它也不知道为什么要逃，可能是觉得女子太过美好，而自己不过是绒毛都没长开的一团；也可能就是单纯地觉得气恼，气恼它跟着她那么久，她也只是偶尔才会摸摸它，就像对待那些普通的猫猫狗狗一般！

它对着远处缭绕着群山的雾气发呆，接着画面一转，又变成了冬日的景象。

天地间银白一片，鹅毛般的大雪中，他终于不再是一只毛团的模样，他留着及肩的细碎黑发，皮肤白皙，鼻尖微翘，尤其眉眼格外水灵，他穿着件花皮小袄，赤着一双幼嫩的小脚走在结了冰的河面上，明明脚趾头都冻红了，也仿佛觉察不到寒冷。

他正在盯着河对岸的红发女子，她的面容分明模糊，又分明让人感到一股莫名的悲伤。隔着一条宽阔的冰河，她明明都看见了他，但还是表情木木的。好在他也不气，只是欢快地朝着她跑去，就好像看见她心中就觉得温暖，就像她是个小小的太阳。

可惜，他并没注意到那河面冰冻得并不结实，因为就在他又走了十来步的时候，忽听一道冰裂声，他还没来得及呼救，就扑通一声掉了下去。他是只狐狸啊，狐狸又怎会泅水？水太冷了，他细细的胳膊腿又太短太小了，蹬着蹬着居然就没出息地向下沉了下去。

莹蓝色的冰层上，他透过河水看见红发女子的面庞被蓦地放大，那么清晰那么生动，就像是……在一面镜子里。他屏息，下意识地伸手去够，但不知道为什么，却怎么都够不着。终于，他不再有力气了，甚至觉得自己可能就要死了，不过如果在死之前能这么一直看着她，想想好像也就没有那么难过了，毕竟那样的话，她就是这个世界上最后一个看见自己的人了，这样的话，她就能永远记得他吧，他在脑中胡思乱想着。

他闭上眼睛，耳边也开始嗡鸣起来，忽地，一道红光闪过，那股一直压迫他的力量便在瞬间消失殆尽。他不知道发生了什么事，浑身上下只剩下眼皮可以动，但好像又舍不得动，怕一动，眼前这一切便再不作数了。

下一刻，一股熟悉的体香从天边传来，不，那并不是天边，而是在一个令人神往的怀抱里。

竟是她在抱着他！

她的红发湿漉漉地散开了一地，就像是三生池里怒放的妖娆如烈火的红莲。

然而，他的假装昏迷，很快被她识破了，她捏着他的狐狸耳朵，还坏心眼地向上提了提。他鼻子眼睛都跟着疼，于是一个用力趁机扑住了她，他搂着她白玉似的脖颈不撒手，身体却被她胸前的柔软顶住了，他在山洞中偷偷看过她洗澡的模样，知道那是什么，顿时整张脸都红透了。怎奈何她的力气到底更大，她轻轻松松就将他从身上拎下来，但奇怪的是她并没有责怪他，仅是将他抱在自己的腿上，一双温柔的眼眸看着，看着他最终缴械投降。

“姐姐。”

他喊着她，小声又委屈地，一遍又一遍。

杜君恒却被那声姐姐惊得从睡梦中醒来，她捂着胸口，大口大口地喘着粗气。她想，好险自己是从未有过弟弟的，也从未听人能将这一声“姐姐”喊得如此令人肝肠寸断。

翌日，晨。

轻薄的光线透过窗棂，将空气胶上了一层安宁的味道。

杜君恒醒来时，视线恰巧落在了镜中的圆桌上，在那里，一个巴掌大小的柚木方盒安静地放置在桌角。

她蹙眉起身，旋即被方盒内的物什晃了眼。

浮动着尘埃的光线下，那金镶玉的长命锁散发着一层温润的光，她走上前，指尖轻轻摩挲着锁面阳刻的“福”字，似也能感受到那玉质的细腻。

然而仅是一瞬，她的手指便飞快弹开。

她终于还是做了那样的决定，毕竟在这个世上，已经没什么人能阻止她了。她深吸了口气，想那碧霞宫宫娥不过区区百年的修行，尚且敢胆大妄为，可她活了万万年，竟都从未有过哪怕丝毫离经叛道的想法，也不知究竟是那宫娥错了，还是她错了。

思绪在推门声中戛然而止。

门外站着的是风黎，他本是一副讨债的模样，但在视线对上今日的杜君恒时，忽然像发现了什么，他微微张口，小半晌，还是道：“小君这是身体不适？”

话刚脱口，连他自己都忍不住摇了摇头。

她杜君恒是何许人？九重天上的神尊，她会身体不适？但很显然，她现在一张略显苍白的脸，还有微微虚浮的脚步，都是最有力不过的证据。

她这是怎么了？片刻里，风黎脑中闪过了无数个假设，然而下一刻，却见她微微向他牵起嘴角，细长的指尖一指那长命锁，道：“此事劳烦楼主了。”

“好说好说。”他摆摆手，也不等她答应，便径自从门外走了进来，从屋内看，这里并无异样，但杜君恒的脸色为何如此难看？

他蹙眉，故意向她凑近了，道：“那日与神尊在花神庙的地道里定下的事，神尊可还记得？”

杜君恒点头，微微将脸侧开了：“不知楼主所要之物为何？”

没想到她答应得居然这样痛快，他不免有些怅然，然她越是这样，他心中的疑团就越是强烈。

“楼主？”杜君恒又唤了声他。

话已至此，他只好道：“其实我这‘梦髓’也并非什么极品宝物，不过是本楼主无意在南疆边境寻得，不过嘛，既然神尊与我都这样相熟了，那不如就以君恒上神的一滴眼泪作为交换条件吧。”

“一滴眼泪？”

杜君恒一愣，着实没想到风黎提出来的条件会是如此，她眼眸低垂，再开口已是道：“本座虽非天生无泪，但世上能令本座流泪之事的确甚少，不过既然楼主提出这样的条件……”她话音一顿，谁料居然徒手变幻出一枚袖珍的玉瓶来。

“兄长虚白上神仙陨之时，本座心中大恸，曾留下这一滴眼泪，不过既然如此，”她看着手里的玉瓶，将其郑重递过，“世上之事皆有它的命数，还望楼主将这泪瓶好好保管。”

所以，如此便轻而易举得到了杜君恒的一滴眼泪?

风黎看着手里陡然多出的剔透玉瓶一阵地发蒙，这才记起了另一件要事，他认真看了她一眼，难得正经地道：“自昨日起，转生石便已能启用，不知神尊如何打算？”

“昨日，”杜君恒眼眸微抬，居然露出个好整以暇的表情，“我记得昨日楼主似乎是喝多了。”

他旋即一通咳嗽，借此带过昨日醉酒失态一事：“所以神尊的意思是？”他不依不饶，似要问出个答案。

“此事楼主不必担心，待今日晚膳过后，你我将东西赠予孟氏夫妇，人界一行便算告一段落，其他事宜，本座自会处理。此外，”她话锋一转，眼眸无意中擦过不远桌角上尚敞开的柚木方盒，“楼主与本座他日有缘相见，还望楼主切莫再唤本座‘小君’，以免落人口实。”

这便是与上神的情分，哪怕现如今朝夕相对，他年相见，隔着浩渺仙宫，一干仙众，也得恭恭敬敬地喊上一声“神尊”。

风黎攥紧那玉瓶，心中虽不甘，但也只得将话生生应下了。

因为杜君恒的异样表现，风黎这一天都过得很不安。这种不安持续到晚膳时。彼时孟府上下齐聚饭桌，杜君恒忽然提出要辞行，着实让众人狠狠吃了一惊。

但最让人意外的，居然是那孟少爷，且见他急急起了身，道：“君先生，小君先生，如此急着要走，可是嫌我们孟府招待不周啊？”

他这样说，被陈妈急急拉着衣角的孟夫人也忙站起来帮腔，奈何她的月子刚过，身体还虚着，不过脸上的诚恳依旧：“就算要走，也得住过了下月再说吧。或者干脆留下来，做我们府上的教书先生如何，我们，我们可以出双倍的银子！”

原来是惦记着孟磊之的“福星”杜君恒呢，风黎算是看出来了，不过纵使他们再热情，出再多银子，这位神尊大人也是不会动心。果然，在谢绝他们的挽留后，杜君恒还是作揖道：“谢各位好意，不过此番我与堂兄确是有要事要办，他日有机会，必定再登门拜访。”

话毕，她这才将事先准备好的柚木方盒拿出，珍而重之地交予孟少爷：“这长命锁是我与堂兄寻金匠打造，今日一别，还望磊之能健康成长、福寿安康。”

她从未当着风黎的面正式地叫过他一声“堂兄”，是以这一句话，当下就令风黎怔住了，他仍在魔怔，却听她娓娓续道：“磊之禀赋特异，恐少时便会与其他孩童不同，还望孟少爷孟夫人勿将其视为异类才好。”

等等，她这话什么意思？

风黎回过神，面色愕然地望向杜君恒，却见她端凝的脸上显然未有要告诉他的意思。倒是听得小君先生居然给孟磊之批命，还是大大的好命，喜出望外的孟少爷孟夫人自然也就没留意到风黎此时异样的神情，遂忙不迭起了身，作势要给他磕头，好在杜君恒眼疾手快将他们扶住，这才总算作罢。

夜幕下沉，残月上升。

终于还是到了离别的时刻，挥别了孟氏夫妇，又挥别了抱着杜君恒如何也不撒手的小奶娃孟磊之，还有足足跟他们跟到渡口的陈妈，杜君恒和风黎总算是登上了乌篷船。

山色倒映湖中，小城偏安一隅。

晃荡的水面上，风黎再也忍不住，压低嗓音问道：“这究竟是怎么回事？那转生石，你不要了？还是你已经……”

但可惜杜君恒并不打算对此做任何回答，倒是沉默间，忽闻船头的船夫操着一口方言道：“二位，快坐好咧！”

他的话音落，便见湖面一阵澹荡，圈圈的水波纹中，乌篷船已然向前方行驶去。

船内，隔着不到两尺的距离，她抬眼看定风黎，一把古老的弯弓旋即在她手心幻出，她音色清正，犹如玉珏交击之声：“这是答允楼主的东西。”

风黎微怔，盯看那神族圣器檀上弓片刻，又重新落回到杜君恒点漆般的黑眸上，恍见那双眸也似这且深且静的湖面，而他则像这湖面上的一叶小舟。

一叶寻不着方向的小舟。

“所以神尊的意思是？”他伸手试探性地将檀上弓向着杜君恒的方向推了推，奈何对方并丝毫没有要收回的意思。

他心中一声咯噔，旋即便是长长的沉默：“果然是如此，只是我没想到，你为了能保住那小鬼，你居然真的会动用了……”

他的话未说完，却被杜君恒打断了：“楼主第一次来人界的事，可曾记得？”

这个时候，谁还想得起那些事？风黎窝着满肚子火，就差上前质问她，虽然恐怕连他自己都不明白此刻为何会这样生气。

“我早忘了！”他颇有些赌气地道，“那些闹腾的事，谁还记得？”

原来不舍的，竟是“闹腾”二字。

杜君恒阖目，心底一声叹息，人都说做神仙好，不老不死，但千千万万年的光阴，其实并不及凡界中人活得用力，也可能是因为只有一次，所以做什么都要图个尽兴吧。

但她的这一场戏已经到头，拿到转生石，或许就已经是最大的尽兴了。

一里地外，竹林。

竹叶低啸，排山倒海般搅得人心中思绪不宁。

杜君恒一袭白裙立在浓碧得近乎墨色的竹林中，越发显得脸色苍白，但尽管如此，她面上最多的表情也不过是微蹙了蹙眉。

倒是风黎一边按住怀里不时偷看的千机，一边欲言又止。杜君恒看后颇是不解，但还是耐着性子道：“楼主这般看着本座，难道是还有话要对本座说？”

她的话其实已经问到点子上了，但风黎偏偏又怕急了她会说这句。碧海生涛般的竹林里，那浪潮般的风声一声紧过一声，恰好似他现下的心境。他将已幻为女形的杜君恒望了又望，目光终是落在了她随身的那根箫管上：“敢问神尊，您这箫可有来历？”

杜君恒眼眸蓦地抬起，着实没想到他会突然问这个，但还是答：“此物名为‘名箫’，本与本座的配玉‘勾玉’一起均为随身饰物，不过自三千年前本座下界历劫后，‘勾玉’便消失了。所以，楼主即便对这‘名箫’有兴趣，怕也是徒劳了。”

风黎“哦”了声，干干道：“既然如此，那看来是有缘无分了。”

杜君恒对这句有缘无分自是没什么想法，抬手间便招来一朵久违的祥云：“楼主，今日别过，相见怕再是无期，保重。”

风黎没料到杜君恒居然这样快就有了要走的打算，甚至连与他多说几句的意思都没有，心下不由地愈发黯然，他慢腾腾挪动脚步，临到关口，却也不知该说什么好，就差把千机白送出去了，吓得千机果断又钻回他的衣襟里。

“罢了。”他默念一声，又将视线对上了杜君恒，“君恒，你，也保重。”

一句再简单不过的话硬是被他拆成了三段说，杜君恒“嗯”了声，虽没明白他为何忽然间会换了称呼，但还是冲他淡淡抿嘴一笑。

她实在很少笑，多半是平日里难得有什么事能让她笑，所以每当她笑时，若不是在应付，就是真的觉得某件事值得一乐。显然，现在这个情况是前者，不过冲着她这一笑，精明如风黎居然一时间也未能分辨出来，他目送杜君恒乘着祥云离开，却在半晌后才想起当时在乌篷船上一直想问却没问出口的话。

“那日你在莲灯上，写的是什么？”

他紧攥手心，将话幻成密音传给祥云上的杜君恒，虽然他早就知道，那名箫其实是用来千里传音的。只可惜，万载星云之上，并未有闪烁过哪怕只言片语的回答。

神界。

仙气缭绕的罗浮宫中，一百九十九根通天玉柱静默而立。

杜君恒拾级而上，每走一步，她的气息便虚浮一分，好在半道上，她遇到了云枢。许是出门得太急，他居然难得地未束冠，一头墨色长发松松垂至半腰，跟着皂色的衣袍角一齐拂动着。

杜君恒看罢，居然还打趣了声：“上神的头发最近保养得很好。”

“你还有心思说这个？”云枢呛声，上前一把扶住她，他清俊的脸上一双丹凤眼睨过来，却分明没了往日的笑意，“我得到你的密令便忙赶了来，先前不只是说要取转生石吗？怎么就会令你动用了元胎之力了？”

“途中出现了一些变故。”杜君恒也不瞒他，然则话锋一转，又道，“在我离开的这段时日，可有人觉察出异样？”

“不曾有，我只对宫人言道神尊近日因诸事繁杂有所疲累，需前去昆仑仙池静养一段时日，但没想到你最后还是提前回来了。”云枢答道。

杜君恒微微颔首，额间一粒汗珠悄无声息地落下，她正欲往前走，却见身侧的云枢停下了脚步。

“上来吧。”他上前一步，背过身冲她指了指自己的肩膀，“虚白如果看见你这个样子，定会怪我。”

杜君恒蹙眉，本还有些犹豫，但在听见“虚白”二字时还是点了点头，她双手环上了他的肩，就像小时候那样。

小时候，那是多远的时光了啊。

略显沉重的脚步在石阶上发出声响，偌大的宫殿中仿佛空无一人。

不多时，他们便绕至了罗浮宫后庭的仙池，仙池旁那些从瀛洲岛移栽来的白斛生尚未开花，孤零零地剩下个枝叶架子，看得人心中难免觉得凋敝。

云枢扶着她在白玉栏杆前的石凳上坐下，却见她透过那枝干看向远方半隐在云雾中的仙宫琼宇，淡声道：“我去时看这日光在东边，现下才堪堪西垂，当真是天上一日，人界一寒暑。”

“现在，君恒上神你该是时候说了吧。”云枢并不被她这突来的诗情画意带偏，而是直奔主题道。

杜君恒摆摆手示意他坐下：“你气什么，反正也死不了。”

奈何云枢偏不坐，惹得杜君恒直叹气，只好将事情的原委合盘道出：“我要从那婴孩的元胎中取出转生石，自然需花些功夫。”

于是这事又得说回半日以前——

想那时杜君恒刚合衣躺下，耳边便仿佛听得一声紧过一声的啼哭，不需猜，都知是那转生石孟磊之了。只是，明明都已经隔得这样远，她又为何会听得如此清晰？

她心中苦笑着，化一道光，已然身至孟磊之的房门前。

也不知是不是明知缘劫将至，此刻的孟磊之正在房中哭闹个不停，任陈妈如何手忙脚乱地哄喂都无济于事。陈妈陡然见她冷不丁地站在门口，险些就将手里盛着温水的瓷碗摔碎：“是小君先生啊，外面风大，您别光站着，快进来。”她热情地招呼着。

她“嗯”了声，任陈妈将自己带至房中，这房中的炭火烧得正旺，映得孟磊之的小脸愈发的水灵红润，倒是见她来，居然也不大声哭了，只是改成了一个劲地往陈妈怀里钻，他细细的哭腔一下一下，抽抽搭搭的，简直和梦里的那只小狐狸有得一比。

她些微的叹气，倒是他的一反常态让陈妈很是疑惑，但杜君恒在此，陈妈也不好发作，开口道：“小君先生是来看小少爷的？”

杜君恒遂又“嗯”了声，虽然她现下目不转睛盯着孟磊之的模样，也愈发地让陈妈心中起疑。“陈妈，您有事便去忙吧，这里我来照顾就好。”杜君恒看她一眼，目光温雅一如既往，但仅这一眼，却让陈妈不知为何居然产生种无法拒绝之感，她的双腿不由自主地向门口移去，仿佛这一切皆是她自愿的，而事情也合该是如此。

“陈妈，快去吧。”杜君恒再看她一眼，瞬间里，陈妈忽觉头脑中一片空白，她跌跌撞撞地往外走，俨然已忘了方才究竟发生了何事。

自然，她也就无缘知晓方才杜君恒对她使的竟是摄魂术。

是的，这世上恐无人知晓那本被封印在太冥湖底的禁书，她杜君恒其实一早就看过，甚至那书册被封印的真正原因，都是因她幼年时偷读此书，被虚白抓了个现行。

她在心中轻叹一声，从记忆的最深处移回到眼前娇嫩可爱的婴孩身上。她看着他，一步步走上前，反观此时的他没了陈妈做倚靠，只能一寸寸地向摇床的边缘处缩去。

退到最后无路可退，他颤巍巍地扬起小脸，用那大而黑的无辜瞳仁看着她。

他的眼中噙着泪，小嘴却是闭得紧紧，直到他细软的脖颈被杜君恒的手一把握住，再慢慢地一点点收紧……

亲手杀死一个人是什么感觉呢？

杜君恒长睫微阖，鼻息间仿佛飘来鲜血的味道。那一年，她初登大宝，有不服她的仙者策动叛变。那是于她而言，有史以来最无防备的一次偷袭，她与云枢二人对战十数名高品级的仙者，如此的精心谋划，如此的旗鼓相当，即使是他们联手，也并不能讨得多少便宜。

到最后，她记得夕阳染红了前往罗浮宫正殿的那条凌云道，浑身浴血的她才和云枢从那叛仙的尸首堆中走出来。至于那“九重凌霄”的人，则不过是在凌云道的尽头等着他们，嘴里向她贺着“恭迎神尊”，面上却平静得仿佛无事发生。

从此后她便觉得，通往神座之路，看似万众瞩目众神敬仰，实则是一条荆棘之道，修罗之道。

都无非是一将功成万骨枯罢了。

但现而今，为了神界的安危，却要牺牲一个弱小而无辜的生命。她的嘴角涩然牵起，但指尖并未放松，就仿佛是在感受他脉搏上脆弱的跳动：“转生石，你同我一样，命都不太好。”

她默然道着，瞬息之间，一道强劲的内力已然注入到孟磊之的神识里，他动弹不得，只能任一滴眼泪缓缓流入杜君恒的掌心。

转生石的神识海里翻搅起了翻天的浪，巨浪之中，一道雪白的身影，犹如一片雪白的刀光猛地扎入他神识的最深处。

他被那骤来的仙力激得浑身痉挛，但更让他惊恐的是他居然从不知晓那位看起来温和亲近的人，居然会有深沉得近乎强横的仙力。就像是最深最沉的海，要将他小小的神识湖吞没，他甚至挣扎不得，脆弱的身体也很快到了极限。

不多时，他只觉整个身体都仿佛被谁给举了起来，整个胸腔都为之一空，在一片空荡之间，他感到一股锐疼从胸口猛地袭来，那是与生俱来之物被生生剥离的痛感，亦是天降的使命骤然远去的空落感。

他觉得自己无法形容得清，却在片刻后大汗淋漓。而那双一直紧握的手，也终于松开，或者说，是跌了开。

“小鬼，你欠我一条命。”他听见那个熟悉的声音从耳边传来，虽然恍然间，他惊觉自己看见的其实是一个素未谋面，却美得让他窒息的白衣女子……

在听杜君恒说完当日取转生石的经历后，博学如云枢上神也不免心中震惊，他知道她是故意说得轻描淡写，但云枢依旧能想象到那其中的凶险。

元胎之力，源自于神族诞生之初的力量，被隐秘地深藏在仙胎本源中，与修行所得的力量不同，它更纯粹，更霸道，但也更脆弱，是以仙家们不到万不得已决计不会动用，毕竟这元胎之力在使用中稍有差池，便会导致元神俱灭。

想到这儿，他的脸色愈发难看了，而看向杜君恒的目光中也不免带了几分懊悔和心疼："但不论怎么说，你动用元胎之力就是不妥，君恒，你毕竟是神尊。万一你真的出了什么事，你要我如何向虚白交代？"

"万一我出了什么事，不是还有你吗？"杜君恒打断他，细长的手指搭上他的，"云枢，如果我没有侥幸成为神尊，现在还是可以称呼你一声云枢哥哥的吧？"

她的音色分明沉静，又分明像一颗石子投进了云枢最柔软的心湖中。

一登神座，六亲尽绝。

哪怕是曾经的好友，现今都不免沦为了属下，这是咫尺，也是汉界楚河。

他别过脸，一双丹凤眼中掩不住淡淡的苦楚，她则微微阖目，缓缓吁出一口气："虽说过程不易，但毕竟我们还是拿到了，云枢，你该为我高兴的，不是吗？"

"你为虚白，真是付出得太多了。"未几，他只得吐出这一句。

"若你是我，当也是同样的选择。"杜君恒冲她笃定一笑，反握住他的手，"云枢若是到了人界，想必定会有不少女孩子倒追。"

她说这话是认真思考过的，毕竟云枢确确是长了张好看的脸，虽未有虚白那种碾压神界众男仙的姿容，但也是清俊温雅，一如芝兰玉树。

然而，她的话才说完，云枢便怔住了。怔的不是这话本身，而是说这话的人居然会是杜君恒，万年老铁树居然也会开花的杜君恒。

他凑近了盯着她的脸细看了看，心细如他，很快反应道："君恒会如此说，想必是在人界遇到了什么人吧？"

杜君恒"嗯"了声，表情则是再自然不过的："在人界的时候，我随那蜃楼之主走了一遭烟花楼。嗯，的确是和那些仙宫本上形容的有些不同。"

原本"烟花楼"那三个字已经够云枢惊叹的了，就更勿须提她后面的"仙宫本"了，不过最让人在意的，却是莫过于那声听来轻描淡写的蜃楼之主。

幸而在装作面不改色这个问题上，云枢也是一把好手，他沉吟一番，将话接上了：“敢问君恒以为的不同，是指的哪处呢？”

听他这么说，杜君恒倒也认真思考了下：“那些没收上来的仙宫本画技粗糙，不及真人来得线条优美。”她看似很有道理地道。

云枢：“……”

虽然已与她相识了万万年，但她的这份个性，有时候还真是能令云枢佩服得五体投地。然则他们的这段对话还未说完，就见传唤的仙娥一路小跑而来，匆匆向他们作揖道：“启禀神尊、上神，‘四仙’中的沧海上仙、婴缇上仙、羲和上仙已经前往大殿等候了，另外丹霞仙君也在路上了。”

“知道了，你先退下吧。”杜君恒一听到“沧海”二字就开始习惯性头疼，她揉了揉太阳穴，等那仙娥走远了才道，“也不知兄长在时，面对他该如何应付。”

她话里的那个他是谁，云枢自是听得明白，他抿了抿嘴角，目光望向了远处：“若此时是莲神，定又要装睡到傍晚了吧。”

杜君恒颔首，想她虽然讨厌沧海，但如虚白这样推卸责任的行为她却是怎样也做不出来的。

罗浮宫议事大厅。

以沧海上仙为首的三仙显然已经静候多时。

见得她终于现身，那边身着一袭褐色长袍，将一头鹤发梳得一丝不苟的沧海上仙率先开口道：“神尊，让‘九重凌霄’久等，您真是好大的架子啊！”

杜君恒哪里知晓他们动作会如此迅速，但这位沧海上仙毕竟是神族里最有威望的长老，面对他，连她也不免放低了态度：“方才本座与云枢上神谈论了一阵近日以来的神族事务，不想竟就误了时辰，还望众仙友体谅。”

她话说着，便也将目光向其他两位上仙拂去：婴缇一头乌发如云，气度华贵艳绝，却不正眼看她；羲和则是如人界书生般拿着把折扇，虽然从来也不打开；至于那还未到的丹霞仙君……

说起来，这位与其他三仙名号都不同的仙君曾是虚白上天入地唯一瞧得上眼的酒肉朋友，但酒肉朋友也是朋友，那时虚白还在，他碍于情面尚会装上一装，至于现在，索性连装都懒得了。

好在杜君恒着实是位看得开的神，她并不计较，虽然这情形足够让沧海上仙气得直跺脚，在三番五次传问那仙娥丹霞仙君究竟还有多久到后，他终于忍不住了：“既然这位丹霞仙君这么爱迟到，那下次议会也就不叫他了！羲和，你也别去通知他！”待这顿牢骚总算发完了，他这才回归正题：“神尊，既然转生石已经拿到手，不如就开始启用吧！”

转生石当众启用这件事，实也是“九重凌霄”在决议秘密复活莲神这件事之前就决定好了的，为的就是个公正公开，自然，这也是沧海上仙的主意。

杜君恒当时没有反对，现在就更没有理由反对。她默施了个诀，转生石便从她的手心中悬空升起，接着又是一长串开启天机的繁复咒文。

屏息间，一线璀璨清绝的金光从灵石中迸裂出，短暂的停顿后，灵石飞速转动起来，大殿上，且见十二个金字如皓月凌空：

上古神玉，莲神供养者，以为滋养，灵石转生。

十二字的谶语，如十二把割喉的刀，一时间，大殿里竟像是没了人声。云枢离君恒最近，却是第一个先站不稳了，这是他平生第一次为一件事感到害怕，而杜君恒就站在他的左边，一动不动地看着他，看着那字迹如金雨般散落、消弭，就仿佛从未出现过。

终于，还是要有人打破这寂静，来者是不知何时到场的丹霞仙君。此仙平素就是一副散漫惯了的模样，但闻此秘辛也不禁正经甚至是严肃起来，他的声音有些微的颤抖，就像是某种怪异的变形，一字一语，如利石凿开耳膜。

“上古神玉乃是君恒上神原身，莲神，自然是指虚白上神。以为滋养，应讲的是以神玉为滋养，灵石转生……”

说到这儿，他却是无论如何也不敢说了，因为再说就是大不敬，更是诛心。虽然，若让他说一句掏心窝子的话，若果真有选择，他宁可在当年神魔一役中战死的是那个修为远不及兄长的胞妹。

“这是要用本座的命去换兄长的？”

许久，终是杜君恒先开口了，可惜偌大的宫殿中无人应答，就仿佛她是在对着那支撑大殿的一百九十九根白玉巨柱自说自话。

说来，她已经活得足够久，也活得足够腻，只是万万没想到自己的诞生竟会在一开始就是为他人准备，哪怕那个人是她的兄长。

呵，兄长。其实如他们这样的仙，又不似人界魔界中人有血脉相连，又哪里来的什么亲缘。但他们那时偏是这样认了，以同出昆仑仙池中为由，认作了兄妹。

她相信这万万年来虚白对她的情谊不会是一场精心布局的算计，她也知晓自己并非是一个感情丰富的人，但在这片刻，她还是感到了惊愕，无力，甚至寒心。

“罢了，你们都散了吧，让本座静静。”她挥袖，独自一人跌坐在大殿最高处的扶摇椅上，从这个位置看去，她能看见神族的众生。

但她忽然意识到，即使能看见众生，却未必能看见她自己。终于，她的目光落在了那个迟迟不肯离去的人身上，那人穿着皂色的衣袍。

他总爱穿着这种颜色的衣袍，如此的素淡，仿佛要隐匿入人群。

“云枢哥哥，你也走吧。”她已经很久不再这样称呼他，但这乍然一用，却是在下逐客令。

他心中酸涩，用力盯着她的眼睛，那漆黑的眸中或许从不曾有过自己：“君恒，别做傻事，也许这只是魔界的一个阴谋。”

他张了张口，还想继续，却闻在如此时刻，她居然依旧能镇定地逐字分析：“秘密复活莲神一事乃是神界的最高机密，若如你所说转生石本身是个阴谋，那就只剩下一个可能：‘九重凌霄’里被混入了魔族的人。”

“对比起有人要我的命，我倒觉得这个更可怕一些。”末了，她又似想起了什么开口道，“对了云枢，有一件事，恐还需你日后去查证。”

云枢不知此时她还有心思在顾些旁的，但还是点头道：“何事？”

“太冥湖的封印被人动过，你知那里当初毕竟是虚白亲自封印下的。”她蹙眉，目光疑惑地看向他，而他也看她，四目相映，却是他先移开了。

“你放心，此事我自会查清，但……”他摇摇头，像不知该如何继续，只是大步冲上扶摇椅，试图抓住她哪怕一片的衣角？“君恒，难道你真要为了那句话牺牲自己吗？那不过是蛊惑之言！是为了离间我神族罢了！若是虚白还在，他也定然不会同意这样做的！”

“若是今时今日虚白还在，那此时又有我何事？”她冲着他笑，一寸寸地将紧握自己的他的手指掰开，“你知道吗，其实我从来就未想过要得到神尊这个位置，”她的声音透出疲惫，“兄长修为非凡，我不过是因着那点亲缘关系被硬生生推了上来，我虽是上神，却也是女上神，本就比寻常男神更难以服众。沧海老头不喜欢我，背地里还有男仙想弹劾我，女仙们向来瞧我不顺眼，不议会的时候，罗浮宫冷清得连个人影都没有，也就是你，云枢，”

说到这儿，她突然停了下来，她望着他的眼睛，很深很深：“我们三人一起修仙时你就一直待我好，我即使有错，你也从不像兄长那样取笑我，虽然我知道，他就是那样一个人，嘴皮子虽然坏点，但人是好的，但是云枢，我们修仙，并不是为了自己。”

她说着，从扶摇椅上直起了身，一阶一阶向大殿深处走去：“我不是菩萨，不能救苦救难，但人这一生，总有应为之事。我现在其位，便应谋其政，不能事事推卸给旁人，遇大事便想着要退缩。如果，这真是我和虚白的命数，想来也不是他能预料到的。”

她话如尖锥，却不偏不倚，虽行的是君子之道，但也藏着份王者之气。但她越是这样，其实也越发地让人心疼，云枢看着她单薄的背影几度想开口，但终归只能咽了下去。

他依稀记得，万万年前他第一次看见她的时候，也似这个模样，瘦瘦小小的，穿着条显然大了不少的白裙，脑袋上还用红绳绑着一大一小两个圆鼓鼓的发髻，也不说话，一个人闷闷地坐在浮云石上一页页认真翻看蓝皮册子。

他至今还记得书页翻动的声音，如轻缓的溪水在静谧的山谷里无声流淌。而那时虚白也小，他站在她后面的高石上，看见他来，索性就把替妹妹梳头的小玩意儿一把扔了。他仰起下巴，英俊的小脸上有高傲有欣喜，嘴上却道：“云枢，你迟到了！”

杜君恒最后是独自一人回的昆仑仙境，这个节令，仙境里因仙气滋养的杜衡纷纷从土里钻出头来，有些甚至还衔出了零星的白色花苞。

杜衡有一种别致的气味，似药苦似花香，初闻觉得清冷苦涩，但习惯了却有回梦低喃之感了。杜衡花是杜君恒自诞生之初第一眼见到的植物，因为喜欢它盎然的绿意和娇小却落落大方的花朵，她索性就给自己也取了个近似的名字。

如今算来，都已经万万年过去了。

时光如一条无法泅渡的长河，她望着浩渺千里的昆仑仙池，一边走，一边看，一边想。说来，她真的已经活得足够久了，既是如此，死又有什么可怕的？何况这是殉道，是为苍生，为大义，都理所应当。

只是，这一遭她觉得自己算是白活了，临头来竟不知还有谁可托付、可叮嘱。她亦未曾喜欢过什么人，哪怕是稍稍动过心。仙池水渐渐打湿她的身体，她阖眼，似看见一片粼粼的湖光中慢慢浮出个虚无的影子。那是不知被谁打翻了的莲灯，明明灭灭的湖面上，万千灯盏影影幢幢……

贰篇·惊变

第五章 风息灯

他在十方瘴疠中疾行，手提一盏白灯笼飘忽在寂夜里，长路的尽头，三千丈的瀑布旁，一块通天巨石拦阻视线，他抬起头，仰视着上面自右而左两个阴刻的篆字：九幽。

终于也还是来到了这里吗？他深吸了口气，手中一道禁诀如流星般划过夜空，诡异的是，那巨石上的字符竟然如得令般倒置了原本的位置，倏忽间，原本透明的结界被打开。他蹙眉，这下倒再没有施法，而是一步步地，走向那冰冷黑魆的池水里。

原来，在那三千丈的瀑布下，更有三千道石阶渐次延伸……

三日前，蜃楼。

一层层的博古架被擦拭得光可鉴人，沁出陈木香的十锦槅中，精致的玉器、瓷器、古玩、字画被小心翼翼地摆放着。

千机拿着鸡毛掸子，一动不动地站在其中某一槅前，脑袋几乎要从里面穿了出来，他已经盯着那以整块紫云母雕铸的水镜很久了，终于，他还是忍不住了："老板，您这幻影球能存多久的记忆画面？"

原来，在那水镜前还有一座架着水晶球的袖珍玛瑙案，只因太不显眼，几乎让人忘了它的存在。然而正是这么个拇指大小的透明圆球，却是这整座蜃楼中，风黎最为珍视的宝物之一。

风黎调子慵懒地应了声，眼还直勾勾地盯着水镜中的画面，他伸了个懒腰，这才将手掌轻覆向了那透明圆球。

瞬间，那圆球上的光华熄灭，紧跟着，连水镜上的画面也停止了。

那画面正好停在他和杜君恒一起放莲灯的场景上："这幻影球能将主人的所有回忆悉数记录，并根据喜好进行改动，大概……到这辈子都用不完吧。"他托腮，一双桃花眼紧盯在那画面中杜君恒拿狼毫的细长手指上："千机，你说小君当时在莲灯上写的会是什么？”

他这声“小君”叫得很顺口，千机听得也很顺耳，可惜嘴上说的却是：“应该是虚白上神吧？要不然，云枢上神？”

千机这话真是哪壶不开提哪壶，风黎听到那两个讨厌的名字，登时对他一记白眼：“你这就没别的答案了？”

千机知趣地忙将头缩回博古架后，心说“难不成她想的还是楼主您吗？”他啧嘴，干干道：“我猜不出来，我瞧着那位神尊也不像是会轻易动凡心的主。”

风黎长长“嗯”了声，徒手又变幻出当日杜君恒留给他的泪瓶：“千机，我给你变个戏法。”

他话说完，就见一道紫色的光华从他的手心暴涨开，紧接着泪滴从玉瓶中脱木塞飞出，与那紫色光华融为一体，他口中咒语不停，不多时，一团如星云般瑰丽的漩涡便诞生了。

千机看着有趣，风黎便索性将那气团徐徐推至他面前，得意地道：“本楼主刚才用这泪滴造了个小君的感应气团，她的情绪随时都能反映到这气团里。”

说到这儿，他似想起什么般，向着另一边的博古架抬手一指，一个水晶绶带扁瓶便飞了过来。千机看罢忙不迭地从博古架后走了出来，眼巴巴地道：“老板，像这样的感应气团，要不您也给千机做一个？”

风黎哧的一声，顺手将那气团装入扁瓶中：“可本楼主就算白给你做一个，也没人愿意拿去不是？”

千机沮丧地叹气。

其实，身为一只鼯鼠，千机幻化成的少年模样也可称得上眉清目秀，奈何最近被养胖了些，导致风黎每每看见他，总会情不自禁地想要掐上一掐。

顿了顿，千机眼还在看着那气团：“那老板给它想好名字了吗？”

“就叫星云吧。”风黎歪着头，一双充满风情的桃花眼也看它，“但是千机，并不是每个人的感应气团都能像小君的这么漂亮的，也这么的有收藏意义。”

后面那句才是重点吧？千机一阵肉紧，但到底还是对这据说离得千里都能感应的星云上了心，隔着透明的水晶扁瓶，他手指了指，道：“那它现在的状态，意味着上神在想什么？”

“星云越固定代表她心里越安静，反之则是心里越激烈。”风黎解释道，话毕，他猛地意识到了不对劲！

就算这杜君恒的心智异于常人，那也不至于让这星云一直如此凝固，甚至……

甚至还有越发变暗的趋势！

这是怎么回事？他的秘法不可能有问题，杜君恒的眼泪更是货真价实！

难道说？

想到这，他呼吸一促，竟是罕见地慌乱了，他屏息阖目，手中秘术再启，然而，绶带瓶中的感应气团却依旧是纹丝不动。

“她出事了。”许久，他终于道，千机看着他默不作声，手却无意识地抓住了他的袖角。

“老板，您现在不会是想去硬闯南天门吧？”千机期期艾艾地看着他道。

风黎看他一眼，这一瞬断不会承认自己其实就是这么想的，但南天门哪里是这么好闯的？自上古开始，无数想硬闯南天门的人不是被那威力无比的结界挡下，就是被镇守的天兵天将干掉。

思及此，他的一颗心越发沉了下去，他攥紧那绶带瓶，目光重新移回到水镜中杜君恒表情寡淡的侧脸上，那个时候，她在对自己说什么？

是了，她那时说的是：楼主难道是有字不会写。

她居然嘲笑他是有字不会写，他抿紧唇，奈何现在却已笑不出来。他深吸了口气，隔着七尺远的距离，他将左手食指上的环戒慢慢转动开，那环戒色泽如碧玺，通体光芒收敛，周身刻有繁复且精致的咒纹。

随着他口中秘诀响起，戒面上的咒文甚至隐隐带出一层水波纹似的光华。

千机见这阵势，早早退到了门洞后，倒是风黎屏息凝神，将戴有环戒的左手向着水镜虚空一划，旋即，水镜内便发生了变化。

最开始是漆黑一片，接着是连绵的雾气，到最后，神魔两界的景象竟如地图般细致呈现在了水镜中。

“九星莹明，娑河无间，界心牟利，驭使玄宗。瀛洲仙岛，起！”

随着他口中秘咒落下，不多时，瀛洲仙岛便出现在了画面中，那是东海最东处一座隐世的小岛，周围有五色仙气缭绕，瑞气千条。

“老板是打算去云枢上神的仙府吗？”千机的嗓音响起在猎猎的风声之后，可惜，风黎却随着水镜被打开的秘境之门，如化光一般被迅速卷入了。

原来，那水镜不单有观世相的作用，还能在这神秘的环戒魂玺的帮助下，带领人去往任何想要去的地方。

瀛洲仙岛作为三神之一云枢上神居住的地方，其实并不如外人所想的那般宏伟壮丽，以至于风黎在第一眼看到它时，还以为是人界的哪一处荒岛。

不过在这座荒岛上，白斛生花倒是开了不少，他曾听杜君恒提过这个花名，也因此嫉恨上了云枢这位他压根没见过的神。不过，现下情况急迫，也顾不上太多了。

他默施了个诀，企图以此引来此地主人的注意，没料衣袂刚刚翻动，就见着个手拿扫帚的小仙童不知从哪一株白斛生后冒了出来。

"喂，你哪里来的？"他还没开口，那小仙童倒是先不客气地用笤帚将他拦下了。

风黎上下打量了那小鬼一眼："小鬼，本楼主来自封灵海，现有要事找你家主人，速速去通传吧！"他自认为英俊潇洒地道。

哪知那小仙童压根不吃他这套，一张小脸高高仰起，不屑地回敬："本仙童可不叫什么小鬼，本仙童名叫言一。上神现在有要事忙着，你若想要见他，就先破了这阵吧！"

话语落，言一便已不见了人，倏忽间，晴空变为黑夜，眼前的大片白斛生花从被巨大的棋盘所取代，厉风呼啸，飞沙走石，两人高的棋子被狂风推送着前进。

原来是棋阵，没想到仙人也爱这个。

风黎腾身而起，他的棋技虽然一般，但好在身法并不差，而破此阵的关键，除了下赢这盘棋，还有一个破解方法，那便是找到阵眼。

想好了应对策略，风黎徒手先接下几步棋，便开始在狂风中寻找破绽，他记得杜君恒曾对他说过，云枢虽办事严谨，但实是个平和温雅的仙人。一般说来，这种人遇事往往不会太过刁钻，如是推测来，这棋阵阵眼也不该是个古怪的所在。

那么既然如此，在棋盘中，哪个地方会是既显眼，但又通常不被重视的地方呢？他脑中飞速思考着，身形并不停歇，很快，他束发用的玉冠被厉风吹落，三千墨发如妖鬼狂舞。

他身影腾挪着，足尖同时点开，这下移动到了棋盘的外围位置。

是了，在围棋的众多布局手法中，有一种以逸待劳的手法叫作"秀策流"，即将黑子的前三手，放在棋盘的错小目位置，等待对手前来挂角。这种下法，讲究的是全局的平衡和谐，不单显得顺水推舟，还易给人一种高人一等的感觉。

风黎思虑再三，觉得这种手法与云枢的性情吻合，故而先后试验了这"秀策流"前三手的三个点，终于，在第三次时，棋盘发生了变化。

"蜃楼之主果然深藏不露。"一个温润如玉的声音自白斛生的深处传来，风黎没顾上理他乱糟糟的发丝，就见一双纤尘不染的云靴出现在了眼前。

再抬眼，但见那人素袍玉簪，清隽气度下，容颜清俊让人无法逼视。

“你就是云枢？”风黎冷哼声，料到自己此刻在气度上多半已落了下乘，但纵然如此，他也顾不得了，急步上前道，“你老实告诉我，小君是不是出什么事了？”

大概这天底下除了虚白，也就他蜃楼之主敢对杜君恒直呼小君了。云枢淡淡看了他一眼，却是没答话，小半晌，才对他比了个请的手势。

风黎见他这样，心间咚的一声重响，竟是沉了下去。

寒气凝结的冰洞中，一张以万年冰河水打造的冰晶床似曾相识，在那床缘处，一盏巴掌大小的白灯笼微弱地闪着，仿佛是这里唯一还生动着的光。

“这是……”

奈何他的话还未说完，先掐了下去，许是因为他终于意识到面前之物究竟为何，许是因为他曾在脑海中无数次想过与她重逢的景象，却没有一次是如此，千言万语临到头，未有一句可开口。可这一次，她是真的开不了口了，甚至连元神都不复存在了，仅有这只小小的，用仙界最普通的琼竹编出的白灯笼。

“此物名为风息灯。灯灭魂息，灯住魂明，蜃楼之主，这里头是我好不容易搜集下来的，君恒散落在这个世上的最后的魂魄。”

云枢的声音很静，静得就像是世上最钝的刀，一寸寸地凌迟时光，让寂灭都仿佛变得地久天长。

突然间，风黎觉得天地间的声音都似不复存在了，只有云枢的那盏风息灯还近在眼前，它零星闪烁着微光，就像是那个人淡而无声的嘲讽。

她说：“我的这一辈子太长，怕是会辜负了楼主的好意。”

她说：“本座的仙气不说是神界第一，也是独一无二了，楼主可要好好使用。”

她说：“本座也清楚，自己这张脸是生得招摇了些，但楼主一路这样偷看本座，难道是希望本座能算你便宜些？”

…………

记忆如最绵长的酒，在凛冽的夜风中，一点点地燃起了火星，最后噌的一声，燎了整片心海。

曾经，她是那样一个自信、自恋甚至自傲的人，这样的她，怎么能让他轻易相信她就是这样死了呢？他用力按着剧烈起伏的胸口，将目光转向云枢，这个曾在她的口中唯一被温柔道出名字的男子。

风黎看着他，看着他慢慢走上前，用那骨节发白的手温柔地抚摸着风息灯的灯面，就仿佛是在抚摸心爱女人的脸庞。

最后，他也转过了脸，两道视线终于交锋："既然天机卷是自楼主处得来，那么对君恒的仙陨，楼主也应承担些责任吧？"

云枢一双凤眼里质问的意味明显，但这瞬间里，风黎只觉头脑一阵发蒙，好歹口舌难得还保持了几分清醒："所以上神的意思，是我风黎间接害死了小君？"

话音堪落，他方才意识到自己究竟说了什么："云枢上神不会不知，她来蜃楼的目的，不过是为了拿到转生石而已！"

"呵，转生石……"云枢冷笑，"动用元胎之力，是为仙者的大忌，想来楼主也并非我神界中人，若不然，当日便该先替君恒早做抉择。"

是啊，若在当日，自己不曾醉酒，小君便不会有这个机会，那她也就不会……他深吸了口气，眼见着云枢将那灯笼从冰床上取下，面无表情地递了过来。

"楼主，我只知道她离开的时候还是好好的。"云枢一字一语，犹如利刃剜心，但他一错身，竟是先一步避开了。

因为好像这一碰，一切就会变成真的，而那个人就再不会回来了。

"蜃楼之主，我将此物交予你。"

终于，二人之中还是要有一个先开口，云枢的手悬在半空，正如他的心也悬在半空："我曾听君恒言道你对这世上奇珍都颇有研究，至于此物究竟如何使用——"

风黎的心陡然一震，霍然抬起眼对向他："所以上神的意思？"

"便是楼主心里所想的那层意思。"云枢深深看了眼他，一挥袖，那名唤言一的童子便不知从哪处冒了出来，显然是来送客的。

"本上神言尽于此，日后行事，还望楼主小心谨慎才是。"云枢最后道。

风黎点头，目光亦再不流连此地，只一抬腕小心地将竹灯笼收入了宽袖内，光线明灭的瞬间，这段记忆也好似戛然而止。

眼前，漫漫三千道石阶已然显露尽头。然在这石阶之后，更有三条岔口，每条岔口后皆是一条幽深的甬道，甬道里无光无烛，不知通向何方。

但他似乎并不为此烦心，仅是重新拿出了风息灯，那一副小心翼翼的模样，仿似害怕它被刚才的临渊池水所浸染。

漆黑的岔道上，灯笼里的碎片流萤般飞舞着，那闪烁的光线，也像是在回应着他。他轻轻地抚摸着灯笼纸，发出一声极轻的叹息，最后朝左边的甬道迈开脚步。

已经多久没有来这里了呢？

时日悠远，他已经快要记不清了，一阵阵的寒风从遥远的地底传来，吹动手上的白灯笼，曳出零星的光，甬道的石壁漆黑冰凉，长得一眼望不到尽头。

前方，再前方就是黑水塔了。

他皱眉，但脚步并没有因情绪的波动而停顿，他屏息凝神，唇间无声吐着诀。片刻后，食指上魂玺上阴刻的繁复的符文也开始隐隐闪光。

倏地，他的整个身影都不见了，甚至连那风息灯的光线也被笼得一干二净，唯有一丝沙沙声在甬道中时隐时现，像是从哪里飘来了片落叶。

但尽管如此，他也依旧不敢掉以轻心，他一步步走得很慢，并不时停下来，直到终于走出了甬道。

甬道外是一片开阔荒芜的平地，没有人也没有光，到处都黑茫茫的，在视野的最远处，一座坚固的黑色塔楼隐在浓重的黑雾下。那就是黑水塔，魔族的三大哨塔，四大魔塔之一，哨塔上屯有魔族精兵五千，只要魔铃一响，足以干掉任何想从这里闯过的人。

他风黎虽也算是个自负的人，但还没有自大到妄图用运气来赌性命，更何况，他手上还拿着承载有杜君恒魂魄的风息灯。

平地起了一阵怪风，塔楼上的魔兵警醒地探出头观望了好一会儿。事实上，那不过是风黎故意用术法造的。与其让他们一直精神绷紧地留意这里，倒不如先让他们紧张一下，再松弛了。

因为魂玺所释放的隐形咒并不能支持太久，他必须支撑到进入鬼棘林。从地域上来说，自鬼棘林开始，才正式归属魔界，只不过鬼棘林太过偏僻复杂，故而连魔族中人在有选择的情况下，都不会由此地进入。

是的，黑水塔其实是魔族三大哨塔防守最弱的一个。

不过，这对今夜的风黎来说，却是大大的好事。在以怪风成功吸引魔兵的注意力后，他又接二连三地引起了其他几次骚乱，到最后连那魔兵都失去了兴致，他这才敢现身在黑水塔。

在隐形咒的辅助下，他又花了足足一个时辰，才总算进入了鬼棘林。他绕进鬼棘林临近河沟的位置时，隐形咒失去了效用。

一盏白灯笼像是幽灵般亮起在狰狞的鬼棘林中，风黎一身黑冠黑袍，提着它，像是临夜吊丧。但偏偏是这样，他却弯起了唇，一副满足的表情，仿佛新鬼刚吃足了冥币。

他完全不害怕这个地方，不过是觉得有些紧张，甚至还有那么一丝丝寂寞。

这真是他风黎一辈子不曾有过的情绪，哦不，或许在久远以前，这种感觉也是出现过的，只是那时他还太小，又时隔太久，以至于连感觉都出现了偏差。

仿佛那仅仅是他年少时经历的一场梦境，大梦醒觉，他摇身一变成了坐拥封灵海的神秘楼主，他自天南海北神界魔域搜集来奇珍异宝，但是没有人知道，他不过是想从这些东西中，搜寻到关于她的哪怕一点点的线索。

毕竟那个时候的她，是他年少的一个梦啊。

可她消失了，消失得彻彻底底，甚至还不如这灯笼里的魂魄碎片，能留给他些虚妄的幻想。他低头垂眸，认真用衣袖擦拭那灯笼的木手柄，这鬼棘林里连只萤火虫都没有，死气沉沉的，本该是寸草不生的地方，偏偏生长着大片大片冲天的茂密荆棘。

她曾对小小的他说过，她说荆棘也是会开花的，红色的，像是火焰。可他从没有看过荆棘开花，直等到后来他长大了，才知道荆棘是不会开花的。而那关于火焰的传说，只是她给他的一个期望，因为人总是要靠着各种各样的期望活着的，真的，或者假的期望。

那时候的他真傻啊，傻得就像现在。

他吸了吸鼻翼，声音轻轻的："小君，别怕，有我在。"

他化成了一道风，在黝黑的鬼棘林里急速穿行，他的衣角被丛生的荆棘勾破了，刺痛里面的血肉，但他好像不觉得疼，仿佛唯有痛感更能点燃他眼里的星火，那星火便是雪楼，十万魔族腹地，唯一尚存光明的地方。

是的，谁能想到这雪楼竟会藏在鬼棘林之后呢？可即使如此，雪楼的防守也并不弱，尽管这并非是魔族名义上最重要的场所。

风黎提劲运气，总算赶在雪楼守卫换岗时潜入了第一层的花雕暗门后，他似乎很精通此道，甚至连防守也只是觉得今天的月亮比平时暗了些，然后有一阵风擦着耳边刮过，就一切都恢复正常了。

事实上，雪楼对外虽无记载，却是魔族最重要和隐秘的祭坛。雪楼高十九层，明珰瓦的重檐下，每一层在檐角的位置上都衔有一枚青铜空铃，每当魔族的一位重要人物故去，青铜空铃便会响起，以此方式祭奠他的离开。

巍巍雪楼从建造至今，空铃声已经响起过八十一次，最后的那次，为的是泷姬的失踪。其实按照魔族的制度，泷姬还算不上对魔族有贡献的人物，但因她是魔神在世间最后的血脉，故而在她生不见人死不见尸的情况下，雪楼依旧为她响起了空铃声。

风黎至今记得那个声音，就像是铃铛被系在了魂上，铃铛动一动，他的魂魄就抽一抽。那是绵密而哀伤的歌，像是亡灵在云团之上齐齐低奏，有欲来风雨，无把盏故人。

萧索的寒月下，唯有这雪楼影影绰绰，他听着那哀伤的曲子，觉得连那月光也像是一场雪，自己则在一夜间长大。

时光是一把刀，将小小的他，重新带回到了当年的地点。高高的雪楼里空无一人，他的步履很轻，也许是害怕惊扰了沉眠在此的亡灵。他并未上楼，反是一步步小心地从立柱后绕到了祭坛正中的一大一小两汪镜池前。

与临渊的池水相同，这里的水也异常沉静，且黑不见底。

他徒手变幻出一把锋利匕首，以此划开手掌，很快，鲜红的血液顺着匕刃流向大镜池。诡异的是，就在他的血液触碰到镜池后，池面忽像得了滋养般，顿时翻腾起来。

片刻后，小镜池的池水开始以漩涡的形态迅速下降，不多时，几乎与池水融为一体的黑玉石阶自池面升起。风黎看罢口中秘咒轻吐，一道湖蓝色的避水结界自魂玺中升出。他蹙眉，手提风息灯，一步步进入小镜池里，魂灯摇曳，他映在石壁上的身影很快消失不见。

他此刻前往的地方，正是雪楼最深处也最隐秘的密室，他在幼年时曾偷偷潜进过这里。他还记得在甬道的最深处，静静放置着一口雕工繁复的冰棺，那冰棺里躺着一个女人，可惜那时他刚来得及对她匆匆一瞥，就被人给抓住了。

但只这一眼，还是对年幼的他产生了巨大的冲击，那不是一个能单纯以清秀或者艳丽这样的词汇来形容的女人，应该是：美好。

和泷姬完全不一样的美好。

如果说泷姬是荆棘花下的火焰，那么冰棺里的女人就是明珰瓦上的月光，后来他打听了许久，终于知道了她的名字：杜小九。

他觉得像杜小九这样的名字一点都不符合冰棺女人的高贵气质，但后来想想，觉得那也许是因为当时那一眼实在太短，短得在日后无数岁月里模糊了印象，光剩下当初的惊艳。

时至今日，他终于重新来到了当初的密室里。沿着由黑玉砌成的甬道一直向里走，扑面而来的是仿佛凝固了的空气，墙壁上的古灯一盏盏地亮起，照得尽头处的冰棺莹莹闪光。

他觉得自己的呼吸也变得紧了，但提着风息灯的手并不慌乱，他撤去了避水咒，又将一个淡得几乎看不清的虚影定在了甬道的入口处。

“小君，你放心，如果有人闯进来，我的影子会先感应到的。”他的声音很轻，像是在自言自语，可惜并无人应答，更显得这过分静谧的黑玉甬道内诡异非常。

但风黎似乎已经很习惯这种诡异了，只是因为一直在重复一种动作，让他觉得略微枯燥，他将风息灯换到了另一只手上，如此重复上好几次。

终于，那冰棺近在眼前，然而身后的光线忽然一暗，一股沉重且强大的气劲巨浪般自身后扑来。

不好！竟是有人闯进来了！还是在他的虚影未发现的情况下！

电光石火间，他忙将风息灯收拢袖内，一个闪身，已没入身后的石壁里，瞬间和石壁凝为一体。他惊魂甫定地看向来人，且见那人身姿英挺，玄袍银发，唯独渐渐转过来的英俊轮廓上，半边的眼眸被一枚黑金面具罩下，仅剩的一只眼朝着他的方向看过来。

他的心剧烈地跳动了下！

好在那银发男人似乎并未发现他，不过是静静地站在冰棺前，似凝视似沉思。风黎咽了咽口水，一边看着男人的侧脸，一边默默地掐算着时间。

然而半刻钟过去了，一刻钟过去了，那男人也丝毫没有要离开的意思。

风黎咬牙，奈何等不住也要等，因为他还没有确认冰棺里的女人是谁。那男人也真是太可恶了，好巧不巧地就这么挡在了他和冰棺之间。

只是，魂玺这一叶障目的咒术，马上就要到极限了。

“小弟，你还不打算出来吗？”

终于，还是银发男人先开口了，只是甫一出声，便不再给他逃避的机会。风黎心中一沉，谁想下一刻魂玺竟然不争气地同时失效，生生让他从石壁里跌了出来。

“这么多年过去，为兄没料到你头一次回来，竟会是为了小九。”银发男人嗓音低沉有磁性，又有种说不出的动听。

他避过脸没去看男人，目光则再一次偷偷往冰棺瞄去，男人见状，冷着脸索性将冰棺的头尾掉了个。那冰棺在地面上摩擦出粗砺的声响，震得尘土飞扬。他握紧袖下的手，无奈下只好迎上了男人的双眼。

这是他们在分别数百年后的第一次重逢，没有假想中的兄友弟恭，也没有梦境里的生死不容。

“玄镜，好久不见。”许久，风黎生硬地说道。

一声“玄镜”，道破他与玄镜的关系并不和睦，但更重要的，是自己这么多年极力隐藏下的魔族少君的身份。

但对于玄镜来说，其实何种的称谓他并不在乎，他走上前，声音透出疲惫：“没想到这么多年过去，你还在怪我。”

可惜风黎并不打算领他的情，甚至索性换了副嬉皮笑脸的表情：“想我原谅你，可以啊，把杜小九给我。”

“你要她做什么？她只是个死人。”玄镜眉头攒出一丝不解，然而他虽然口口声声称呼她“死人”，但风黎还是觉察出了他对她的不同。

“就是死人我才管你要啊，若是活人，我只好亲自动手杀了。”风黎很明显想激怒玄镜，但玄镜只是淡淡扫了眼他，旋即移开了挡住冰棺的身体。

玄镜此时的举动很让风黎意外，但再如何意外，也及不上当他确认那张与杜君恒一模一样的脸时，心中的惊诧和震撼。

居然真的会是她，一个额心没有红痣的杜君恒！

“小弟你看清楚，她并不是‘她’。”玄镜走近了，故意将那两个“她”说得淡定。

“这是我自己的事！”风黎瞪他一眼，强压抑下恼怒的心情，故作轻描淡写道，“既然这么不巧遇到大哥你，那么不妨开个条件，我要她。不过——”

像忽然想到了什么，他拉长了尾音：“不过在此之前，小弟我心中有个疑问。”

玄镜微微蹙眉：“你说吧。”

“皇兄你当年真的喜欢这个女人吗？”风黎的话一语中的，玄镜银发下的瞳仁紧缩。

“如你所说，这也是我的事。”玄镜勾唇，没料得竟是重复了风黎刚才的话，他的目光淡极，叫人捉摸不透，“你想要小九，其实也不是不可以，但我有两个条件。”

“第一，我需要知道原因；第二，你将以魔族少君的身份重新回归。”

“……”

又是良久的沉默，密室里静得只剩下彼此的呼吸声，风黎在思考，玄镜也在思考。风黎是生意人，不做无本买卖，但这一次，他为了杜君恒，真是什么都豁出去了。至于玄镜，则是拿着杜小九赌风黎的回归，虽然连他也不清楚，他为何这样笃定风黎会答应。

“因为我要求一个真相。”沉默了许久，风黎才道。

但玄镜并未因这一句而动心，他看着风黎，用那仅剩的一只眼睛用力地看："你可知答应了我，意味着什么吗？"

"意味着要肩负起魔族的未来。"他走到风黎身边，径自将话接下，"而你喜欢的女人，也许永远都不会接受这个身份。"

"小弟，你要记着，神魔不两立。"他落音如铁，仿佛要深深烙印在风黎的心上。

"皇兄，如果我是你，我绝不会拿最爱的女人去换一个什么承诺。"风黎也看他，眸中回敬的意味很是明显。

玄镜却是笑了，笑里包含了万千的意思："是的，所以我们不同。"

这真是风黎恨透了的模样，他抓住玄镜拍着他肩膀的手，一双桃花眼像是着了火："不过即使皇兄算到了一切，也还有一件事……"

他说着，将袖中的风息灯悠悠取出，他轻抚着琼竹笼骨，很爱惜的模样："我要救她，并不是因为我喜欢她，是我怀疑，她就是泷姬。"

乍闻那个久违的名字，玄镜的心头也不禁一震。

子夜，流沙塔。

时间静得就好像是泷姬消失的那一回，流沙塔的塔顶处，镶嵌于三个方向的沙漏瓶代替了月光在夜空中发出红、绿、蓝三种颜色的光辉。

那沙漏瓶便是流沙塔名字的来源，因着魔族自亘古以来便认为沙漏代表着时间，是以这三个沙漏分别代表着前生、今生和往生的时间。

玄镜与风黎从蓝色沙漏——往生之门进入，他将声音幻化成了密术，一行行出现在黑如墨洒的流沙塔中。

此地便是魔族除雪楼之外最隐蔽的场所，更是魔族的千年禁地，自幼年始，他们便被教育不可因声音惊扰了封印在塔楼中的亡灵。

风黎收敛气息，下意识按上食指的环戒，这枚珍贵的魂玺也是出自这里，正是他的父尊当年赠予他的成人礼的礼物。

他早忘却父尊的模样了，但魔族中所有人都说，玄镜与父尊生得极像，长兄如父。风黎轻叹了口气，极力不去回想幼年的事，在他的面前，一直沉默着的玄镜直走到二层楼梯的拐角处，才停了下来。

他侧过身，在黑暗中望了风黎一眼，眼神仿佛是在确认。可风黎偏偏不言语，径自走到了与他并肩的位置，龙阴木打造的扶梯结实宽敞，足够容下两个并行的成年男子，只因他们彼此缺少交流，才越发显得空空荡荡。

“小弟，你长高了。”片刻的僵持后，玄镜的身侧浮现了一行银光小字，那银光在他的黑金眼罩上映出虚影，风黎看后双目一刺，竟是匆匆避开了。

对于风黎的反应，玄镜似在意料之中，他沉默着挥动衣袖，顷刻间，整个楼梯龛壁里的灯盏都亮了，那光亮自旋转扶梯的底部直蜿蜒至最顶层，整座流沙塔都变得灯火通明起来。

灯烛的照彻下，塔楼中长卷般的壁画映入眼帘。那些浓墨重彩，记载着魔族曾经的辉煌，从远古开始，神族与魔族的战斗便从未停止过，风黎极力克制着不被这种肃穆得近乎凝重的情绪感染，但脚步还是忍不住沉重了。

“此番复生，需要用到魔族圣器——危虚鼎。”风黎脑海中响起来这之前，玄镜对他说的话。

危虚鼎是魔族最大的秘密，更是事关魔族命脉的存在，坦白说，他的确没料到玄镜为了他能重新回归，竟然会选择下这样重的赌注。不过，对于自己的这位兄长，他的确是猜不透，想必当年的泷姬也未曾看透过吧。

毕竟是这样面冷心冷的魔尊，他握紧手心，只恨当年无法让泷姬先爱上他。

复杂的情绪充斥着胸腔，他终是与玄镜走到了流沙塔的最顶层，这是处几乎完全封闭的空间，玄镜将沉重的石门降下，提示可以开口说话了。

然而人心最远的距离，或许是仍然相视，却无话可说。

良久，当玄镜的脚步声靠近时，风黎终是道：“除了危虚鼎、风息灯、杜小九的这副身体，我们还需要什么？”

他的发问让玄镜的仅剩的眸子中闪过些许光芒，虽然玄镜并未答话，不过是施诀令冰棺静置于面前的空地上，半戏谑道：“没想到蜃楼之主也有不知道的时候，看来是为兄没教好你。”

玄镜故作淡然的姿态让他很是不悦，因为他从不信自己的这位兄长真的未有过情感，甚至为了检验自己的想法，他还偷偷注意过玄镜刚才的眼神。

奈何又是那样滴水不漏的，甚至未看过那冰棺一眼。

“废话少说，你先告诉我要怎么做吧！”风黎不屑道。

玄镜显然对他的反应很满意，玄镜长长“嗯”了声，解释道：“除了魂魄、身体，以及炼造它们的炉鼎外，还有一样最重要的东西，就是她留在这个世间的情感。因为这份情感，才是她区别于其他人的最重要的东西。”

“情感。”

风黎默念着，一双桃花眼迎了上去，很明显，他这是在怀疑这样的话居然会出自玄镜之口，不过怀疑归怀疑，他还是将杜君恒的星云小心托了出来：“这是我用她的眼泪做出的星云，应该就是你说的情感了吧？”

玄镜看了那瑰丽星云一眼，语调中并无法得出真实的情绪：“你用魔族禁术造了这些玩意，如果父尊还在，大概又该心疼了。”

风黎轻皱皱眉头，俨然拒绝回答。

玄镜轻叹了口气，径自走向最里层的青灰色墙壁，随着他指尖落下，一道玄光自石缝中迸出，紧接着整座塔楼开始晃动，塔顶被平行移动开，灰尘和碎屑中，一道耀目的蓝紫色光束从厚重的云层中直通了下来！

赫然是被秘密藏在了云团中的危虚鼎！

风黎尚不及惊叹，双眼已无法直视那刺目的光束，透过指节间的缝隙，且听玄镜一声低喝，那光束中的危虚鼎犹如得了令般，慢慢旋转开来。

同时，冰棺中手捧着风息灯的杜小九、风黎手中的星云都因受到感应一齐凌空飞起，绷紧的气氛中，一道隐秘的红光自玄镜手中脱离，奈何仍被眼尖的风黎发现。

“你刚才做什么了？”风黎神思一紧，只差冲了上去，倒是玄镜一张沉如止水的脸上竟是难得出现了些许波痕。

“放心，我不过是物归原主罢了。”玄镜沉声回话，他独眼紧盯着正被危虚鼎作用的杜小九，身上的玄袍因气劲猎猎震响，宛如一头凌空展翅的夜鹰。

也是在这个时候，风黎猛地发现，玄镜虽依然沉稳强势，但比起当年他离开时，已隐隐有哪里不同了。

许久，这座矗立千年的塔楼才重新归于平静，却也是过于安静了，让人无端觉得心里发毛。

“喂，说说你跟她是怎么认识的，我说杜小九。”终于，还是风黎耐不住先开口了，他将跌落在墙角的风息灯捡起，顺势放进颗夜明珠。

莹绿色的光在塔楼的角落亮起，玄镜的话语仿佛这光中的一道折痕。

“三千年前神魔大战，我虽险胜神族虚白上神，但也失去了一只眼睛……”

原来他的眼睛是在那个时候瞎了的，风黎别过脸，故作不屑地撇嘴：“原来当年你失踪是杜小九救了你，可你没觉得她的脸……”

玄镜“嗯”了一声，显然早就发现了：“当时我也很好奇，为何她的脸会和君恒上神一模一样，起先我还以为她是神族派来的暗桩，但后来我才发现，她们像的，也就只有那一张脸了。”

话音微顿，他又继续：“昼阴幻境是神魔两族的交汇处，我因虚白残留的气劲被迫进入晷阴幻境，杜小九不巧也出现在那里，但奇怪的是，她似乎并不受那里的幻影影响。”

“晷阴幻境？”风黎默念着，脑中忽然灵光一现，“晷阴幻境是在姬山之巅的崖角？”

玄镜理所当然地“嗯”了声。

风黎蹙眉，很快接上：“据我所知，杜君恒当时未参加神魔之战，是因为之前下界历劫出了意外而陷入昏迷。而这杜小九除了跟她生得一模一样，还同样用了杜姓，想必其中定有什么联系。”

这是很显然的问题，但玄镜却迟迟不语。

“有什么不对吗？”风黎道。

玄镜摇摇头，他看着风黎，就像很多年前他还不是魔尊，仅仅是对方的兄长时一样。

“我没想到，我们两兄弟好不容易重逢，谈论得最多的，居然是个外人。”

“她在你心里就是个外人吗？”风黎不屑地嗤笑。

“我与她的关系,与你想的不同。”尽管对这段感情并不愿多谈,但玄镜还是道。

是啊，你与杜小九的关系与我想的不同，但与泷姬的关系，难道就同了吗？风黎心想着，总算决定闭嘴了，他曾屡次与自己较劲，甚至花光了所有心思和勇气也得不到那个女人的心，但为什么玄镜明明什么都不想要，却总能轻而易举地都得到呢？

他别过脸，将目光望向冰棺中的女子，光线昏暗，一片阴影覆上她的眉睫。他实在不知道如果杜君恒并非是他要找的人，他会怎么样。

但这个问题，他不敢想，甚至也不敢问。

第六章 两生情

杜君恒觉得自己做了一个很长很长的梦。

梦境里，她变成了一个叫杜小九的女子，这杜小九与她生得一模一样，但除此，就再无相同了。她是赌神老牌九收养的孤女，天生无其他本事，除了生来带有一枚有暗纹的勾玉外，便是学什么东西都飞快，尤其是赌牌。不论是单双骰子，还是四门方宝，又或者是六博马吊都玩得样样精通，老牌九还在的时候，赌坊里的人见到她，都要客客气气地尊称她一声九姑娘。

她很享受这种待遇。

然而，这种待遇在老牌九突然辞世后发生了陡转，首先是赌坊里的人开始变得针对她，其次是她当年的手下败将金赌快千方百计地暗算她。

她生得貌美，这是赌坊里人尽皆知的事实，但奇怪的是，虽然她不会任何武功，但只要有人垂涎她的美色并贸然对她下手，必定会受到不同程度的损伤。

许久后她终于知道，这都是她随身的那枚勾玉的作用。这个秘密她隐藏了很久，直到有一日被人撞见勾玉上的灵光。

那人正是金赌快的一名手下，很快，她的这个秘密便被金赌快获知，金赌快财大气粗，重赏之下果然有高手趁乱偷走了她的那枚勾玉。

失去勾玉的帮助，仅仅凭着一身好赌术，她一个小女子自然无法与人多势众的金赌快缠斗。万般无奈下，她只好出逃，好在她当年的仗义施恩并非全然无用，一个名叫胡画的赌鬼出手帮助了她，她一咬牙，索性登上了去往怀州的大船。

但她怎么也没想到的是，大船在途经泯县时居然遇到了暴风雨，整条船都倾覆了，她以为她就要死了，没想到醒来后却发现自己稀里糊涂进入了一座弥漫着淡淡雾气的森林里。

这森林很是怪异，居然连只飞鸟都没有，她走了许久，才捡到了一个受伤的男子，男子玄袍银发，生得很是貌美，奈何总冷着一张脸，不单不会说话，还是个独眼瞎。

这么漂亮的男人是个独眼瞎实在是可惜了，她对着苍天哀叹三声，决定像当年替胡画解围一样，顺手搭救他。幸运的是这男子虽然不说话，但还算听话，让喝水喝水，让吃饭吃饭，除了不让暖床，这真是万里挑一的毛病。

就这样，他们在森林里待了整整十日，森林里没有飞鸟，她就卷了裤腿下河摸鱼，她这人聪明得很，什么东西看上一遍就能学会，做饭这等小事自然也不例外。只是森林里没有盐巴，也没有其他作料，她一拍小脑瓜，索性找来一些有味道的木叶代替，几经选择调配，做出来的食物居然也是有滋有味。

林中的生活无趣得很，她每日和小哑巴（她给他起的名字）相依为命，饿了抓小鱼，渴了喝溪水，闲了数星星，再无聊了她就给他讲冷笑话。终于，在第十一天的时候，她居然在一根掉光了叶子的树枝上找到了她的勾玉。

这可把她高兴坏了，就差搂着小哑巴的脖子狠狠亲上一口。然而小哑巴除了在看见勾玉的第一眼时表现过一丝兴致外，后面甚至连对她都变得生疏起来。

她开始还不理解，但后来想想，这事也难怪小哑巴不高兴了，好歹她还找回了自己的勾玉，可小哑巴这一路走来甚至连块破布都没看到。

真是怪可怜的。

她这人向来很有同情心，长年的赌坊经验，更让她学会了遇事要懂得换位思考，如此一合计，非但气不生了，连走路都有劲儿了。

不过吧，这事说来也怪，就在她重新拿回勾玉后，小哑巴的伤也一点点好转起来，除了眼睛一直不好，其他的渐渐都好全了。

小哑巴的伤好之后，她没事就拉着他满山跑，试图寻找出口。她的师父老牌九曾经说过，人生就像一场豪赌，输赢哪能不重要呢？但一时的输赢是不重要的。

她觉得现在就是属于那个“一时”之间，今天没找到没关系，反正还有明天，明天没找到也没关系，反正还有后天，只要一天天地找下去，总是能找到的。

她将自己的想法告诉小哑巴，没料想小哑巴听后居然难得地没冷着张脸，反而对她认真地点了点头，她看见小哑巴竟然第一次主动回应自己了，心中不由地兴奋异常，也正是在那个逐渐失控的关口，她突然眨巴眨巴明亮的眼睛，对他说了一句也许这辈子都不会说出口的话。

她说：“小哑巴，如果我们能出去，我就娶了你吧。虽然师父说女孩子都是要嫁人的，但我觉得我天生与别的女孩子不一样，所以，嗯，我娶了你也是可以的。”

她话刚说完，没想到小哑巴一张俊脸冰封般冻住，扭头就要走。她以为他是害羞了，对着那背影更是大喊："君子一诺，驷马难追，我杜小九说要娶你，定会娶你的，你千万要等着我！"

"只是，在那之前，我们得先出了这林子。"临末了，她小声又说。

她向小哑巴许诺的那一天，小哑巴一整晚都没理她。树林里一到晚上，风声便大了，呼呼地贴着人的小腿肚往上刮，周围黑漆漆一片，乍看去，整个山头都好似在动。

到了后半夜，天更是冷得厉害，她搓了搓发红的鼻尖，赫然看见是下雪了。那雪花小白点似的，一粒粒融化在小哑巴直挺的鼻梁上，简直好看得都要让人心慌了，她屏息，壮大着胆子，一寸寸摸到小哑巴身边，然后对准那好看的菱形唇瓣不做他想，就亲了下去。

"你干什么？"

没想到这一亲，竟让小哑巴出声了。她且惊且喜，甚至还退后三步，像是确认般认真瞧着他，而他只是瞪她，用那仅剩下的一只凤目狠狠地瞪。

但那道凶狠的目光对杜小九来说，却撩拨得她整条魂都在烧，她一张小脸红扑扑的，小手也拉着衣角，奈何嗓门奇大："我亲了你，你以后就是我的人了，你想不认也不行，你的嘴唇都记着呢。"

那一句话，几乎喊得他要夺路出逃，但最后他还是忍住了，他的脸紧绷得厉害，连额上的青筋都在跳，他说："小九，你看清楚，我是魔，魔是不值得人去爱的。"

他话说完，她还真认认真真思考了下，仿佛是在想象他这样好看的人，怎么能是魔呢？不过她向来都被夸作是最聪明的姑娘，聪明的姑娘遇到困难都是勇往直前的，因为困难都会被她们打倒，这一次也不例外。

"你是魔，但不是魔鬼啊。再说了，哪里有魔亲口承认自己是魔的？"她背着手，清脆的声音像夜风中的铃声。

对于这次表白失败，杜小九倒是表现得无甚所谓，毕竟在森林中他们的日子还得过，只是小哑巴这下真是哑巴了，连杜小九叫他三声，他都顶多只回一声。

是以，杜小九最大的心得体会其实是，下次定不能在小哑巴没做好准备的情况下偷袭，以免他觉得自己胜之不武。不过连小哑巴都不搭理她的日子还真是难过，难过到她每晚每晚地除了数星星，就开始想老牌九，如果老牌九没死该多好，她就可以吃香的喝辣的，逢人还被尊称一声"九姑娘"。

然而又想一想，又觉得哪里舍不得，这小哑巴虽然不说话，却是个滋味，以前的日子虽然闹腾光鲜，却像酒水下了肚就忘了味儿。

她嘴里叼着根狗尾巴草，替在河边洗脸的小哑巴放哨，看这小哑巴连洗脸擦牙都这般有风度教养，想来从前也是个人物。

可惜如今这英雄落了难，只是若他不落难，她也捡不着他，如此一想，倒也挺划算。她仰着小脸，看河对岸有日头慢慢从云缝中升起来，树林里万籁俱寂，红霞叠染，又是新的一天了。

看见小哑巴净了面，英挺如松柏般向她走来，她忙吐掉嘴里的狗尾巴草。但就在她弯腰的瞬间，她突然看见河对岸像闪烁着一层不同寻常的亮光。

她大声喊住小哑巴，让他站定了不要动，再一次试验。果然，那亮光还在，甚至因为她的仔细观察，更加清晰了。

“我觉得好像发现什么了！”她手指着被河流阻隔的对岸，兴奋地大喊。

小哑巴皱皱眉，也看了看她手指的方向，并没发现什么不同。可她的模样并不像有假，他想了想，确认般沉声：“要去那里？”

她小鸡啄米般地对着他点点头，不过片刻，她又突然像想到什么似的将头摇成了拨浪鼓。他以为她这次又是戏弄他了，索性背过身再不理她，奈何衣角被一只小手轻轻拉扯，一下轻一下重的，简直就像是在挑战他的底线。

“如果这一次我们真的出去了，小哑巴，你会不会就要去做你的事了？”她的声音分明吹在耳边，又分明敲得人心尖都疼。

他没说话，但没说话就是默认，她自是清楚的，她重重哼了声，索性跳到他面前，将他的脸扳正对向她的：“小哑巴，我救了你一命，依照江湖的规矩，你这条命就是我的了。”

她大言不惭地信口胡诌：“不过，我这人心善，也不要你的命，我看你以身相许就很好。”话毕，她还真就从那脏得不成样子的青布包里抽出了一条素绢手帕，那帕子几乎是崭新的，还很郑重地被叠成了四方形。

他疑惑地看看她，又看看那帕子，没忍住眉角直抽：“杜小九，你究竟想怎么样？”

她撇撇嘴没做正面回答，但那周游在他五官上的目光已然放肆至极，只是调子还是虚的，心虚的虚：“小哑巴，不对，你究竟叫什么？”

“玄镜。”他垂眸，复又低叹了口气，“苍玄的玄，古镜的镜。”

她“嗯”了声，表情似很满意他的这个名字。反复欣赏了几遍，她弯下腰，在地上挑挑拣拣出一枚边缘锋利的石子，玄镜一时没看明白，随即手指已经被她的小手握住，接着落上了一道锋利的口子。

“这种事呢，只有用血书最有诚意了。”她一脸“你别怕”的表情，抓着他的手牢牢不肯松，她将那帕子抵在背后粗壮的树干上，握着他的手指一字字地写：

玄镜，杜小九，一堂缔约，良缘……

怎奈何“缔约”的“约”还未写完，他就抽出了手指，他的目光沉极，像是一把即将出鞘的秋水刀。但她好像并不感到害怕，手攥着帕子兔子般跳到一旁，声音瓮瓮的：“我还没写完呢，一堂缔约，良缘永结，谨以白头之约，书向鸿笺，好将红叶之盟，载明鸳谱。此证。”

她虽未嫁人，也未见过几场嫁娶，但她聪明记性好，见识的排场也多，偶尔在赌坊听人说上几句，就能默背下。但可惜，那人终是不给她表现的机会啊。

“杜小九，你别闹了。”玄镜将目光从那帕子移动到她光洁的脸上，“我答应你，如果你我真能出去，我定让你重回赌坊。”

他的话着实让她讶异了好一会儿，因为她虽然无聊时也会跟他叽里呱啦说上一通，但至今还未透露她的真实身份。

“你还是别太聪明了，做回小哑巴就挺好。”半晌，她将帕子塞进了衣领里，嘴里嘟囔道。

于是他真就不说话了，他静静地看她一眼，一道乌木尺翻腕上手，甚至不及给她看清的时间，就已经变幻成了一叶窄舟，遥遥浮于河面之上。

青山，碧水，扁舟，美人。

当真良辰美景，但这瞬间，她好像并不觉得如何兴奋。原来不知不觉间他竟已真的大好了，而他与她，真的不同。

他们最后是从往生井离开的，正是杜小九发现异样的地方。不过是一口看似普通的井而已，谁料竟是连接暑阴幻境与现实世界的通道。至于杜小九究竟是怎么发现它的不同的，玄镜并无心知道，因为此刻暑阴幻境外还有十万魔族大军在等着他，那盛大的阵势，几乎要把躲在身后的杜小九吓坏了。

他脱下外袍，吩咐杜小九裹好自己，杜小九没说话一律照做，心里想的则是，也许他们也会像人界中人一样垂涎她的美色，而小哑巴会这样做，则全因为她是他的人。

这样一想，许多问题便不再是问题，唯一的问题是：他是魔她是人，人魔通婚，会不会生出个魔九九？

可惜，等真跟他回到魔族，她才意识到是她想多了。他已经忙得恨不得一份时间掰成两半花，完全没时间再去看她，或者兑现当初的承诺。

好在她也不急，只是太过无聊，便开始偷偷打听起他的事来，没多久，她知道了他有个不成器的美貌弟弟，弟弟因与他意见不合出走魔族，但后来她又打听到，那其实是因为一个女人，魔族一等一的漂亮女人。

那女人的名字叫泷姬，连名字都起的如此花容月貌，简直甩她杜小九不知道几条街。她叹气，平生第一次产生了挫败感。不过，这泷姬再美，也已经失踪了，她这人素来心宽，也懒得再为这过去之事纠缠。

只是，日子一天天过去，玄镜依旧没有出现。她等得实在烦了，小道消息也听得够了，便索性操起了老本行，暗地里跟几个魔兵玩起了赌牌。她牌技惊人，一出手便碾压众人，很快，她九姑娘的名头重新响了起来，慕名前来挑战者一时无两，尽管皆是乘兴而来败兴而归。

不过在魔都这个地方，大家似乎并不介意一个女人比自己厉害，甚至反倒对她颇为推崇。不过魔族军纪严明，更早在神魔大战前，玄镜还曾颁布过行军途中不得嫖赌的旨意，原本大家还严格遵守，奈何一来战况逐渐明朗，二来杜小九又太过厉害，导致士气浮动。

日子又没过多久，她的名字便出现在了玄镜的案头上。彼时玄镜正在看一份关于上神虚白已死的奏章，对于虚白的死亡，他一度觉得疑点颇多，可这真正的疑点究竟在哪里，他好像一时又说不上来。

是以，甫听“杜小九”这个名字，他顿觉头疼得厉害。其实，自回归这段时间以来，却是他故意不去看她，因为冥冥中他似乎觉得这女人是他的一个劫，恐怕比起神魔大战还要来得要命。

怎奈何，他有心要躲，这劫又自己撞上来了。不过，对于魔族军纪，他虽不忍，但该严办的还必须要严办。

玄镜那一道乙缺、丁五、孙涂赌牌扰乱军纪的折子传到军营的时候，杜小九正在睡觉。她睡得迷迷糊糊的，就听军帐中传来吵吵嚷嚷的声音，有人压低嗓子说这是魔尊要抓典型，看来咱最近可不能再去找九姑娘了。

听闻自己的名字，她一下子就醒了，鞋子也不穿，就从隔壁的小帐里惊鸟似的飞扑出来。有人看见是她来，立刻飞快地躲开，连平时与她要好的魔兵也不敢吭声，阴着脸摇摇头，手指向军营西边的一里地外。

那是魔族的斩将台。

小哑巴要杀谁？她四下张望，终于在一处告示牌上看见了玄镜的那道行军中不得赌牌的军纪。

竟是她害得乙缺、丁五、孙涂他们三人要死了！她一阵发蒙，只觉头顶像被一盆冻水浇下来，一双脚都移不动了。

小哑巴怎么能这样呢？不过就是赌牌而已，还是她教唆的，他要杀，怎么不索性杀了她？她气不过，心下一沉，当下就从马厩里牵来一匹马，那马儿不认识她，惊得四蹄乱踢，她便用一根发钗用力刺入它的腹部："我知道老马识途，你是魔马，必然认识去明镜宫的路，乖马儿，你快带我去，你若带我去了，我一定不再让其他人欺负你！"

她的话语且急且乱，但仿佛有种过人的魔性，那马儿听后也奇迹般不再嘶吼，驮着她就飞奔向明镜宫。那个地方在魔都惑阳，是小哑巴的寝宫，也是他办事的地方。他不肯告诉她，但她这么聪明什么会打听不到。

马儿飞奔如电，她的心也急如电，告示上说丁五他们三日后就要被处斩了。她必须抓紧时间，她出门时没来得及穿鞋，一双小脚被厚厚的铁马镫卡得通红，她只骑过一次马，还是老牌九在的时候，带着她一路招摇过市，她真怀念那个时候啊，但那样的时光，也仅得一次。

就像与小哑巴好好相处的时光，也只得那么一次。

往事如风，在耳边、在眼前呼啸地飞逝。而等她真到了明镜宫，时间已经是一日后，她不知道还来不来得及赶回去救他们，但好不容易找守门的士兵搭上话后，却听闻玄镜并不在宫里，她傻眼了，这真是她怎么也没想到的结局。

她木木然下了马，一双脚已经红肿得站不稳，她手扶着马背，默默取出了胸口那块贴身戴了十九年的朱色暗纹勾玉。

求天求地，拜神拜魔，到最后都不如靠自己。

她将勾玉含在嘴里，似将心声说与它听，这是她年幼的时候曾做过的事，没料到辗转了这样久，再一次重复了。

生命真是个难言的轮回，她抬头望着天，但如何也望不见太阳。她其实早就已经习惯了，这里一年四季如夜，唯独在雪楼和月鳞海，才能看见大片的月光。

光明，是这里最最奢侈的东西。

然而，就在她即将晕倒之前，居然被人发现了。那人华袍锦冠，靛青色的鞋面上绣着精致的双兽图，显然是魔族中的显贵之人。

但那人看见她，像是见着了鬼，他手指着她，惊呼着另外一个名字：杜君恒！

杜君恒？谁是杜君恒？

她眨眨眼，蓦地想起自己的头纱被风吹落，露出了脸颊。原来，当初小哑巴用衣袍罩住她并不是因为她是他的人，而是她生得与魔族的对头一模一样。

那人叫杜君恒，一个似男人的名字，却是个女人。

她从不知女人这辈子最高能坐到何位置，但那个女人，一生下来就有着连男人都无法企及的地位，三神之一，神族里修为顶峰的女人。

而她不单与她有着同样的姓氏，就连面貌都是一样，也是因为这个，她很快被人给绑了，她不会武功，被绑了就只能喊，可惜连嘴巴都被堵上，然后可怜兮兮地被送到了明镜宫……的地牢。

大约两个时辰后玄镜赶了回来，其实他出宫这一路眼皮都在突突地跳，总觉得要出什么事，谁知道才行至一半，魔都的信号烟升起，几乎同一刻传音球里也传来了消息，说是魔族里抓到了一个奸细，已经被关至地牢。

具体是谁没有说，但他直觉那人是杜小九。

男人的直觉有时比女人还准，说这话的不是其他人，正是魔尊玄镜。玄镜屏退了其他人,独自一人去见她,明镜宫的地道幽深森冷,连风中都带着股逼人的寒气。

他们在这暗无天日的地牢中重逢，她被绑在刑架上，赤着脚，浑身都是沁出血迹的鞭伤，她发丝凌乱，唯独一双杏眸清亮，她微微冲他抬起头，调子幽幽哑哑，眼底却有炙光，她说：“小哑巴，你来啦？”

那一刻，他的心好像被人用刀锋戳开了一道口子，口子里呼呼地灌着冷风，那风连接起了她和他，只是也挡下了他压抑在喉头的话。

“杜小九，你来做什么？”他负着手，故意背对她，话音一顿，他又道，“如果你是替丁五他们三人求情，那这一趟，你算是白来了。”

他的话让刑架上的小人儿狠狠一颤，她张开口，想去相信又不知该怎么相信：“我以为，是有什么人逼着你这样做的。”

“在这里，又有谁能逼我？”他话音很沉，却是字字剜心地在反问。

“如果真有，那也已经死了。”他深吸了口气，重新对上她的眼，只是他的那双眼那么明亮那么干净，怎么能属于他，属于这魔族？

“等风头平息，我会想办法让人带你离开这里。”他走近一些，缓声开口。

但她的话对他来说，竟像是平地里的一声惊雷。

“你凭什么让我离开？我不走！我还没救活他们，还没，娶到你。”她的最后一句几乎像蚊子叫，“我知道你不是很喜欢我，但你都已经亲过我了……”

那哪里是亲，明明是被亲好吗？他听到这句就修眉直跳，他欺身上前，眼里闪着丝凶光，但他越是这样，她就越勇敢。

不过她虽然凶，但话到了嘴边，还是轻了：“小哑巴，你是真的不肯放过他们，也不，喜欢我吗？”

他双眸猝然抬起，心像被刺到了痛处。

地牢里风声如魅，仿佛每多说一个字，都会被偷听去。

他站定了，抬手轻拢了拢她凌乱的额发，他的嗓音温柔，像再没有比这更温柔，也更残忍：“杜小九，你记好了，我不叫小哑巴，我是魔尊玄镜。”

在玄镜离开的第二天，仅和杜小九有过一面之缘的肃和也来了一遭地牢。肃和便是当日指认杜小九是杜君恒的人，后来她才知道，原来那人正是魔族的军师，玄镜身边最信任的人之一。

不过，对此时的杜小九来说，肃和来探视她，她用脚指头想都知道这人没安什么好心。肃和虽然的确没安什么好心，但难得的是，他明明白白地做了回真小人。

他开门见山地说：“杜小九，你的事我已经打听过了，虽然你并非杜君恒本尊，但你的容貌与她一致，必然也脱不了干系。我不是什么好人，但我愿与你做一场交易，你可敢接受？”

她杜小九自诩阅人无数，但还没见过坏得这么直白的人，当下便朝他扬了扬下巴，道：“我杜小九有什么不敢的？”

他大笑，道：“好。”

原来，肃和已经得知了她与丁五几人颇为交好的事，他的建议是，玄镜金口一开，军令万万不可改。他们三人虽必死无疑，但如果有龙首崖的回魂草，那么生死便不一定了。但他的条件则是，她必须离开玄镜，连再待在魔族都不可以。

杜小九这人自幼便是义字当头，但这一刻，她还是犹豫了，不是为取回魂草那一路艰难险阻，仅仅为怕再也见不到小哑巴，尽管他口口声声地说自己是魔尊玄镜。

其实她是知道的，他那样说，只是为了摆明立场。

但是，眼下她已经没有别的选择了。

她攥紧刑架上的手，声音平平静静的，说：“我可以答应你的要求，但你必须先给我三日时间休养，不然以我现在的体力，恐怕还没取到回魂草，人就已经一命呜呼了。”

肃和听罢眼眸一亮，没料到她还懂得谈判，真是个聪明的姑娘，只是……

他摇摇头，默叹了口气，旋即将一个装有丹药的青瓷瓶和一幅地图从宽袖中取出，道：“这是龙涎丹，给你保命用的，此外那三日休养我也允了你。至于这地图，你万万不可让他人知晓。”

她“嗯”了声，别过头再不看肃和一眼。

黑暗中，肃和又等了等，最后还是没忍住，问：“你就这样收下了，就不怕我下毒害了你？”

她一愣，忽地笑开了，她本就生得漂亮，这一笑，更是有了倾城的味道：“这是明镜宫的地牢，寻常人怎可能进来？我若死了，你也必然逃不了干系。魔尊他向来是个赏罚分明的人，大人您说是吧？”

肃和活了这么久，还头一次被个小姑娘震住了，他朗声笑，背过手说：“好。”这姑娘有模样有胆识，有勇气甚至有傲气，真是好。

只是，可惜。

太可惜。

三个时辰后。

杜小九被人接走，这一行她未再看见玄镜，倒是那匹被她偷来的马儿依旧在明镜宫的大殿外等她，它看起来精神奕奕，唯独马肚子上还有个血窟窿，难看得紧。

她浑身鞭伤无数，却先摸了摸它，她将肃和留给她的药丸掰成两半，一半自己吃了，一半给它吞下。她牵着它一边走，一边还居然想，这魔都果然是小哑巴住的地方，连计时用的沙塔都比旁处多些。

然而，沙塔里的流沙在无声地流逝，她与小哑巴相处的时间也所剩无几了。想到这儿，她又不由地开始难过，她身上的银子早在进入地牢前就已经被没收了，只剩下一块勾玉在嘴里含着，幸而躲过一劫。

她用手紧紧攥住胸口处一条用几乎看不见的银线穿着的勾玉，决定找个当铺当掉它。她已经没有别的办法了，她最后再摸了摸那常年因自身体脂滋养而沁出细腻胎质的勾玉，心里空空地想，想这世上唯一一件和自己身世有关的东西也要离开了，可另一边，脚步却不能停。

不能停。

因为停了她便救不了人，救不了人她就不能弥补犯下的过错，就不能和小哑巴重新在一起。

她是真的想跟他在一起啊，可他为什么就不喜欢她呢？在赌坊的时候，那些男人看见她都能把她捧到天上去，可他为什么连看一看她都不肯呢？

她心里酸酸的，魔都这么大，却连一个可以说话的人都没有。

她吸了吸鼻子，终于，功夫不负有心人，她找到了一间门脸窄小的当铺。当铺的老板是个肥头大耳的中年男人，小小的她站在高高的柜台下，用面纱遮住了脸，声音也低低的："老板，这玉能换多少钱？"

那男人迟疑了半刻，又研究了那勾玉半刻，开了三片银叶子的数。

玉是好玉，但来者身份不明，生意人总是很会算账。

但她却很满意这个数目，说实话，以她的本事，不要说三片银叶子，就是三片金叶子，她也能很快赚来，可此时此刻，她需要本钱。

那勾玉就是她仅剩的本钱。

离开了当铺，她漫无目的地又走了一阵，最后才在一间客栈投宿下。魔都也是有客栈的，这和人界没什么两样，只是魔都的客栈都阴气森森的，人少不说，连铜灯里的火苗都像是一只只的鬼眼，好在她胆子大，吃饱喝足，便开始研究去龙首崖的路线。

魔都此去龙首崖最快也需要大约七日路程，中途需翻越千行山、白泽泊和万鬼洞。她只是个凡人，去这其中的任何一处都可能要了她的命，但她已是无家之人，又有什么可怕的？

次日天一亮，她便开始收拾，她牵着马儿来到魔都最大的赌坊。她没有蠢到硬闯龙首崖，是以，此番重入赌坊，一是为了赚够盘缠，二则是为了收集信息。

打听到所有需要的信息后，她便速速抽身，接着在魔市购置起需要的物品：驱魔香、通明草、避水符……

她将每一项都细细点清，又买了些干粮，总算上了路。

有了马儿的陪伴，她这一路并不算太寂寞，她甚至给那马儿起了个名字叫小尾巴，小尾巴听话又通人性，这让她很满意。然而满意之余，她总不由地会想起以前的事，她将那藏在胸口最深处的帕子拿出来反复地看，她想，如果这一途她没有命回去了，那小哑巴会不会伤心，会不会就，原谅了她？

可惜，穷山恶水之间，危险的出现总是让人防不胜防。

一开始，她很顺利地翻越了千行山，也蹚过了白泽泊，但就在进入万鬼洞的时候，谁能料到她买的驱魔香竟然会受潮了。她咬牙，转念想起在白泽泊时包裹不慎跌入水中的事。

本以为东西晾晒两日就会无事，谁知终是不能再用了。

被通明草照亮的万鬼洞中，她很快便被那狰狞的红衣厉鬼拖住，她的伤本就没好，这下更是直直地从马背上跌落下来。她拍拍小尾巴的屁股，虚弱地说："小尾巴，你快走吧！"可它却不听话，咆哮着跟那女鬼斗起来，她索性踹它一脚。

可它还是不走，甚至生气地瞪了她一眼。她觉得那个眼神真像小哑巴，可是小哑巴在哪里呢？她就要死了，却连他最后一面都见不着。

通明草渐渐熄灭的万鬼洞里，她以透支的体力等待着死神的降临。而她的小尾巴，已经在半刻钟前被另外一只女鬼吞入腹中，她甚至都没听见它嘶鸣一声，就突然看不见了。

就像老牌九死的时候那样，那么没有防备，连一声再见，都没有来得及说。

她浑身都疼，心口则最是疼，她以为小尾巴是一匹战马，她却不能让一匹战马死得有尊严，她真是这个世界上最没用的主人。

无声的黑暗里，她觉得接下来就要轮到自己了。谁料一道赤光冲天而起，竟是从那吃掉小尾巴的女鬼肚子里发出的，霎时间，整个世界都安静了下来。

万鬼洞因那汹涌又温暖的红光被尽数清空，黑暗中，小尾巴虚浮出一个闪光的身影，它微微张着嘴，像是朝着她笑。但她怎么都笑不出来，因为从此以后，她又是一个人了。

她真是恨透了这种感觉。

她扶着洞壁，最后踉跄地站起身来，她知道自己必须尽快地离开这里，这是小尾巴为她争取的时间，尽管，她并不明白它不过是一匹马，却为何能为她做到如斯地步。

连人都难以做到为追随之人肝脑涂地。

她提着仅剩的一口气，用尽了全身的力气，终于在天亮前走出了万鬼洞。万鬼洞外一片开阔平地，只是，哪里有什么龙首崖？

人算不如天算，原来到头来都是肃和在骗她，她本以为自己就要赢了的，但在赢之前，她的好运气却已经用完了。

老牌九死了，小哑巴不要她，勾玉当掉了，连小尾巴都牺牲了。她将一路背着的小布包枕在头上，一个人蜷缩在万鬼洞的洞外，以天为盖地为庐大概就是这么个景象了吧？

只是天大地大，她竟从未有过一处真正的家。

她闭着眼，身体一寸寸地冷下来，她还在幻想小哑巴会来，最好是在赌坊，在她最风光的时刻。但她已经看不见了，她的生命就要结束了，在这个寸草不生的荒芜地方。

微微扬起的晨风中，她感到一个身影慢慢走向了她，那人身姿英挺，却是逆着光看不清晰，她用尽最后的力气将怀里的帕子抽出来，她嘴唇翕动，但已经没有力气说了。

帕子被风吹走，吹到血迹原本的主人手上，原来他到底是来了，只是迟了，像一出戏最终没有赶上结局。

也许她对他而言就是一出戏，一出意外的戏，戏里他看清了她，却从未看清自己。

细细碎碎的风铃声萦绕耳际，遥远得仿似从另一个世界传来。

杜君恒揉了揉沉重的双眼，眼角竟有了泪滴，她喉头干哑，第一次发觉连呼吸也变成了件艰难的事。

她慢慢转动眼珠，从床顶垂挂着的冷月白烟纱帷幔移到身下的龙阴木大床，再到这间四四方方的昏暗房间，终于，她的视线停在了床头。

居然会是风黎。

他趴在她的床头，已然睡着了，他的睡相并不算好看，一张精致得过分的脸上还透出深深的疲惫。在他的手里，一枚朱色的暗纹玉珏滑落床褥。

这不正是她遗失多年的勾玉吗，怎么会在他的手里？

她尚不及思索，便听一个低沉有质感的嗓音，从熏着安息香的描金炉后传来，他说："从今往后，你可以是杜小九或者任何人，但再不能是杜君恒。"

那是令人魂动的声音，她猛然抬头，与那梦中人对视了个正着。

原来那个梦，竟是真的。

第七章 月鳞海

据传明镜宫内悬浮有九十九盏幽冥灯。

每到子夜时分，就会有四十九盏熄灭，余留下五十盏，示意已是夜晚。而到了白日时分，所有的幽冥灯亮起，能将整座明镜宫照得犹如尘世白昼。

杜君恒的记忆里，有一幕是杜小九在一盏盏地数着幽冥灯。而此时此刻，数幽冥灯的人，换作了自己。

“是你救了本座？”良久，她终于出声，话虽对着风黎，眼却望着玄镜。

气氛一时间微妙至极。

甫听闻这一声“本座”，于床边刚刚转醒的风黎心中便是一声咯噔，他的心沉了下去，慌促直起身，双手撑上了杜君恒的床头：“你——”

他的话头像蓦地被人砍了去，很显然，眼前的人并非是他一直以来苦苦找寻的人。他明明已经找寻了这样久，努力了这样久，可眼前之人并不是。

他慢慢地站起身，后退到足够看清那张龙阴木大床的位置，他与玄镜并肩，但自始未看他一眼。他的心中空空的，嗓音也空空的：“是玄镜用危虚鼎救了你，他，也是蜃楼的客人之一。”

杜君恒尾音上扬地“哦”了声，注意力落在了他那声咬字生硬的玄镜身上。

是的，她大概如何也料想不到救自己的人居然会是玄镜。只是，记忆中她分明已经死了，但如果她真的已经死了，那么现在的她又是谁?

她沉吟着，似在思索这之间的关系，浮动着安息香的昏暗静室中，她浅浅呼吸了口气，张开双手看了又看，终于道：“不对。”

究竟是哪里不对，她说不上来，只觉明明该是一样的，但又有哪里不同。

“你现在的身体本属于杜小九，是风黎与本尊交换了条件，我方才答应他。”玄镜开口道。

“蜃楼之主果真有通天的本事。”杜君恒蹙眉，虽得了这个看似合理的说法，但对诸多事依旧不明，她双手撑着床，本欲起身，奈何思绪就被另一个女声打断了。

那绿裙女子来去如风似的，清亮的嗓音也急如风：“黎哥哥，你回来了怎么也不告诉我？亏我还在老大这儿等了你许久！”

待来人站定，杜君恒才看清那女子，她虽以薄纱蒙面，但仍难掩五官深邃灵动。一袭绿裙将身姿勾勒得无比曼妙，微卷的黑亮长发披散在肩头，愈发显得修长脖颈上的金色蛇纹项圈引人注目。她显然早已习惯了这样的目光，光洁匀称的双臂裸露着交叉抱在胸前，用略带审视的口吻道：“这个女人就是你一直要找的那名女子吗？”

一句话，顿时让所有人的目光又聚集到了风黎的脸上。

原本风黎正在头疼，这下则更是百口莫辩了。他下意识扫了一眼杜君恒，奈何那目光刚碰上又飞快跳开了，他握紧拳，也不知自己这究竟是怎么了，当下道：“这个事儿一时半刻解释不清楚，还有，叶青青，咱俩好像没那么熟，你别哥哥哥哥的乱叫。”

他风黎不是不喜欢倒贴的女人，但叶青青这大小姐的脾气哪里是他受得了的？他皱着眉，转而看向玄镜，倒是玄镜一张俊脸面沉如止水，敛着眸光的眼神，堪堪不动声色地从杜君恒身上收了回来。

他的心又咯噔了一下，忽然莫名烦躁了。

至于躺在床上的杜君恒……

她手攥着那枚勾玉，眉目中有疑惑之色，显然并非因为这突然闯入的叶青青，而这一点，更让他心绪不宁。

他咳嗽了一声，正要开口，哪知叶青青已经抢在了前面，只不过这回她哭诉的对象变成了玄镜：“老大，黎哥哥他就是个混蛋，不告诉我他回来了也就算了，居然还带来了个野女人！”

野、女、人？

杜君恒一愣，忽然意识到这三个字是在形容自己，她曾在仙宫本上看过不少凡间对野女人的阐述，一般来说，多半都是生有狐媚相，喜爱勾引男人的女人，可她怎么看，也与这扯不上关系吧？

“女人，你刚刚是在说本座？”她直不起身，仅能将将倚靠床头，她那声“本座”说得再自然不过，虽然音量上低了些，但气度还在。

但对叶青青来说，她的关注点在那句“女人”。这个床上多出来的莫名其妙的女人，居然称呼自己女人？难道她不是个女人？

玄镜平生最头疼女人吵架，尤其还是这两个女人吵架，他摇摇头，朝着风黎递了个眼色，风黎撇嘴，当下忙拉住了叶青青。

“我的姑奶奶，这件事咱们以后再说不行吗？你没看见她还病着？”他本欲以事实说话，奈何越描越黑，叶青青抿着嘴，表情更是像受了极大的委屈。

杜君恒被这极富渲染力的表情吸引，居然还多看了几眼叶青青，其实叶青青说的话她是不在意的，她只是单纯的好奇，这叶青青到底是何身份？居然能在魔尊玄镜的面前如此肆无忌惮，还有那蛇纹项圈，也似乎在哪里见过……

她不敢多想，一想就又开始头疼，显然这副新身体并没有想象中那么理想，她甚至怀疑自己的修为已经全然丧失了。

那可是万万年修行得来的修为啊，居然一夕间就不复存在了。

她面上在笑，心里却在叹息，叹息这些修为若是跟风黎交换，可不知能换得什么好宝贝，而这，居然是她重生后第一个情真意切的想法。可见，她的这个神尊当得该有多么无趣。

但就是这样一个无趣的神尊，居然重生了，谁能想到她会重生呢？连她自己都想不到的。

不，她多半已经不是神尊了。

她攥紧那枚勾玉，终于注视到那道一直盯着她的眼神——是风黎，他为什么要救她呢？她与他的情谊不过人界那短短一个月而已，他真有必要为了她豁出什么吗？

这真是世上最荒唐的事。

但更荒唐的是她作为神尊，居然躺在了魔族对手的床上，她甚至不确定这张床玄镜有无睡过，可不论他有无睡过，她都不应该出现在这里。

“玄镜，”她低哑着喉咙出声，“我不会感谢你救了我，这点你应当知晓。”

闻言，叶青青头一个想要去争辩什么，但都被风黎拦下了。

事实上，叶青青的来到本也是一场乱入，而她杜君恒的话，瞬时便让此处的气氛折向了原本的方向。

玄镜看着她，眸光波动，却默然出声：“方才本尊已经说了，这都是楼主的主意。”

风黎也看她，目光复杂，偏端出一副大度模样：“本楼主向来乐善好施，况且，小君那一声堂兄，本楼主可是一直记在心上。”

原是为这件事，杜君恒虽心知他这般说权且是为安抚自己，但心底某处到底是动了一动。

前尘一梦，如今想来，竟也是历历在目。

“楼主，既然如此，我还有一请求。”她话音堪落，奈何身下又重重一沉。

魔族的夜降下来，冗长似没有尽头。

占星台上，夜风与点燃的明幡灯一同升起。

魔族绝大部分的时间无星无月，这点燃的明幡灯便成了星的替代，它们以浸过鬼荆棘汁液的油纸为灯衣，生长于黄泉边的灯芯草为烛，一盏明幡灯升入夜空，能亮上七七四十九天。

在魔族中流传着一个说法，一盏明幡灯代表着一个离开的人，所以但凡有亲人去世，便会有一盏明幡灯被点亮，但能在占星台里以离开的意义被送入夜空的，却是屈指可数。

夜风寂寂，衣袂曳动，依稀有少年的声音送入耳际，又远得像来自天边。

“皇兄，你说母妃她真的死了吗？”一个声线稚嫩的少年说。

“我想，她只是去了另外一个地方。”另一个声音沉稳的少年回答。

“那她还会回来看我们吗？”稚嫩的少年追问。

“小弟，从今往后，皇兄会保护你的。”片刻后，沉稳的少年终于答。

夜风将腰间的玉珏拂响，一串叮叮咚咚的声音，敲碎人的回忆。青石板上的两条身影一动不动了很久，在一盏新升起的明幡灯下，越曳越长。

“她的复生出现了一些问题。”终于，还是有人要先开口，说话的人是风黎。

身旁人“嗯”了一声，脸上的黑金面具泛出一层金属的冷光：“她不是泷姬，所以你后悔了？”

“不，我的线索不可能有错。”风黎转过头，几乎是咬牙切齿道，“当初你对姐姐到底说了什么？我就不信她会贸贸然去那昆仑仙境！”

“时隔多年，你还是忘不了她，”玄镜的独目对上他，目光中并未有丝毫逃避，“不过你信也好，不信也好，这都是她自己的决定，这一点，我当初就已经对你说过。”

“但我想知道更多。”风黎也盯着那只眼，一字一句回话。

“那必须等你正式回归魔族。”玄镜的口吻并无商量余地，微一顿，他上前半步，“小弟，你要想清楚，你现在要救的人是神尊杜君恒。”

“杜君恒。”风黎在心中也默念一遍，“那又如何？神族既已选择抛弃她，那么未来局势如何，还未可知。”

“这就是你的理由？”玄镜呵了声，“唯一的理由？”

“我是生意人，既然选择继续下去，自然有我的私心，”话说着，风黎也上前半步，他一双桃花眼眯起来，居然也像敛尽了黑夜，“我跟皇兄不一样，有些谜不解开，我大概这辈子都不会死心。”

“况且，我也相信自己的眼光。”他最后道。

杜君恒再次醒来纯粹是因为一场争执，原因是风黎打算带她去月鳞海，而不准备捎上叶青青，叶青青气不过，二人便吵了起来。

一开始，她还只是一边努力地听，一边恍恍惚惚地想自己与这杜小九是什么关系，到后来，连她也受不了这压低嗓音的嘈杂声，索性起了身。

意识到她的苏醒，这下风黎和叶青青不再吵了，而是改成了陈述。叶青青淡淡地陈述：“这月鳞海你不让我去我也得去，我来魔族这么久，除了雪楼，就这月鳞海没去过了。”

风黎听后一挑眉，也陈述：“姑奶奶，你当来这是魔界全境游了？”

叶青青呵呵一声，又淡定道：“听说月鳞海上住了位自请流放的魔族重臣，我去是为了拜见前辈，顺便请他医一医这女人，这个理由够不够？”

风黎一声冷哼，心说“这女人”三个字哪里是她能说的？但面子上还是忍住了，他回过身，向着杜君恒认真打量去，柔声开口：“月鳞海我同你说过吗？它是魔族最东边的一片海域，因魔族常年生活在暗处，唯有月光出现方能得一时明亮，而这月鳞海，便是魔族除雪楼外，最为宽阔明亮的所在之一。”

杜君恒甚少听风黎以这样的口吻说话，但还是点点头，其实她在梦中已经见识过了这月鳞海，不过叶青青刚才似乎提到过这岛上住着位自请流放的重臣。她蹙眉，心中无端动了一下。

恰此时，玄镜派来探视的人已经到了门口，于是免不了又是一番诊断，幸的是那人在走时顺便领走了叶青青，这卧房中才终于得以耳根清净。

走了个不情不愿的叶青青，重新面对风黎，也是一件令人头疼的事。

沉默间，一个匆匆别过脸，一个缓缓端起茶盏。

杜君恒用青瓷盖刮了刮浮沫，看那碧色细直的毛尖立在滚水中，载沉载浮。过了好一会儿，她才问道：“那叶青青究竟是何许人？我看你似乎对她颇为忌惮。”

风黎大概早料到她有此一问，遂将话回了：“她是烛龙族的王女，也不知是从哪里得来风声知道我在此。”说到这儿，他抬眼看了看杜君恒，且见那眸色清清正正的，几乎让他后面的话羞愧：“她与我，咳咳，从小定有娃娃亲。”

“娃娃亲？”杜君恒手一滑，一口茶水险些呛进喉咙里，她朝风黎摆了摆手，“我只是没想到，世上竟真有如此古老的习俗。”

古、老、的、习、俗？

风黎听罢简直欲哭无泪，半晌才干干道：“小君你觉得好些了吗？”

他这是明知故问，也是无言以对，但偏偏杜君恒还正儿八经“嗯”了一声，她轻拍了拍自己的手臂，故作戏谑道：“这杜小九死的时候应该很年轻，不然若真是一副七老八十的身体，你就是真救活了我，日日面对，想来也该后悔了。”

风黎被她的话生生憋出了一口血，他走上前，将她手中的茶盏取下：“算了，不说这个了，咱们还是先治好你的病要紧。”

言罢，他口中一道秘诀响起，白皙指节上的魂玺也似得了号令般，虚放出一道水镜。杜君恒倾身，且见那水镜中森罗万象，森罗万象的尽头，是浩瀚无际的月鳞海。

传说魔族地域广袤，统共有三海七岛，而这月鳞海便是三海中最出名的海域。如杜君恒在梦境中所见，这里的天幕深邃高远，越发衬得那海面浮光万顷、银辉浩瀚。但谁能想到这样看似圣洁的所在，竟会是魔族的腹地呢？

被风浪拍打的乱礁边，杜君恒与风黎并肩站立。

她身披黑色的连帽斗篷，狐狸毛的帽檐因狂风吹开，露出一张掩在披散黑发下的苍白脸庞，月色清朗又迷离，越发显得那张端凝的脸莹莹如美玉，但又仿佛一个不留神，就会消失。

风黎微叹了口气，抬袖变幻出一道底部刻有“同舟共济”字样的乌木尺，随着他默念口诀，那乌木尺也变长变大，最后赫然成了一艘风雨无阻的小舟，浮于万顷月光之上。

“你的这个东西，玄镜也有一个。”杜君恒看罢，冷不丁道。

风黎一吓，堪要上船的脚险些踩空，他“嗯”了一声，面不改色道：“连我借来的这把乌木尺小君都认得，看来这杜小九的壳子果然不错。”

话毕，他突然又想到了什么：“你对这副新壳子，果真一丝记忆都没有？”

杜君恒摇头：“她应与我有些渊源，但我的确是记不起来了。”

风黎叹气，这下无话了。说来这月鳞海鲜少有风，但今夜不单有风，连雾气都渐渐大了起来。杜君恒与风黎并肩站在乌木舟上，任凭那小舟无风自动。

许久，杜君恒道："楼主我们这是要去找那位自请流放的大人吗？"

风黎嗫嚅了下，回道："那位大人通晓神魔之术，小君你身体虽已好，经络却不通，我打算请他给你医一医。"

杜君恒看着茫茫雾海，道："没想到楼主人脉竟然这样广，连魔族这般历史渊源的人都能请到。"

风黎低咳了声，道："本楼主曾有幸与魔尊来过这月鳞海，也是那时得知了这位大人。不信的话你可以去问叶青青。"

杜君恒扫他一眼，不轻不重的。倒是那眼神在风黎看来，也不知是信，还是不信了。

浓雾散开时，他们抵达了月鳞海上的那座岛屿，岛名流离岛，取自流离失所之意。海岛范围极小，据说起初只有极小的一片滩涂。待到那位大人自请流放至此后，这里偏僻荒芜的情况才好了些。

"对了，有一件事你要先答应我，"下船时，风黎突然回过了头，表情难得正经，"等下在岛上不论你看见什么听见什么，都不要说话，免得露馅儿。"

杜君恒虽疑惑，但还是应了。

眼前的海岛似笼罩在一层黑蒙蒙的雾气里。

道路旁，偶有沙塔的光从雾气中零星透出，指引他们前进。

黑雾中，一条石子小径不知不觉蜿蜒在了脚底，在小径的两侧，鬼手般的树林嶙峋而立，仿佛随时会冲破那厚重的雾气，直刺而来。

二人并肩走了一阵，没过多久，风黎停住脚步，咦道："好像又回到了原地呢。"

杜君恒无声地点头。

风黎蹙眉，弯腰在地面上捡起一枚边缘锋利的石子，一咬牙，居然用它割破了手指，殷红的血液从伤口溢出，诡异的是，血液接触到石子后居然变成了黑色。见状，他随手将石子丢掷，轻哼道："没想到这位大人也对五行阵法如此有兴趣。"

不过他说归说，但并没有要破阵的意思，他将杜君恒拉到身边，又从十色锦袋中取出条泛着银光的鲛绡，那鲛绡宽约两寸，长约十寸，触手细腻清凉。疑惑间，那鲛绡已被他一分为二，一半给自己，一半递给杜君恒。

"把它戴上，一会儿跟着我走。"他说着，麻利地将那鲛绡覆上双眼，并从后面打了个结实的结。

杜君恒见状照做，饶是手指刚要系后面的结，鲛绡忽地就被风黎拿过了："我帮你。”他轻声说。

杜君恒一时怔住，想这样的情节似在梦里见过，而梦里，她是杜小九，那人是玄镜。

说来这鲛绡果然是出自蜃楼的宝物，就在她覆上双目之后，眼前的迷障立时便不复存在了。取而代之的是远处一座犹如地牢般的灰色高塔，突兀地立在呼啸的海风中。

看到这儿，身旁的风黎已然先一步喟叹出声：“你说这个世上有比死更残酷的刑法吗？”

话音落下，他方意识到此时杜君恒不便说话，他摇摇头，径自继续：“但我觉得是有的，比起痛快的死，这样的消磨，才更加可怕吧？”

杜君恒点头，未几，便与他一起来到了高塔下。

与他们正对着的是一扇锈迹斑斑的高大铁门，铁门未上锁，很轻易便被推开。

金属与地面的摩擦声中，一股尘封的气息扑面而来，高塔里无人看守，唯有斑驳墙壁上的火把静静燃烧着，仿佛等待了许多年。

冰冷的地面上，陈年的积灰随着前后的脚步声扬起又落下，扑朔的空气中，仅有的木楼梯出现在视野的尽头。风黎与杜君恒走近看了看，并不难发现它直通向顶层。

寂静如死的高塔里，楼梯上的脚步声越发放大，扑扑的灰尘直呛口鼻，让人忍不住想咳嗽。越往上，高塔的空间也越逼仄，到最后几乎只能弯腰前进。

与他们先前所想不同，这顶层呈半球面，顶端的中空部分以互相交错的铁链悬挂着一莫火盆，每一条铁链的尽头，都连接着一洞洞狭窄的灰色房间。

塔顶的空气中飘散着凝滞的生铁味。

他们仔细地环顾一圈，可惜并未猜测出那位大人会在这其中的哪一间。杜君恒手指了指那鲛绡，问风黎它还能不能用，可惜风黎遗憾地摇了摇头。

但单站在这里，定是无法寻求到解决办法的，他们对视一眼，很快离开楼梯的最后一阶，怎知就在他们离开的瞬间，那楼梯竟猛地向下坠去。

轰然响彻的顶层空间里，风黎弯腰看了那深邃得犹如千年古井的空楼道一眼，不禁啧叹道：“看来这位大人还真是不想有人来打扰他啊。”

杜君恒没说话，眉头拧了起来，她手指了指其中一扇房门，风黎这时才注意到，那房门居然被厚厚的铁油封死了。

更让人诧异的是，不是这一间被铁油封死了，是所有的门都被铁油封死了！

这位大人究竟想要干什么？因为不论他在哪一间，这样长久下来，他不被寂寞死，也要被饿死了！

“看来他真是不愿意见人，难道真得一扇扇地把门弄开？要不然只能……”

只能让他自己出来？风黎一拍大腿，想这人既然是玄镜曾经的重臣，又是自请来到这里，必然关系匪浅。如此，如果他假冒玄镜，想必就不会再吃闭门羹了吧？

说干就干，他将随身的十色锦袋取出，一件件地翻找起来，杜君恒看他这样，虽疑惑，但还是忍住不出声，抬手在虚空中写下三个字：找什么？

风黎低着头没答话，等翻出了一件雕着精致龙首的墨玉扳指时才总算抬起头来：“希望这个有用。”

他也在黑暗中写下。

话毕，他对着扳指默念起一道咒语，瞬时，扳指上流光闪烁，旋即化为了一束流星，向那一扇扇封闭的铁门飞去。

“竟能想到这个办法，你也不是普通人了。”

片刻后，一个不似人声的男声从某扇铁门后透出。风黎杜君恒神思一凛，且见视线尽头的一扇铁门缓缓洞开，掉落的尘埃与碎屑中，某种死亡般的气息扑面而来。

他们彼此对视了一眼，谨慎地向门洞走去。眼前，昏暗狭窄的空间里，仅仅容得下一张小床、一张案几，以及角落里的一把靠椅而已，那靠椅上僵硬地立了个人，准确地说，又不是个人——那不过是用旧条布裹着的，一具干尸而已。

干尸的眼睛从旧条布里筛出两点利光，一动不动地盯着杜君恒：“没想到你还是活过来了，杜小九。”他的嗓音仿似压根没有经过喉管，直接从肺叶里发出。

沉闷而空洞的，让人觉得非常不舒服，但他居然也认识杜小九？

这个发现让风黎为之一震，不过他并没有打算让这个话题继续：“她现在这具身体的确属于杜小九，不过，魔能却是泷姬大人。”

他故意说得轻描淡写，但也是这一句，霎时就让其他两人震惊了。不，对于杜君恒来说自是震惊，但对那“干尸”来说，则是意外了。

“如您所料，泷姬大人重生了。”风黎重重道，“只是，泷姬虽然复生，但许多事似乎并不如魔尊预想的那样。我听闻这魔族中属大人见识最广，学识最为渊博，还望您能指点一二。”

他话里有话，更是故意把玄镜也牵扯进来。“干尸”对他的话半信半疑，沉默了少倾，才道：“要老夫为她诊断并不难，难的是……”

“干尸”的话未说完，上半身已豁然立起，他不苟言笑，活像一具在行动的尸体。反观杜君恒猝不及防间已被一根以术法凝成的红丝缠住手腕，她每动一下，“干尸”手里系在另一头的铜铃便响一下，很快，她的一滴血珠自皮肤中破出，慢慢滚向“干尸”的手尖。

整个过程诡异无比，但所有人的注意力都终始在那颗透出妖冶红光的血珠上。

半刻后，铃声停止，“干尸”收回了红丝，他这下没再看杜君恒，反是对风黎郑重道：“确实是泷姬大人无疑，她虽与杜小九的身体结合，但可惜，这副身体始终在排斥她。”

风黎之前也想过这个问题，见他也这样说，越发确定了，遂追问：“那若是杜小九的身体不排斥了，便可一切恢复正常？”

“可以，不过，”“干尸”浑浊的眼睛看定他，又缓缓移向杜君恒，“你们确实要这样做？”

风黎点点头，毕竟这是目前唯一能让杜君恒复原的办法了。

“去吧，一切的答案都在魔海崖底。”最后，他用空洞的嗓音说。

离开流离岛后，杜君恒始终未发一言。风黎以为她会追问泷姬的事，奈何她偏是不问。以至于后来提心吊胆那个人居然变成了风黎，这让他怎么想，都觉得这事哪里不对劲。

魔都之上，夜幕被雾霾笼罩。

二人走了一阵，杜君恒忽然开口道：“楼主可会赌大小？”

她的这句话可算是再莫名不过，不过她肯说话就是好事，风黎点点头，忙将话回了：“这个自然，本楼主有什么不会的？你若想玩，随时奉陪！”

说罢，他拉着杜君恒的手朝另一个方向走，俨然熟稔的模样。杜君恒没说什么，黑色的帽檐下，她一双黑眸认认真真地朝着魔都的街道看，仿佛是在辨认。

事实上，她也确实是在辨认，毕竟梦里见过的和切身经历的是不同的，梦境里的街道总是冷冷清清，倒是今日一看，居然还有不少人。

她与风黎行走在这些魔族百姓中，不由放慢了脚步：“这魔族平素也过节吗？”

风黎脚步一顿，几乎有种当场被抽脸的错觉，他长长叹了口气，但还是道：“魔族虽不比人族繁盛，但若是天天劳作，玄镜再英明神武，也怕难以控制吧。”

杜君恒若有所思地“嗯”了声：“你叫他玄镜，不是魔尊？”

“我一直都叫他玄镜，”话出口，风黎便意识到不对了，巧的是正前处便是赌坊，他索性抬手一指那匾额，大声道："看，千金坊！"

梦境里，杜小九的那间赌坊也是这个名字。

杜君恒想着，遂抬腿进入。她今日居然不是观战的，只见她安安静静地凑上赌桌，说自己要押大。魔族鲜少有她这样面容清丽，又身着白裙的女子出现，当下便是一阵吹口哨的声音。

风黎烦透了这样的苍蝇，赶忙清清嗓子护在杜君恒身后，杜君恒现下身体状况不佳，难以施展什么烦琐的技巧，但将三片银叶子从袖口凌空飞向赌桌还是可以的。

众人见她颇有身手，身边又有个纨绔子弟护着，便也不敢挑衅，老老实实跟她赌起牌来。

一开始，她也以为自己一上手便能有杜小九的功力，但事后发现并不是，那其实是因为杜小九的听力极准。不过在押错了几次后，许多事也变得驾轻就熟了。

果然，那个神秘的流离岛岛主说她与这副身体并未完全融合是正确的，连她也这么认为。

第八章 海底城

风黎和杜君恒从千金坊出来，往客栈走时已是夜里时分，虽说魔族并无昼夜的区别，但难得今天魔都能看见一丝稀罕的月光。那月光清清浅浅洒下来，连这魔域都好似有了一种朦胧之美。

杜君恒说："楼主，你觉得这魔都有月与无月有什么区别？"

风黎一怔，心说这杜君恒居然也诗情画意起来，但嘴上还是道："有月时亮一些，魔都的百姓都更喜欢有月的时候，至于说本楼主，本楼主的蜃楼在封灵海，晚晚都能看见月光。"

只不知还能看多久便是了。他说完，心里又暗暗跟了句。

杜君恒听后一阵沉默，但就在风黎以为这话题要断下去的时候，她忽又道："我倒是觉得，这月明时有明时的绰约，暗时有暗时的神秘，我从前只看过它明时，以为它明时便是全部，现下想来，却是片面了。"

风黎向来头疼这种打机锋的话，心不在焉地挠着耳朵，又走了几步，忽而闻见了一股妖异又清冽的酒香。

那酒香来自巷末，酒无疑是魔都的三生酒，此酒以娑婆之叶、玄木之茎以及雪域绒花为原料，最后配上极寒的冰河之水酿造，入口清冽绵长，回味无穷。

正馋着，且见一盏鬼灯亮在僻静的巷末，高挑起的酒幡无风自扬，好似鬼影迎宾。

风黎脚底生风地走，还不忘忙拉上杜君恒，待走近了，杜君恒才看清，那是盏嶙峋龙爪模样的鬼灯，风黎将两片银叶子丢进去，旋即就被那青色火舌卷走。而在他们的身后，一坛陈年的三生酒便生了脚般，自己飞上了矮脚桌。

再随着他们落座，两只素瓷杯、一小碟花生米，还有两双木筷也凭空出现了。

杜君恒从前没见过这景象，好一会儿目光才从那鬼手灯上收回来，她认真想了想，开口道："那纸灯不错，不知是何名，该从何处购买？"

风黎再一次被她的脑回路打败了，他撕开三生酒的牛皮纸封，边给杜君恒斟酒，边道："那玩意儿叫狩灯，只有在魔都才能使用，我曾经也想过要带一只回蜃楼，可惜才用了几次就失效了。"

毕竟若真是那样，他大概就能当个真正的甩手掌柜了。他心里想着，话却不停："不过吧，那玩意儿其实木得很，来来回回就只能算铜叶子、银叶子、金叶子。若让它给客人算个等价的物品，需得等上老半天。"

他口吻摆明了嫌弃，但又隐藏着分亲昵。杜君恒不动声色"嗯"了声，随即抿上口三生酒，不由啧道："这魔都之酒，果然另有一番风味。若给我几日时间，兴许也能炮制出一坛一样的来。"

早听闻君恒上神擅长酿酒，风黎听罢一个笑已然浮了上来，他凑近了，压低嗓子道："你好好一个上神，怎么平日里净爱折腾这些乱七八糟的？"

杜君恒并未对那话里的"上神"二字表现出任何的情绪，只是将手里的素瓷杯放下了，将视线投向风黎："楼主原本要救的是那位名叫泷姬的女子吧？"

风黎手腕一抖，酒水险些洒出来。

原来躲不过的，到底是躲不过。他将杯中酒一口饮尽，半晌，幽幽道："我还以为你不会问的。"

杜君恒没接话，且听他继续："她是魔神在世间最后的血脉，魔族的大祭司，也是玄镜……未来的妻子。"

"你喜欢她？"杜君恒黑眸抬起看他，清素的脸上没什么表情，却是一语道破。

风黎不知道该怎么答，他其实是有些害怕这样的杜君恒的，如此的聪明，又偏偏如此的坦诚。还有……一丝说不清。

沉吟一番，他终于将视线对了上："很多年前，也曾经有人这样问过我，我当时的回答是我不知道，因为在我还没有弄清楚之前，她就已经消失了。"

"消失了？"

"对。"他说着，再给自己灌下满满一杯酒，"一开始，我怀疑你就是她，而我今天之所以这样说，也是为了确保他能够施以援手。"

杜君恒没说话，脸上也看不出什么表情，那盏鬼手狩灯在他们之间飘浮游走，将昏暗角落里的二人照得一时阴晴。

片刻后，杜君恒终于再开口，虽然问的是："那流离岛主是不是肃和？"

话音落，风黎的神色果然一惊，想这杜君恒自苏醒后至今天以前就未离开过明镜宫，期间更仅仅与自己、玄镜、叶青青等几人接触过，她又是怎么知道这些事的？再结合她近日的表现，难道说是杜小九的这副身体提供了某些记忆？

风黎自知无法瞒她，遂点头道：“他曾是魔都第一辅相，知晓的事情，自然比旁人更多。”

杜君恒“哦”了声，也给自己斟了杯酒，在梦境里，肃和献计导致杜小九身死之事仍旧历历在目，虽然并非自己的记忆，也依然感同身受。只是，缘何她现在的身体，除了杜小九，还会被怀疑是另一个人呢？

她黛眉微蹙，慢慢抿下口酒，其实时至今日，她究竟应该算作是谁呢？神族在她离开后，会不会乱成一团？不，应该不会，毕竟还有云枢。那么虚白呢，他又何时能够重新醒来？

想得多了，她又开始头疼，指尖下意识去揉太阳穴，另只手中的瓷杯已然被风黎碰了一碰，他眼神迷离，显然已有了醉意：“小君，别多想了，你不是还有我、我这个朋友吗？来，不如我们来商量下明日去魔海的细节……”

风黎再一次喝醉了酒。

架着风黎，杜君恒凭着记忆一步步向客栈走去。

月色暗淡，长街上已空无一人，偶有几只不知名的黑色飞鸟扑腾着飞过沙塔，让人误以为是人界的乌鸦。

但这里是没有乌鸦的，在神族的典籍上，对魔族的记载也不过寥寥数语，甚至更多的还是对彼此战争的叙述。但此时此刻，当她真正立足在这里的土地之上，她才觉得从前的想法真是太片面了，魔族不应该只是一个符号，而是鲜活的，就像一盏狩灯，一座沙塔，一个人。

不论是玄镜或者肃和，他们其实也是为族众在汲汲营营的人。

只是立场不同。

她深吸了口气，终于停在了客栈门前，依旧是梦里的模样，只是不知换了几手的老板和店小二，不禁让人有种物是人非之感。

好容易送风黎回了他自己房间，她回房后和衣在床上躺下。那三生酒醉不倒她，但其实她更愿意放酒一醉。她已经在铜镜里看过自己现今的模样，也知道这副身体和她的区别只有额间的红痣，但她还是觉得，她们不同。

不单因为这身体是肉体凡胎，而是那种习惯了千千年万万年的气息不复存在了。也是在这个时候，她真真切切地意识到自己是真的死了。她的魂已经来到了另一个人身上，她继承了另一个人的记忆，将来，或许也要以这个身份活下去。

虽然她并不清楚自己活下去的意义是什么。

想到这儿，她的手下意识地去触碰腰间那枚朱色暗纹勾玉，如果说这世间还有什么东西真正是自己的，怕也只有它了，它连接着自己和杜小九，仿佛一条无形的纽带。她将那勾玉举高，对着窗外的月色，她的眼眸皂白分明，映上了勾玉的影子。

当黑金熏香炉里的苏合香燃尽的时候，时间已经是第二日了，半个时辰前便收拾妥当的风黎咚咚咚地来敲杜君恒的房门，低声说一切都安排好了。

简略用了些早膳，二人便动用魂玺启程去往魔海。魔海是魔族最重要的海域之一，据说当年的神魔一战后，不少将士的尸体因难以运送回来，便火化成灰撒向了魔海。那一日，云团之上的镇魂曲足足响了七日，成千上万的骨灰肃穆地沉入浩瀚无边的深海，这件事让魔海得了另一个称呼——英灵海。

因为对魔族中人来说，战争是光荣且神圣的，他们坚信只有在战争中取得胜利，让魔血染遍大地，魔族的子孙后代才能成为这片大地的主人，拥有真正的未来。

听着风黎陈述着魔族的这段历史，杜君恒心中虽难免起了激荡之情，但想得更多的则是，他们神族中人历千劫万劫好容易飞升，但若战死，最后只得一场化光而亡，连一片肉体都不会留下。

她也是死过一次的人，知道那种感觉，并不痛，却像是被光阴之刃一片片地屠戮，可以让人安静甚至冷静地，看着自己一点点地，一点点地消散于天地。

那其实是最寂寞的死法，山川大地，星空大海，再没有你的哪怕一片影子。

时光弹指间，他们已然幻至了魔海。

深黑的结界经年盘踞在魔海的上空，风团正中，风黎阖目凝神，他的五官本就阴柔俊丽，此时在猎猎的狂风下，竟是无端逼出了几分英气。倏地，他额心一道紫光灿然，赫然向那结界正中破去。

他单手拉住杜君恒，一齐坠入结界中。

进入了结界中，方才看清视野所及具是大片深蓝近黑的海水，唯独偏南的方向有一线稍浅的颜色。肃和所言之地是在魔海海脊，应就是那里了。

理清了思绪，他忙以避水珠加持魂玺，旋即，一道半透明的椭圆形水罩从半空升了起来，他和杜君恒被牢牢包裹了进去。

深入，再深入，直至海底。

密布着藻类、珊瑚礁、魔鱼的魔海海底，已是近乎深黑的色泽了。他递给杜君恒一盏人鱼形状的黄铜烛台，道："这是用人鱼之泪打造的人鱼烛，在这里比夜明珠更有用。"

他的声音在深逾千米的海底传出，每一个字最后都变幻成了一圈闪光的气泡。

杜君恒拿稳那烛台，尽量举高了。烛火所及之处，混沌海水的尽头，一座由青色祝融石打造的巍峨海底城赫然显现眼前——严丝合缝，简直似铜墙铁壁。

她仔细看了一阵，总算出声："我们要怎么进去？"

风黎眼珠子转过来，嘴角浮起一丝狡黠的笑。杜君恒见他这样，心知他必是有后招。静静地又与他在海底游了一阵，才总算到达那海底城的城门前。

杜君恒遥记这祝融石本应为赤色，倒是这里的皆为铜青色一片，想必更非凡品。她将人鱼烛换到另一只手上，将那烛火谨慎靠近了，高阔千尺的厚重城门上，一对石蟒相互追咬着锁紧城门，其中一条露出牙齿面目狰狞地面向他们，仿佛随时会发动攻击。

"试试用你的一滴血，看能不能打开。"风黎看似轻描淡写地说，然而手已经戒备地移到了魂玺上。

杜君恒虽留意到，但依旧照做，她咬破食指，伸出手轻轻地将血液涂抹在石蟒的牙齿上。

短暂的死一般的静谧后，蓦地，整座海底城都仿佛因这一滴血而重获新生。

海底的大地微微战栗着，青色的祝融石碎屑从千尺高坠下，一丝光明的火种从渐开的门缝中透出，这座尘封的海底城，宛如发出了一声沉重的"啊"的叹息。

风黎与杜君恒对视一眼，身影随即闪入城中。

"魔海是魔神诞生的地方，你身负魔神在这世上最后的血脉，自然能开启这海底城。"风黎的话通过那闪光的气泡传入耳际，一瞬间，杜君恒忽然觉得，身体里真有什么东西苏醒了。

她深吸了口气，忍住了不去理会这些情绪，反是用一双眼，仔仔细细地，似描摹般记下这海底城的模样。

半坍塌的石阶底座上，百来根雕刻着繁复图腾的石柱如死士般牢牢守卫着这座偌大的宫殿，他们跟随那微弱的火种从正门游入，没多时便穿过前庭，到达了正殿。

姑且将它称为正殿，因为他们发现了一把古朴的、未有任何雕琢的高大扶椅。除此之外，便是围绕在正殿墙壁上的一幅幅犹如史诗长卷般的，被海水浸泡得辨不清内容的彩色壁画。

那叹为观止的阵容，依稀是在记载一场战役。

杜君恒收敛气息，想她曾经在罗浮宫的藏书阁里翻阅过对魔族的记载，说是魔族有一神秘海域，封印着魔族终极能量来源——海底城。那海底城的建造已无年月可考，唯一可知的是，当真正被它选择的人进入时，魔门会洞开，魔族的火种将引领那人进入最深的魔渊。

也许，他们真的能抵达这魔渊也未可知呢。

她想着，也是在此时，忽然感到了一丝不同的气息，决然不同于这里的死寂，而是鲜活的，甚至锐利的气息。

显然，风黎也发现了这点。

他与她对望一眼，心有灵犀般，当下便一齐闪身藏于身旁的圆柱后。大概对方也没想到他们的身影会如此之快，当然是快，风黎甚至为此不惜用了个隐身咒。

他们这边一藏匿身形，那边一道黑衣蒙面打扮的单薄身影便焦躁起来，浅尝辄止地找寻了一圈未果后，那人居然掏出了颗夜明珠自曝位置。

风黎没料到那人竟会有如此令人费解的举动，果断飞身上前，哪知那人身手着实不赖，居然和风黎缠斗十数个回合也丝毫不落下风。

然而那人虽厉害，却远不及风黎心眼多，风黎乘其不备丢出一个束妖锁，便轻易逮着了那人，继而一把拽下了那人的面罩。

“叶青青，怎么是你？”

风黎额上青筋直跳，直想把她狠狠揍上一顿再扔掉最好，反观叶青青见身份已经暴露，这下也不躲藏了，索性大大方方地在他面前晃了一圈，再停在杜君恒面前，一脸不屑道：“女人，我是担心你拖累了黎哥哥，所以才跟来的！”

原来在那面罩之下，竟是如此标致的一张脸，杜君恒想着，不知怎的，居然鬼使神差般把她和风黎在心中做了个比较。最后的结论是，若论五官的精致程度，叶青青胜，但风黎那一双出挑的桃花眼，还是很难不让人流连。

许是因为烛龙血脉的关系，叶青青并没有与他们一样使用避水的咒术，反是像条鱼儿似的缠着风黎，一路唧唧喳喳的。

反观杜君恒，即使有了副更年轻的皮囊，也是闷得很，风黎说十句她最多回一句，大多数时候都是在安安静静地看。

至于风黎，则是拿出了幅残缺的地图，神情认真地开始比对。他们从前庭进入，穿过正殿，又游过一条长逾百米仅剩下残垣断瓦的石廊，才总算停了下来。

横亘在他们面前的，是几乎一眼望不到边的沥青色的、高大的石墙，石墙阻绝了两端的海水，他们在这诡异的莹蓝色海水中对视，连看见的彼此也像是披头散发的水中幽魂。

游走了一圈，且听风黎笃定道：“这里是禁断之墙，我们需要翻过这里，才能进入魔渊，我们要找的东西应该就在那里。”

杜君恒端着人鱼烛仔细照了照石壁，发现这里壁面光滑，并无最初进入海底城时的类似石蟒的机关，便道：“到达这里，我的血是不是没有作用了？”

风黎点点头，又摇了摇：“方才那火种直接从此地穿行过去，它现应还在另一头等你。我想，它的点亮也是因为你。”

叶青青不耐烦风黎同杜君恒说话，下巴一扬，抢话道：“那我们现在要怎么办？干脆把这墙炸开？”

“不行，这面墙应该是整个海底城的承重墙，如果炸毁，我们也出不去了。”风黎表情严肃，无意识中又摩挲上了指尖的魂玺。

杜君恒看罢，目光也不由落了上去：“这戒指难道有办法？”

风黎一愣，没料到杜君恒居然如此注意自己，他眉梢挑出喜色，不过一瞬，又暗淡下：“我现在能想到的办法是，在这里为我和叶青青画出一个虚影咒，让禁断之墙误以为我们还在外面，至于你，则不用。但是，虚影咒只能维持三个时辰的时间，如果到时我们还出不来，那可能，就很难再出来了。

“此外，这禁断之墙本身也应该还有玄机，只是我暂时还未参透。”他最后道。

杜君恒自然没想过这一趟居然会有这样大的危险，她举着人鱼烛，从那烛火的上端看见风黎一张分明纨绔的脸上露出认真的神情，再看看他身旁的叶青青，喉咙干涩道：“若此行会令二位有危险，不如还是由我自己一人前去好了。”

“不行。”不等她说完，风黎已然打断，“禁断之墙里危机重重，此前更是从未有任何人去过。你不知道魔族禁术的厉害，即使有泷姬之血，也未必能护你周全。”

“这么说，难道你知道魔族禁术？”杜君恒反问。

她的反问一下子问倒了风黎，事实上，就连叶青青风黎都已经打过招呼，暂不可泄露自己的真实身份，当然，代价是一张足以令他割肉的《寿山百宴图》，这不，他的利息总算要收回了。

“反正黎哥哥在哪儿我就在哪儿，再说了，黎哥哥可是蜃楼的主人，有什么事是他不知道的？”叶青青撇嘴道。

那一声声的“黎哥哥”喊得风黎百般肉紧，他叹了口气，终于还是对杜君恒道：

“这件事你就不要再跟我们争了，现在最重要的是怎么进入这禁断之墙。”

“不如由我先试试吧。”叶青青摩拳擦掌，忽然道。

她的话让杜君恒颇为意外，倒是风黎神色淡淡的，接着道了声“好”。

得到鼓励的叶青青来到石壁正前方，她双眸阖起，口中不知在默念着什么，片刻后，她涂着豆蔻的手指冲着石壁虚画下一个半圆，复又转了个圈，补齐另外个半圆。

奇异的是，就在另外一个半圆补齐的瞬间，一点绿光从那石壁里发出，接着越来越多，旋即，便成了一个犹如万千萤火虫组合成的光圈。

风黎见状，飞快取过自己和叶青青的一点额心之血，那鲜血与手中的秘咒结合，须臾间，两条和他们一模一样的虚影便漂浮在了墨青色的石墙外。

“好厉害的虚影，真的一模一样耶！”叶青青兴奋地大叫，一脸恨不得那表情木讷的虚影跟自己走的表情，又随着风黎口中一声“定”，两条虚影就牢牢守在了墙外。

“快走吧。”他向杜君恒，叶青青道。

经过这一番功夫，他们三人才总算通过禁断之墙，进入了魔渊。

魔渊是整个魔族最鲜为人知，也最为神秘的地方。他们甫进入，便觉得眼前一黑，连人鱼烛的光线都弱成了风中残烛，叶青青手里的夜明珠更是索性失效了。

为了安全起见，风黎只得停下来，并用一条半指粗细的发光鲸丝将三人依次绑在了一起。实在是这里给人的感觉不单是黑不见底，更像是喘不过气。

“地图至此已经没有用了，不过魔渊本身应该并不大，我们得谨慎些。”说罢，魂玺中再次升起了一道保护他们的暗金色结界，这一次，甚至连叶青青也一齐被护在了里面。

“对了，你们要找的到底是个什么样的东西？”也许是因为长久的漆黑太容易让人迷失方向，走在最后的叶青青忍不住开口了。

“这个不好说。”谁料风黎半晌竟是来了这样一句，“流离岛上的老头只告诉我们答案会在这里，我想，如果那个东西出现，小……九她应该是会有反应的。”

差点念成了小君，真是好险，风黎不禁捏了把冷汗。

倒是杜君恒一双黑眸依旧淡然，好像没什么事能难倒她，但其实不是的，她也是紧张的。从前是杜君恒的时候，仗着修为过人，从不把闯关历险这种小事放在眼里，但现在不同了，她成了杜小九，且这副身体甚至没有完整地融合，她现在脆弱得要命，也许此刻来头食人鱼，都能要了她的命。虽然她也并不怜惜自己这条命，但是有这两位朋友这样出生入死地帮她，她觉得自己还不能死。

想什么来什么，倏忽间水底一阵暗流涌动，一群无声的黑鳞鱼类突然向他们发动了攻击。连原本引导他们的那团火种，都不知几时被某条鱼吞进了肚子里。

也就是那团火苗的异样，让他们终于发现了它们。

“让我去会会它们！”叶青青冷哼声，手中一柄弯刀上手，那寒气直将靠近的有着锋利牙齿的黑鱼逼退三尺。

“先不要轻举妄动，那鱼有可能是冲着小九的魔血而来。”风黎说着，一道沾着自己血液的咒术已然试探流出。

果然，那些鱼群对此并无反应，更无争抢的现象发生。风黎沉吟一番，随即又换成了杜君恒的，顿时，整个鱼群都像是沸腾了，它们毫无章法地攒动着，有几条甚至欲用锋利的牙齿钻进他们的保护罩里。

“这结界结实吗？”杜君恒抬手消灭了几只想要进入的利齿黑鱼。

她的声音有不多见的起伏，连叶青青都听出来了，至于风黎则除了一边以自己的术法加固着结界，一边皱眉道：“我们得想办法让它们安静下来，要不然这样吧——”

他低头，从十色锦袋中翻找出一管骨质的七孔箫递给杜君恒：“这是骨箫，你试试用它吹首安静的曲子。”

杜君恒略微迟疑了下，但终究将骨箫递上嘴唇，一首记忆中的歌谣似从远山嶂雾中飘来。

那时她刚化成人形没多久，夜深时分，她在三清池的水殿上冻得睡不着，虚白就会跑来她的床头，一边用小手给她温暖，一边唱歌。

其实，虚白无论做什么都是最拔尖的，唯独唱歌这件事，他总是唱得一个调子长，两个拍子短，但即使是这样，她最后也总能睡着。

他唱：

篆字香 烟杳渺 卜一世因果

暮钟里 日月去如梭

迷途飞蛾 亦扑火 爱恨无须太执着

壮烈只片刻

人事舆图换稿了 山水不相逢

优昙花也凋零 年岁成河

原谅相遇太无情 来去都只是路过

唯余埙声勾勒你轮廓

…………

他告诉她说，这是人界的一首曲子，他也不知道自己是从哪处听到的，但他说那是一个有萤火虫的夜晚，铃兰草在风中低喃，池塘中荷香阵阵，远处有炊烟人家，还有稚嫩的读书声朗朗。

她突然觉得人界很美。

那是一种有生气和朝气的美，不似神界冷冷清清，也不似魔界死气沉沉。

那也是杜君恒第一次对人界产生期待，期待即使不拥有永恒的生命，也能活得蓬勃灿然。

终于，在她安抚般的歌声里，那些凶狠的黑鱼安静了下来，就像被施了某种沉眠的咒语般，一动也不动。除了吞噬下火种魔识的那一条。

它反倒游得飞快，仿佛意识到什么就要来临。杜君恒甫从追忆的思绪中出来，现下也只能跟随众人一起奋力游向前。叶青青说：“那鱼应该是知道我们要的东西藏在哪里吧？”

风黎没回话，显然也是默认了这个说法。

好在那鱼并没有游太久就停了下来。在它的面前，有一处坍塌的云台，风黎与杜君恒对视了一眼，并不难发现在人鱼烛的光束下，那云台下端还压了一个表皮漆黑的铜匣。

难道他们要的东西就在这里？他想着，下意识弯腰去取，不料手刚碰到铜匣，人就被那上面的魔咒狠狠弹开了。

“女人，不如你去拿吧。”说话的是叶青青，杜君恒看她一眼，又静静地看了眼风黎，点了点头。

为了保险起见，风黎一语不发地又从十色锦袋中掏出枚玄铁打造的护心镜，递给了杜君恒。

杜君恒没说话一律照做，她靠近那云台，再弯下腰，手指谨慎地触碰铜匣。众人见状皆不敢掉以轻心，风黎手按魂玺，叶青青握紧弯刀，尽是屏气以待。

然而，杜君恒却是像再轻易不过地从地面上挖出了那个铜匣子：“这上面没有锁，我要现在打开？”

她的话实是在征求大家的意见。

叶青青明显好奇，点头如捣蒜，风黎则在沉思，但终究道：“我和青青的虚影还剩下一个时辰，不如我们回到了禁断之墙再行打开。”

他的话自然是经过思考才说的，毕竟如果现下打开真发生了变故，他自己死也就罢了，还赔上一个烛龙族的王女，那许多事就说不清了。

杜君恒从前没觉得他居然也是个胆大心细的人，当下便将铜匣收好。然而，就在他们准备返程的时候，整个魔渊却开始震动起来，风黎大叫了声“不好”，便咬破手指又疾使了个加速的咒，帮助众人快速离开。

与此同时，杜君恒眼尖地发现，那震动频率几乎与怀中铜匣里发出的一致，难道是？

可惜并未来得及思考，因为他们再一次遇到了那因为剧烈震动而苏醒的鱼群的攻击。叶青青使弯刀是一把好手，三下五除二就解决了不少，风黎则一边加固着保护罩，一边用快得几乎看不见的光刃解决拦路的鱼群。

“我们得快点，这里就要塌了！”风黎额间已有汗滴流出，很快与那海水融为一体。杜君恒抱紧匣子，这下倒成了拖后腿的那一员，她喉头干燥异常，她望着那源源不断地向他们攻击的凶猛鱼群，目光却不由自主地向那匣子上瞟——仿佛有魔力一般。

“不如我再用骨箫试试？”杜君恒抿了抿嘴唇，艰难道。

“没用的，骨箫对付这些异兽只有一次的作用，你护住那铜匣就好。”风黎话说得飞快，眨眼间，又消灭了几条。

但情况越是急迫，杜君恒就越觉得自己奇怪，仿佛总想要打开那个匣子，就像是有某种力量在驱使她。

为了不被这种异样影响，她甚至默念起了静心诀，与此同时，又一波的攻击开始了。这一次连叶青青和风黎都无法再顾上她，在庞大鱼群的气势压迫下，人鱼烛的烛光又飘摇起来。

漆黑一片的海水中，耳边唯有鱼群的攻击声和不断响起的地层断裂声，他们并未减速，但眼看着禁断之墙就在眼前，铜匣里的震动声忽而如雷。

无数裹挟着碎石块的暗流向他们袭来，嗡鸣的耳边，且听嘶啦一声锐响，竟是鲸丝断裂了！

巨浪般的海水顿时将风黎他们与叶青青冲散，情急中，风黎甚至只来得及拽住叶青青的一片衣袖。他心下一沉，眼见着保护罩即将碎裂，脑中一个念头就是将杜君恒死死搂住。

还未等他做好准备，身后忽又一阵暗流袭来，闷闷撞上他的背脊，他只觉一阵头晕眼花，努力伸手要拉住面前人，哪知手是拉住了，一张端凝的脸却不知怎么地就放大了。

人近在眼前，唇近在眼前，碎裂的海水席卷身边，四目相对，一时居然忘了要分开。电光石火间，一道耀目的银光从正前方向他们罩来，生生将那暗流乃至鱼群冲散。

莹蓝的海水中，且见一人银发玄袍，凤目微敛，犹如破云拨雾般，竟是——玄镜。

玄镜怎么会出现在这里？

他已经不及思考，他的嘴唇刚从杜君恒的水色唇上离开，那冰冰凉凉的滋味，几乎让他失去了判断力。身后，魔渊的巨大震动声几乎把他们的耳膜震碎了，而玄镜并不退，简直如神祇般以一人之力与之抗衡。

直等到他们总算退回了禁断之墙外，片刻后，叶青青也踉跄地从不远处游来，她的膝盖流着血，八成是被碎石所伤。

看见三人皆已到齐，玄镜的气劲这才徐徐收回。他的视线在杜君恒的铜匣子上静静停了一瞬，便收了回来："魔渊塌方，海底城也快要守不住了，你们随我来。"

他的话音似有镇定人心的作用，但就在此时，杜君恒却是顶不住了，她脑中一片空白，甚至不知刚才究竟发生了什么，只依稀记得那铜匣里的东西冲向她的胸口，接着风黎的嘴唇就贴上了。

只是一瞬间，仿佛山河巨变。

她突然就想起了自己缘何提早诞生——

还记得那是一团明亮如火的光团，它偷偷地潜入神族的昆仑仙境，一点点地靠近自己，而那时的她，还误以为那是另一个神族的元胎。

数万年冷寂的仙池中，她从未遇到另一个朋友，她将自己柔软的仙气罩展开，猝不及防间，谁料想会被它趁机钻入。

竟是她低估了！那光团的修为竟然远高于自己，不过眨眼的工夫，它已经钻进了她尚未成型的元胎中。

那种撕心的感觉，正如今时今日被铜匣里的那东西钻入胸口！她咬紧唇，素白的脸上双目紧闭，她的发髻被冲散，一头墨黑的发丝在诡异的莹蓝色海水中徐徐摆动，她的气息凌乱，又像是有什么东西要从她的身体里爆发出来。

风黎不可置信地看着她，却见玄镜脸色一变，一字字道："是魔神之心。"

须臾间，她的双目再次睁开，她未发一语，但所有人都感受到了她的不同，她那一头鸦羽般的长发也猝然间变成了枫红！

那正是泷姬的发色！魔神血脉的标志！

与此同时，海底城的震动也诡异地停止了，她的目光一一扫过众人，及腰的红发徐徐垂下，她轻抬右手，一团明亮的火焰便跃上了手心。随着她看似轻易的操控，那火焰骤然变大，她微微叹息，一扬手，竟是将那火焰直直向坍塌的魔渊掷去。

就像被什么点亮似的，顷刻间，整个海底都因那赤红的火焰沸腾了。

在深蓝与赤红之中，整个海水呈现出冰火两重天的景象。至于禁断之墙，则因那火焰一下子变得透明了，仿佛随时能融化。

风黎惊愕地瞪大眼，尚不及擦拭嘴角的血迹："你知不知道自己究竟在做什么？"

他的声音里有愤怒、失望，甚至还有一丝自责。但杜君恒却连一眼也没看他，她的声音分明淡极，又分明像把割人的刀："那是魔神的意愿，魔渊不可留。"

分明还是杜君恒的声音！

他一阵心潮涌动，但怪异的是，他此刻居然并不觉得有多悲伤。也许是已经不甘得太久了，他已经不介意再多这一分。又或许是他真的死心了，他毕竟已经努力了这么久，虽然到头来不过是一场空。

但或许命运的存在，本就非为安排人久别重逢。

短暂的沉默过后，玄镜再次开口了："有一件事，我觉得你会想知道。其实杜小九的确不是杜君恒，她只是被杜君恒以自己的一滴心血用禁术'傀影'制造出来的影子，虽然我并不清楚她为何要这样做。"

原来，是个影子吗？

杜君恒心神一晃，却是如何也没想过这个答案，但对着玄镜，这个梦中曾与那份特殊记忆有着深刻感情纠葛的人，她还是尽可能平静地道："既然如此，当年地图上被伪造出的龙首崖，你事先是不是知道？"

玄镜料到她多半已经继承了杜小九的记忆，奈何当这个有着杜小九身体的人重新以相似的口气质问他时，他还是隐隐有动摇，他低叹了口气，回话道："这件事，我当年的确也是在事后才得知，肃和瞒着我逼死了小九，后来他为赎罪，便自请流放月鳞海。"

果然，月鳞海上的那位大人正是当年的肃和，难怪在第一眼看见他时就觉得莫名熟悉了。杜君恒努力控制着自己，或者说这副新身体，听玄镜继续下去："肃和乃是我魔族的股肱之臣，我虽然对不起小九，但你也应该知道，身为魔尊，这世上有些事是可为，有些事却是永远不能。”

是啊，她也曾经是神尊，又如何不理解这句话的含义？但是，对于像杜小九这样心思透明的姑娘来说，玄镜这样的人，又怎么可能适合她？

可是话又说回来，她现在这个模样，到底应该算是个什么？

非神，恐怕，亦非魔吧？

是神血孕魔，还是魔血孕神，不论哪一样都是荒天下之大谬，滑天下之大稽！

她握紧手心，努力克制着自己的情绪，刚才的表现已经让她认识到了这副新身体，或者说新魔能的威力，她实在不知道自己会不会在情绪激动下炸了这里，索性和魔族同归于尽。

可是转念一想，那时她为让虚白复生牺牲自己，仙宫里为自己伤心的又有几人？也许到头来，只不过是云枢一个吧？

至少在这里，风黎、叶青青都是豁出了性命地在帮她，而玄镜也让她欠下了一个人情。比起冷冰冰的神界，这魔族似乎还有情有义得多。

怎么会这样？她觉得自己开始混乱了，但偏偏还是不能。她将视线转向风黎，忽然问了一句让他怎么也没料想到的话，她说：“楼主，如果你一早知道我不是泷姬，你还会费尽心思救我吗？”

如果这份情谊是假的，她心里就会好过一点。

可风黎只是抿着嘴看着她，看得很深，看得很沉：“我不知道。”终于，他还是答。

呵，她突然就笑了出来。毕竟如果这样的话，她觉得自己真能释怀一些。虽然，在听到这个答案的片刻里，她不可否认心口像是莫名被什么刺了一刺，但她依然坚信现在的她已经足够强大，强大到不会再疼。

“走吧，”她将视线收回，安安静静的，像当初闲时读书的杜君恒，“回明镜宫。”

魔神血脉泷姬的复生是继神魔之役后最大的喜事。为此，魔族上下庆贺三日，连雪楼上的青铜空铃也足足响了一整日，但这次并不为哀悼，是再隆重不过的回归。

没错，当那青铜空铃同时为一个人响起的时候，一次为鸣哀，二次却是回归了。

但是，这三日对杜君恒来说，却漫长得像过了三万年。她想了许多事，她从前是杜君恒，后来借着自己用禁术做出的影子——杜小九的壳子还了魂，再后来，她因进入魔海的海底城，激发了元胎中潜藏的泷姬的魔血，并且意外得到了魔神之心。

但并不止于此，因为魔神之心最可怕的并非是它的威能，而是它强迫灌输的魔族意志。

如此说来，她现在的确就应是泷姬了，或者说，另一个泷姬。

她叹了口气，虽然她更愿意被叫作杜君恒，可杜君恒已经死了啊，天上地下，她除了魂，连壳子都换了，甚至浑身流淌的血液都换成了另外一个人的。而且从此以后，她需要顶着另一个人的身份活下去了。

她扳着指头算日子，时间一晃，便是魔族为她举办宴会的日子了。

不，准确说是为泷姬准备的。

九十九盏幽冥灯被披上了红绸，明镜宫本是森冷的气氛，现下也硬生生给造出了些人界的味道。她以红发杜小九的姿态现身，却身着泷姬当年的珊瑚色高贵宫服。

她的出场让许多尚不知情的魔族部众看后一愣，这一愣，纷纷又将目光投向了王座上的玄镜。是的，在这场隆重的宴席上，风黎并未到场，出场的只有在她邻座的叶青青。叶青青今天也打扮得十足抢眼，那挑衅之意十足，简直都快溢出眉眼了。

雕漆几案前几欲堆成小山的菜肴让她如同嚼蜡，在来之前，她曾听这里的宫婢说魔族对宴会的重视程度，体现在流水席上的菜肴多少。与神族不同，魔族向来讲究海吃海喝，也或许是生存的紧迫性决定了他们对食物的迫切，抑或是，魔族生来的本能。

她蹙眉，偏偏身体还故意端得板正，以不时应付那些前来敬酒的魔族将领。她一杯杯地给自己灌着三生酒，这还是她在当神尊时养成的毛病，那时总有云枢在身边，或为她挡酒，或索性替她喝下，他总是那样浅笑吟吟的，一袭素袍玉簪，霁月清风般，犹如一道疏淡的影。

她记得有一回她难得喝醉了，罗浮宫里四下无人，她险些倒在他的怀里，他扶住她，温热的气息一丝丝吐进她耳朵里，火烧般，她耳后根腾的就红了。

他说："君恒，如果你不是神尊，那该多好。"

那个人，明明都是若即若离的，不靠近，不远离，他在那里，也永远只会在那里。

但谁知他竟然对自己存的是这种心思，一登神座，便永世不可成亲，这是神族亘古前便立下的规矩。她和他都心知肚明，然而可怕的是她在知晓后，居然并没有想象里的排斥。

她这是怎么了呢？唯一的解释是她病了，可她又不能对人说，也是没有人可说了。虚白早已经仙陨了，偌大的罗浮宫里只剩下她一个人，她需要一个可以说上话的人。

她的气息有些凌乱了，然而画面一转，怎么就到了悬挂着一盏盏鬼火似的幽冥灯的明镜宫呢？而眼前这人又是谁？

第一眼看，好像是风黎，再一眼看，又好像是玄镜。

她努力晃了晃脑袋，不多时竟在那人臂弯里睡着了。

那是宴会即将结束的时候，玄镜远远看见杜君恒一人端着玛瑙盏歪着头在喝酒，她的发色枫红，偏偏容貌是杜小九，她目光疏离地向他望来，也不知是有意无意，但不可否认，他觉得心脏像是被谁用小鞭子抽了一抽。

毕竟不论是泷姬还是杜小九，都是与他有过情感纠葛的女人，可偏偏这两层复杂的关系此时都通通汇聚到了这一个人身上，他微叹了口气，大概除了认命也不知有什么旁的可以形容了。

风黎不在场，叶青青就更无须提了。他思来想去，还是决定自己送她回房，毕竟，泷姬曾是魔尊的未婚妻，这是魔族上下共知的事。

但让他没料到的是，就在他刚靠近，她歪着的脑袋就一下子栽进了他的怀里。他一愣，瞬间里的反应竟是想摸她的脸，也可能是他今天也喝了酒的关系，脑中浮现的竟然是杜小九当年在万鬼洞洞口僵硬着蜷缩成一团的样子。

有些事，他其实并没忘，也是想忘，却忘不了。

但是现在"她"重新回来了，尽管魂已经不是那个她，但那张一模一样的脸，还是让人忍不住地想去一再确认。

好在此时宾客已尽散去，不然他这个样子被人瞧见了，还不知道要闹出什么笑话。他是严谨沉稳惯了的人，一张漠然的脸仿佛早斩断了儿女私情。

但他知道他其实并不是这样的，他也是会动心的，只是大多的时候，他不敢，或者不能。

身为魔尊，若是举止轻浮，成何体统？这是他父神还在世时对他说的话，他自幼便被当作继承人培养，可是他心里知道他其实是羡慕他那个敢爱敢恨的皇弟的，因为无责任，便能活得像一阵风，而他，却只能远远看着这阵风，然后尽自己最大的能力替他守着，就像是守着潜意识里的那个自己。

他眼帘低垂，缓缓将杜君恒横腰抱起，慢慢走向了泷姬曾经的宫殿祀音阁。夜下的走廊中，无人敢打扰他魔尊大人。偶尔被路过的侍女们看见，她们均是透红了一张脸，或兴奋或羡慕地朝同伴咬着耳朵。

这种事，他向来是不屑的，他并不理会那些目光，终于亦步亦趋地来到了多年未曾踏入的祀音阁，那里他早已已命人重新打扫干净，他也觉得她会喜欢这里的，毕竟这里是所有魔族少女都幻想过的地方——一座巨大的，亭亭立于湖心的水莲造型的宫殿。

他对泷姬的情感的是复杂的，就像对妹妹，绝无任何的男女私情，即便她成年后出落成了魔族第一美人，但感情这种东西，本就与容貌没有必然的关系。

他向往的是那种轰轰烈烈的女子，就像是炙热的火焰，能将他带往凡尘俗世，哪怕最后成土成灰，也但求一痛快。

但这毕竟是他一生不能之事。

至于泷姬，身为魔神在这世上最后的血脉，魔族最尊贵血脉的代表，自然并不是一朵放任的花朵，而是魔坛上供奉的最神圣的荆棘花，是给千万魔众膜拜瞻仰的。

所以他不爱她，正如同他并不那么爱自己。

他忍住了叹息，怕惊醒了梦中的人，他将杜君恒轻轻放置在泷姬曾经的玉床上，自己则站在床侧，那低垂又温柔的眼眸，就像从云雾里看花。

如果有人从他身边经过的话，一定会诧异于原来他们的魔尊大人也有这样温存的一面。然而他仅仅剩下一只眼睛了，只能看多些，看久些，虽然看到最后，怕连他自己也不知在看的是杜小九还是泷姬了。

他弯腰，手指极轻地摩挲着她的脸，他想，他毕竟已经承诺过风黎了，身为魔尊，更身为男人，最重要的就是信守承诺，再不去想和这个女人有关的事。

但是，如果是最后一次呢？就当她是杜小九，自己是小哑巴，他倾下身，嘴唇温柔地覆盖向她。

一梦三生，三生却仅此一梦，但对他这样的人来说，恐已是最奢侈不过了。

第九章 幕后人

杜君恒醒得不是时候，她醒的时候，恰好看见玄镜的嘴唇即将贴向她的，那枚半截的黑金面具上映出杜小九的眉眼，容颜如画，与她几乎一样，但偏偏不是她。

她从杜小九的壳子里看他，身体却不由自主地将他拉近了。比起她，杜小九的骨子里似乎藏着股敢作敢当的野劲儿——也不知是遗传自哪里。

她脑中胡思乱想着，偏偏手上动作还不停，大概连玄镜也没意识到她会突然醒来，且听一声闷响，两具身体贴在了一起。

烟罗帐上的幽蓝色魅生花花瓣倏地散落下来。

空气里登时溢出了一股绵软又暧昧的花香味，她抬眼看他，余光又扫了眼周围，夜风从浅湖色的软烟罗外吹来，外面无星无月，唯一的亮光来自木质浮廊外的水池，水池里漂浮着莲灯点点，情景一时令人恍惚。

她未开口，玄镜亦未开口。

酒意微醺，那人冰凉又修长的手指忽然抚摸上了她的脸颊，她屏息，好像浑身上下就只有眼珠子能动，她冲他眨眼，声音突然温柔得不像话："小哑巴，你来啦？"

她发誓这话不是从她心里说出，但的确又是从她火辣的喉管中发出。

一瞬间，身上人的动作停止了，灯影扑朔，他及腰的银发在鼻息间徘徊，他重新靠近她，气息谨慎中透出些微的凌乱，他显然不可置信，微眯的眸光一寸寸地向她逼近，就像是要确认或者辨认什么。

终于，他直起身，镇定道："我是不会上当的，神尊。"

"那是因为魔尊已经上过一次当吗？"玄镜离开的片刻，她的意识也好像回归自主，她勾起嘴角，连言语也变得针锋相对，"其实魔尊应该明白的，只要我还占着这副壳子，就永远不会对你下手。"

这不是官腔，是真话，连玄镜也清楚的真话。

但确是真话，却也是说不得，闻言，玄镜脸色微微一变，他起身撩开烟罗帐，又退开三步，有凉风吹上他的脸，瞬时清醒了："抱歉。"静了一静，他道。

"这声抱歉是为谁，为杜小九，还是虚白？"杜君恒直起身，一双黑眸中透出寒星，"说实话，当初我苏醒后的第一个念头，就是想要杀了你。但后来听说你瞎了一只眼，我便想，我若真赢了你，怕也是胜之不武。"

"本尊可以允诺你一场公正的较量。"玄镜直视那道目光，"但必须是在神魔之战之后。"

说来，在此前他从未与这位当世的女神尊有过正面的交锋，如今看来，且不说是否易与，单这份自信，就非一般人能及。然而今时不同往日，命运才是那道跨不过的坎。

怎奈何纵使他这样说，杜君恒也并不愿领这份情，她摆摆手，语调不高，但掷地有声："你我本属敌对，偏偏你于我又有救命之恩，而我现今之所以留下，也并非出于我本心。试问魔尊，若不将这一桩桩一件件尽数算清，又如何真能做到公正二字？"

这世上从未有女人敢向他讨要公正，而他都已经答允给她了，她又嫌这份公正拎不清。也是因她这一番话，他忽然意识到，原来在潜移默化中，他与她的纠葛竟已这样深了。

泷姬、虚白、风黎、杜小九……

哪一个不是与他息息相关的人？但这些人，又有哪一个不是与她有着匪浅的关系？

思及此，他的眸光忽然亮起来，他上前，靠近了，居高临下地看着她："你说得对，本尊是给不了你真正的公平，但那又怎么样呢？你别忘了，是神族牺牲了你，不是魔族。况且魔神之心在你体内，你就是生生世世，也无法背叛魔族了。"

他故意撂下狠话一挫她的锐气，果然，她是有片刻沉默了，他以为她会偃旗息鼓，甚至在某一瞬间，她的身影和杜小九重叠了，但又很快分开。她微尖的下巴向他扬起，直让人产生种想要擒住的冲动，偏生那眸色又是清正的，像银月照古井，有清凛之光，她说："玄镜，别忘了，论实力，你现在恐怕已经不是我的对手了。"

只这一句，他忽然知道风黎为何会喜欢她了，毕竟这样的女子，本就是用来追逐的。

玄镜离开的后半夜，杜君恒睡得迷糊间，直觉这泷姬的祀音阁里多了个身影。起身定睛一看，果不其然，她瞧见了一个人，哦不，准确说是先看到了一双脚，那双脚像是长在了水池边的栏杆上一般，近乎纹丝不动。那脚上穿有一双鞋，靛青的鞋面上刺绣着双兽图的厚底鞋，是肃和！

她没去找他，他倒是主动送上门了。

夜风送入耳畔，与那个年轻男子的声音一起："我们又见面了，九姑娘。"

他依旧称呼着她九姑娘，烟罗帐外水光点点，他从栏杆上跳了下来，慢慢地向她走近。此时，他不再是那形同朽木的干尸状态，而是有着一张干净如教书先生的脸，眉清目秀的，除了一双吊梢眼中隐藏利光。

"不知肃和大人深夜找我，有何贵干？"

她心中虽疑惑，但面上依旧端得滴水不漏，她慢条斯理地拨开软帐，又慢条斯理地套上鞋，再慢条斯理地道："一开始我还以为是楼主来了，没想到竟然是你，真是稀客。"

她的话语平静，全然不似杜小九或者泷姬，但肃和也非是什么没见过阵势的人，魔族里曾有过一个说法，说如果魔尊玄镜最后还剩下一丝恻隐之心，那么肃和就是这恻隐之心上的一把刀。

果然，这把刀出鞘了，不单要见光，更是要见血，他说："没想到复生的泷姬大人原来至今仍然不知道，你口中声称的楼主，正是魔族的少君，玄镜的皇弟。"

一阵沉默，夜风中只有床沿越发浓郁的魅生花的香味。杜君恒自玉床上走下，双眸静静的，仿似在回顾那些曾有过的半真半假的情谊，谁忍心它不是真的呢？但它的确就不是真的。

她深吸了口气，话音努力保持镇定："其实他真正是谁并不重要，重要的是，本座是谁。"

"那么您想是谁呢，君恒上神？"

一句点破，瞬间就将气氛降至冰点，她的真实身份在魔族除了玄镜和风黎外并无第二人知晓，这肃和究竟是怎么知道的？

或许，是从他在流离岛上第一次替她诊脉的时候……

"如你所料，当初的魔海崖底，的确是我放的错误消息。我并不是要让杜小九的身体和泷姬融合，是要泷姬彻底占用她的身体。"他话如最阴寒的毒蛇，一字字将她吞噬。

她是神尊啊，被魔族救活已经很可耻了，更遑论继承魔族至高的血脉？

她面色铁青，周身的气劲让那烟罗帐冲天而起，连那莲形的水池也不能例外，无数条水柱倏地蹿出水面，仿佛水钉般预备着向肃和发起攻势。

“神尊，又何须恼怒？”肃和上前一步，话语里居然还隐隐含着笑，“生死有命，既然您已复生，那便是天命所归。不论怎样，您继承了泷姬大人的魔血和魔神之心，魔族意志便深深印刻进了你的身体里。”

“魔族第一辅相，果然是个很好的说客。”杜君恒眸光冷冽，但奇怪的是，虽然她已经起了杀心，但因为魔神血脉的关系，到了紧要关头，她居然还真的奈何不了他。

她徐徐垂下手，索性于高一阶的玉阶上俯看他：“那么您究竟想如何呢，辅相大人？”

“并不想如何，只是希望神尊以后凡事还能以魔族利益考虑，毕竟神界，现在已经有虚白上神了。”

是在挑拨吗？杜君恒挑了挑眉，但不论他这话究竟是真心还是假意，但听见虚白的名字时，她心底还是难免一刺。他可是她的亲兄长，平生最追求白璧无瑕，那么她现在堕落成魔，他又会不会想杀了她？

她气息收敛，尽量不让自己再多想其他，而是将目光重新正视向这个一直在幕后操控着一切的、看似良善的首辅大人：“本座自己的事，本座自会处理，大人，你还是且退下吧。”

她话语清明，隐有王者之气，肃和听罢眼眸微挑，居然弯腰一揖，应道：“那臣退下了。”

装腔作势，杜君恒在心里想。

风黎回到蜃楼已经是第三日了。

当初，他为免魔族众人发现身份，更为逃避继承了神魔之血的杜君恒，借着需要处理蜃楼中堆积的事务而回来。不过，为了能第一时间知晓杜君恒的动向，他在离开前偷偷在她的随身勾玉上下了个知情咒。

是以，肃和秘密拜访杜君恒并点破他身份的事，几乎是在同时，远在封灵海中的他也知晓了。他觉得头很疼，这种头疼连千机泡了他最喜欢的莲片茶都无法治愈。他望着水镜中杜君恒面色不善的脸，又看看千机，道：“你说，她现在是不是恨死我了？”

千机手拿着扫帚立在一边，也叹气：“没有爱，哪里来的恨呢？”

这话倒是把风黎点了一点，不过这个事越是想通了，心中其实也就越不甘。他撇撇嘴，白了千机一眼：“你怎么知道她对本楼主没意思，在海底城的时候，我们还……”

“还怎么了？”千机好奇道。

“算了，你还小，说了你也不明白。”无意识般，他用指尖摸了摸嘴唇。其实说来也奇怪，明明一开始就以为她是泷姬的，结果后来发现她不是，心中虽然有失望，但并不觉得有多不甘心。但现在知道她与她是有些关系了，反而觉得好像心中更纠结了。

奇怪，当真是奇怪。

他长叹了口气，将双手枕在后脑勺上：“千机，你说这个时候，我是不是应当回去一趟？”

奇的是千机居然摇头：“老板，我觉得这个时候，你应该问问她会去哪里？”

连千机都一眼看透的问题，他蜃楼之主居然给忽略了，是啊，像杜君恒那样心高气傲的人，他私自把她救活，她就已经很恼火了，现在一趟魔海之行，居然催发了泷姬的魔气，直接让她由神成了魔。她再看到他，大概会把他砍死吧？哦不，泷姬的修为在他之上，她大概只需要花千余招，就能把他剁成肉酱。

又一想到杜君恒那向来不怜香惜玉的手段，他哆嗦了一下，觉得这种可能性还挺大。

他耷拉着脑袋，抬手将水镜中定格的画面摒去，又泻火般仰头灌下一口莲片茶，自言自语道：“可她到底不是泷姬啊，我找了这么久，以为了这么久，结果她并不是。”

“老板，千机有一句话不知道该说不该说。”将扫帚倚靠在刚刚擦干净的博古架旁，千机凑了过来，见风黎点了点头，他这才道，“这个泷姬大人呢，她虽然很好，但那只是老板你小时候的记忆，就像镜中花、水中月。但神尊她是真的，虽然她现在已经不是神尊了。”

千机的话不无道理，他又何尝不知，他将一双桃花眼看向蜃楼绘着墨莲的藻井，神色一时落寞：“她现在这样，恐怕再也回不去神界了吧？”

毕竟这样的活着，对她来说，不一定就比死好过。

可千机还是个单纯的孩子，再多的解释，他恐怕也并不能真切地明白，他直起身，忽然做出了个决定：“千机，你跟我几年了？”

千机眨眨眼，完全不知道风黎为何要这样问，他低着头，老老实实地扳着指头数开了：“回老板的话，千机已经不记得了，但上千年总是有的。”

是啊，自泷姬失踪，他离开魔族，寻到这封灵海建造避世的蜃楼，不知不觉间，时间已经过去上千年了。而现在，已经是时候离开了。

“千机，若我将这蜃楼交给你，你定会替我看好它的，对吧？”他伸手摸了摸千机柔软的额发，就像当初泷姬这般对他。原来在这不经意间，他是真的长大了，从一个男孩，长成了男人，但一个真正的男人，总是有他不可逃避，必须直面的责任。

他的责任，是魔族，或者现在还要加上一个杜君恒。

但是，他的责任千机无法理解，或许对千机来说，他仅仅是知道，这个朝夕相处了上千年的人说离开就要离开了。

他从来都想把风黎当主人，可风黎偏偏只让自己喊他老板。他明白风黎对自己的好，风黎也从不像其他老板会苛责属下，但越是这样，他心里就越是难过。

他一双忽闪的大眼睛噙着眼泪，想努力不让它落下来，可终究还是不能，他抱住风黎的一片袖子，哭得很伤心，就像刚刚被老板捡到时那样伤心：“可是老板，千机并不想离开你啊！”

此情此景，多么像当年的自己啊。

风黎喉头一涩，安抚般轻拍拍他的肩膀：“傻孩子，我又不是不回来了。但是有一日你会明白，人生在世，总有不得不为之事。你还小，也许等你长大了，你也会想要离开这蜃楼的。”

“我不会的！我的心没那么大，我不想离开蜃楼！也不想离开老板。”千机的声音到最后几乎成了蚊子叫，风黎却是笑了。

那是一个释然的笑，大概连他自己也没有意识到：“那是因为，你还没有遇到那个人。”

“老板的那个人是神尊吗？”千机怯怯地问。

是吗？

风黎并未回答，因为连他也想好好找出这个答案。

暮色四合，安静的祀音阁里起了一阵怪风。

迂回的浮桥尽头，风将水榭上檀色的帷幔徐徐掀开，露出内中一双细长优美的手，那手捻着个精致的白瓷杯，缓缓抵上水色唇。

此人不是别人，正是杜君恒。

正如千机所猜测的，这个时候杜君恒心中的确在纠结。这间祀音阁里设下了魔族的结界，她已尝试过多次，但均不能离开。此外由于这里过于僻静，平素又无人走动，是以对于肃和的话，她并无从求证。

她已在此盘思两日，终于等来了一个人，那人是她在魔族仅仅认识的几个人之一，叶青青。

叶青青显然火气很大，脚下一阵疾风似的，震得整个浮桥上的条木都在响。她向自己小跑而来，几乎要掀开脸上的面纱："女人，黎哥哥是不是在你这里？"她气急败坏道。

"我不叫女人。"杜君恒黑眸睨她，慢慢将白瓷杯放下。

"他不在你这里？"叶青青环顾一圈，然而也没什么发现，只得将视线重新转回杜君恒，与第一次见她时已大不相同，如今的她一袭绣着墨莲的曳地长裙，越发衬得那一头红发凛冽妖娆，唯独一张素净的脸寡淡得很，似乎气势全隐在了那双静如古井的黑眸里。

见杜君恒不说话，她跺脚又道："他好不容易来一趟，居然又被你给气跑了！"

她的小孩子脾气还真是让杜君恒越发感兴趣了，杜君恒打量她，明明有问题要问，偏偏按捺下了："那你倒是说说看，我一个身份不明之人，如何有本事将魔族少君赶走？"

"你，你居然知道了？"叶青青不禁"啊"了声，她看看她，顿时像只斗败了的公鸡，半天才憋出一句，"算了，既然你都知道了，那我也没什么可瞒你了的，黎哥哥的确是魔族的少君，当年他为了泷姬出走魔族，现在他又为了救你回来。我想，既然他不在此处，大概是发现你不是真的泷姬，所以失望走了吧！"

不得不说，这小丫头片子的话还真是厉害，奈何她已经是死过一次的人了，这样的激将法已经起不了效用。她勾唇，抬腕又斟了杯酒，但并不饮。

叶青青见她这样，还当她是心虚，索性又道："怎么，敢做就不敢认吗？要不是你勾引他，他又怎么会不理我？"

"看起来，你对风黎还是挺上心的。"杜君恒再笑，竟将那酒杯推向了她，"叶青青，不如我们来做一桩交易，如何？"

"休想，我才不会上当。"说罢，叶青青已然跳至了三尺外，一脸警惕地看着她。

杜君恒倒也不急，不徐不疾地又斟了一杯酒，推了过去道："你带我离开这儿，我便退出你和风黎之间。"

"真的？"

"当然是真的。"

“你真的不喜欢他？一点也不？”确认般，叶青青又问。

杜君恒没答话，单是笑，那笑容看起来情真意切，教人很难不相信。其实什么才是喜欢呢？她说不清，可像叶青青这样缠着风黎就是喜欢吗？

不，还是应该像雁玉，可以为一个人赴汤蹈火，死生不计。

盯看着杜君恒的脸许久，叶青青终于半信半疑地与她碰了酒杯：“那好吧，我可以带你离开，不过你可不许耍花样。另外，我带你走的烛龙之道，你可万不能对旁人说。”

“那是自然。”杜君恒将酒一口饮下，道。

思索间，且见叶青青取下胸前的蛇纹项圈，她以两根手指夹稳，接着以那日打开禁断之墙的手势，重新对着水池画下两道圆弧。

当一个完整的暗金色圆环显现时，杜君恒注意到，在那仅有一人宽的金环里，赫然是通向另一处的空间。

“烛龙道里一次只能容一人经过，行走过程中，不能回头，否则就会永远被留在这里了。”叶青青的话在耳边响起，接着人影一闪，便寻不见了。

用叶青青的话说，魂玺的作用是重合空间，而烛龙道则是分离空间，不过魂玺仅能重合到转接点的外部——譬如说魔海那次。烛龙道却可以直接进入转接点的内部，只是，烛龙道除此以外并无别的用处，并不如魂玺使用范围广罢了。至于叶青青口中的不可与外人道，则纯粹是怕被玄镜发现了责罚她，生气之下把她赶回烛龙族。

此间，叶青青又提到了一件事，说风黎的这枚魂玺虽然厉害，却是认主的活物，必须以主人之血饲养，主人每使用它内中的禁术一次，便会令它壮大一分，直到它能噬主。

听到这儿，杜君恒又静了一静，脚步虽然不停，心中却五味杂陈了。

这个人，她明明从一开始就是嫌弃的，嫌他话痨又势利，直到他第一次站出来想要维护她，她对他的看法才有了一点改观。后来他又为了她不惜重返魔族，甚至不计生死地下潜至海底城，再后来她终于知道，他这样费尽心思，不过是为了另一个人。

另一个女人。

其实她早该猜到的，但就是这样，她也免不了是会动容的，毕竟是日日面对的眉眼，谁会没有一丝丝的相信呢？

都说人心是肉做的，纵她是神、是魔，心也是会疼的。

她轻叹了口气，再迈脚时，忽觉眼前一阵金光刺目，与此同时，听到叶青青的哂笑传来："没想到你心中之地，竟然会是人界。"

"这里是岐阳郡，人界临近皇都的一个城镇。"适应了人界的光线，杜君恒手捻起肩头的一束红发，目光落在远处的河道上——

如今的节令大抵是人界的秋季，阳光明媚，秋高气爽，树木呈现出金黄的饱满色泽。摇桨的吆喝声从远处传来，湖光山色，鸟叫虫鸣，皆是人界独有的生命气息。

静看了好一会儿，杜君恒才将目光转过来，她施了个诀让自己变回当初的男子模样，倒是叶青青十分不解，疑惑道："你打扮成这样是为何？"

杜君恒调子淡淡的："我现在一头红发，被人界中人瞧见，是会吓到人的。"

叶青青从族里的嬷嬷处听过关于人界的形容，知道人界中人不单寿命短、没有法术，还没见过什么世面，便不由撇高了嘴，嘟囔道："好吧好吧，那我也换个。"

说罢，还真就变成了个俊俏公子哥的模样。

来到岐阳郡，杜君恒的想法自然是去孟府看转生石，哪知叶青青并没有要离开的意思，无奈下，只得也将她带了去。

与叶青青一起行至渡口，船夫依旧是上次那个讲方言的老船夫，见了杜君恒，又将目光看看与她别别扭扭站一起的叶青青，抽了抽嘴角道："小哥是去对岸呐？"

杜君恒点点头，叶青青也跟着点点头。

老船夫看着他俩这模样，一身鸡皮疙瘩不由地又抖了三抖。行船至中途，终于忍不住问："小哥，您那仙人般的堂兄这次没来呐？"

倒是叶青青听说原来她还带人来过，自然很快猜到是风黎，心中更是不悦，她抱臂冷眼看着杜君恒。那模样落在老船夫的眼里，撑船的手似乎更不稳了。

杜君恒疑惑那老船夫看她的目光，但还是如实道："他回家了。"

得了这个解释，老船夫尾音长长地"哦"了声，终于别过头，不再问了。狭窄的船舱里，油木香从木质的纹理间丝丝渗出，湖光山色映入眸间，斜风分花拂柳，怎道是物是人非。

杜君恒将手松松地搭在膝盖上，表情望着远处出神，是啊，连风黎都好歹有蜃楼可回，那么她呢，她的家又在哪里？

冗长的沉默中，他们终于到了对岸，下了船，那老船夫才又出声了，他显得有些急迫，像是想要劝人，又不知道该怎么劝才好："那个、那个，小哥，注意身体呐。"

她嘴角翘起，在艰难重生的三个月后，第一次展露了笑颜。

陈妈近日来眼皮总是跳，先是左眼跳，后是右眼跳，最后变成了一齐跳，她牵着刚满三岁的孟磊之在天井下对天叹气，也不知这暗示究竟是福还是祸。

近日是孟府少爷的生辰，照例又要大办一场，但是今年少爷说了，一切从简，于是下人们一番合计，决定不如做上一桌好酒好菜，就让他们小两口自己过着热闹。哪知临到傍晚的时候，突然有人登门，那敲门声不急不缓，咚咚咚的都似押了韵脚。

想来是个斯文的读书人。

陈妈摸摸孟磊之的头，又皱了皱眉喃道："可能是有客人来了，小少爷，不如您去开个门？"

孟磊之乖巧地点点头，一笑露出两个甜甜的酒窝。

这孩子长得真漂亮啊，白肤、大眼、樱桃口似点朱，简直就像是她此生见过最漂亮的那两个神仙人物。可惜，一别三年，君先生和小君先生却是再也没来过了。

想到这儿，她不禁惆怅，倒是另一边孟磊之踮着脚将门闩拉开，看见两个陌生的，又漂亮得不像凡人的哥哥时，他本就不小的眼睛蓦地就睁大了。

四目相对，杜君恒心中忽地咯噔一下，这种感觉很难说清，虽说早有准备，但当她真真切切看见时，许多事好像又变得不一样了。

他对着她机灵地转着眼珠，怯生生地问："你们是谁？"

于是一切就像是从梦里跳了出来，变成了活的真的，她深吸口气，细长的指尖轻轻点了点他的鼻尖，而他也没躲闪，甚至一下子握上了她的指尖。

这番景象，她身旁的叶青青看得好奇，天井下望过来的陈妈则是惊喜，甚至是傻眼了。"小君先生！是小君先生！"小半晌，她才反应过来，激动得向着内屋高呼起来，"少爷，少奶奶，是小君先生回来了！"

片刻后，孟少爷和孟夫人也出来了，他们今日本就为过生辰，是以穿戴着格外整齐，这下看见杜君恒，更是精神一振。

"小君先生，真是没想到啊！"先开口的是当年将她逐出孟府的孟少爷，显然，他对这些早已忘记，他热情地拉住杜君恒的手，好半天才总算注意到了她身边的叶青青，"这位是？"

"他是我的表弟，你叫他阿青就好。"杜君恒勾了个淡笑，道。

阿青？这女人居然让别人管她叫阿青？叶青青头一个不高兴了，心下正欲发作，小不点孟磊之倒是粘了上来："阿青哥哥！"他朝她甜甜地笑。

叶青青没料到人界的小孩儿说话做事也这么上道，这下总算消气了，随同杜君恒一起进了孟府。

时隔三月，重回到孟府的杜君恒说不感慨，那是断不可能的。而对人界的时光而言，魔族的三月，等于人界的三年，三年的时间，足够孟磊之从一个小奶娃长成一个标致可人的小童，也足够孟少爷从一个不通人情世故的死板书生，变成现在八面玲珑的官场中人。

摆满佳肴的客厅桌上，孟少爷第一个起身向杜君恒敬酒，孟少爷道："此次只见小君先生来，如何不见君先生呢？"

他的疑问恰也是那老船夫的提问，杜君恒拿着筷子夹菜的手一顿："他回老家了，此次未同我们一路。"

孟少爷"哦"了声，也是没话找话，他问道："不知小君先生的老家在何处呢？"

这下杜君恒真是将筷子放下了，她的面上无悲无喜，仿似在说他人之事："是在琢郡。"

"原来是琢郡！"孟少爷听罢笑逐颜开，"想当初我进京赶考时，也遇到一位好友是琢郡人，琢郡盛产湖藕，那个地方的人可是能变着法儿做湖藕呢，什么湖藕炖猪骨、清炒湖藕，甚至还有人将湖藕做成粉，最是能消食清热了！"

事实上，这个地方虽然不是杜君恒真正诞生的地方，却是老牌九捡到杜小九的地方，也是在那个近乎刻骨铭心的梦境中，她记下了这个人界的地名。

不过，碍于她向来对身世不愿多提，孟氏夫妇也不便多问。倒是整个席间，孟磊之一双漂亮的黑眼睛转来转去，并不时向杜君恒和叶青青蹭过来的模样，频频将众人逗乐。尤其是叶青青，叶青青此前一是没吃过人界的饭菜，二是没见过人界的小童。这下两样都占全了，着实让她觉得有趣，她将孟磊之抱上膝盖，故意打趣道："小不点，你有师父没有呀？"

她这句纯属无心之言，却是一语惊醒梦中人。其实对孟府中人来说，最合适的人选莫过于小君先生，可惜小君先生一直不接话茬，这让他们很是没有办法。

不过，虽然杜君恒不接话茬，孟磊之却是率先开口了："阿青哥哥，我娘跟我说过，我师父他云游去啦！"

"那你师父是谁呀？"叶青青撇撇嘴。

提到这个师父，孟磊之顿时一脸神气，他费劲地用小手从怀中掏出一条红绳，极珍惜般，捂了小半晌才舍得打开，只见一枚金镶玉的长命锁衬在他小小软软的手心，锁头的背面，以古拙的雕工刻着一个君字。

“这是我师父送给我的，我娘说，他一定会回来看我的！”

一声稚嫩的承诺从他小小的身体里发出，杜君恒听罢心头一酸，是，她是活了千千万万年，可在自己这样长的人生里，究竟有谁这样真切地等过她呢？

到头来，竟不过是个孩子而已。

杜君恒眼眸低垂，嗓音清清静静的：“小家伙，你真的除了他谁都不要吗？”

孟磊之如捣蒜般点点头，虽然可能连他自己也不清楚，这一点头，意味着什么。

“好吧，既然你一定要做我的徒弟。”她微叹了口气，将手抚摸向他的头顶，目光则是认真郑重的，就好像她还在九天之上，被人恭恭敬敬地唤上一声神尊。

“那以后你便跟着我吧。”她最后道。

杜君恒接下孟磊之的授业恩师的任务后，当晚就被孟磊之以一副可怜兮兮的口吻要求同睡。

杜君恒从前已经领教过他折磨人的本事，这下想都不想就拒绝了，奈何小家伙别的不行，哭的本事却是通了天，甚至到最后，连叶青青也忍不住道：“不如就这样吧，反正他还这么小。”

杜君恒摇摇头，磨不过这二人，最后只得同意了。

夜里时分，院子里起了阵风，那风来得隐晦而不明，连空气中都捎带上了清浅的白斛生的香味。杜君恒和衣起身，清明的目光中未见一丝慌乱，心里想的则是：这世上之事，该来的，终究会来。

青崖之巅，皓月千里。

杜君恒和云枢衣袂扬起，清风白练中，两双各具心思的眸子在对视着。

该是多久没见了呢？

其实算算日子，并不算很久的，但毕竟一生已经过去了，前尘往事，如似一场大梦虚空。

“君恒，别来无恙。”云枢的声音从风中传来，浩渺的仙气直让杜君恒回忆起从前他们在云台对弈时的情境，然而仙气过处，她那一头施了术法的红发慢慢显露出原本的色泽，皎洁的月光下，枫红色触目惊心。

“看见了吗？这是魔神的标记。”杜君恒隐忍一笑，在生硬地假装了这么久后，终于有一丝仿佛裂开了的表情。

“那你打算今后如何？”云枢的视线从那红发上默默移回，“君恒，你不能是魔，你若是魔，该如何向苍生交代？”

“苍生？”杜君恒看向他，眸光如水波平静，“云枢，你别忘了，我已经为苍生死过一次了。”又一顿，转移了话题：“虚白呢？他如何了？”

“和你一样，虚白重生了，不过记忆似并未完全恢复，不然今天来找你的，就是他了。”云枢说着，又上前一步，他的神情急迫，像想拉住她又迟迟不敢，“君恒，当日你我与虚白一起修仙，早已非普通情谊，如今回想起来，许多事还历历在目。只是，当初虚白一事我愧对于你，在你苏醒后也总有意逃避。现在，却是想见也难了。”

他的话不禁让杜君恒心中波动，但世上许多事或许冥冥中已经注定，她沉吟一番，道：“那时我苏醒后看见那盏风息灯，就知道这一切是你的心意了。此事若换成是我，怕大概也会如此吧。至于说以后……”

“云枢，我们以后还是不要再见了。”她坚定地向他摇摇头，“我本是天生的神，为神族牺牲也是理所当然，但你不同，你是好不容易才修成的神，不应该为了见魔化的我，折煞了你的神名。”

她的话顿时让云枢百种滋味上心头。他屏息，心脏跳动得厉害，他攥紧手心，目光一寸寸地逼视她：“君恒，这千千万万年来，你想对我说的，就仅仅是这一句吗？”

杜君恒诧异地抬起头，但他的下一句让她开窍了，他说：“还是你甘愿为了那个魔族小子，就这么堕落下去？”

“你是指，风黎？”她目光疑惑，毕竟这是她从未深想过的一层关系，云枢与她是何情谊，她这千千万万年都没有变过，那么，风黎呢？

“没错，就是他！”

云枢的话打断她的思考，那眸光逼人，音调冰寒如刀，竟是她从未见过的模样，她眼帘低垂，复而又静静抬起：“此事与他人无关，一切的因果皆在我自身。当年我未听从天命下界历劫，私自用‘傀影’制造出影子以代替自己，本就触犯天条。现在这所有，不过是偿当日之果罢了。”

“但我一直不明白的是当初我为何会如此选择。再者‘傀影’一术乃上古禁术，我并不记得自己曾经修习过，云枢，此事你可记得？”

云枢叹了口气，将视线望向远处的青山，片刻后收回，道：“我只记得那时我们三人共同下界历练，有一回你突然走失，半月后才被我们寻回。”

杜君恒点点头：“那件事我事后也觉得蹊跷，仅依稀记得自己来到了个幻境中，接着再出来，已是半月后了，但对于那幻境中事，却是全然不记得了。”

“也许这‘傀影’之术，便是你当日在那幻境中习得的吧。”云枢皱眉道。

杜君恒“嗯”了声，默然间已在二人中置下一盘闲棋。

“云枢，最后陪我下盘棋吧。”说话间，她已盘腿坐于其中一侧，她的声音也淡淡的，在这云雾缭绕的青山间像随时能隐去。

“事已至此，终再难回头。云枢，你我今日一叙，相见恐再非仙友，我曾为神，自会秉持不伤害苍生之念。然而我此身已被深种下魔识，日后种种，已非我一人之力能操控，我并不畏生死，但，天下不可乱。”

她说着，细长指节间一枚墨子已然落下，云枢看见，她下的位置，正是棋盘之正心——天元。

杜君恒与云枢在山顶下棋，至下到第二日将近黎明时才离开，杜君恒离开时一语不发，像一条沉默的影子，她最后看了眼云枢，目光似乎有万千话语。但对云枢来说，那很深的目光里饱含着责任与嘱托，却独独没有自己，不由地步履沉重。

杜君恒再回到孟府时，叶青青抱着小小软软的孟磊之还没醒。她迷糊间嗅了嗅，疑惑道：“你身上那是什么味道？闻着怪怪的。”

杜君恒舒展手臂径自也闻闻：“大概是斛生花的味道吧。”

叶青青“哦”了声，望了眼支摘窗外已大亮的天色，含混又道：“今天有什么打算？”

杜君恒看了她一眼，径自走到盛着清水的铜盆边拿起帕子拭了拭手，她看着清水中倒映的自己，小半晌，道：“我算是发现了，你是风黎指派来跟着我的，对吧？”

叶青青嗫了声没答话，索性将头蒙进被子里，声音瓮瓮的：“谁要跟着你？你真是会自作多情。”

杜君恒尾音上扬地“哦”了声，淡淡将话回了：“那样最好，我最近会在这里待上几日，你若嫌闷，不如趁此机会回去烛龙族看看。烛龙神膝下就你这一个女儿，千年万年后，你必是要登女君之位，切不可凡事太依自己的性子。”

叶青青翻了个身，这下终于闭嘴了。

用过了早膳，杜君恒将依旧在熟睡中的孟磊之交还给陈妈，便独自一人出了门。

至于说叶青青，则全然因她一顿训诫，悻悻地回了烛龙族。

她觉得这样也挺好，叶青青毕竟还年轻，但她是过来人，她当过神尊，知道以女君之名服众是多么困难的事，而她性格虽沉闷，可在大事上却冷静果断。

但叶青青如果以这样的性格继位，烛龙族过不了两百年大概便会地位不稳，许多事总是早做打算要比真遭遇了结果来得强。叶青青现在恼气她只是一时，但若皇族灭亡，却是永生永世的愧疚了。

她微叹了口气，从碧色涛天的竹林里行出，她的眼前是黄墙灰瓦的花神庙。正是当年她处死碧霞宫宫娥雁玉的地方。

世易时移，如今，这魔化的主角谁能想到竟换成了她自己？她嘴角勾出一个若有若无的笑，走至花神庙门前花上三个铜板向那卖花女买了篮鲜花，便与往来的香客一起，进入了花神庙。

她的神情并无悲戚，始终是清清淡淡的，多半因为容貌出众，她很快便被那些香客投来一道道或好奇或垂涎或妒忌的目光，但也有人惊奇地发现，她的神情竟也神似庙里的花神，是悲悯的，甚至普度众生的。

可魔又如何能度人？

她紧握宽袖下的手指，以术法强行敛住魔气，已经不知道还能坚持多久了，泷姬的魔能太过强大，而杜小九的身体则不过是她曾经的一滴心血所化。

此消彼长，大概一切皆是天数。

她从后堂步出，百花的香气中，她一抬眼便看见了那株需三人合抱的树冠葳蕤的大榕树。

当日他们在离开后，为了避免密洞被人找到，便以术法破坏了进入的机关，加上眼下香客甚多，想要进入自是不能了。

她细长的手指摩挲着树干，将那花篮轻轻立在榕树旁，有过路人看见，疑惑这举动怪异，忍不住多看了两眼，她也不解释，依旧将那篮中的花朵依次取出，围着榕树摆成一个花圈。

雁玉，她在心里说，你说人生在世需图一痛快，我是想过的，至少在我死前。然而我此生终究是要寻一个答案的，哪怕你之今日便是我之明日。

黄昏时分下了雨，延绵的雨水尽头，孟府渐渐显出轮廓。

沿着一幢幢青灰色的院落行走，她终于停在那扇朱漆铜环的大门前，嶙峋的梅枝从夹墙探出，几点猩红不经意飘入眼眸。

她的脚步戛然而止，一股凉风仿似从背脊倏地蹿了上来。

她屏息，先是扣了几声门，见无人回应，心下一沉，索性将门推开了。

院府内极安静，一切仿佛是她离开时的样子，但混着血腥气的水汽已然蒸腾开。她双眸紧缩，手扶着门，一时间像忘了呼吸。

她的目光一寸寸地扫过庭院，扫过天井，又从内厅到卧房，孟府上下一共是多少人？十二还是十三？粗心的她从不曾记下，但现在，那一串数字却像是锥子般刺入她的脑海里，甚至瞳孔里。

眼前，无辜的长丁被一刀致命地挂在抄手游廊的栏杆上；假山上也有人，穿着粉红裙衫，脸已被撞烂了，依稀是曾服侍过她的哪个丫鬟；内院里，书房中的孟少爷是被一支笔戳喉管而死，他的瞳孔睁得很大，显然不可置信；孟夫人则死在他的身边，她的衣衫完好，倒在从棋室移过来的铁杉棋盘上，她手中一粒黑子，咽喉中一把黑子，赫然窒息而死……

她想努力镇定下来，一件件回忆起自己离开前的事：屋里的孟磊之睡觉香甜时也紧握着她送的长命锁；屋外陈妈笑着跟自己道早些回来；孟少爷在书房旁若无人般看书；孟少奶奶在钻研棋谱还跟她打了声招呼；叶青青则一脸赌气地收拾东西，最后在平康坊跟她分开。

早上这一切都还好好的，她甚至还记得早先曾在这里布下过结界，那么又是谁有这个本事，能趁着她不注意，将这里残忍屠戮？

甚至连个三岁的孩子都不放过！

天井的花架下，她先是看见了陈妈，陈妈浑身瘫软在地上，像条虫子般，拼命向另几个地方爬去，可惜都是徒劳，她最心爱的小少爷已经被活活勒死，用的是那颈脖上珍藏的，君先生赠予的长命锁，锁声细碎，在萧瑟的风中发出呜咽的声响，仿佛是他在死前最后的呼救。

杜君恒走过去将他抱起，动作很柔很轻，就像她第一次抱他的时候，那么谨慎又小心的，明明知道未来要取他性命，可还是半推半就地接受了他。

可她改变主意了，他却意外夭折了！

这便是子不杀伯仁，伯仁却因我而死吗？她的太阳穴突突地跳得厉害，不知怎么地又想起昨天才被他正式认作了师父，可她还没来得及喝上一口人界的师父茶，就已经再没有然后了。

她握紧手心，难以遏制的魔气从她的额心再度爆发，冲天的魔气中，她眸光狠厉，极力隐藏的红发也在刹那间变回了原本的颜色。

偶有路过的人透过半敞开的大门看见这里，惊魂甫定地高喊道："不得了了，有女鬼杀人了啊！有女鬼杀人了啊！"

她堂堂九天之上的神尊居然被喊成女鬼，她猛地一挥手，大门顿时被重重关上。

人界中事自有人界中人处理，她自是清楚的。

再留下来，必定会被人当作异类，她也是清楚的。

但即使有这诸多的理由，她还是觉得难以移动脚步，她是个感情迟钝的人不假，但这并不代表她没有感情。哪怕这份来自人界的安宁和热烈，于活了千百万年的她来说，仅仅是弹指一瞬。

她沉了沉气息，打算将这里用结界与人界暂时隔离开。

可就在这时，天边一声惊雷滚下，九重云阙之上，赫然一队天兵天将向这里移动来。

他们以仙法隐去身影，气势凛凛，而那为首的男子白袍玉冠、仙资绝尘，是……虚白？

杜君恒从未想过会在这样的情况下和虚白见面。就像他们小时候，当她做错了事，虚白总会板着张冷峻的小脸冷不丁地出现，然后盯着她看，不说话。

但现在，虚白似乎已变了个人，连看着她的眼神里，都像藏了把冰封的利剑。他说："君恒上神，你一夕为魔，居然屠戮人界百姓，该当何罪？"

虚白的话一下子让她怔住了，也许是因为虚白与她的特殊关系，也许是因为这话里的含义。她觉得自己听清了，但又觉得没有听懂。

难道他们觉得是她杀了孟府上下？她努力收敛气息，但愈是这样，那魔气就愈难抑制，她的红发张扬，偏偏皮肤苍白又如纸，似极了那从阴曹地府借尸还魂的女鬼。

谁能相信像这样的女鬼居然曾是九重天上的神尊？

但也许，是虚白回来了，便不再需要她了。

一个声音在她心里冷冷地响起，她抬眸看他，眸光寒绝似利剑出鞘："人不是我杀的，我杜君恒从不杀不该杀之人。"

她并未借泷姬或者杜小九之名，足可见她并未有逃避的意思，但人确实不是她杀的，又为何要承认？她沉了沉气息，再开口就是："不知神界此番兴师动众，究竟是为一个杀人的借口，还是为寻一个被魔诅咒了的神？"

她已经避无可避了，除非动手，不然断不可能安然抽身。但她是不会向着同族出手的，可这一点，他们也似算到。

“君恒上神，还请束手就擒，跟我们回神界，等待‘九重凌霄’的裁决。”虚白身旁，有素未谋面的将领道。

但他的话已然激起了她体内魔气的涌动，她缓缓将怀中的孟磊之安放在身旁的石桌上，声音像含了块冰：“这不可能，我杜君恒此生非死不会认下他人之错，也不许旁人如此嫁祸于我，我现虽魔气满身，但不是恶贯满盈。”

“好一个虽魔气满身，但不是恶贯满盈。”一个似笑非笑的男声从一列天兵后传来，竟是四仙中向来以正常颜色看待她的羲和上仙。他轻佻地转了转手中的宝器千音笛，话音绵里藏针，“无论如何，当初神族至宝‘檀上弓’被你拿去换转生石总是真，现在莲神身体未愈，若魔族大举进攻……”

说到这儿，他赫然一顿：“算起来，现今魔族又添你一员猛将，看来我神族千万年基业即将毁于一旦了。”

这样的羲和，也是她从未见过的，而这样阴毒的挑拨，当下便激起了身后一干兵将们的仇视情绪，甚至有一个没忍住，直接就向杜君恒放了一记流光箭。

那流光箭擦着杜君恒的脸颊飞过，一串血花犹如蓬开的血雾，同一刻，她周身的魔气也被调动了，就像一头找不着出口的猛兽在她体内蹿动，那是万钧之力，非身死不可消弭。

她想开口，但惊觉那嗓音已不是自己：“犯吾者，杀无赦。”

两个交叠着的声音，威严落下如同末日审判。

后来杜君恒其实也不记得自己究竟是何时出手的了，只记得漫天的魔气仿佛被什么强行开启了，她几乎没看见自己出手，面前的神族士兵就一排排倒了下去。

那是一场犹如踩在云上的对抗，极目的白色兵甲和长矛银光，一蓬蓬炸响在耳边的血花，还有潮水般涌起在耳边的笛音响，在这兵荒马乱中，唯独虚白一人纤尘不染地立在云端尽头，那一双美目清冷，看着她仿佛陌生人。

依稀间，她直觉虚白是出了什么问题，但情绪偏偏好像被人操控了，她并不想杀人，但越是这样，那魔气就越占上风，她终于心力交瘁，甚至不知道自己还能撑多久。

就在她即将支持不下去的时候，一道紫光以雷霆之力分开了她和天兵天将们，接着她身体一轻，被人横腰抱起了。

她视野模糊，耳膜也快被那气劲震裂，但分明将她包裹的气息是熟悉的、略显阴柔又明亮的，像女子发梢上落下的第一痕冬雪。

她想起来了，他是许久不见的风黎。

叁篇·玄机

第十章 灵犀线

封灵海下雪了，是几百年不曾见的大雪。

浩瀚无边的湛蓝色海面上，雪花像羽毛般降落。蜃楼里，千机瞥看了眼窗棂外的雪花，又认认真真数起面前的“柴火棍”来。

这可不是普通的柴火棍，是风黎花了好大一笔银子，托人从南海龙宫运来的苍神木，说是焚之有潜心静气、驱除噩梦的功效。

他哆嗦了一下，觉得自己最近可能是闻多了这种木香，连他都快要得道升仙了。

他的老板风黎，虽说大部分时间都在外厅或看着博古架上那些费心弄到的异宝或埋头算账，但皆是心不在焉的，五句话就有三句会提到海室里住的那位，那位杜……呸呸，那位人物可是说不得的，他拍了拍自己的嘴巴，再检查了下通往蜃楼的唯一秘境有无锁好，这才又将那新一批运来的苍神木依次放进地下仓库里，以备随时调用。

不过算起来，她来蜃楼都七天了，听了七天的雪，也嗅了七天的神木香，怎的还不醒呢?

壁炉里，偶尔炸开的火花是蜃楼里唯一还尚存的声音，另外一个声音，自然是不时窸窸窣窣的他。至于说老板，他低叹了口气，泡了杯老参茶给半倚在高案前的风黎端了过去。他动作轻轻的，像怕打扰到了好不容易闭目养神的老板。

“怎么了？”

老板突然睁开的眼睛狠狠吓了他一跳，他撇撇嘴，指了指冒出热气的老参茶，又看看老板那双泛着红血丝的桃花眼，不再言语了。

说什么好呢？他耷拉着脑袋，寻着矮凳又坐了下去。

其实，对这一切风黎又怎么会不知道呢？都已经七天了，杜君恒还是没醒，按理说，泷姬的魔气再如何发作，她适应三四天也该好了，难道说?

他蹙眉，瞥向博古架最末层的檽子，在那里，一个水晶空瓶被束之高阁。但如果不仔细看，实在很难发现瓶底那一层白如雪、细如绵的晶砂。

——这正是三天前，他从杜君恒外衣上发现的零星粉末，残留的娑曼陀花粉。

传说这娑曼陀生长在极荒之地，且数量极为稀少，有极强的却不易被人发觉的扰乱人心智的作用。他在知悉杜君恒很有可能是被人利用后，才从南海弄来了一些苍神木。

苍神木说是木，其实也就与成熟期的蔷薇花差不多大小，对这娑曼陀有克制的作用。

他叹了口气，起身扶开了珠帘，向海室走去。说来，这蜃楼虽建造于封灵海上，但实际上与流离岛一样，主体是依浮岛而建，唯独这海室，神秘地存在于蜃楼的底部，与浮岛相嵌的深海中。

走过一条以发光的萤石搭建的海中通道，风黎终于停在了海室的入口。

萤石通道外，万千的鱼群悠闲游过珊瑚礁，他出神地盯看了它们好一会儿，终于推开了水晶门。

海室里因空间有限，被他设计成了复合结构，依照宝物的贵重程度，由外向里保密程度逐渐升高，但最贵的，恐怕还得算那最里层的寒玉床——杜君恒现躺的那张床。

他叹了口气，已经不去想自己究竟在这杜君恒身上花了多少银子，因为一想他就开始心痛，一心痛就会头痛，最后就成了浑身痛，只差没交银子去给自己也治治。

他摇了摇头，右手虚画下一道繁复的秘咒，旋即光芒大盛，眼前景象也由开始的储物间变成了卧房。

一间盈满着淡淡神木香的，空无一人的卧房？

他揉了揉眼，顿时煞白了张脸，不对，杜君恒哪里去了？

他深吸了口气，慌促间刚要以咒术寻找，就见杜君恒仿佛从空气中走出，赫然隐去了身形！

“一开始我自己也吓到了，不过试了几次，觉得这隐身术还是挺有趣的。”杜君恒嘴角淡淡牵起，恍然是初相遇时的口气。

风黎微怔，且听她话锋一转，又道：“风黎，我没想到你会去救我。”

她现在这个样子是已经好了？

风黎走上前半信半疑地抚上她的额头，又试了试自己的，这才想起要点头。

“风黎，除此以外，你就没什么想对我说的吗？”杜君恒黑眸盯着他，显然话里有话。

对她说的?

显然风黎这会还沉浸在杜君恒不单好了，甚至还将泷姬的隐身术融会贯通这个可怕的事实里无法自拔。这一愣一顿间，下意识居然要摇头，可惜才刚回了个“我”字，话头就生生停了下来。

因为他忽然反应过来杜君恒要问的是什么了，不是他会去救他，也不是他当初不辞而别，而是……他身为魔族少君，却一直隐藏身份的事。

但这个问题，该让他如何回答呢？虽然一开始也不是没想过的，但在连番的紧张之后，居然就生生给抛到脑后了。

他微敛气息，慢慢踱到她身边，终于抬起头看她，看她那一头枫红如朝霞的及腰长发，一时刺目：“自古神魔不两立，你曾为神尊，若被你发现身份，第一个想的，怕就是要除掉我吧？”

杜君恒眼眸一凝，但并没有否认的意思。

自古神魔不两立，这似乎已是久远以来的规矩，但这样的规矩就一定是对的吗？忽然间，杜君恒觉得心中有某处好像活动了一下。

她看着风黎，听他继续：“退一万步说，魔族少君的身份，我在很早以前，就已经放弃了。”

“所以你的意思是欺骗我这件事，倒成了对的了？”杜君恒不痛不痒地呵道。

奈何那句欺骗，立刻就让风黎眼皮跳了两跳，他摆手，忙走上前：“小君，前尘旧事，还提那些做甚？好吧，我承认我当初对你心怀不轨，但现在……”

话到此停住，不再往下说。

“现在如何？”

“小君，你其实是喜欢我的，对吧？”他些微停顿后，居然盯着她的眼开始大放厥词。

喜、欢?

杜君恒黑眸定住，她的脸微微发烫，水色唇牢牢闭紧。已经万万年了，这个词都未曾出现在她的字典里，但眼前人却以为得如此理所应当。她蹙眉，双眸低垂，居然认真思索了下：“我不知道，除非这个事可以被证明……”

她说得很正经，也很严肃，只是面部缺乏表情，像在陈述一件公案。风黎听罢眉角隐隐一抽，也不二话，就从随身的十色锦袋中抽出两条极细的红线：“这好办，只要你我将此物系上无名指，若有一天你对我动心，我的这头，自然也会动了。”

“如果先动心的那个人是你呢？”杜君恒不假思索地反问。

但风黎最怕的其实就是这句，他咬牙，偏偏口气还在逞强：“小君，你是女人我是男人，我对你动心，难道不是天经地义？”

一句话，听起来好像很有道理，但偏偏是个伪命题。然而没等杜君恒再开口，他又道：“此物是月老的私藏货灵犀红线，我可是费了大价钱才弄到这么两根。你看，一般的那些都是戴在手腕上的，是不是？”

杜君恒转念一想，好像还真是这么回事，便道：“如此，那便信你一回。倒是这红线，不论多远都能感应到吗？”

风黎“嗯”了声，故作玄虚又道：“除此以外，还有千里传音的作用。”

相比第一个，杜君恒显然对第二个比较感兴趣，便大方地将那红线缠上指节间，道：“既然如此，那这红线我便收下了。”

风黎：“……”

此情此景，风黎都快要哭了。实在也是他一度用力过猛，以至于忘了像杜君恒这样的人，与其跟她说感情，倒不如跟她讲事实。也可能，对于曾做过神尊的人来说，感情在万万年的时光消磨下，都不过是镜花水月匆匆一瞥，倒远不如事实来得踏实可信。

思索间，他的那条红线也被缠绕上了，他满脸欢喜地将杜君引至海室外，他指了指萤石通道外的斑斓鱼群，道：“喜欢吗？”

杜君恒一脸不明所以地看他：“还好。”

风黎：“……”

真是一高兴就忘了她那迟钝的性格了，风黎抿了抿干燥的嘴唇，又静静地对着某一条色彩艳丽的石斑鱼看了半刻，这才压抑下心头那莫名的喜悦：“小君，我今天很高兴。”

他的目光从那鱼尾移动到杜君恒水色的唇瓣上，且见她淡淡扫他一眼，开口道：“楼主是打算一直这样抒发真情实感吗？”

风黎撇过脸作咳嗽状，倒是杜君恒话锋一转，语调平静道：“既然现下我与楼主已是同一条船上的人，那么有一事，我还想请教楼主。”

那一声无感情的楼主，瞬间又让风黎的心颤了几颤。

杜君恒所言一事是指转生石一事。

事实上，自从孟磊之意外死亡，另一个惊天的秘密也浮出水面。待杜君恒说完，闻此秘辛的风黎讶异地“啊”了声，道：“你将这么重要的消息告诉我，就不怕我告诉玄镜？”

杜君恒摇了摇头，轻按向通道内壁发光的萤石，石质触手冰凉，令人清醒：“用人不疑，虽然你欺骗过我，但是我还是选择相信你。”又一顿，再道，“你到底是不肯称呼他皇兄。”

她现在这个样子，到底是算帮神族还是魔族？风黎虽疑惑，手却揽上了她的肩，带点自大又带点宽慰道：“这世上若连我风黎都不可信，那便没人可信了！不过，”他话音猝然低下去，“你说虚白上神复活后性情大变，难道真与复活有关？”

杜君恒颔首：“复生禁术，本就是逆天之举。据我猜测，大概是因为转生石本体死亡后，当初被我嵌入灵胎中的最后封印解开了。”

“那么照你所说，最后的封印解开后，复生之术也会随着时间的推移日渐失效？”风黎沉吟番，“这会有何征兆吗？”

“天人五衰。”杜君恒沉默了下，将目光移向他，半晌，终于道，“我想这世上能唯一破解的办法，大概只有存在于洪荒时代的渊玉了。”

“渊玉？”这下倒轮到风黎讶异了。

其实那个关于洪荒时代的传说，风黎也曾听闻，据说洪荒以前，神魔两族并不如今日的两极化，而是共同生活在一个地方，但后来神族的率先崛起，便对生于黑暗中的魔族日渐鄙夷。据说，这正是因为神族先祖得到了渊玉之能，不过这并没有典籍可考，就连魔族中也未留下只言片语，仅仅靠着千百代人口口相传，以至于流传到他这一代，仅仅剩下几个名词了。

“没错，如果拿到渊玉，大概我就可以救回虚白了。”杜君恒微叹了口气，“可惜洪荒时代早已不存于世，看来都是徒劳了。”

极少听杜君恒说出认命的话，但是这事即便换了他风黎恐怕也无能为力。他拍了拍她的肩，故作轻松道：“我很高兴你没有怪我隐瞒身份。”

但他的这句话并没有换来她多少的愉悦，她背过身，向着萤石通道的尽头走去。前路空而长，她并不知道会通向何方，但是已经没有路了。

“因为现在信任我的，只有魔了。”

她的那句话很轻，却像鞭子狠狠敲在了风黎的魂上。

他向她伸了伸手，表情似想要快步追上，但最终还是作罢，他站在通道的这一头，对着那一头的她开口道：“我把你救回来时，在你身上发现了娑曼陀的气味。我想，那时你情绪不受控制，应该是受了它的影响。”

“我猜到了。”杜君恒正迈开的脚步一顿，“不然你也不会费尽心思从南海找来苍神木了。”

原来，她早知道。

“那个时候你在孟府，除了叶青青外，还有没有遇见过什么人？”内心摇摆了一下，风黎还是道。

有没有遇到什么人？

呵，云枢。

杜君恒曾对虚白说过，如果这个世上有两个人不会骗她，那么一是虚白，二就是云枢。但云枢为什么要骗她呢？这真是她想破头都想不明白的问题。

风黎道：“这有什么难猜的？自古以来，男人最反感的就是被女人骑在头上，咳咳，我不是故意要说你，但是小君，你仔细想一想，难道你的这位好友，从来就没有哪怕一点点想要取你而代之的想法吗？”

话毕，正看着那一排排博古架的杜君恒还真停了下来，她回过身，调子淡淡的：“但是你所言都不过是你凭空猜测，缺乏证据。”

风黎嘁了声，心说就猜到她会这么说，但还是不服气地翻了个白眼：“但如果我能找出证据呢？”

杜君恒的目光从那收着无色娑曼陀香的水晶瓶上移回来，一副愿闻其详的表情。

“你不是说了吗？他们现在质疑你的最重要的一点，就是当初你用檀上弓跟我交换转生石。但如果你重新将檀上弓给他们呢？”风黎一本正经道。

“你肯将檀上弓给我？”杜君恒目光直视他。

风黎点头，一双桃花眼中透出狡黠：“我是生意人，从不会做无本买卖，真的檀上弓既然已经被你拿来和我交换了，那我又如何再将它交还给你？”

他从高几上跳下来，径自踱到杜君恒跟前：“不过，试验这种事，拿假的不就好了。”他拍拍手，同时见千机从最里层的博古架后走出，手里捧着个裹着锦缎的方盒——俨然一副风黎肚子里蛔虫的模样。

杜君恒看罢蹙了蹙眉，正色道：“檀上弓乃是上古神器，世间仅此一把。且不说它的制材工艺，就说神族众仙的眼力，就不可能是你随意能糊弄的。”

风黎不置可否地撇撇嘴：“上古神器吗？”他将方盒取过递给她，“不如你先打开看看。”

杜君恒狐疑地看了他一眼，谨慎地打开了方盒。

本以为会有诸如金光大盛，最起码也是夺人眼球的奇珍异宝出现，谁知——

“一块木头？”杜君恒不死心地又将那红锦缎上托着的一截焦黑树干仔细瞧了瞧，总算发现了一丝不同：在那木块的顶端，抽芽般衔着一片细小又孱弱的绿叶。

“这木头总不是叫枯木逢春吧？”杜君恒难得皮笑肉不笑地讲了个冷笑话。

风黎听后眉角猛地抽搐，本想卖个关子的，真是！他重重叹气，道：“这是至朽之木，世上也仅此一件，虽然不是上古神器，但也是洪荒时代仅存的一块了。”

“简单说，这至朽之木可以用来雕琢至极之宝，不单能形神俱似，就连灵力都能还原一二。”千机在一旁插嘴补充道。

杜君恒“嗯”了声，却是没想到世间还有如此其貌不扬的宝贝。

“所以楼主的意思，是打算用这至朽之木锻造出一个假的檀上弓了？”杜君恒想想又道，“只是，这一次，楼主打算让我以什么交换呢？”

话音落，风黎倒是先愣了下，说实话，他这回还的确是打算友情帮助来着，不过既然杜君恒都开口了……

“上次是小君的一滴眼泪，那这次，就用你的一滴心血吧。”风黎想起她曾用一滴心血配合禁术傀影制造的影子，不由又看了这“杜小九”肉身两眼，目光已不知神游到了哪里。

“看来楼主对我杜某人的身体还真是，探知欲强烈啊。”杜君恒颔首，脸上瞧不出什么多余的表情。

不过，对风黎而言，他的关注度可能更在杜君恒的那个“身体探知欲”上，他咳嗽了一声，道：“小君你注意措辞啊！不知道的，还以为我要把你怎么样呢。”

杜君恒淡淡地“哦”了声，脸上依旧没多余的表情，只是抬袖一挥，一滴心血便隔着衣衫从心脏的位置浮了出来，风黎见状，忙施了个诀，将其包裹住，最后放置于一个玲珑玉瓶中。

他晃了晃那瓶中的血滴，笑嘻嘻道：“既然小君这么痛快，那我们便开始吧。”

风黎所谓的开始，实际上指的是对假檀上弓的锻造。杜君恒的锻造术早在神界时就只混了个乙等，这下更是只能对着风黎大眼瞪小眼。

蜃楼的锻造房里，壁炉里的火烧得正旺，风黎擦了把额上的汗，一脸难以置信道：“小君，敢问你当初在神界时，哪门功课修得最好？”

杜君恒系着围裙，一本正经地给他打下手，听见这个问题，清淡的声音也扬了起来："仙术甲等，他们男仙一般都不敢同我打架。"

风黎又擦汗，一双桃花眼果断再不看她。果然，自己的第一感觉没有错，这就是个母老虎，虽然看起来像个纸老虎！

他暗自哆嗦了下，决定转移话题，他手拿着个圆光镜，对着从库房中调出的真檀上弓仔细比对，同时以软尺和量称一一记录下它的大小和重量。

"这檀上弓的制造大概需要七天时间。这七天时间里，为了防止意外发生，小君你就与我同住在这锻造房里吧？"他看似无所谓地假公济私道。

杜君恒对此倒并不甚介意，甚至还顺便给他研了研磨："横竖这锻造房有里外两间，也是不挤人的。"

原来她考虑的是整个，风黎拿着狼毫的手果断一颤，心里说罢了，嘴上还只能干巴巴道："小君你果然体贴人。"

话毕，又似想起了什么："这假的檀上弓虽有至朽之木以作弓臂，但弓弦还需另配。我暂时没研究出来，小君你也给看看。"

杜君恒应了声，说罢拿起了檀上弓，说来，这弓虽曾是她的宝物，可她还真没仔细研究过这弓弦究竟是何物打造。

色泽莹白剔透，触手韧质锋利，有些似龙筋，但又不全似。

"知道鲲吗？"风黎突然冷不丁道。

"北冥有鱼，其名为鲲。鲲之大，不知其几千里也。化而为鸟，其名为鹏。鹏之背，不知其几千里也，怒而飞，其翼若垂天之云。"杜君恒小时候背书功夫了得，信口就来了一段。

风黎颔首，轻抿唇道："没错，我怀疑，这檀上弓的弓弦就是出自鲲，很可能是鲲须。"

"鲲须？"杜君恒从前虽未听闻这鲲还有鲲须，但并不怀疑作为蜃楼之主风黎的判断，"这鲲既是上古神兽，我们又该去哪里寻得？若寻不得，又该用什么替代？"

果然是曾为神尊之人，一番冷静分析下，便道出了第二选择。风黎对她的聪颖向来欣赏，很快也道："鲲须我这里虽然没有，但龙筋、鲸鳞、鲛珠之类却是有的。我以为，我们可以，嗯，合成一根。"

"合成？"杜君恒还是头一次听到这个新名词，不过她这人向来淡定，便继续道，"既然楼主已经有思路，那不如着手开始吧。"

谁想风黎却又摇了摇头："仿制神器，若真有这么容易，那神魔两界不早就乱套了？现下我们虽有弓弦的替代品，但最重要的，还是合成时的一样媒介。”

“那媒介是？”

“神明之火。”

话音落，整个锻造房也好似骤然冷了下去，杜君恒放下手中的墨砚，又思考了一会，还是摇头：“神明之火并不存在于现世中，这一点，楼主应该知晓。”

风黎又如何会不知晓？他也放下手中的器具，道：“所以得有一位神族中人配合我，让我能从他过去的记忆里，抽出一丝神明之火来。”

“所以那个人是？”杜君恒看着他的眼睛，瞬间已猜到了什么。

“除小君以外，难道还有更好的人选吗？”风黎一手揽上了她的肩膀，桃花眼用力眨眨道。

用完了午膳，杜君恒和风黎二人各自又休息了两个时辰，便开始了抽离神明之火的过程。事实上，这抽取神明之火，哪怕是对神仙本人，也非是一点风险没有。

但杜君恒偏偏连一丝犹豫都没有，反倒让动手的风黎先犹豫了。

“小君，你真准备好了？”他双掌抵桌，身体微倾地盯着坐在圆桌对面的杜君恒，她一双清冷的黑眸被映入了壁炉的火光，一时间，竟也让人觉得温暖。

但不消片刻，他又主动将视线移开，他觉得有些口干舌燥，咕咚灌下一大口凉水，这才继续：“小君，如果我不小心失手了，你会不会怪我？”

“真到那个时候，我也没机会怪你了不是吗？”杜君恒冲他抿了抿唇，慢慢将双目闭起，“我只想证明有些事并非我所做，我心意已决，你且开始吧。”

不得不说，他还真就爱看她这一副一往无前、无所畏惧的模样。

他收敛气息，双眸覆上一条银光鲛绡，旋即催动魂玺，随着口中咒诀响起，整个锻造房里的光都熄灭了，只剩下漆黑一片。

此刻，他的魂识变成了一束被紫光包裹的气息，钻入杜君恒因咒诀而显出银色莲纹的额心中。原来，那莲纹不单虚白有，就连君恒也有，只不过是君恒的平时看不到罢了。

风黎心中一声叹息，再睁眼时，周围已是属于杜君恒的灵识域了，竟是如此瑰丽的，就像浩瀚无际的灿然星云，他被那光芒吸引，下意识伸手触了触它，好在那灵识并没有闪躲，也没有认为他是个威胁而发起攻击。

壮阔如汪洋落满星辉的灵识域中，他游走了一会儿，但越往里走，他心中其实就越没有底，杜君恒原本的实力他尚知晓一二，但被魔化了的杜君恒，实力究竟在何阶段，这下连他也不敢妄图猜测了。

然而时间有限，他必须赶紧找出杜君恒的神明之火来。他曾在残缺的《莽荒经》上看到过对神明之火的形容，说那存在于灵识之中，其色泽赤红，其形多如火焰，鲜有类人形者。

鲜有类人形者？想到这，风黎突然灵光一闪，杜君恒不是普通的仙，那么她的神明之火，有没可能已经修成了人形，或者根本就是她自己的模样呢？

顺着思路，风黎加紧了脚步，虽然越陷越深，但并不畏惧，索性从己身的魂识里又牵引出一道细长光诀，赫然是打算将神明之火引出来。

此法过于邪佞，但此刻他也没更好的办法了，好在，就在那光诀出现的不到半刻后，一条火蛇从杜君恒的星云里猛蹿了出来。

不，准确说，那是一条金色大蟒，还是一条有瞳无目的大蟒。

难道杜君恒的神明之火会是一条蟒？但怎么会是蟒？他屏息凝神，试图以意识与那金蟒交流，倒是那金蟒虽无目，但一双金眸警戒地竖成一线后，又盯看了他许久，这才慢慢游到了他的身边。

如果那金蟒此刻发起攻势，他风黎的半条命可能就要交代在这里了。

但奇怪的是，那金蟒却在即将靠近时停住了，风黎长吁了口气，这才小心翼翼地将那细长光诀缠上了金蟒的蟒身。

霎时间，眼前的星云被杜君恒片段式的回忆替代，简直是能任风黎甄选。

然而神明之火的选择只有一次，他凝神思索，终于，将目标定在了当初的人界庙市上。

当初杜君恒究竟在莲灯下写了什么，他自是好奇的，莲灯上亦有火苗，才是他真正会选择这一段的关键。

想清楚了，他的意识触角也飞快行动。画面一页页地被翻过去，总算停在了那条波光粼粼的河道上。河岸边人声鼎沸，河道上浮光幽静，杜君恒额心一点朱砂艳丽，转过脸是难得的笑靥，她说："我好了。楼主难道是有字不会写？"

在她的手心，一张对折的白色字条压在莲灯下，忽地，一阵劲风飘过，打翻了莲灯，也吹翻了字条，风黎想要伸手去够，却猛然间清醒了过来。

"没想到楼主对我当日所写，始终是不死心啊。"

鲛绡取下的瞬间，杜君恒的嗓音响起耳畔，他的耳根微微发红，又赫然发现在杜君恒白皙细长的手指上，稳稳夹着一张字条。

那从记忆中取出的字条已然打开，银钩墨字落在素白宣纸上，分明一词：

人间。

风黎在此以前，从没觉得杜君恒也是个风雅的仙。是以，他对她的刮目相看，又多了一层深切的体会。

但为什么会是“人间”一词呢？他虽百思，但依旧不得其解。只能暂将其归根于杜君恒向往人间烟火，故而如是写下。

不过，解决完神明之火的问题，接下来便是弓弦的合成了。

风黎道：“这弓弦与弓臂需在同一时间完成，方可真正做出媲美真品的“檀上弓”。”杜君恒并不解其意，问说：“那么，楼主的意思是？”

风黎一顿，默默将一张生宣压上对黄花梨鬼眼镇尺，刷刷刷写下了合成时需要注意的事项，最后道：“这至朽之木需在日月精华盛极的所在方能真正成形，我打算前去须弥之间。”

杜君恒“哦”了声，那地方她是知道的，确如风黎所言灵气鼎盛，只是那里被饕餮镇守着，怕不容易进入。

风黎冲她扬了扬手，道：“小君你不必担心我，如果真想我了，可以试试这个。”

杜君恒直接无视了那个想，只是道：“千里传音的作用倒是可以试试。”

风黎半尴不尬地“嗯”了声，起身便开始收拾起来，他行走至锻造房的水镜前，将檀上弓和至朽之木郑重地放置在一起，随着口中禁术响起，光华流转间，那至朽之木便赫然成了檀上弓的样子。

“这样便成了？”杜君恒讶异道。

风黎摇摇头，又点了点：“只成了一半，剩下的一半就需要前去须弥之间了。”

杜君恒“哦”了声，心说这须弥之间大概不可使用诸如魂玺这类的禁术传送，但还是淡道：“那你需得小心些。”

这一句“小心”，霎时就让风黎眉头一跳，他冲她瞪大眼，甚至将她的肩向自己扳正了过来：“你这是在关心我吗，小君？”

杜君恒一脸茫然，她抬手看了看自己指间的红线，又看看他的：“那饕餮未被流放前，曾在我罗浮宫中待过，届时若你不敌，可千里传音于我。”

虽与她讲话，总会被扯到其他莫名的地方，但风黎还是心中欢喜，他情不自禁地伸手撩开了杜君恒耳边的碎发，嗓音有异样的温柔和沙哑：“小君，我会想你的。”

是，想吗？

杜君恒觉得被他手指触摸过的地方微微发烫，然则这很快被她解释为是他刚刚动用了咒术而指尖余劲未消，她目色清明，虽有一丝未察的眸光波动：“我会在你回来时，完成弓弦的部分。”

她的话语疏淡如晨风，但偏偏这种彼此相约的默契，还是让风黎心中一动。

锻造的时日在千机早中晚三声有规律的敲门声中安静过去，杜君恒这人锻造的水平虽然一般，但贵在态度认真诚恳。她照着风黎给她写下的注意事项严格执行，几乎每一次的素材配比，都能将错误降到最低。

今天是她试验风黎给她的倒数第二个方法了，她深吸了口气，将鲸鳞、龙筋、鲛绡，以及少许水苍玉的比例重新混合，将其置于琉璃皿上，又施了个诀，用神明之火以做合成。

然而神明之火并非是取之不尽用之不竭的，这一点她很清楚，但她更清楚的是，如果这次再不行，那就只剩下最后一个融合比例了。

但如果，都不行呢？

她抬眼望向二层处唯一的透气窄窗，锻造房外落日熔金、烟云渺淡，接连的漫天大雪已经停了，偶有寒风向往里灌，皆被挡在了那道透明的结界上，发出噗噗的声响。

她的鼻息间偶尔飘过琉璃皿中发出的微咸味道。

杜君恒默然掐指，这风黎已经离开三天了。

但就在这个时候，她突然眼尖地发现无名指动了一下，一开始，她还当自己是眼花，但很快，又是第二下、第三下。

“小君！”那个熟悉的声音打破这里的寂静，她下意识地向那琉璃皿中看了一眼，“嗯”了声。

意识到对方已经回应，红线那头的声音也变得兴奋起来。

“小君，我已经到达须弥之间了，但灵气最盛的地方正如你所说，是被上古神兽饕餮镇守着，我本想前去一试，却……”

“你受伤了？”红线那头的声音似是一紧。

“对，本楼主受伤了！”风黎难得听杜君恒紧张一回，索性将伤势扩大了，“那畜生可厉害了，就被它的爪子这么一挠，哎哟，小君，本楼主这张俊脸差点就要毁了！”

难道抓的是脸？这一边，杜君恒认真思索起来，那边，且听风黎又道：“还有本楼主的腰，哎，可疼可疼了……”

抓了脸还抓了腰？杜君恒眉头猛地一跳，想那饕餮毕竟是上古神兽，倘若被它抓一下，那后果可不是能被如此打趣的。她收敛气息，正色道：“风黎你别着急，那饕餮虽然凶狠，却曾被一物降服，我已将此物放于你的十色锦袋中，你且好生找找，是一铜摇铃模样。”

摇铃？

这一头，置身于须臾之间的风黎背倚着棵参天大树，果断将腰带上系着的十色锦袋翻出来，很快，他便找到了杜君恒所言的铜摇铃。

“此物名为空心铃，对世上凶悍之物有震慑和混淆视听的作用，当初我为保杜小九替我历劫顺利，便将其封印在了勾玉中。”杜君恒不徐不疾的声音从指间的红线处传来，又似远在天边。

然而风黎看着那阴刻着精致花纹，但没有铃舌的摇铃却是一愣：“小君，你都想起来了？”

“只有一部分。”杜君恒的声音瞬了瞬，“风黎，空心铃只能维持一炷香的时间，你且好生把握。”

对于把握机会，作为生意人的风黎自是不在话下。他左手持空心铃，右手托化为檀上弓的至朽木，向着密林深处守在那巨鼎盖上的饕餮飞身而去。其实就算没有空心铃，他也是有办法能制服这长着虎齿人爪、一脸凶狠的畜生的，但多了杜君恒，事情又变得不同了。

锻造房中的杜君恒，除了在一边等着风黎的消息，一边依旧在守着那琉璃皿中的反应液体。

许是因为等待的时间太过无聊，她便又拿起了桌上的檀上弓开始研究。算起来，这把弓她已经反复观察很多遍了，但本着钻研的精神，现下看千百次，她也不嫌腻，从弓臂到弓弦，从木质到纹理……她伸手抚向望把处，即衬在弓的三角区的正中位置，便于把握的部位，想要看看里面的构造。

这是由穹天神木制造的望把，纹理细腻、光泽韧质，可经年不坏。她细长的手指又向内槽摸了摸，忽然，她发现了一丝不对劲。

她皱眉，忙将弓掉转了个方向，同时拿起风黎留下的圆光镜仔细探究起来。

果然，那里面虽然切面平整，但实际上是有一个极小的十字凹槽，那凹槽的颜色与神木的纹理几乎一致，若不仔细看，断不会发现不同，再加上是在扣手的顶端位置，平常也接触不到，自然就难以发现。当然最关键的，还是檀上弓毕竟是神族至宝，若不到关键时刻，是绝不会被拿出使用的，这也就难怪她和虚白在如此久的时光里，从未发现过这处凹槽了。

她蹙眉，拿起笔在宣纸上对照着画了个十字形，并再次用圆光镜细致看了看，她越看越心惊，难道这里面还隐藏着什么秘密？

这般想着，她屏息又向内按了次，倏地，一阵天旋地转，她只觉整个人都好像猛然被什么给吸住了。她无法言语，只能任其用力地将自己拽入另一个空间里……

风黎回到蜃楼时，已经月上梢头，他的这座蜃楼本是没有树的，也就无所谓梢头。但他近日在知晓了杜君恒的风雅情结后，便命千机去蓬莱岛弄了两株云海木移植在了大门口。那云海木生得高大挺拔，花开如密云，还能适应偶尔被海水淹没的命运，实在是再合适不过。

这般看着想着，怀揣着“檀上弓”弓臂的风黎觉得心情都好了起来。不过他的脸上没有受伤，不过是被须臾之间带刺的树蹭伤了一点皮，他抿了抿唇，心说：这样被杜君恒看见，也不知能不能瞒过去？

他进门时千机正趴在账台上打瞌睡，看见他来，立时就醒了。千机道：“君姑娘还在锻造房里，用不用我去通传一声？”

时至今日，提起杜君恒，千机还一副胆胆怯怯生怕被她拐走的模样。连称谓也是被风黎纠正了许多次，才由神尊改成了君姑娘，自然，小君他是断然不敢叫的。

他怕风黎听到了会揍他，虽然日子久了，连他也得承认杜君恒是长得好看，还不是那种俗气的好看，如果硬要比喻，君姑娘应该是竹或树，但绝不会是花。

然而，风黎却是摆了摆手，径自前去锻造房了。

锻造房在蜃楼的西厅，虽说不像海室那样孤立神秘，但介于安全原因，还是被建造得较为偏远。风黎走了摸约半刻钟才走到，连听着那檐角下不时响起的清脆风铃声都觉得腻味了。

行走至锻造房的门口，他心静了半瞬，这才将手指扶上了推门，也不知是怎么的，其实离开也没几天，但好像突然就又觉得紧张了，仿佛那杜君恒就是他心中的豺狼虎豹，还是被他自己亲自释放出的。

唾弃了自己一番，等他收拾完心情，这才猛地觉察到了一丝不对劲！

眼前的锻造房里实在是太安静了，简直就像无人般没有一丝声响，他直觉哪里出了问题，忙用力推开了，谁知——

极目所视，除了满架的古书，长桌上凌乱放置的器具，甚至连真正的檀上弓也原封不动地躺在那里，只是，这里哪里有什么杜君恒？

他视线匆忙望向二层，依旧没有！

他飞奔向长桌，只见玻璃皿下的神明之火已经熄灭，一根细如银丝、柔韧晶莹的弓弦自玻璃皿中蜿蜒而出，正在一点点地变长着。

赫然是堪堪成型的弓弦！

他心中慌乱，手中却不敢停，也不能停，这是制作“檀上弓”的最关键时刻，如果在这时放弃，那真就要功败垂成了。

半刻钟后，他这才终于瘫软在了桌椅上，他的缎衫被汗水浸透，洇出大片的水迹，但他好像察觉不到，只是总算能一动不动得盯紧那系着红线的指节。他抿了抿干裂的嘴唇，试图千里传音杜君恒，可惜尝试几次，都没有收到任何的回应。

从千机的表现看，杜君恒应该没有离开才对，而锻造房里又一切正常，也显示出杜君恒没有离开这里，那么既然如此，难道说她是消失了？

得出这个结论，他整个人都跟着晃了几晃，他努力镇定下来，将目光望向那凌乱的橡木长桌，试图寻找到一丝线索。终于，他的目光停在了那斜放着狼毫，落了个“十字”的生宣上。

想来，这就是杜君恒留下的线索？

他将生宣从镇尺上抽出，又仔细看了看，判断这应不是在她慌措的情况下画出。

他凝神思索，一挥袖，桌角上由人鱼油浇制的铜烛台便被点燃。烛光柔和明亮，他的眼眸静静注视着那张被遗落下的纹理细腻，光泽厚重的檀上弓。

他想，若果杜君恒当时可能在不备的情况下进入了某个空间，那么，一切的答案应该就在这张弓里了吧？

杜君恒醒来看见眼前景象时，还当自己是做了场梦，然而起身走了几步，甚至掐了自己一把，才发现这并不是梦，是她真的进入了檀上弓中。

但檀上弓中怎么会存在一个神秘的空间呢？这真是她始料未及的事件里最诡异的一件。不过，此刻的她虽也不急着出去，手指却像痉挛般抽动得厉害，看来，是风黎已经发现她不见了。

他，回来了？

第十一章 洪荒境

“我在。”

这是杜君恒消失长达三个时辰后，对风黎说的第一句话。彼时风黎正盯着那张画有十字的宣纸快要看穿了个窟窿，是以红线那头突然传出一个模糊的声音，他还以为是自己幻听了。

“小君！你在哪里？你、你是不是落进檀上弓里了？”他的话音透出显然的不可置信，但又不得不信，他深吸了口气，神情惊慌。

“风黎，你先别急。”

片刻后，杜君恒的声音从指间传来，她并未称呼他楼主，而是姓名，甚至连声音也是镇定冷静的，反倒是令他在稍稍安定之后，又多了一丝心烦气乱。

“我现所在很可能就是传说中记载的洪荒境界。”

洪荒境界？

风黎闻言这下倒真是愣住了，在他还很小的时候，他的确是听闻过这个地方的，但那毕竟只存在于传说里，难道这个地方，不，应该说是时代，居然是真实存在的？

据说先天五太（太易、太初、太始、太素、太极）后，便是洪荒，洪荒之后，才有了生灵，有了各类的族群，最后才形成了神魔。

“你不相信我？”红线那头，杜君恒的声音又传来，然而就像隔着茫茫的风沙，她的声音显得时断时续。

“那里究竟是怎样的？”并非风黎不相信她，而是传说太远，远在了已有的认知之上。

但对于杜君恒来说，哪怕已经习惯了一阵，但眼前所见，依旧难以消化。

这个地方，应该怎样形容呢？

说穷山恶水也不尽然，该说是混沌的，像天地间没有分界，只是被一团玄奥之气充斥着。这里无星无月，无阴无阳，她行走了许久，才终于因口渴停在了一条莽莽的江边。

江水浑浊，江道破碎，她脑中浮光一现，想起曾在古书上看见的对洪荒时滔天洪水的记载，更加确信了脑中的想法。

“我现在一条大江边，我想，我必须渡到对岸去。”许久，杜君恒的声音才传来。

风黎长吁了口气，初先还以为杜君恒那边是出了什么情况。

“小君，你先想办法过去，我、我一会就来。”说话间，风黎的手指已经搭上了魂玺，这魂玺越是要用到厉害的禁术，就越是要汲取他更多的魔能。

但他怎么能让她一个人涉险呢，还是连他都不清楚的地方。

“风黎，此处危险重重，”杜君恒直言洪荒境界中的危机，然而话未说完，却听那一头风黎的声音已然飘至耳际。

“等我。”

犹如魔咒般，他的嗓音再度响起，再来，便是断了回音。

就像是在流离岛的牢塔时，也像是在魔海的海底城时，全然没有犹豫的，仿佛一意孤行。

眼前，江流仿佛骤然变幻成了记忆底的冰封河面，河面上有一赤足孩童，他看着她，眼神讨好又委屈，他嗓音细嫩，偏又勾人，他一遍遍喊着：“姐姐，姐姐。”

杜君恒心神一晃，不可否认，泷姬的情感的确让她对他多了分责任，但更多的，还有种说不清的情愫。她说不清那究竟是什么，但却下意识看了眼指节间的红线。

风黎……

为了能顺利进入檀上弓中，锻造房里的风黎也在思考着办法。一来，他虽打算进去，但又不能全然进去，因为如果他全然进去，又未救出杜君恒的话，那么他俩怕就要一齐葬身在那诡秘的洪荒境界了。二来，他必须先找到杜君恒所言的檀上弓的玄机处。

要找到玄机处并不难，只需再同杜君恒以红线千里传音即可，奈何杜君恒此时怕正在渡江，风浪滔滔，她回的话，多半连她自己都无法听清，更遑论他了。

不过虽如此，他还是听明白了一个重要的词——望把，看来，这十字处应该就在此处了。他拿着圆光镜一寸寸细致地看着檀上弓，终于，让他发现了一丝不同。

那么接下来，就是想出进入檀上弓，但又可全身而退的办法了。他目光流转，并不难想到用虚影的办法，但唯一的问题是，虚影只是个假象，并不能真正发挥作用，那要如何是好呢？除非……

除非真正动用魂玺的终极作用，印章灵魂，再辅佐虚影术，让其代替自己进入洪荒境界，而自己，则同时开始查阅关于此境界的记载，帮助境中的自己和杜君恒。

至于说代价，他伸手抚摸向魂玺，目光仿佛穿透了那通透欲滴的戒面，看见了久远前的自己，那时候他和玄镜的父皇还在，一切都仿佛风平浪静……

“老爹，既然这戒指是需要汲取自身魔能才能换取禁术，那为何要将这样邪佞的东西作为成人礼赠与我呢？”那时的他还未有现在的身量，尤其一张俊脸还稚嫩，稚嫩得桀骜又轻狂。就连同自己的父皇，那一代的魔尊说话，都不见得有多么的客气。

“风黎，你应该问的是，为何我不将此物赠予玄镜，偏赠予你。”

“为何？”

“因为你的心魔远比你的兄长强，为父赠你此戒，便是要你知晓何为克制内心的想法，有朝一日，辅佐你兄长，成为我魔族的少君。”

“但是老爹，你应该很清楚，我不喜欢被人管束，也不喜欢管束别人，玄镜从小到大都比我厉害，魔族未来有他一人就足够了。”

想那个时候，他也从不肯好好称玄镜一声皇兄或哥哥，而是玄镜玄镜地叫，就像对魔尊老爹老爹地叫一样。

是的，那个时候，他大概就从不把任何人放在眼里吧。

除了，泷姬。

那个犹如九天之月的泷姬。

他摇摇头，终于将神思扯回到现实，自言自语开：“如果以我一半的灵魂，换取你的自由，泷姬，不，小君，你知道了会怪我吗？”

他深吸了口气，再抚向魂玺的手指突然有了种很奇怪的感觉，一直以来，他都觉得他对杜君恒好是因为她是泷姬，至少也是泷姬的影子，但直到进入海底城，在禁断之墙时，他才知道那不是。

是，没错，他的确曾经深爱过一个名叫泷姬的女人，但那都不过是他年少的记忆，之后种种，都不过是他所臆想出来。但等到他遇上了杜君恒，这个与他生平所见皆不同的女人时，他才明白，原来真正的喜欢，或者说爱，是不一样的。

不是一定要将她得到手中，而是总想千方百计地对她好，哪怕她也许永远也不知道。

一直以来，他都笃定玄镜是个冷血冷面的人，不单对泷姬，就算对杜小九也不过尔尔。但直到他在知情咒中，看见玄镜亲吻杜君恒的画面时，他才终于清醒过来，那不是。

原来玄镜也是有爱的，只是他的爱和自己的不一样。

有些人将爱宣之于口，有些人却将爱永藏内心。

现在，他终于有那么一丝丝体会到玄镜的内心了，那时玄镜必定是将杜君恒当作了杜小九，可他并不是把杜君恒当作了谁，泷姬只是他的一个梦，但杜君恒却是真的。

越是真的，他就越不想失去。

杜君恒运用魔能游过那条大江时，在心里默默计算了下大概需要调用多少的魔力，结果令她惊讶的是，也许只用了十分之一，甚至还不到。

事实上，自从当日她亲眼看见孟府上下死于非命，并与那随后赶来的天兵天将们打斗的时候，她就意识到了这点。但那时并非她体力不济，而是新的力量对她来说还过于生疏，而她潜意识里，还是习惯性使用曾经在神族修来的招式。

但这对魔能的运用来说，其实是个大忌。就好比用剑招使刀，简直是吃力不讨好。

不过，在蜃楼短暂地休养过后，许多事又变得不同了。也许是苍神木真对她的身体有改善作用，也许是封灵海的特殊环境间接影响了她，抑或者，根本是她的身体需要一个沉淀。

所以在第六天的夜晚，她便无师自通般会了泷姬的隐形术，自然，还有更多她曾经都没有想过的奇怪能力。

遁水术就是这其中的一种，是以方才她深吸了口气，一个猛子扎下去，任凭那江河如何翻涌，她也好像鱼儿般自由穿行。只是裙衫湿漉在所难免，不过更让她惊讶的是，就在她刚到达对岸不到半炷香的工夫后，风黎出现了。

他看上去与平时有些不同，就像是纸片立住的人似的，随时能被风吹走。他告诉她，他是用魂玺强行将灵魂印章过来的，真身还在外头，所以看起来会不同。

她有些疑惑，但还是点了点头。

他咳嗽声，一双桃花眼却在甫一看见她时，竟险些移不开了。倒是杜君恒起初还没觉察出来，片刻后，才知他到底在避讳什么。

“楼主，你想到了什么办法没有？”她别过身，嗓音生硬道。

似乎只要她一对自己有别的看法，称呼就会变回那两个干巴巴的楼主。风黎

“呃”了声，目光好歹是移开了那因湿透而变得薄透的白裙：“我以为此处既然是洪荒境界，那么渊玉应当也在这里。”

这是一句值得期待的话，杜君恒点点头，复又道：“还请楼主背过身。”

风黎不明所以，但还是照做，片刻后——

“你你你！”他刚想说，你怎么又化成了男形，且听杜君恒开口道：“万万年前，我在昆仑仙境中修炼时，因一时行差踏错不慎选了个女形，楼主你蜃楼宝物甚多，不知可否有办法重选一回？”

风黎：“……”

敢情她这是在挤兑他呢！他算是听出来了，不过万万年木头脸的杜君恒居然也会挤兑人了，这真是一桩奇事，他故意喊了声，从十色锦袋中又取出一管精致的竹制长镜，递给杜君恒：“此物名为千里镜，可微观方圆百里内的事物，你不妨试试。”

要说这风黎是世上异宝收集第二，怕就没人敢说第一了。杜君恒将千里镜接过了，但并未立刻使用，反是摩挲了下，淡声道：“当初楼主搜集这千里镜，不知可微观过泷姬否？”

她突然冒出的这句话显得没头没尾，直让风黎觉得是个局，不过，她会这么问，难道是？

吃、醋、了！

这一新发现登时让他心情大好，也不管现下对着的人究竟是否是男形了，他蹭到了她面前，一脸期待道：“小君为何会突然这样问？难道是觉得微观泷姬一事，让你觉得，嗯，觉得不开心了？”

“不开心？”杜君恒疑惑了声，很快打断他的联想，“不，我只是怀疑，既然它连微观泷姬都未果，那么还能微观到传说中的渊玉吗？”

果然杜君恒的话是信不得，他扶额，简直欲哭无泪。没料这时杜君恒已将千里镜支上了眼，又无师自通般转了转，突然，她“嗯”了声，道：“看来，它确是只对尚存在的事物有效。”

也好在这千里镜是对尚存在的事物有效了，乍听闻杜君恒已经微观到了一座水中塔，风黎忙不迭地也将千里镜拿过细细端看。

此塔存在于万丈深潭之中，由此角度，仅能看见一点浮出水面的灰檐塔尖。塔外，四条通天石蟒牢牢镇守于四个方向，等等，是整整四条石蟒？

他心下愕然，忽道：“这难道就是反相塔？”

他曾在《莽荒经》看到过对反相塔只言片语的记载，说此塔因没入穹渊之中，又名水中塔。外界有高逾千层形似通天的说法，不过此塔并不存于现世中，但凭借他多年钻研异宝之道，越是非常之地，越有可能藏着非常之宝。

而此处既是洪荒境界，那么有无可能，渊玉其实就被藏在了这里？

他忙将想法告诉杜君恒，没料得杜君恒竟也猜到了这点。这便是与聪明人说话的好处，一点就透，虽然少了乐趣，却多了默契。

达成了共识，二人自然也加快了脚程。

之后的一路，他频频端起千里镜，甚至连那镇守的石蟒都不放过，只是越看越眼熟，却一时间不敢确认。

“那是盘古蟒。”杜君恒的话音在耳边响起，他拧眉，不甘心地拿起千里镜再一次观察，原来那大蟒似乎并非石蟒，而是吞天毁地的巨型真蟒。

此外，那巨蟒居然与曾在杜君恒灵识中看见的，几乎一样？

花了约一个时辰的时间，杜君恒和风黎终于抵达反相塔的外围。

因为盘古蟒的关系，他们暂时还不打算突破，便窝在了一处杂草丛生的山石后，开始商量起对策。

风黎道：“小君，既然你都知道这蟒的名字，那你也知道怎么对付它了？”

他现下还不打算告诉她，他曾在她的灵识中见过这盘古蟒的事。说来也怪，在她的意识中看见的分明是有瞳无目的，但到了这里，那蟒却成了有目无瞳。他偷偷又看了眼那犹如闭目养神的四条大蟒，且听杜君恒回话道：“盘古蟒非正非邪，说来也算是洪荒神兽，但不知为何并未名列十大神兽之内。此外，它虽目不能视，但听力却极好。我们想要进入塔中，看来需干扰它的听觉方是上策。”

风黎将头缩了回来：“那此蟒可否有毒？虽然小君你现在身手不凡，但我们还需格外谨慎。”

杜君恒点头，沉吟番，道：“其实还有一个办法，我可以尝试用隐身术遁入，泷姬的隐身术不单能隐形，还能消音，但就是……”

不等风黎开口，她已然淡声继续：“就是无法隐去身体的气味，盘古蟒既是神兽，那么极有可能嗅觉也是异常。我现身负魔血，要想进入神族被圣器封印的禁地，楼主，你可有什么办法？”

风黎没想到原来她担忧的是这个。

她极少主动提及自己身负魔血，还是以如斯淡然的口吻说，瞬间里，风黎不能否认自己的心口是像被什么狠狠刺了下。

是的，他觉得心疼，连他这样的人也会为一个人心疼。

可她总是这样坚强，好像不管受了多大的苦，受了多大的委屈，都难以折损她原本的心志。

就像是在她得知自己重生入魔时，也像是在虚白领着天兵天将杀去孟府兴师问罪时。

他叹息，凑近了，轻拍拍她的肩："小君，我很高兴你如此信任我。"

他的声音透出一丝欢喜，就像是风中散开了的蒲公英，杜君恒微怔住，忍不住微翘起了嘴角："不是我信任楼主，而是楼主一直信任我。"她话音一顿，继续道，"虽然楼主一度隐瞒身份，我也曾怀疑过楼主，但，那都已经过去了。"

风黎为之犹豫，为之纠结良久的问题，没想到到了杜君恒这里居然会是这样一个答案。

也是，她从来都是坦然的、大度的，所以总会让他觉得没有存在感。但是这一刻，他突然觉得这些都不重要了，他没来由地握住她的手，几乎要从那石堆后跳出来。

他的模样有些滑稽，以至于杜君恒在第一时间想起的居然是梦境中的那只狐狸崽，眼巴巴的，明明想要讨好她，但又不知道该怎么做。

"风黎，你的原身是九尾银狐，对吧？"她不自禁道。

而这一点，他其实也没打算瞒她："小君，你不喜欢狐狸吗？"

杜君恒摇摇头，他心神骤然一紧。

"没有不喜欢。"杜君恒的声音徐徐落下，他绷紧的神经这才舒展开，"从前在仙宫本上看到过一头红耳的狐狸，便一直觉得这种灵宠有趣得紧，后来从云枢那好容易讨来一只，却在几天后就被沧海老头寻了个由头放走了。"

她的声音淡极，仿似在讲一段别人的陈年旧事。但风黎知道，那其实就是自少女时代便寂寞的她，偌大的天宫中，她大概和那头幸运的狐狸，说了平生头一次最多的话吧。

在一段近乎话外音的对白过后，风黎总算回过了神，收敛心神的他告诉杜君恒，虽然他并没有法宝可令味道消失，却可以让周围环境都产生和她身体相似的味道，如此一来，盘古蟒便很难追踪到他们了。

至于说他自己，本就是以半魂之体进入檀上弓中，严格意义上讲已经不是完整的人，所以盘古蟒理应不会对他感兴趣。

杜君恒听罢应了声"那好"，便要起身施用隐身咒，倒是风黎拉住她，接着拿出一片颜色青碧欲滴的细小飞叶，以指力向那水潭弹了去。

片刻工夫，整个水潭都像刮起了一场绝美的叶之雨。闻声，那盘古蟒也猝然活动开，它们四条身体灵活仿似一人，分别向不同的方向巡视着。

也是在这个时候，风黎注意到，它们虽形似石蟒，但那其实不过是休眠状态，一经苏醒，周身石皮便如皴裂般纷纷掉落，在那漫天的绿叶中，整个水潭都好像要被连根拔起。

倒是那塔也因此露出金色塔门的一角。

杜君恒见状，飞快道了句 “走”便拉着风黎消失在了石堆后。

因为魔能的苏醒，杜君恒的速度很快，但似乎那盘古蟒的速度更快。可惜它们的听觉和嗅觉都被风黎的飞叶影响着，难以分辨真正的闯入者究竟在哪里。

一开始，事情是顺利的。

然而，就在他们几乎要进入反相塔的顶层时，最西边的那条盘古蟒却不知怎的发现了他们的位置。它疯狂地朝着他们进攻着，火焰吞吐，蟒尾疾甩，几乎不让他们有一瞬间开门的空当。

风黎急道:“反相塔里一切事物都是反的,小君你去应付那些怪蟒,我来开门！”

杜君恒仓促应了声，凌空飞向那条追逐他们的盘古蟒，她手中一团冰蓝色魔能燃起，衬得她双眸也似成了妖异的冰蓝，狂风急舞，那魔能却准确地击中了巨蟒的七寸处。

瞬间，那巨蟒痛得弓起身来，但它的嘶吼却引来了另外的三条。眨眼的工夫，杜君恒已被四条几乎通天高的巨蟒包围，她面无表情，索性显出身形打算来个一齐消灭。

但让她怎么也没想到的是，就在她手中新一团的魔能燃烧起来时，那四条大蟒居然像见着远古神祇般接连地向她弯身、低首，作降服状。

这……是怎么回事?

她眸中疑惑，却听远处的风黎对她高喝道：“小君，快进来！”不及细想，她一个旋身，忙也闪向了好不容易开启的厚重塔门。

塔门上，她匆匆瞥见一个眼熟的流沙瓶镶嵌其中，但仅一瞬，便因关门看不见了。

“我们要从这反相塔中找到渊玉，恐怕是有时间的限制。”

扑扑的灰尘中，杜君恒以宽袖掩鼻，冷静道。赫然，她发现自己变回了女身，而风黎跟在她身边，则是变回了当初俊秀公子哥的模样。

——那是他第一次前去孟府时的扮相，杜君恒一愣，塔中乍然亮起的空间里，忽闻一串细碎的金属声从远处传来，接着是一个熟悉，但又分明透出诡异的稚嫩童声：“师父，你来接我啦？”

等等！这难道是，转生石？

风黎和杜君恒对视一眼，彼此眼中皆是疑惑的神色。旋即，眼前的画面已然是孟府的天井下，从这个角度，可以看清孟府的整个格局，二进的制式，由影壁和垂花门隔开，北面为正房，东西为厢房，南面是倒座，整体由抄手游廊贯通。

此刻，除了“接引”他们前来的孟磊之，其他人包括孟少爷、孟夫人、陈妈以及家丁们，都几乎是原封不动地按照当初死亡的地点活生生地站立在那里。

他们或是在干活，或是如陈妈般，高高兴兴地冲他们喊着：“君先生、小君先生！”

当然也有诸如孟少爷在房中读书，冲他们颔首以作招呼，或是孟夫人亲自用紫砂茶具泡了一壶新茶，巧笑倩兮地放置在了庭院的石桌上。那茶水是上好的太平猴魁，香气浓郁清爽，杜君恒试了试水温，居然还是热的。

这里的整个气氛都诡异极了，偏偏房外还偶尔能听见经过的人声，仿佛眼前所见都是真实的，而当初亲眼看见的屠戮，才是一场梦境。

不过，杜君恒以一女身出场，却丝毫未被他人怀疑，着实让人奇怪。但就在风黎将那杯茶水递给她时，她明白了，虽然她看着是女身，但在茶水中映出的，分明是张清俊的男子脸。

这里，究竟是怎么回事？

然而不容他们思考，孟少奶奶再次对他们客气道：“君先生你此次回来，可是要多待上一段时间呀，不然就算磊之留不住你们，其他人也要说我们待客不周了。”

她话说着，杜君恒的衣角已然被一个肉肉的小手拉住，那手同样是温热的，直让人有种时光倒流之感。然而又一想到周围之人实已是亡故之人，杜君恒深吸了口气，连看着孟磊之那张稚嫩可爱的小脸，都不由地产生种头皮发麻的感觉。

这里实在太怪异了，但更怪异的是，你居然挑不出它的问题。

等好容易摆脱了孟夫人和孟磊之，回到当初那间和风黎同住的西厢后，杜君恒掩上房门轻道：“这个地方有问题。”有眼睛的都看出这里有问题了。风黎“嗯”了声，且听她继续：“但是我试过了，他们的确都并非死物。”

杜君恒用的是物，而非人，风黎眼眸骤然紧缩。

“此外，他们看来也没有要伤害我们的意思。”

这一点，风黎倒很赞同，不过要除了那小屁孩孟磊之，还依旧和记忆中的一般讨厌啊。

“风黎，你能在外面查到有关反相塔的记载吗？”杜君恒思忖了下，开口道。

风黎颔首，接着便如石化般定住，与此同时，锻造房外他的真身也开始行动起来。

原来，此境界中的他虽然也能行动自如，但到底是被魂玺依照真身印章出的影子。影子在思考行动，那么真身的思考行动便会停止，此外，影子不能被孤立太久，不然就会失去效用。

蜃楼锻造房。

风雪噗噗地敲打着结界，急忙忙封闭了所有进出蜃楼通道的千机擦了把额上的汗，也开始帮风黎在二层的书柜上寻找起书来。他看着脸色苍白的风黎，小声问道：“老板，这回你为了君姑娘真不要命啦？”

风黎没回他，主要是不知道怎么回。

他向来是个很惜命的人，从前还会隔三岔五命千机为自己煮各种养生的汤。但现在，他服务的对象变成了杜君恒，他希望杜君恒能长长久久地活着，从来没有过这么想。

现在的他，其实已经不能将这托词为是因为泷姬了，泷姬只是他年少的一个梦，而杜君恒才是真实，真实到连承认都会变得矫情和赧然。

大概只有动心，才会让一切都变得小心翼翼。虽然他已经忘了这种荒唐的情绪是从何时开始，也许是她第一次在自己面前一本正经地研究仙宫本时；也许是她第一次对他说，你站在我身后，我保护你时；也许是他们第一次意外亲吻时；也许是她说虽然你欺骗过我，但是我还是选择相信你时……

他早都记不清了，但越是难以记清，恐怕越容易闯入梦境。他不自知地轻呵一声，嘴角也浮出一丝若有若无的淡笑。

千机每每看见他露出这种笑容就知道大事不好，奈何也帮不上忙，遂重重叹了口气，转移了话题：“老板你方才说，君姑娘觉得看见的那些都是活物？”

风黎点头，实在他也在为这头疼。

“那么有没有可能，你们所看见的，其实是一种能化为人形的异兽呢？”千机突然很认真地提议。

这一点，风黎其实也想过，他摸了把鼻子，开口道：“应该是幻影兽，不过蜃楼中似乎没有诸如《异兽志》的古籍，所以我打算先从《莽荒经》入手，查查有关反相塔的事……”

“老板，异兽的事情，你问我就可以了呀！”千机难得一次昂首挺胸，他噌地跳坐上摆着盏人鱼烛的榆木书桌，“我爷爷的爷爷曾经对我讲过，幻影兽因为能任意幻化人形，所以是种特别高傲的灵兽，以前还为此羞辱过我们鼯鼠族呢！”

“说重点！”风黎眉头一挑，打断他的神展开。

“哦哦，总之就是，这类家伙呢，虽然看起来高傲又没有破绽，但其实它们的弱点在于它们虽然能窥探人心，但有时候那并不是人最真实的想法。简单说，它们幻化出的人形并不得精髓，所以只需要找到这一破绽，再大声对它说，你是个假货，它就会现出原形了！”

“真的要说‘你是个假货’这么、这么肤浅的台词？”风黎一脸赧色，他摆摆手，“好吧好吧，那在这之后要怎么做？”

“挫伤他的自尊心，他就已经败了呀！”千机不以为然道。

风黎：“……”

时间又静默了一阵，风黎像发现了什么般，忽地伸手将他的额发揉乱，“小鬼，我记得我把你捡回来的时候，你可是信誓旦旦地对我说自己没有亲人，还无家可归的！”

千机一双黑豆般的小眼睛眨眨：“对呀，那可不是在爷爷的爷爷没了之后，我就孤苦伶仃了嘛。”

风黎气竭，只好拿《莽荒经》轻拍了他的脑袋一记，接着翻看了起来。

第十二章 反相塔

根据《莽荒经》的说法，反相塔之所以为反相，便是塔中诸多构造都与正常的不尽相同。譬如这突破方法，就应是从塔顶，直至最后的塔底。此外，虽然外界盛传此塔高逾千层形似通天，但实际上塔身仅有五层，只不过若走不出塔顶这一层，便会被永远地困在塔顶。

至于说渊玉，很可能就被藏在塔底，即穹渊最深的地方。

除此以外，他便暂时查阅不到了，他合上残旧的书页，将视线对上千机，还未开口，千机就抢话道：“老板，你是不是又要移魂去了？”

千机虽然跟了他许久，但还是没猜透他现下使用的术法，权当是比虚影厉害些的。风黎避重就轻地“嗯”了声，起身下楼梯，往依旧凌乱的橡木长桌走去。

在那里，那把绝世神弓周身笼罩出一层晶莹的光泽，他拧眉，想自己这蜃楼虽然地处隐蔽，但也并非万全之地，他眼眸微敛，指间一道透明的结界便围绕着长桌铺展开。

倏忽间，桌上的神弓消失了，就好像从来没有过一样。

这样的戏法千机已不是第一次见了，上一次是为了天机卷，不过连他也明白这是至关重要的物品，便不再过问，而是对风黎关切道：“老板，早去早回。”

风黎颔首，不消半刻的工夫，魂识便进入檀上弓中，独留下一具空壳似的身体趴在橡木长桌前，仿佛在打着盹。

反相塔中，杜君恒在铜盆中净了净手，便听见身后有了动静。

“回来了？”她还未回身，那一头的风黎长吁了口气，已然蹭到她身边就近抽出圆桌下的一张矮凳一屁股坐了下来。

“下次真得换个姿势离魂，看我这腿肿的！”他啧叹一声，一双笔直的长腿从桌底伸出来，“小君，你要不给揉揉？”

杜君恒：“……”

可惜，久未有动静，风黎只能故作委屈地径自揉起来，接着将自锻造房中查阅到的对她讲了一遍。

杜君恒听罢认真点点头，虽未真的亲手给他揉腿，好歹斟了杯茶递上：“我试过了，这里的东西倒是没有毒，你且喝吧。”

风黎也不客气地顺手接过，他一张俊脸绷着笑，且听杜君恒挑眉又道：“所以千机的意思，即是要我们试探，最终让他们露出马脚，但如何试探才最好呢？”

她的问题，恰也是风黎的疑虑，好在风黎在来之前就已经想好了对策：“小君，你说这里的时间，若按照真实发生的情况来算，应该发展到哪里了？”

沉默了下，杜君恒才答：“这里只有真实的开始吧。”

也是，想他们那时离开时，那讨厌鬼才那么点大，哪似现在，都会喊人了，风黎心想着，只见杜君恒眼波转动，继续：“你不在时，我已出去试探过，既然孟磊之已会唤我师父，那当是我认他为徒弟，也就是我第二次来到岐阳郡时，但那一次我不过在孟府住了两天，之后便……”

她的话并未说完，之后的事风黎已经知道了，他轻拍拍她的手，总结说：“所以小君的意思，在这个幻境里，其实是给你曾经的故事，以另一种轨迹的延续。”

他这话并没有说满，饶是杜君恒已然点了点头。说来，这其实也不算是个十分厉害的幻境，但它最厉害的地方却在于——

当初没有实现的，皆可在此处实现，若是心志不够坚定，怕就要深陷其中神仙难救了。

但这，便是她的心魔。

为了试探孟府中人，杜君恒和风黎研究了好几个对策，最终将人选定在了孟夫人的身上。杜君恒至今仍记得真实的孟夫人是个坚韧果决的女人，只是平素接触一直不多，是以她想了想，打算以此为突破口。

围绕着孟夫人，自然还有两个重要人物，一个是孟磊之，再一个就是陈妈。从风黎自千机那里得到的消息看，这幻影兽的确是骄傲的灵兽，但仅靠刺激一只便想令其尽数投降还是有难度，于是便有了这重点突破的办法。

杜君恒道：“孟磊之交给我，陈妈交给你，你看这样如何？”

风黎没有意见。

一番休整，二人这便陆续走出房门。

杜君恒直向庭院走去，风黎则是冲着厨房，他们二人的手指上均有传音红线，用以及时交流。

杜君恒一路走着，一路在心中打着腹稿，然而才行至一半，脚下就被一个颜色喜人的蹴鞠绊住了："师父，你来啦！"

如果真的孟磊之那个时候没有死，应该也会这样稚气又天真地唤她一声"师父"吧。杜君恒望了眼天边犹如火烧的成片红云，弯腰将那蹴鞠轻轻地抱了起来。

"磊之，来。"她伸手唤他，他也欢欢喜喜地跑了过来，费力跑路的样子甚至与记忆里一模一样，还有那明晃晃的长命锁，一颤一颤地荡在胸前，声音清清脆脆的。杜君恒几乎有种错觉，这其实就是真的孟磊之，这里的一切都是真的。

但是，怎么能是真的呢？

她眼底溜过一丝不忍，然而转瞬即逝。

她拉住孟磊之的衣领，一副训诫的模样："为师昨日吩咐的《弟子规》信篇，今日可有背熟？"

跟前的"孟磊之"愣住，一双大眼睛忽闪忽闪，大概没料到她竟然先入了戏。他晃晃脑袋，又故作亲昵地蹭了蹭杜君恒的大腿，道："师父，磊之没背好，明日再检查好不好？"

那个声音细细软软的，像有根稚羽在心尖挠。

杜君恒收敛气息，将手轻抚向他的头顶，她在感受他的心神的同时，实也在感受自己的，然而，沿着他的头顶，她便摸到了他的后脑勺，那里是幻影兽特有的天生反骨。

手指下的小人儿似感到难受般略略扭动了下身子，但这恰恰证实了她的推断。她并不松开，甚至将指力灌输于其中一点。猛然间，小人儿惊恐地向她睁大了眼。

他想要逃，却被她牢牢控制在掌间。

"师父，你、你干吗？"他试图打亲情这张牌，奈何杜君恒已然决定要割舍下那份回忆了。

"幻影兽，你叫了我三声师父，我合该让你三招，但是风黎还在等我，所以，对不住了！"话音落，杜君恒的手指已然直直戳入他的反骨中，他疼得嘶呀一声，哪怕是在这异境界中，也几乎无还手之力。

杜君恒自他那反骨中抽出一条幽绿色的光髓来，信手挥动，居然是属于她的记忆碎片。

果然，这些幻影兽是汲取了她的意识才能构筑出这几乎一致的孟府，她深吸了口气，向着指节间缠绕的红线道：“楼主，我这边的已经解决了。”

很快，得到风黎气定神闲的回答：“本楼主也是。”

一刻钟后，孟府棋室。

不大的房间内似被一早打扫干净，连一丝灰尘都没有，这里的格局依旧，临窗处置着铁杉棋盘一具，仿似在等人落座。匆匆进入的二人表情沉静，几乎有种被时光胶住的错觉。

风黎等了等，见杜君恒始终不开口，便先发话了：“你刚才解决孟磊之的时候是什么心情？”

杜君恒微阖目，手指在胸前拢了拢，半晌低道：“就像，又死了一次。”

他的话让风黎陷入思考。

小片刻后，他才出声：“现在我们怎么做？在这里等吗？”

说来，这间棋室地处偏僻，又有假山和高大的绿植掩映，是孟府平时人最少的地方。现下他们神不知鬼不觉地解决掉了两个，很可能已经引起了对方的警觉。

杜君恒没回话，默然走至支摘窗边，从这里看去，风吹草木低，绿色的波浪迂迂回回的，也像是人的心绪。“从前孟夫人平日最爱去的地方除了育婴室就是这里，育婴室我之前已经去看过，没有人。我想，接下来她应该就会到这里了。”

风黎附和地“嗯”了声，不想她片刻后又道：“楼主，你说如果我们猜错了当如何？难道要亲手一个个杀死这里的幻影兽吗？”

她的问题让风黎一愣，他难得地没有出声，但沉默，有时候比言语更有力量。

许久，他才拍了拍她的肩，他并不善于安慰人，所以只能说些直白的话：“小君，不论什么时候，我都会帮你的。”

“你是魔族少君。”说话间，杜君恒突然直视他的眼，“如果有一日，你我立场对立，你当如何选择？”

这个问题，风黎从前不是没思考过的。他并未回避那目光，只是下意识地摸了摸指节间的红线，倏地笑出声来：“你都说我是魔族少君了，又有什么能难倒我？何况，我还是蜃楼之主。”

他的话里包含了很多层的意思，杜君恒未尝不知。倒是一个人影闪动，让他们不由神思一紧。

没错，是“她”来了。

“她”显得神色焦急，两只纤长的手拢在水粉色的宽袖里，明明是弱不禁风的模样，但也许因为已经被杜君恒他们看出真实身份，总透出一丝怪异。

杜君恒与风黎对视一眼，悄然打开了棋室的门。

风黎一拱手，堆出个笑：“夫人，您怎么又来迟了，不是说好今日和小君弈棋的吗？”

他同样不按套路出牌，孟夫人眸间微微闪动，故作施然道：“是奴家失礼了。”

言罢，便在棋盘的一侧坐下。

记忆里，孟夫人棋艺高超，连杜君恒也曾夸赞过，倒是这假的孟夫人竟敢如此虚张声势，难道连这技艺也同样习得了？

风黎不动声色地看了眼同样落座的杜君恒，且见她细长的手指夹起一枚云子，稳稳落在了天元位置。

通常来说，敢一出手便下在这个位置的，若不是新手，便是太过自负。但杜君恒偏是如此下了，她一双秀目若有所思地看着“孟夫人”，似在等“孟夫人”的后招。

“夫人当日便是以这一手天元开局险胜君某，今日君某以同样的棋招领教！”她话说着，对着“孟夫人”又比了个请的手势。

风黎抱臂立在一旁，心说：这杜君恒信口胡诌起来，也是一点不比自己差啊！

微滞了半瞬，且见那“孟夫人”指尖摸向身旁盛有云子的玛瑙罐，她面上虽保持着镇定，但还是露出了破绽。

“这云子的拿法是以食指和中指夹住，中指在上，食指在下。夫人如此，可是在紧张？”

顺着杜君恒的话头，她以拇指和食指刚刚夹起的云子立时悬在半空，甚至因试图中途改变夹法，险些将云子跌落。

果然，这幻影兽虽能幻化得与人一模一样，却是无法一并将人的平生所学融会贯通。

风黎的嘴角扬了下来，不知觉间已慢慢踱到“孟夫人”的身侧，他倾身，笑得一脸不怀好意：“夫人，轮到您了呢，还有什么话想对我们交代的吗？”

他的话一语双关，幻影兽常年修习人的行事做法，自然也听出了，她额间有豆大的汗滴沿鬓角滑出，眼看就要落下来。

“你们是何时发现的？”她杏目抬起，让人意外地，并没有太多的恨意，反是一种释然的神情。

杜君恒狐疑地蹙眉，但还是实话道：“一开始，你端茶给我的时候。”

“也许因为此地布有结界，我被重新幻形为当初入府时的男子身，但水中的我，却还是没有变。”

原来如此。

原来，如此。

杜君恒用真实回敬了她的骄傲，那幻影兽闻言索性也不再装了，只一瞬的工夫，它便变回了原本的模样，既似犬又似狐，浑身灰褐色的毛，一双眼眸碧绿如玉。

“小七和小五已经被两位放走了。”

它跳下三足凳，走至杜君恒的脚边，抬头看她，话音里有种释然般的平静：“我们自洪荒始便守在这反相塔中，距今已不知多少年岁了。”

那样长的岁月，在这无休无止的洪荒异境里，又如何能一一数来？杜君恒与风黎对视一眼，且听它继续道：“当初我们的先祖为了偿还这建造反相塔之人的一份恩情，便派了我们这一支进入塔中，为的，就是等待有朝一日有缘人进入。”

虽然容貌已完全变了，但它的声音依旧是真正的孟夫人的，杜君恒有片刻的恍惚，就像是某句谶言托故人之口道出，一时间的感觉竟难以形容。

奈何，对于诸如这类细致的情绪，一旁的风黎并不关心，仅是四下环视一圈，道：“你说这塔是被人建造的？那人是谁？”

“建造者的名字，恕我不能透露。”

“那你说的小七、小五被我们放了是什么意思，他们难道没死？”

“死对他们而言，是终于解脱了。”

“再一个问题，《莽荒经》上记载这反相塔实际上有五层，你不是说你们这一支已经在这里很久了，那应该很熟悉才对了。不如直接领我们去塔底，你自己也说了，我们是有缘人嘛。”

“抱歉，我没有这个权利。”

他的问题一个接一个，几乎要让人应接不暇，倒是那幻影兽似乎很擅长对答，从容应对间，她抬指向虚空中如流星般划开，顷刻后，孟府幻境消失，取而代之的是塔楼真正的模样。

在他们的眼前，塔楼的正中，一口三尺见宽的古井跃入视野，那古井以赤色祝融石修建，周身笼着一层隐隐跃动的火光。“这是一层通向二层的入口，我作为这第一层的守护者，只能领你们到此了。”

“喂！你这就完了啊，起码得告诉我们一两句通关指示吧？”风黎哪里肯放它走，甚至一再向杜君恒递着眼色。

那幻影兽大概也没想到自己好容易等来的有缘人竟是如此聒噪与不讲理，但迫于风黎一直拽住它不松手，只好又泄了一句天机："反相塔并非是五层，而是四层，每通关一层，皆会有如我这般的接引人，带领你们去往下一层。"

只是告诉一个层数，这算是哪门子的暗示啊？风黎撇撇嘴，怎奈再想榨出一两句时，那幻影兽已然一摇尾不见了。

空荡荡的塔顶，干干剩下杜君恒和他大眼瞪小眼。

杜君恒叹了口气，向那古井徐徐迈开脚步，手腕却被风黎拽住了："小君，你说接下来，我们又会看见哪段记忆？"

杜君恒没答话，不过是任那古井里略略灼人的温度，将自己包裹了。

空间里一片黑暗，偶有滴水的声音和呼啦的风声从远处迂回着传来。杜君恒猜测，此处应是个洞穴。

风黎也同意这个说法："这里很可能是魔族的入口处。不过在此处他并没有什么特殊的记忆，所以并无法确切判断。"

他思忖了一番，想使用术法照明，奈何却失效了，杜君恒和他遇到的问题一样。

"看来这个地方，比之一层的塔顶，更加蹊跷。"他说着，手不自禁地就向杜君恒的碰了碰，杜君恒的手指细长，常年温凉如玉。

——这多半与她原身是千年神玉有关。

怎想这举动第一下杜君恒没有避开，还以为是他无心撞着她。再一下，风黎突然没头没脑地道："小君，我可不可以握着你的手走？"

他的话响在漆黑的洞穴里，像是一道擦过脸颊的热风。

"为何？"停了半瞬，等来杜君恒一句直可用寡淡形容的回答，风黎眉头猛跳，却听她又道，"你可是害怕？"

话毕，她的手倒先大大方方搭上了他的："我在。"

此情此景，直让风黎一下子将记忆拨回到几千年前，那时他身边的人是泷姬，哦不，准确说，是他缠着泷姬。泷姬虽偶尔会不耐烦，但大多数时候会像这样牵起他的手，说："小黎，别怕。"

那样的时光，已经一去不复返了。

他吸了吸鼻子，反手用力扣住了杜君恒的，他没说话，杜君恒也没说话，像彼此间突然牵出了一根微妙的线，连呼吸都好像变得紧张起来。

但对于这两人来说，“紧张”二字，已是平生少见。

滴水的声音仍在断续，它落在坚硬的岩块上，很快碎裂成无数的细珠。风声像贴着耳际在幽幽地唱，唱着不着调的曲子，那是个少女的声音。

“小尾巴快快睡，梦中会有我相随……”

难道，这里是杜小九的记忆吗？杜君恒眼眸微缩，这般想着，眼前漆黑骤然撤去，恍然间竟成了万鬼洞入口的景象。

杜君恒至今记得，在那个熊熊燃烧的梦境里，她能感同身受到杜小九临死都不能消弭的期待与不甘。

而这，本都该是由她承受的。

她屏息，静静将眼前环视了一圈，逼仄的山洞里，一团小小的火堆边一匹马和一个人相拥而眠。那人正是杜小九，她裙衫泥泞、发丝凌乱，就连五官都因为东一块西一块的泥土被蹭得快看不清了原本的模样。

因依偎着火光，她一张熟睡的脸也被映亮，一如她身旁那不时在打着响鼻的马儿，它的马尾在地面轻轻扫着，仿佛连连日的奔波也忘却了。

杜君恒眼皮发酸，想不到这狰狞可怖的万鬼洞口，竟成了她的影子杜小九唯一能落脚的地方。

“是赤霄马。”风黎一眼认出了那马匹的品种，“赤霄胭脂，产自魔域宛都的名马，但因为色泽与普通胭脂马相似，所以极容易将二者混淆。”

杜君恒点点头，在那个梦境里，她曾经一睹这赤霄马的能力，但现今，他们陷入这段记忆里，又是为何？

她的鞋底在地面摩挲，惊醒了眼前的赤霄马，它警觉地看看她和风黎，不多时，因着马背震动，杜小九也醒来了。

杜小九揉揉惺忪的睡眼，一脸的好奇：“你们是谁呀？”

她甚至丝毫没有对与自己一模一样的杜君恒感到惊讶，杜君恒心下一沉，且听风黎信口道：“我们跟你们一样，都是要闯过这万鬼洞的人，如果姑娘愿意的话，我们可以结为同伴。”

他风度翩翩，还有一张任何少女看见都会心动的俊脸，谁料杜小九看见他，迟疑了半分，却是道：“你看起来，好像有点眼熟……”

但在杜君恒的梦境里，风黎和杜小九是没有交集的才对，那么她又怎么会？

“你长得，很像我认识的一个人！”她露皓齿一笑，眸间溜过某种向往的神色。

看她这个表情，风黎已经猜到大半了，而她则歪着头，又盯着他看了看，最后认真道："不过你没有他好看。"

风黎："……"

是不是不论真的杜君恒还是假的杜小九都是老天故意派来折腾他的啊？风黎瞪了眼杜君恒，但见她眉头紧锁，并未注意到他的目光。

也是，毕竟是和另一个自己相遇，哪怕是在异空间中，这般想象，都让人觉得背脊发凉。倒是久未出声的杜君恒忽地将他拉到一侧，低道："我大概知道是怎么回事了。"

他尾音上扬地"哦"了声，且听她继续："第一层中，我们之所以能离开，并不是因为我们赢了那幻影兽，而是我破了自己的心魔。至于这一层，则是杜小九的心魔。"

"所以你的意思是？"

"赤霄马不能死。"

"等等，我还有个问题！"风黎突然像想起了什么急道，"这里的，难道也是幻影兽？"

"应该不是。"

"嗯，我也觉得不是。"风黎喃喃着，想这建造反相塔的人还真是绝顶聪明，毕竟相比起伪造一个人的记忆，让一个人能亲手去修改自己的记忆，才是更大的魔障。

短暂的开场白之后，三人一马达成一致，决定共同闯关万鬼洞。对于万鬼洞这个地方，魔族出身的风黎自是有所了解的，硬闯当然不是不行，前提是他和杜君恒的法术没有被禁。

是的，此刻在这个空间中，他和杜君恒的能力似乎都受到了某种诡异的限制，现而今都仅仅能使用最基本的术法招式。

基于此原因，硬闯只能变成智取。其间，他移魂回了一趟锻造房，拿到了万鬼洞的路观图，同时杜君恒也发现他似乎每移魂一次，面色就差上些许，然而对于此，他只是一副无所谓地笑笑，道："小君也开始关心人了，真是不容易呢！"

杜君恒没回话，但心中不知怎的却腾起了某种奇异的感觉，她说不上来，只觉得像心中某处开了窍。

至于说杜小九，则是一边轻轻拍着小尾巴的头，一边认认真真听着风黎分析洞中情况，那个模样，倒是和杜君恒有几分相似。

“万鬼洞这个地方呢，要通过并不难，重要的是避开这、这、这几处机关点。”风黎说着，指尖一一点过路观图中着重标明的位置，“至于说其他的地方，交由我和小君两个人处理便可。”

“听你这么说，我好像是来蹭过关的呢。”杜小九眨眨眼，嘴里含混地自言自语。

风黎显然没听清：“你说什么？”

“没什么没什么，我是说这个主意挺好！”她冲他扬起小脸，简直像变了一个人，倒是杜君恒一路默不作声，下意识又看了眼她。

明明是一张一模一样的脸，但差得又何止千里万里。

古灵精怪、刻意逢迎、三教九流，简直没一样不是她杜小九不会的，倒是杜小九也似留意到杜君恒意味深长的目光，她活泼地跳过来，小手轻轻软软地握住杜君恒的：“姐姐，你长得这般好看，这男人莫不是喜欢你吧？”

“咳！”走在前面的风黎闻言差点摔了个狗吃屎，他一手举着点燃的已用术法干燥过的驱魔香，一边阴森森地回过头，“杜小九，你是不是知道得太多了？”

“你怎么知道我的名字？”杜小九一愣，一双黑眼睛鬼精鬼精。

好在杜君恒不动声色地将破绽补上：“他是算命先生，自然就能知晓许多事。”

杜小九眨眨眼，大概没料得眼前男子居然是如此身份，当下便将牵引小尾巴的缰绳递给杜君恒，欢欢喜喜蹭到风黎跟前，巴结道：“这位俊小哥，我能问一个问题吗？”

小哥便小哥，什么俊小哥？风黎算是有那么几分知晓为何当初玄镜会被她弄得头疼了，别说是玄镜，搁他也得头疼啊。

他叹了口气，故作一脸高深的：“问吧。”

“我有一个相好，我想知道我与他的缘分。”她仰着小脸，语调大胆又放肆，她嘴角微微扬起，一双清亮的眼眸似能倒映出那银发玄袍的俊朗身影，“他的名字，叫玄镜。”

“玄、镜。”即使是在异境中，乍听闻这个熟悉的名字，风黎还是免不了心头一震，尤其还是被这小丫头片子，实实在在地称作了相好。

他看看她，又装模作样地掐指一算，最后摇了摇头：“难啊，难。你的这位相……相好，他身居高位，又性情冷傲，怕是与你没什么缘分。”

“我才不信呢！”虽然诧异于他居然算出了玄镜的身份，但她还是结结实实地朝他翻了个白眼，又气哼哼地拿过杜君恒手里的缰绳，道，“他都亲过我了，他从没亲过别人的！”

但在梦境里，杜君恒分明记得是她强吻的他。

不过如此一看，这个姑娘，倒真是与她不同。杜君恒心想着，与她又并肩走过了一段路，这一路平静无波，直到经过万鬼洞的咽喉位置时，一阵阴风刮过，驱魔香的味道猝然淡了。

杜君恒手里的通明草瞬息一暗，只见四个红衣女鬼仿佛从阴曹地府爬出，幽森的洞穴中，狰狞地冲他们吐出血红的舌头。

杜君恒深吸一口气，赫然想起在梦境中，赤霄马正是在这个地方牺牲了自己，救了杜小九。

看来该来的还是躲不过。

她指尖虚划下一道灵诀，倏然间，他们三人一马便幻成了九人三马。

——竟然是分身术！泷姬的看家本领之一！

然而，在此异境下突破禁制却是要以逆转心脉为前提，风黎虽知杜君恒是为了迷惑那红衣女鬼才出此下策，但仍忍不住心血上涌，他手中法诀也上手，却不同于杜君恒的迷惑，而是直接攻击！

哪怕仅是半个灵魂的他，也依旧是魔族至高至纯的血脉之一，他额心一粒闪着亮芒的墨色黑点浮出，赫然与杜君恒曾经的红痣位置一模一样。

他口中急念着咒诀，指尖所过之处，无一不是女鬼凄厉的嘶喊。

是焚心术。

他的双眸亦同样幻为漆黑，近乎要没了瞳白，杜小九看着这模样想要大叫，好在被杜君恒眼疾手快地提上了马背。至于她自己，则一边以虚影攻击着再出现的一波女鬼，一边催促着风黎离开。

但此时的风黎却好像换了个人，不单听不见她的话，下手也越发狠戾起来，甚至连额心的黑痣也比开始亮了不少。杜君恒觉察出不对劲，想要出手制止，只见他一口黑血自喉间喷出，这才清醒过来。

出了拐道，匆匆赶至的风黎扶着山壁在吐息，杜君恒看着他额心一点黑痣慢慢暗下去，不由低道："你刚才不对劲。"

他舔了舔干燥的嘴唇，却是回避了问题："这便是魔王的血脉的标志了，至于魔神，则是红色。"

原来，这便是当年她额心红痣的来由。

杜君恒默然，一步步向杜小九的方向走去，然而越往洞穴的深处走，她便越觉得不对劲，明明眼前只有一条路的，但在眼前，又哪里有什么杜小九？

倒是那赤霄马低垂着脖颈，仿似等候她许久，她疑惑地看了风黎一眼，显然，对方眼里也是同样的不解。

狭窄的山道里，杜君恒向前又走了好几步，除了赤霄马，确认是无人了，不过那赤霄马的马背后隐隐闪着白光，似在遮挡着什么。

“难道？”她“咦”了声，探身向前望去，果然，当她的手触碰到那赤霄马时，它倏地便消失了。

取而代之的，是一口由祝融石打造的古井。

那青色的石面犹如刚沥过一层清水，光可鉴人。她皱眉，刚要踏入那古井中，便听一声变了调的“姐姐”从身后传来，然而回过头，风黎已然不见了。

第十三章 黄粱台

这是一条由坚固的黑金石铸造的幽深甬道，蜿蜒仿佛没有尽头。一片漆黑里，杜君恒独自一人走着，不时能听见滴滴答答的声音。

就像在滴水，但偶然落上了手背，那黏稠中略带腥味的感觉又不像是，她不知道自己究竟走了多久，终于在一片飘摇的灯烛中看清，这原来是一座固若金汤的森严地牢。

这里的景象似曾相识，很像是她在杜小九梦境中看见的明镜宫底的地牢，但又不尽相同。

滴滴答答的，仿佛是这里唯一的声音。

杜君恒蹙了蹙眉，拭去那手背上的痕迹，向幽深处走去。说来皆是一般无二的制式，但铁迹斑驳的牢窗提示出这里已经空了许多间。

杜君恒一边看着，一边思忖着风黎究竟去了哪里，终于，她的脚步停了下来。

是的，她总算发现了一个人。

不，准确地说，那已经不像是一个人，他蓬头垢面地缩在地牢深处的阴影里，一双眼里好像只有他那双布满血痂的肮脏脚。他正在有一下没一下地抠着上面的血痂，直至鲜血横流。

“你来看我了？”

也不知看是没看见杜君恒，他突然开口了，他的声音活像是破风箱突然被拉动了，杜君恒怔了一怔，几乎要以为这声音是来自一位哑了的人，她没答话，那人遂又道：“你终于还是这样做了，我就知道你和他们都不同。”

杜君恒完全不理解他究竟在说什么，不过她还是“嗯”了声，但怪异的是，这声音似乎不属于自己。并不及细想，那牢中人听得她回应自己，这下总算不再抠那脚趾了，他缓慢地抬起头，赫然是一双被挖空了的眼，就好似两个黑漆漆的空洞直视着她，直让人毛骨悚然。

杜君恒下意识撇过脸，倒是如此轻微的动作，那人居然也能发现，他自嘲般笑了笑，道："我现在这般模样，说起来都是拜大人所赐，难道连大人也开始嫌弃了吗？"

杜君恒沉默，半晌道："所以你还有什么话要对我说吗？"

虽然明知是在异境中，但杜君恒直觉这里还是有什么不同，她试图套他的话，好在他似乎对她并不戒备。

"该说的话，我在当年就已经告诉过大人了，想要斩断魔神血脉千万年来被诅咒的宿命，世上唯有此法可行。"

魔神血脉？杜君恒心头猛跳，难道他已经把自己当作泷姬了？想到这儿，她忙抬起手，昏暗的光线下，一枚红宝石戒指闪着妖异的光，但不单这戒指不属于她，就连手都不是！

自己难道真是变成了泷姬？

她心中一阵混乱，且听那人不甘心地又道："泷姬大人，您是后悔了吗？"

后、悔？

她深吸了口气，努力保持平静，甚至是平静到刻意："这世上的事，没有后不后悔，只有应不应该。"

"哈哈哈！"话音落，又是一阵荒诞的笑，仿佛要把五脏都给生生笑出来，他站起身来，粗重的铁链在脚腕上发出沉重的声响。

"泷姬大人，相比起当年，您还是一样的狂妄自负呢！可惜，届时被神脉净化过了您，真的还有为魔族牺牲一切的决心吗？我很怀疑，我真的很怀疑呐！"

"既然如此，你又为何要向我透露天机？"杜君恒锁眉，道。

"因为我也跟您一样，想用命赌天啊！"那人笑得疯癫，只差最后一步，便能靠近那牢门，他五官扭曲狰狞，十指不甘心地抓向门外的杜君恒，"可惜玄镜那小子将我关押至这暗无天日的血狱里，甚至让人剜去了我的双眼！不然我真想看一看，被神脉净化的您，究竟会是何模样！"

他越说情绪越激荡，但杜君恒已经后退了一步。她很想骂这人是疯子，但话堵在喉头，却是怎么也说不出口。

她也曾以为能以一己之力扭转乾坤的，但结果呢？事情不过是向着另一个方向发展罢了。

她收敛心神，决然地转身离开，却听身后人在用力捶着牢门，声嘶力竭地喊道：

"泷姬大人，我不后悔！我是不会后悔的！"

他说他是不会后悔的，那么她呢？她握紧袖下的手，双眼直视前方。

路的尽头是风，风的尽头则是人。

眼前，一人玄袍银发、身姿英挺地遥遥立于湖心亭上，曲折的木制浮廊下，湖水阴碧沉静，廊檐下则缀有铜铃万千，风声过处，发出叮当的声响。

视野虽开阔了，但仍有薄雾如帷幔。

杜君恒左右寻不见风黎，倒是先与湖心亭中的玄镜对视了个正着。

这是哪里？玄镜为何会出现在此？

她这般想着，脚步却仿佛不听使唤般向玄镜走去，她黛眉微蹙，隔着风声，只听那人用低沉又动听的声音道："泷姬，你真的决定要这样做吗？"

她终于走近了，她抬眼看他，每看一分，都像要将一分刻进魂去，旋即，她听见自己开口了，虽然这说的，全然非她的本意："玄镜，我这样做也是为了魔族。"

"你真是为了魔族，而不是为了逃避吗？"玄镜那时一双眼还是好好的，虽藏着明晦万千，但修眉俊目，更显得俊逸非凡。

但她痛心了，虽然完全不理解这是为何。她收敛气息，只听自己沉声又道："我既为魔神在这世间最后的血脉，那自然有我需肩负的责任。万载之后，魔族将式微，届时神族将会有虚白、君恒、云枢三位上神，而我魔族只有你与尚未成气候的风黎少君，到那时我已身死，魔族的处境会更加艰难。既是如此，不如由我来充当这神魔两族唯一的变数吧。"

"这便是你以'女祀之瞳'所看见的结局？"听到这里，连玄镜也不由变了脸色。

"女祀之瞳，本就是魔神之血给予魔族最大的加持，再者说，魔神血脉的结局，你也并非不知。"她深吸了口气，将双眼直视向玄镜，"若不是因为此，上一届的魔尊，又怎不会将我许配与你？"

"泷姬，我不能这么自私。"玄镜别过脸，似刻意避过那道灼热的视线。

"你有你的坚持，我也有。"终于，她还是放弃了，她不再看他，而仅仅是盯着那看似平静的湖面，"若事成，我还会再回来，只是到那时，玄镜，我不希望你再逃。"

早听闻魔族的女人痴情，一旦认定了谁，那便是翻江倒海都要得到。这般算来，杜小九与她还真是挺相似。杜君恒暗忖着，已然背过身，向长廊的尽头走去。

很显然，在这个异境中，她已然成了泷姬，自然也就在经历泷姬曾经历过的事。

只是这里的时间顺序似乎是错乱的，她重新理了理，并不难得出：

泷姬从神秘人口中得知斩断魔神血脉诅咒的办法，后又为斩断魔神血脉的诅咒和感情上的逃避，她忍痛选择离开玄镜，最后潜入了昆仑仙境中，向正在仙池中孕育的自己下手，而之所以不是别人，不过是因为虚白和云枢在那时已经诞生了。

这真是好大的一盘棋啊！

杜君恒心想着，没留意眼前的景象已然幻成了祀音阁，她疑惑地向庭院走去，在经过花圃时，她似听见身后有窸窣的声音，但待她停下来，那声音又静了。

白玉铸造的石亭后，杜君恒刻意将身子掩入石柱后，等上半晌，终于见那人张皇地从花圃前排的低矮灌木后跳了出来。

——竟是风黎，哦不，准确说，是又变回了稚童的风黎。

他赤着小脚，正在东张西望着，疏风将他细碎的黑发绾去脑后，露出一张巴掌大的小脸，五官依稀是成年后的模样，不过更为水灵讨喜，尤其那双倔强又清亮的桃花眼，像是狐狸，更像是幼鹿。

“小鬼，你怎么在这里？”她从石柱后步出，故意端着一张脸。

乍见她，他的耳后根子唰地先红了，他慢腾腾地走至她的跟前，伸出小手，别别扭扭牵住她的裙衫一角。

“姐姐。”他低低唤她，小手也握得更紧了。

她遂笑，展眉如远山。他看罢竟又低下了头：“我晚上，想、想跟你睡。”他咬着唇，期期艾艾地道。

她听罢没答话，只是任他牵着，静静地沿着小桥流水向前走去，前方，就是形如墨莲的水榭了，她能感受到他咚咚咚的心跳声，但偏偏，她就是不说出口。

“你是玄镜的弟弟啊。”终于，她再开口，话音如呓语。

他不明所以地看着她，一双狐狸眼睁得老大，她看罢又笑，弯腰轻捏了把他的小脸。

肉肉的，软软的，凉凉的。

“你真的这么想跟我睡觉啊？”她故意打趣他，看他憋红了一张小脸，虽然也许完全不知那意味着什么，但还是重重点着头，就好像发誓一般。

她摇摇头，又低低叹了口气，最后还是道：“罢了。”

星光落入湖面，晚风轻拂，浅湖色的帷幔薄烟一般，她托腮躺在形如墨莲的玉床上，樱唇中轻轻吐出水烟。

她柔亮的发丝披散至床沿，脸上未施脂粉，一双瞳仁大且黑，她眼眸轻轻转动，唇间呵气如兰：“小鬼，你在那看什么呢？”

他就呆呆地坐在一团软垫上，看着她，仿佛忘了一切。听她这么说，他才晃过神来，他咽了咽口水，小声地道：“姐姐。”

她笑出声来，终于搁下那玉嘴水烟：“小黎，你可是喜欢姐姐？”

他下意识点点头，蓦地又摇了摇，他小脸红红的，表情窘迫得几乎要找个地缝钻进去：“他们都说，姐姐以后会是皇兄的女人。”

原来外人都是这样传她和玄镜的，她哑然，手捧起他冰凉的小脸，半嗔半笑：“姐姐不是谁的人，姐姐是泷姬大人。”

他眨眨眼，好像没听懂这句话，但她说她不是谁的人，这让他很是高兴，毕竟他还是个小孩子，小孩子一旦高兴了，就容易什么都表现在脸上，他踉跄地站起身来，火急火燎地环抱住她的腰肢，就好像只要他先得到，人就是他的了一样。

他一张小脸红得骇人，窝在她胸口的声音也瓮瓮的：“姐姐，你就等我长大好不好？”话说完，偷偷又抬头看她一眼：“你等我长大，我就能娶你了。”

一阵的沉默。

水榭中静得都能听见那软烟罗被风微微卷起，又轻轻收低的声音。

“好，姐姐答应你。”她说着，腰上的力量骤然紧了，她觉得有些难以呼吸，但手指还是轻抚上了他细碎的黑发，“不过，你也要答应姐姐，无论如何，以后都不要记恨你的皇兄。”

在女祀之瞳中，她已看见了二人多年后的结局，那么她能做的，便是尽可能地阻止这一切发生。

尽管这对还幼小的风黎而言，实在是太过遥远的事：“我怎么会跟皇兄记仇呢？他是这个世界上，除了老爹和姐姐外待我最好的人。”

怀中的小人扭捏着身子，小小红红的脸蛋贴得更紧了些：“姐姐，你也答应我，不要喜欢皇兄，父皇说过了，皇兄是未来要继承魔族江山的人，历来做魔尊的女人，都是没有好下场的，就像我的母妃……”

他的话没有说完，她已然觉察到了胸口微湿的一片，她将他的头扶起，让他看着自己的眼，她有一双极好看的眼，能让所有的男人都为之神魂颠倒，但独独是对着玄镜还有这个与玄镜眉目相似的孩子，她变得眸光柔软了：“小黎，你要记着，不论以后姐姐在与不在，你都要好好地活着，因为魔族不单需要你皇兄，也需要你。”

“但是……”

“没有但是，这是姐姐对你的企盼。”

狂风在水榭间卷起，杜君恒只觉得眼皮一阵沉重，转眼间，画面已变成了深沉的大海，蓝紫色的闪电撕破夜空，雨点犹如冰刃擦破脸颊。她最后看了一眼魔族的大地，心中唯有四字：义无反顾。

人这一生，有多少事值得如此呢？

她从前不知道，但在沉入这寒冷透骨的冰渊之后，她像是瞬间清醒了。

玄镜的坚持、父神的希冀，甚至还有小狐狸眼中闪烁着的期盼目光，她知道，该是她承担的时候了。

她是魔族最高贵的血脉，那么也该承担最高贵的牺牲。她穿着由魔鲸皮制成的贴身衣裤，头发绑成一束，沉下气息，收敛周身魔源，努力向冰渊最深的地方游去。

冰渊，魔族三海之一，说是海，实际是一望无际的冰川。这里是魔族最北的海域，因寒冷异常，海面终年冰封。但在这冰渊之底，谁知竟隐藏着通向神族的仙灵圣地——昆仑仙境的密道。

她曾在残缺的魔族志上看到过这里，虽然记忆总像是与她开着小小的玩笑。

是的，她有些迷路了。

冰渊底甚至没有任何的活物，极寒如死般的海水，不多时便让她混淆了判断。

在这里，似乎眼前一切皆是一般无二，她在冷水中打开额心的女祀之瞳，好容易辨清了方向，这才又向那密道游了去。

然而，女祀之瞳极耗灵力，她并无法时时开启，就这样又游了一段，她终于有些累了，她甚至不知道自己会不会悄无声息地死在这里。

但若真是这样，那便要成了魔族史上最可笑的一笔了吧。

她这般想着，咬着牙，努力不让自己因寒冷而失去知觉，忽地，一阵暗流涌来，她不及躲闪，当下便被重重甩向了另一方。

好一阵的眩晕，她的手被一个东西握住了，凉凉的，软软的。

——是一个人！

她反应过来想要甩掉他，却见那人自身后游至身前，他抱住她，身体在瞬间变大。

他噙着笑，低低叫她：“姐姐。”

那声音变成了无数闪光的气泡，她在看清是谁后，瞬间便惊醒了。

是风黎，他，怎么来了？

杜君恒捂着头，想要从这沉疴般的幻境中醒过来，她想提醒他自己不是泷姬，但他还是温温柔柔地瞧着她，像从来没这么细致地看过。

“姐姐，这一次，我不会再让你这么做了。”他拉着她的手，以迅雷不及掩耳之势将她向与之相反的方向带去，他的力气无疑大过她，虽然她并不明白，他何以能在瞬间由男孩变成男人。

唯一的解释是，在这个异境中，不单时间，就连逻辑都是错乱的。

杜君恒拧眉，一边任他带着，一边想自己现今被泷姬的梦魇附身，无法行使自己的意志，那么又该如何告诉他真相？

一片幽亮中，她低头看向自己的手指，在无名指上，一枚红宝石戒指发出诡异的暗芒。

但这个位置，本应是属于一根红线的。她集中全身精力，动了动那根手指，并将视线牢牢锁定在风黎空白的手指间。

忽地，他的手指也意外动了动，也许是意识到有哪里不同，他迷离的眼神也变得清醒了些，他皱眉，虽然依旧喊的是：“姐姐。”

事情到此，她终于明白了，这并非是泷姬的心魔，而是风黎的！

必须帮助风黎从这心魔里走出来，他们才能离开这，可现今唯一的变数，仅仅是指节间的这条红线，但这还远远不够啊！

她任他拖着，往更远的地方游去，甚至索性闭目养神了一会，以待恢复体力。

要如何才能令风黎清醒呢？她脑中一遍遍回忆着与他曾经历的点点滴滴：自她下界开始，风黎就像条尾巴似的出现在了她的身后，她一开始确实是有些厌烦他的，觉得他除了一张脸生得好看了些许，浑身上下就都是毛病，但日子久了，她也渐渐觉察出他的好来，他会维护她，也会关心她，甚至愿意为了她而妥协。

他的笑则是他的伪装，虽然时而笑得虚与委蛇，时而笑得没心没肺，她也向来不如何看得惯他的笑，但久了，连她也会探究这笑容背后的含义。

直到有一天，她重生，她终于知道他为何会对自己如此上心。

原来都不过是因为另外一个女人，泷姬。

但纵使这般，他也依旧与她生死历险魔族海底城，叶青青说，魂玺中的禁术每使用一次，他就会虚弱一分。

可这些，他也偏偏不说，只是依旧对着自己一副嬉皮笑脸。

这世上怎么会有这样的人呢？明明喜欢的是另一个，却还要对自己付之以命。

他就不怕她当真了吗？

她抿紧嘴唇，一分分地往深里想，但想地愈多，她的头便愈痛，她想要寻一个关键之处，但回忆得多了，竟觉皆是关键处。

终于，她再次活动手指，试图以意识将他向自己靠近，但这似乎很难，于是她只好改成了与他对视。

在深逾千里的海底，在冰寒的冰海中，她的瞳仁清澈得像能映出他，他也好像着了魔，定定地看着她，就像小时候被她第一次带入闺房中。

她微笑，朝他尽可能风情万种地勾唇，尽管她知道自己此刻并不美，但也需得一试。

好在他似乎很吃她这套，他眨眨眼，表情也变得迷离了，他的手指也不自禁地在随着她律动，终于，她将两片唇贴向了他。

她的嘴唇很冰，也没有从前的柔软的触觉，但这一瞬，风黎感到了不对劲！

眼前人，绝不是泷姬，泷姬是断然不会亲吻自己的！

他猛然睁眼，但见眼前人的身体一点点地从泷姬变幻为杜君恒，她的白裙被海水浸湿，越发显得曲线分明。

原来，她也是有如此女人的一面的，只是面色苍白，像耗尽了全身的气力在吻他，不，应该说是吻醒他！

但他不愿推开她了，尽管这样很令人不齿，也管不了那么多了！方才的幻境，让他重新变成了幼年时代的自己，也让他重温了一遍关于和泷姬的回忆，然而自始至终，他都觉得哪里不对劲，就像要透过她，努力寻找出另一个冥冥中的人。

哗啦——

思索间，他们已从海水中探出头，他抱着杜君恒，杜君恒扶着他，他们彼此对视一眼，却在视线相交的瞬间匆忙避开。

这可能是他们第一次距离这样近，近到连彼此脸上的每一根细小绒毛，都变得纤毫毕现。

心跳得很快，于是唯有假装不经意地扭过头，然而视野所及处，赫然已是塔底！疑惑间，且见塔底厚重的蛇眉铜门缓慢开启，风黎看罢，心中突然涌起一个奇怪的预感：这里的一切，也许与杜君恒有关。

极目所视，空旷深邃的塔底中，接连不断的高大壁画映入眼帘，如他们曾在魔海海底城里所见一般，不过更为厚重和瑰丽，像是一部历史长卷徐徐铺展。在塔底正中的位置，定海神针般矗立着一方古拙云台，那威严利落的线条犹如天斧劈开。

这里实在太静了，静得就像是在悄然举行着某种神秘的仪式。

他们屏息走上前，并不难发现云台中似盛有某股奇异的力量，就像是流转的星河，在黑暗的塔底散发出生生不息的银色光辉。

这，便是传说中的渊玉吗？

他们猜测着，但并不敢轻举妄动，又环顾四周，决定先从壁画下手。

杜君恒在指尖点起一簇光华，风黎看罢，也有样学样。他们一个自塔底最左，一个自最右，开始观察。

一时间，空旷的塔底也好似因这两簇光华有了生机，他们的鞋面在不动声色地移动，一如彼此的呼吸一前一后地响起。

半晌，风黎道："这里似乎是在说一场战役。"

杜君恒"嗯"了声，将手指轻轻蹭了点壁画上金粉似的颜料，用鼻尖嗅了嗅："是惊雷石。"

"炸开洪荒穹顶的惊雷石。"风黎蹙眉，喃喃道，"看来这里的确是洪荒时建造，只是建造这反相塔之人耗费如此心思，也不知目的究竟为何。"

"从壁画上看，这里记载的应该是神族和魔族的起源，"杜君恒边看边指了指其中两处，"你看这里，神族的标志千叶玉莲，还有魔族的标志黑金战戟。但在这之前，"她手又指向另一处——

"是一片混沌，"风黎凑过来，话刚接上，又摇了摇头，"不对，这不是混沌，这是……"

他恍然，猛地将手指向云台上那如同星河流转的光辉，惊道："难道这就是渊玉？"

杜君恒点点头，显然她也同意这个说法："如此说来，这最后留存下来的渊玉便是传说中的神魔之能了。"

"所以，这反相塔的主人建造这里，也是为了它吧。"风黎向来爱钻研这世上奇珍异宝，话音落，就差要动手去取了，但他还是忍住了，他看向杜君恒，道，"这壁画上可有说该如何取得这渊玉吗？"

他的问题恰也是杜君恒的疑虑，她已经将整个壁画环顾了一遍，但依旧没有发现除了神魔本是一源以外的记载，她摇摇头，慢慢行走至正中的云台处。

细细端详来，这云台的底座是以世上极罕见的黄粱玉打造，所谓一枕黄粱，指的便是难以实现的美梦，如此看来，这建造者果真是匠心独运。

等等，一枕黄粱、一枕黄粱……

她默念着，突然想到了什么，旋即将后背虚靠着云台，抬头向上看去，再不断调整角度。而就在风黎以为她这是中了什么邪，急忙要向她小跑来时，她却对他比了个噤声的姿势，接着指了指塔底的顶层，一片渺暗的水光中，只见一团星云隐隐闪耀。

——原来，真正的渊玉竟是藏在了这里，这幽深得近乎不被发现的空中之湖中！

而在那云台里的，不过是它因水光而产生的倒影！

找到了真的渊玉，接下来便是以何办法取得了。风黎左右细瞧了瞧，蹙眉道："这渊玉所处的位置，应该就是整座反相塔的塔眼了。"

杜君恒语调上扬地咦了声，且听他继续道："也就是说，如果我们现在取走了渊玉，极可能这整座反相塔都会坍塌，而我们也会在取得渊玉的同时葬身于此，除非……"

"除非什么？"杜君恒追问。

"除非我们能将每一次使用的力量都降到最小，且每一次的力量和时间都是绝对平均的，但这太难了。"风黎锁紧眉头，道。

杜君恒的算学修得不差，他这样一说，她立刻就明白了，但诚如他所言，这太难了。

同时，当初她匆匆瞥见的流沙瓶再次映入视野，但这一次是真真切切的，就在云台中，慢慢浮现了出来。

瓶中最后一线的白沙，几乎如一座警钟悬在她和风黎的头顶。

"以流沙计时并非是魔族独有的习俗，早在天地混沌初开，日未升、月未沉时，世上计时便皆是如此，只是之后神族和人族的域界上升，得到了日光普照，这才改成了以日晷计时。"

难得风黎这个时候还有心情来了这一段，杜君恒听罢不由皱眉，倒是他的下一句让她眼前一亮："所以，我们其实可以利用日晷的分割。"

"你的意思是？"

"没错，我们可以利用日晷来达到速度的一致，我已经大致测算过了，这座塔虽然失去了塔眼会坍塌，但因为需要承重的关系，并不会在同时坍塌。所以——"

"所以我们可以利用这个时间差。"杜君恒飞快地将话补上。

难得对着杜君恒也有如此默契的时候，风黎桃花眼上扬起，魂玺已然上手。

看来，他是打算用此来控制每一次的力量了。

“小君，”他冲她眨眨眼睛，好像很轻而易举一般，杜君恒不解其意，但抬袖间也幻出了一方日晷以测算时间，下一瞬，风黎以术法将日晷和魂玺结合，她朝他点头，示意可以开始了。

旋即，两道术法同时作用开，彼此无声的呼吸声中，针影如飞梭。

时间的流动如那云台中星河逶迤，没人瞧得清，也没人听得见，他和她皆不言语，只是对望着那以彼此术法作用着渊玉的魂玺，额间隐有汗滴。

那是他们两个人的心力，好像在所有的记忆里，他们都没有这样默契地合作过。

终于……要到这最后的时刻了。

杜君恒屏息，眼瞄向那日晷上的飞针，蓦地，她的双眼像被什么东西晃了一晃，紧跟着整个人就被极速甩入了那塔底倒悬的空中湖中。

湖水呛入鼻息的瞬间，她看见风黎单手指引着那魂玺，隔着幽深的湖水，她恍见那双桃花眼竟是她没见过的深和沉，她的脑中一片空白，旋即便被湖中那团沛然的星芒包围，她试图挣脱，奈何却是徒劳。

长得犹如亿万光年的时光中，她听见风黎的声音好似从另一个世界传来，他说：“小君，对不起，我忘了告诉你，我们之中总有一人，需要完成这最后一次的牵引。”

原来，这才是那目光的究极含义，百无一用，唯有情深。

第十四章 无字简

萤石打造的通道外，五色的鱼群在悠闲地游着。

杜君恒已经盯着其中某条鱼尾闪光的红尾鱼长达半刻钟，看得连在一旁的千机也终于忍不住了。他手托着个红漆木盘，盘中有一青瓷窄口碗，碗中散出淡淡的药苦，汤药已从滚烫放置到了现在温热。

他吸了吸鼻子，道：“君姑娘，药该凉了。”

杜君恒“嗯”了声，却道：“他从前也会看这里的鱼群吗？”

她的话有些没头没脑，但千机偏是接上了：“老板喜欢热闹，极少的时间才会待在这里，不过，他待在这里的时间，总是一次比一次长。”

千机抿了抿嘴：“我还记得第一次的时候，是刚刚建造了这座蜃楼，我好奇他怎么这么久都不上去，这才下来寻他。那是我第一次看见他发呆，他对我说，千机，你也有思念的人吗？”

话音落，他方知自己说漏了嘴，但杜君恒好像没什么特别的反应，只是接过了他手中的红漆木盘，淡淡勾了勾唇：“那最后一次呢？”

“最后一次，自然是因为你君姑娘了。”千机朝她挤挤眼，一副她本该明白的样子。

杜君恒“嗯”了声，这下未再言语，转身走向了紧闭的海室。

封灵海自古就是灵气盛极的地方，尤其是这深海中，是以当初风黎才要在此修建海室，一为收藏密宝，二嘛，自然就是为了无事时能滋养身体了。

可见，风黎实在是个很惜命的人。

但就是这样惜命的人，居然也会为了她杜君恒甘愿舍弃一半的灵魂，让它永久地封在了那不见天日的反相塔中。

是的，当她拿回渊玉后，便是直直穿过了水墙，回到了现实的锻造房中。至于原本趴在橡木桌上的风黎，则是索性一口血自口中喷了出来，接着便不省人事。

直到今天。

她沉着一颗心，慢慢踱到海室中风黎的床边，她将木盒轻轻放置到一旁的矮几上，拿出一旁的瓷碗用银勺拌了拌。这汤药大概真的很苦，方才千机瞧着它就一直皱眉头。

但是再苦，这药也得喝不是？她摇摇头，将平躺着的风黎扶正，奈何他身子太软，最后只能将他拉进自己怀里。

这个喂药的姿势她以前曾在仙宫本上看过，皆是男子喂女子药，总能显得情谊绵绵。但现今的对象调换了个，也不知究竟是那仙宫本错了，还是自己错了。她微微张嘴，片刻又闭上，只是一手托着碗，一手轻轻地喂药给他喝。

许是因为在睡梦中的关系，他反倒听话了不少，让张嘴张嘴，让喝药喝药，只是眉头紧皱着，像是遇到了什么难题。

他现下的这个模样，君恒曾经在梦境中看过，是他对着泷姬时。但现在想来，她大概也能理解一二了，毕竟那是他唯一亲近的女人，毕竟他还没有母亲。

在寒冷又不见天日的魔都里，这大概是唯一可以依靠的温暖吧，就像是天上的太阳，何况她还是那么明亮妩媚，很难让人不心生依恋。

她有一下没一下地想着，没留意怀中人忽地轻轻咳嗽了一声，她反应过来后忙不迭将药碗放置一边，倒是再转过身时，他已经睁开了眼睛，不过整个眼神都是迷迷瞪瞪的，像是很讶异她为何会在这里，又像很讶异自己为何会在这里。

他的眼神转了几转，总算清醒了。

他嗓子苦得发涩，声音也显得生硬："小君？"

他叫她的名字，她"嗯"了声，有些意外又有些惊喜，她锁紧的眉头略略舒展开，嘴角也溢出一两分笑意。

风黎没见过她这个模样，下意识道："我不是在做梦吧？"

杜君恒不明白他为何这样问，但还是如实地答："你已经做过梦了。"

还知道跟自己呛声，这人自然就是真的杜君恒了，风黎脑中反应着，眼见着要被她细心地扶回靠枕上，忽地一个鲤鱼打挺，直起身抓住了她的手。

这样的杜君恒他是没见过的，是以在这片刻里，他脑中的反应居然觉得值。他很想对她说说话，竹筒倒豆子般的话，却在即将发出某个音节时闭了嘴。

他想起来了，清清楚楚地想起了在反相塔中发生的事，于是攒着她的手，也慢慢地从手心滑到了手指尖："我知道她不是你，我只是，控制不住。"他看着她，眼神有些巴巴的，这又让她想起了那只未成年的小狐狸，总是一副可怜兮兮样，让人想要欺负，又想要揉进怀里。

但是小狐狸也是会长大的，他长成了眼前这个眉目俊秀的男子，也许是有几分阴柔，但在关键时刻，仍是会像个真正的男人一样挺身而出的。

她低低“嗯”了声，手任他抓着：“风黎，你不必这样对我的。我毕竟不是泷姬。还有，在水下的那个吻……”她脸上微微发热，“你也清楚，我当时是为了救你。”

有些话当时未来得及说出，不代表就一直不会说出。

风黎且看着他，听她絮絮地将话说完，谁料眼皮一抬，竟是道：“小君，你其实是喜欢我的，对吧？”

这句喜欢她不知从何言起，但被他这么瞧着，她忽然又心生了几分不忍，她抿着两片唇，像忍着极大的心事。

顿了顿，她终于开口，虽然说的是：“风黎，我很感激你能去救我。但如果上天能让我再选择一次，我一定不会入魔。”

只这简单一句，他蓦地就松开了手。

他想自己是理解她的，她是天生的神，还是天生最高贵的神，但他硬要拉她下水，他是多么的卑鄙。他别过脸，眼皮陡然酸胀得厉害，他是个男人，纵使得不到心爱的女人，也是不该掉泪的，可他也会心疼的，就像小的时候，明明都那样用力、那样眼巴巴、那样死缠烂打了，才能换来泷姬一句不痛不痒的关心。

其实，他也已经习惯了不是？

“没关系，是我自作多情了，我还以为……”以为那根系着红线的食指第一次摇动的时候，是你终于对我有了感情，但或许关切之情，也不失为一种感情。

“我并非是对魔族有何偏见，风黎，我希望你明白。”她仍旧在解释，但已经不需要解释了。

其实，他又怎么会不明白呢？他只是不甘心而已，他已经拼尽了全力，甚至还有他的半条命，结果，她说她不要。

他努力挤出个笑，看看那空了的瓷碗，又看看她，哑声岔开了话题：“渊玉呢？”

杜君恒“嗯”了声，二话不说将渊玉幻化了出来，依旧是流动的星河模样，只是缩小成了玉玦的大小，虚浮在她莹白的掌心上，美得灿然无双，就像是曾经的泷姬或者现在的她。

他不敢看她，只得长久地将目光凝在那渊玉上，接着换作了平常的调侃口气：“你不会是第一次将它拿出来吧？”

杜君恒一脸再自然不过的："那不然呢？"

"这渊玉既是你我共同寻来，理应就是你我共有之物。君恒虽非君子，但也不愿做小人，私吞了这圣物。"

她的声音清脆，如颗颗珍珠落入玉盘，但风黎却觉得，也许这便是他一再违背自己，甚至哪怕拼命倒贴也要和她生出情感的原因吧。

不论外界如何艰难，始终不折灭自己的心志。不徇私，不偏己，就像是一架最公正的秤，至于他要的，只不过是想让这秤多倾向自己一点罢了。

因为哪怕一点，其实也是赢。

想通了这点，他再不看那渊玉，反是目光灼灼地看向杜君恒，其目光专注，直让她以为自己脸上是多了什么东西。

她就要伸手摸脸，手指却被他握住了："小君，有件事，我一直没有告诉你。"

杜君恒疑惑地"哦"了声，且听他又道："还记得我们在闯反相塔时，那些盘古蟒向你跪拜的事吗？其实早在抽取神明之火时，我就曾经在你的灵识中看见过一条金蟒，与那盘古蟒一模一样，却有目无瞳。"

"盘古蟒，有目无瞳？"杜君恒径自重复道。

风黎点点头："所以我怀疑，这反相塔应是与你有什么关系。"

"那你又怀疑是何关系呢？"杜君恒顺着他的话头将话接了下去。

"我怀疑你就是创世神青姬的转世，就像孟磊之是转生石的转世一样。"似生怕她没听明白，风黎又补充了一句。

是转世吗？

杜君恒眉目淡淡，且听风黎继续："至于说这反相塔，我猜极有可能就是青姬本人创造。且不说盘古蟒和你灵识间的金蟒暗含巧合，就说当初它们向你跪拜，还有当初我们进入塔底时的那扇蛇眉铜门，甚至你无意跌落进这檀上弓里，我都觉得，这些不只是巧合，而是——"

"注定。"

"注定？"杜君恒淡淡重复着。

"再者说，自洪荒以来，又有谁有这个能力建造此塔？"他顿了顿，"想当初青姬创世，又意外仙逝，那有没有可能，她是因为耗尽灵力创造此塔，才仙逝的呢？"

"而她如此费尽心力建造此塔，我以为，只有可能是为了保住这最后的渊玉。"

风黎的推断不无道理，杜君恒点点头，不过与其在此推论，不如放手一试。

片刻后，她将手指放入那莹莹流转的渊玉中，蓦然间，她只觉像是陷入了一片生长着柔软的、茂盛的水草的碧湖中。

眼前飞闪过的，是她千千万万年来的记忆，但唯独有一件……

云枢曾经对她说过，她的傀影术多半是少时偶然进入的幻境中习得。但现今看来，事情并非如此。

遗忘的记忆与眼前的景象渐次交叠，斜阳暖醺，轻风吹低绿地。这一日，确是个好天气。

多半因孕化自仙灵圣地昆仑仙境，才刚满三千年的时间，虚白之妹，千年神玉所幻化的女仙杜君恒竟然已能和早有根基的虚白、云枢一起下界游历了。

但这并不是君恒的第一次游历，是以，她显得兴趣缺缺。

这一次，他们游历的地点是在人界的一个名为大泽的地方。这里位于人界领土的西南边陲，终年湿热，尤其到了暑天，人界中人扇着蒲扇。故此她完全不明白兄长为何要领她到这个穷山恶水的地方来，好在她向来对这些也并不挑剔，只心说人既然来了，那便是以修习为主。

他们白日化身为普通人界中人，但到了夜里，他们便会去寻找这里的灵气鼎盛地。虚白去了某泉，云枢则找了某井。唯独她，因为好奇来到了一家当铺。

那是一间门脸极小的当铺，内中黑漆漆的，连个门童都没见着。她喊了三声，才看见一位老人家从侧门后杵着根拐杖步履蹒跚地走出，他满头白发，但耷拉的双眼中，透出精干老练。

他沉声道："姑娘，你是典当，还是买赎？"

她还是第一次来这种地方，掏遍了浑身上下，只得将发髻上的一根骨玉发簪给摸下来，那骨玉是跟随她一并降生的神玉，在黑暗中显得格外剔透晶莹："我可以用它换吗？就换和它同等值的物件。"

老头自是认得玉的，何况这还是难得一见的冰种玉，他点点头，转身走向柜台，接着从最里层摸出了个用蓝布包着的硬邦邦的物什。

"这是很久以前的一位客人留下的，可惜他将东西留下后，就再未出现过。"

杜君恒"哦"了声将那蓝布拆开，一片豆大的烛火下，她看清这是本人界的竹简，这竹简显得有些年头了，纵使用层层的布包裹着，也依旧积了不少浮灰。

"这是本无字简，"老头被那陈灰呛得咳嗽几声，"那客人走时说它能值千金，如果姑娘愿意的话……"

“我要了。”她打断老头的话，飞快将那骨玉簪递给他。这竹简人界人看不出，但凭她是修行却是容易得很，她的指尖甚至还未靠近，就已经能感受到那无字简上残留着的灵力。

这还不是一般的灵力，只有洪荒以前的力量，大概才有可能如此吧。

为了探究这无字简上的秘密，杜君恒特意在城郊处找了个渺无人迹的山洞。

此时的大泽已入伏天，烈日炎炎，蝉声稠密，只可用聒噪形容。倒是这洞穴中冬暖夏凉，颇有几分人间四月芳菲尽，山寺桃花始盛开的意思。

杜君恒对此甚满意。

满意之余，便是集结周身精力来研究这无字简。说来也奇怪，这简书似乎一经她的手指触碰，便立刻能幻为有形的文字。

她那时还在求知若渴的年纪，自然越发聚精会神，这书中记载全然不同于正经的仙家修习之道，反是些古怪的秘术，譬如说，可以以自己的一滴心血制造出和自己一模一样的影子。

想想都觉得有趣，不过她并没有立刻尝试，毕竟这事若被她兄长虚白或者云枢知晓，免不了又是一通指责了。

她叹了口气，想起曾在天宫老人们口中听到的，说有朝一日虚白或者云枢中会有一人成为万众瞩目的神尊。

但她心里其实并不希望他们成为神尊，因为她总觉得那是太过沉重的责任，要将整个天下、整个仙界放入胸怀中，想一想都觉得累得慌。

她摇摇头，继续研究这本无字简，越看就越觉得兴致浓郁，时间不知不觉就这样过去了十日。

奈何以她对虚白和云枢的了解，若将此物带回神界，断少不了一番指责，她左右寻思了番，很快想到一个好办法。她将无字简下篇未读完的部分默记于胸，又谨慎地将这书简藏入这密洞中，这才离开。待回到神界，她这才将那下篇部分抄誊于竹简之上，而这，便是那沉于太冥湖底的禁书的真正由来。

至于说，对这书上事她为何有些记得，有些忘记，则全然因为这之后的事……

时如星海，谁知这段年少时的小事在万万年之后，居然会被重提。他们不久之后匆匆离开大泽，她就再没机会去取回那本藏匿的无字简，而在那之后她玩心收敛，也就懒得去取了。

但她曾在无字简上习得傀影术一事，却因一次醉酒告诉了云枢，巧的是，云枢竟也将这件事记在了心上。

时间直到神魔一战前三百年，一切看起来都还是风平浪静的样子。某一日她在罗浮宫中闲得发慌，本欲出去转转，哪知就在纹枰台前碰上了向来甚少露面的司命星君。

她直觉碰见司命准没有好事，这不，很快她就被告知了需下界这档事。依照神界的规矩，但凡仙者要向上晋升一阶，便要历劫。

若通过，便晋升，若不通过，便灰飞烟灭。

她这人向来没什么晋升的野心，自然也就忘了这事，再者她又是天生的神脉，自然对这桩事也就更不关心。

但纵使此，这劫还是需要历的。她稍作一番准备，打算不日便前去人界。可就在准备临行的前一晚，云枢忽然约她在纹枰台弈棋。

她还记那一日纹枰台起了雾，云枢颀长的身影笼在云雾里，朦胧得看不真切。她梳着人界的发髻，自淡雾中款步出。云枢乍见她，竟是微微一怔，不过一瞬，便恢复平静，他感慨道："君恒，还记得上回我历劫是你送我，如今换我送你，这般想来，当真是浮世几轮回。"

她点点头，在纹枰台与他对面而坐，从来从来，都是她执黑他执白，但这回她偏夹起了白子，回道："人世百年，于仙界也不过一瞬，好友又何须挂怀？"

云枢看她，目色变了变，遂也夹起了黑子，却是迟迟不落："君恒，如果，我说我不想你走呢？"

她一时间好像没听懂他这句话的意思，未几，便又听他道："我知你曾在那无字简上习过'傀影'一术，何不借此机会试它一试。若成，你也便不必被监视，若不成……"

"监视？"她夹着白子的细长手指一颤，"好友此言何意？"

云枢凤目抬起，半晌，低道："此事我本不欲透露与你，但思来想去，你我既是好友，我也不该瞒你。"

"这下界一事，本就是神界想出来制约众仙的法子，你想，一旦下界历劫，首要便是忘却前尘，再来便是暂失仙骨，以凡胎经历世事。人之本性，便会在此间暴露出，一旦被诱惑，很容易便会失去仙格。不过，最让人无法容忍的，还是你所有在人世经历的一切，都会被司命在观尘镜中监视，包括你的爱恨、情欲，你一切的一切，都要被记录于仙典之上……"

“够了。”杜君恒闻言秀目曲了曲，将手中的白子掷回棋篓，“此事容我想想吧。”

云枢见状，也不再劝，只是道：“君恒，不论你最后做何决定，我都支持你。”

一日后，姬山之巅。

惊涛亭外，翻云如波涛。

惊涛亭中，一人白裙碧箫，她起手撑开一道结界，口中秘咒随后响起。

是的，就在短短的几个时辰之后，她终于还是决定动用禁术“傀影”使自己免于被监视，其实她也非是对下界这事有成见，她只是不忿于自己的隐私被人窥见。

她阖目，回忆起无字简上记载的禁忌秘法，同时手中的阵法也缓慢荡开。

很快，她便感到心口处一阵轻微的痛感传来，紧接着一颗血珠从自己的心口处徐徐破出，她想了想，又取下了随身的配玉：勾玉，再以秘术中的接木之法将二者牵引，欲以勾玉之力保护自己的影子一切顺利。

但，就在这秘法即将完成之际，一阵无名之风忽起，连她布下的结界都受到了一丝波动。

她狐疑着坚持完成术法，奈何目光轻瞥间，却在云深处看见了一道人影，不，准确说，她是看见了一双云靴。

那鞋面纤尘不染，以暗纹银丝绣着麒麟图案。

云枢……她正想着，忽感背后一道暗劲袭来，接下来就什么都不知道了。等她再次醒来时，时间已然到了三百年后。

三百年后，神魔之战已经结束，神魔格局也发生了相当不小的变化。首先是神族因缺少一主神而仅仅换来三千年神魔和平的战局；其次是虚白战死，她以女神尊之名继任罗浮宫的宫主之位；最后，则是她对自己曾使用‘傀影’一事，竟然完全忘记，不仅如此，她也忘了年少时曾读过的无字简。关于这段记忆，她仅仅还能关联上的线索，也不过是太冥湖的那本禁书是因她而沉，她记得那上面的秘术，所以才会在面对那碧霞宫的宫娥雁玉时，那样的从容镇定。

但这，都不过是因为她记住了无字简的下册：禁书，却忘了从头到尾，禁书与无字简都是同一样东西，区别只是它的上下册罢了。

画面到这，杜君恒深深吸了一口气，终于从渊玉中抽出了神识。倒是这期间风黎静静站在她身旁，不单吃了千机送来的千层糕、杏仁饼，还喝了一小壶桂花酿。

此时见杜君恒脸色有了波动，虽然很明显不是往好的方向波动，但还是立刻凑上了前，关切道："小君，你是不是看见什么了？"

杜君恒眸光波动，但并未正面回答，只是道："风黎，至朽木做的那一把'檀上弓'，劳烦你替我取来。"

心思活络如风黎，这一听，便知晓杜君恒定是发现了什么，抬袖间，那把封印在海室最深层暗格中的"檀上弓"被变幻出，旋即递给她。

杜君恒道："风黎，我需离开蜃楼一段时日，你、不介意吧？"

其实这蜃楼本也不是她的家，她这么问，也多半出于客套，但风黎偏是信了，不单信了，而且信得很真。

他摇头，果决开口："小君，既然你有你要做的事，那我也不拦你。但我希望你记住，我会在这里等你，一直。"

杜君恒冲着他点头，将那把檀上弓收好后，便起身打算要离开，风黎看着那背影心中几分戚戚，孰料杜君恒临走到头了，忽地真就又回了头："风黎，谢谢你。"

她的嗓音渺淡如烟，这样的她却让风黎忘了如何接话。

此一行，杜君恒约的是百花之神婴缇，其实她也不确定向来对她没什么好眼色的婴缇是否真的会来，或者孤身前来。

但终归，她还需一试。

她约定的地点在姬山之巅，时间则是在刚才，准确地说，是在她离开蜃楼，在封灵海的海天石门洞开的那刻。

算来她已在这封灵海待了不少时日，这段时日里，想必不论魔族抑或神族，都发生了不少的事。

她心中一声叹息，自出了那海天石门后便隐去身影，泷姬的毕生绝学她现在已能灵活运用。再加上身负渊玉之能，即便是当年的虚白或者玄镜，也多半已经不是她的对手了。

但这样的她，却并不是她想成为的。少时她不想坐拥神族，但命运偏让她成为神尊；现今她不想入魔，不想成为这第一人，那命运又偏让她如此。

虽然现在一切都有了解释，如果这个解释成立的话，青姬转世，如此绝顶高贵的身份，该是多少人梦寐以求。

但拯救苍生的重担，又岂是人人都能承担得起的？

她苦笑着，脚踏祥云飞过封灵海，越过龙须山，跨过赤莽江，俯瞰着这片神州大地。她想，如果自己真是青姬转世的话，那么当年的青姬是如何抉择的呢？

她并非是逃避责任的人，也愿意直面命运，但这样的命运，未免太苛责了。

自太古以来，姬山之巅便是神魔两族的分界。而惊涛亭，更是当年她、虚白、云枢三人共同以仙力在姬山之巅靠近神族的一方铸造，但现今，她以这纯魔之身，竟是再难进入了。

隔着云端，杜君恒远远看了一眼惊涛亭，一时百般滋味上心头。但世事终是回不了头，终只能一直向前走。

她落下云头，慢慢向它旁处不远的一株姿态极妍的花树走去，此花树名为时令花，正是百花之神婴缇的元神之树。

说来，此时的她心中确有忐忑不假，以婴缇的心性，很难让人猜测出她是否会赴约。奈何多想无益，遂索性不再想其他，只是盯紧着那花树看着。

都说时令花是普天之下最美的花之一，她从前为神时看多了世上奇花奇草并不觉得，但现今在人世走了一遭，又在魔族待了一道。这般看着它，倒真是好看。

颜色好看，花形也好看，就连这枝丫都是好看的。

她这人向来不吝惜对美的评价，多看了几眼，难免啧叹出来，倒是另一端的婴缇终是忍不住了，婴缇大概本想多忍些时候，奈何还是服了输。

她自那时令花树里幻出，仙资绝尘、容颜绝美，只是神情冷傲，仿佛多跟杜君恒说一句话都是多余。

倒是杜君恒并不介意，依旧是那么不徐不疾的，简直让婴缇看了就生气。杜君恒道："你嫉恨了我这么多年，如今也该放下了吧？"

婴缇别过脸不说话，一副拒绝回答的模样。

杜君恒只好又道："婴缇上仙，我此番来，确是有事找你。"末了一顿，"此事有关云枢，以及整个神族，我希望你能放下成见。"

她这话本身没有问题，但奈何对象是对着婴缇，婴缇向来反感她这一副公事公办，心怀天下的样子。不过她言语提到了云枢，只好姑且一听，婴缇简短地道："说吧。"

普天之下，敢如此不把她杜君恒放在眼里的，恐怕也就是她婴缇上仙了。

杜君恒居然也不气，翻手变幻出了那张绝世神弓，郑重道："我希望你能将此物交予云枢。"

余光瞥见杜君恒此番拿出的居然是檀上弓，婴缇总算是转过了身来，虽然回话同样简短："我答应你。"

“谢谢。”杜君恒由衷道。

对话至此，婴缇总算装不下去了，精心描好的柳叶眉挑了挑，道：“你还有话跟我说吗？没话说我就走了。”

杜君恒其实还是有话说的，可惜她这人向来话也不多，她看了看婴缇，神情认认真真地说：“你确实很美。”

大概是完全没料到她会这么说，这下反是轮到婴缇别扭了，她撇撇嘴：“别以为你这么说我就会喜欢你，不过这弓我是会替你交给云枢的。”

杜君恒点点头，正寻思着该说些什么，便听婴缇道：“杜君恒，虽然你我一直不合，现在你又阴差阳错沦落为魔，但我相信你是不会背叛神族的。”

都说这世上最了解彼此的，永远是对手，如今看来，这话还当真不假。

只是，万万没想到说这话的人居然是婴缇，杜君恒心中难免生出了一丝感慨，她看着婴缇，“谢”字还没说出口，便被打断了：“不过你可千万别谢我，现在这一切都是我的猜测，如果被我知道你有一日真的背叛了神族，我可是不会放过你的。”

杜君恒低低道了声“好”，旋即便见婴缇红了张俏脸，迅速消失在时令花树里。

这样的绝世神兵，大概也只有在她婴缇上仙的眼里，才不值一文吧。杜君恒心想着，又在那花树前小驻了片刻，这才掉头离了开。

封灵海面，巨浪滔天。

两道人影立于那巨浪之上，夜幕下，闪电在暴雨中裂出魔戟的形状。

只听其中一个低沉的男声道：“小弟，你若再不放人，就别怪为兄不客气了。”

竟是玄镜孤身一人，前来夺人了。

沉重的雷鸣在耳边炸开，倒是另一个略显年轻的男声很快回道：“皇兄，人不在我这，你不信，大可以问问其他人。”

回得一副嬉皮笑脸的，不需猜，都知是风黎。

自姬山之巅匆匆赶回的杜君恒目睹这一切，心下一沉，旋即御狂风而行，她眼望着风黎，话却是对着玄镜：“何须劳烦魔尊大驾，我愿跟你回去。”

终篇·天命

第十五章 祀音阁

蓝紫色的闪电映透远方的通天巨石，浓重的墨云之下，“九幽”二字如雷击般印入脑海，杜君恒黑眸不动声色，唯独水色唇暗暗抿紧。

有些事明明不该有印象的，但偏偏临近了，却又像那走马灯般在脑海里一幕幕地跳出来。那个时候，重返魔族的风黎该是何心情?

她很快随玄镜一起踏入那幽黑刺骨的深渊之中，在她身后，某个隐隐期待的身影却始终未来。

一个时辰后，灯火通明的明镜宫中。

以肃和为首的魔族一干将领正襟危坐，矗立着恢弘立柱的大殿静得能听见夜风低低拂动衣袂的声音。

杜君恒对这样的排场已然习惯，一张脸静默着，整个人似冰雕般跟在玄镜的后面，她隐隐预料到这出戏或跟她有关，但她并不说话，直等着玄镜先开口。

终于，他行走至王座前，一身银发玄衣，派头很足，话语却是郑重：“魔神血脉回归了。”

只一句，便让整个魔族再次沸腾了!

事实上，这件事并非是第一次宣布，但从魔族诸将投来的灼热视线中，杜君恒到底是感受到了一丝不同，不，准确说是希望。

殷切的希望。

她深吸口气，目光再是淡然不过：“当魔血染遍大地，便是我魔族兴盛之时。吾愿率领诸将共同见证魔神之荣光。”

她的话仿佛一句带有魔力的谶语，片刻的静默后，鼎沸的欢呼声只差将整个明镜宫的宫顶掀翻。在她身旁，玄镜微微蹙眉，仿似在盘算她是从何处听得这话。

而在她身前，一条瘦削的人影从人流中缓步走出来。

那人一双厚底靴，靛青的鞋面刺绣着双兽图，正是辅相肃和。

他穿着宽大的玄色狩服，更显得身材羸弱，但谁又能想到，正是这样一名文弱的青年，却是魔族中最心机深重，也最重要的辅相。

杜君恒对着他微微勾了勾唇角，表情好像在面对着个老熟人，他则上前一步，先是恭敬一揖，再道："臣有一议。"

玄镜修眉微蹙："辅相请说。"

"上代魔尊在世时，最后的希望便是主上能与魔姬成亲，携手主持我魔族大业。现今既然魔姬已经回归，那不如，就请魔尊择日迎娶魔姬吧。"

话音落，全场哗然。

不论怎样，眼前的这位九姑娘虽说是魔尊玄镜口口声声言道的魔神血脉、重生的泷姬。但毕竟她与神族那位神尊一模一样也是不争的事实，是以肃和的这个提议，虽然大胆到令人心惊，可不得不说，这确是眼下最安全的办法了。

气氛如绷紧的弦，所有人的目光都紧盯着殿上的杜君恒和玄镜。

然而诡异的是，这两人始终面色如常，甚至未曾有过哪怕短暂的目光交汇，最后，出乎意料的是杜君恒先开口了，她气息很稳，面上浮出个若有若无的淡笑："此事，本座应下了。"

她刚是说她应下了？这下倒轮得玄镜心惊了，他飞快地瞥向杜君恒，奈何杜君恒并未看他，只是继续道："辅相大人还有何事要议？不如都一次说了吧。"

她端的是女君的架子，站的是玄镜的场子，却始终未有一丝退却，也是在这个时候，玄镜忽然明白风黎为何冒死都执意要救下她了。

这个女人，的确不同。

"神魔一役迫在眉睫，还请魔尊拟定未来方针。"肃和的声音再次在大殿响起，倒真是不见丝毫的客气。

"神魔一役历史渊源，虽眼下神族蠢蠢欲动，但相关细节，还需从长计议。"玄镜沉吟一番，并未直接接下他的话茬。

穿过魅生花衔成的花圃，又绕过一座山阴木打造的浮廊，夜风下，不远处的脚步声清晰地收入耳际。

终于，杜君恒停在了一处花架下，那细韧的花架上攀绕着茂盛的藤葵，幽紫色的六瓣花朵像是夜的眼睛，好奇地看着这一对俊美如神仙般的人物。

“魔尊此番前来，是要追问原因的？”杜君恒眸光如镜，淡淡向玄镜扫来。

玄镜不知她葫芦里究竟卖的什么药，他修眉攒起，压低嗓音道：“你并非真心实意想与我成亲，又为何要同意肃和的提议？”

对于这个答案，杜君恒既没肯定，也没否认。她细长的手指拨弄着身旁一支探出的花蕊，音调一低，戏谑道：“但是杜小九想同你成亲，可是想得紧呐。”

“你到底什么意思？”

听到这个名字，玄镜心中难免一刺，他欺身上前，双眼逼视杜君恒，仿佛要将她看穿一个洞来：“你此番回魔族，究竟有何目的？”

“一桩交易，不知魔尊可有兴趣。”杜君恒并不退，甚至嘴角还牵出了个笑。

一阵沉默。

终于，玄镜松开她，双眸仍不放过她脸上哪怕一个细微的表情：“你到底想要什么？”

“从前我不明白魔族为何总想与神族争个高下，但现在我明白了。”杜君恒故意顿住话音不往下说，然而她的意有所指，猛地让玄镜变了脸色。

“雪楼近来的月光，似乎晦暗了许多。”杜君恒淡淡地扫了他一眼，总算将话接下去，“魔族能源衰竭，这才是魔族发动神魔战役的必然原因吧？”

“没想到不过短短数月时间，你竟然知晓了这件事……”玄镜面色如冰，周身衣袂也似无风自动，然而他越是这样，就越是暴露了他的心虚。

好在片刻的僵持过后，他到底是改了口：“说说你的办法。”

“那你需先答应我的条件。”杜君恒以同样的语气道。

然而，让玄镜如何也没料想到的是——

“你刚刚说，渊玉？”如果说这世上有什么事能让堂堂魔尊听后也惊讶的话，那么这一件，恐怕已是极致了。

他深吸了口气，用仅剩一只的俊目看定她，眸光透出分明的复杂：“既然你和小弟在反相塔中意外获得了渊玉，那么后来你无意汲取了渊玉之能，此事风黎可知晓？”

他的提问并非空穴来风，而他的提问，恰也是杜君恒最不愿提及的事，她微微别过脸，索性将话题跳过了：“所以，魔尊大人是答应了？”

玄镜点头。

她“嗯”了声，终是道：“自古君无戏言，我相信魔尊会信守承诺，至于说我，自然也会依照承诺将魔族能源尽力修补。”

“我最后还有一个问题。”似想到了什么，玄镜忽然开口，“使用渊玉之能，对己身是否有所伤害？”

“我记得令弟做生意，向来是等价交换，不问事由，怎么事情到了兄长这里，反倒啰唆起来了？”杜君恒轻呵一声，依旧是看不出表情。

只是，她难得一次牙尖嘴利，谁知竟也和那人有关。

魔族常年隐于晦暗的月光之下，遥遥立于巨池上的祀音阁自然也不例外。

杜君恒顶着魔姬的身份一路自明镜宫而来，每走一步，心情皆是沉重一分。有些事是不能做的，她现下偏是做了，有些话是不能说的，现下她偏也是说了。

但是究竟是否正确呢？她抬眼望着头顶深黑辽远的天幕，竟也找不出哪怕一句的答案。

起风了呢。

她在夜风中比着细长的手指，轻吁口气。很长的时间以来，她都不知自己因何而生，因何而活，甚至以为勤勤恳恳、日理万机便已对得起这无端落下的神尊之位，但经过那一次意料之外的死而复生后，她忽然明白了，这其实，还不够。

远远不够。

就好比她从前看了那么多书，可依旧对人情世故一窍不通一样。可是，自从她的身边多了那个人的那天起，许多事就变得不一样了。

变得有了不同的解释，也变得有趣、新奇。

可惜，他的深情偏偏付诸了她这么个天底下最不可动恻隐之心的人。

她抿紧唇，决心不再思索这个问题，推门迈进了隐在夜色中的祀音阁。

大概是玄镜早先有过吩咐，这个时间，祀音阁中空无一人，重重的帷幔在殿中低拂着，仿佛幽灵般窃窃私语。魅生花的香味忽轻忽重地飘入鼻息间。

她觉得这个景象似曾相识，认真思忖了小半刻，这才起手撩开一挂珠帘。

夜风在长廊中穿梭，她在风声中行走。

推开尽头处的活页门，淡淡的硫黄味扑面而来。这里空间并不大，一座精致的落地黑绢屏风阻断视线，零星筛出幽冥灯的光线。

绕过屏风再往后，赫然有一座莲花造型的浴池映入眼底。杜君恒环视一圈，心说这该就是泷姬的那口镇着一颗上古赤炎珠的莲汤了。

这般想着，她慢条斯理地褪去周身衣物，又将长发斜斜绾起在削肩一侧，一双绷直的小腿一步步沿石阶踏入了泉水内。

来自地底的泉水温热，并不时有汩汩的水流自泉眼处涌来，仿佛一只手轻柔地按摩着脚底，舒服得让人直想睡觉。杜君恒缓缓行走至莲汤最深处，她单手托腮靠在光可鉴人的白玉石台上，正要思索些事情，便直觉脚底像踩上了什么东西。

似是有些柔韧的，偏生质感又略觉坚硬。

她认真蹙着秀眉，索性走回去重踩了一遍。下一刻，只听一声“啊”的惨叫，一道身影犹如鲤鱼打挺般自池底弹了出来。

那人墨发红唇，一双桃花眸风情潋滟，倒是脸颊两晕病态的酡红，犹似擦了女人的胭脂。此人不是风黎，又能是哪个？

杜君恒虽不知他是几时来了这里，但很显然的，风黎现在并不对劲。

就像是看着一个陌生人似的，目光对着她裸露出大片风光的胸脯也不为所动，不过在对着她的脸看了一阵后，冷不丁两只手就捧上了她的脸颊。

那道专注目光似曾相识，就像是荒野上某种孤独的兽类，然而他不动，杜君恒居然按捺着性子也不动，虽然他唇齿间吐露的气息，终归是暴露出某些细节。

“你喝酒了？”杜君恒皱眉道。

风黎不说话，依旧看着她，半晌，他的指尖有了轻微的动作，像是拨弄琴弦般，他拨了拨她的脸，一字字道：“姐姐。”

一声“姐姐”让杜君恒的脸色瞬时阴晴不定。

她似乎想要张口，但最终还是闭紧，倒是醉酒的风黎越发贴近了。他手上动作并不停，盯看着她的脸，认认真真地，就像是从没见过，又像是见过可偏偏遗忘了。

“姐姐已经不在了，你是杜君恒。”他摇摇头，嘴里喃喃着，手指却停下来，停在她的秀目上，复又开口，“你是小君。”

光线暗淡，杜君恒眉头隐隐跳动。

“风黎你喝醉了，走，我带你回去。”许久，杜君恒终于开口了，虽然连她也清楚，她想说的，分明并不是这一句。

然而，她的话刚落音，嘴唇就被人给牢牢堵住了。这瞬息间的事情甚至来不及思考，甚至连背脊也被重重磕在了石台上，她一阵头晕眼花，奈何趴在她身上的人越发激烈了，简直有将她拆骨入腹的意思。

她心下愕然，直想要推开他，这人分明上一刻还是一副病狐狸的模样，怎地下一刻就化身为狼了？可纵使还能思考，身体里某种奇怪的欲望却像是腾起的火苗，灼热得让她产生种从未有过的害怕，她想推开他，奈何他的身体重得骇人。

“风黎，你放开！”这是她平生第一次感到来自一个男人的威胁，她甚至羞于说出那个“我”字。

然而身上的人却吻得愈发疯狂。她逃，他追，她避，他堵。他仍余着酒香的舌灵活如游蛇，而她却连笨拙的回应都不曾会，只知道一味地后退、后退。

可是已无路可退，而面前人也显然不给她这个机会，就好像这次得不到此生就再不会有机会了。直吻到她的锁骨，他嘴里还不忘重复念着两个字：“小君。”

他的模样真是让人心疼啊，疼得就像是有一把锤子一下下地敲着她的天灵盖，敲得她振聋发聩，双眼发花。但她怎么能接受他呢？她咬着唇，苦笑着，终于——

“啪！”

一记响亮的耳光甩在他的脸上，他显得被这力道震醒了。“小君？”他后退半步，甚至此时才意识到了泉水带来的阻力。

“风黎，我以后就是你的大嫂了，你切记不可再逾矩。”她的声音一针见血，就像是夜风中钉来的薄薄刀片。

风黎揉着额头，踉跄地想自水中站起，怎奈何越想站直，越是滑稽地跌了跤：“小君，我不信。”

他一字一句，咬牙切齿。

但她依旧不为所动，甚至很有逻辑地开口道：“你若是不信，又是因何醉酒？还醉倒在这祀音阁的莲汤里？”

她的反问很见功力，然而她越是这样，越是镇定，越是不徐不疾，他就越好像不能自已，他一面揉着脑袋，一面恶狠狠地看着她。

模糊的水汽中，他终于意识到此刻的她仅仅穿着件素色的肚兜，她的身材并不丰腴，但胜在皮肤光洁如玉，她枫红的长发挽在肩头，露出优美的颈部线条。

他此前从不认为她的美是具有侵略性的，但这一刻，他认识到自己是错了。原来那些外表的浮夸都不过是虚张声势罢了，偏偏是这种看似寡淡的容貌下的一个波澜不惊的眼神，才是真正的犀利。

只是，为何生得这样美的人，总会这样铁石心肠呢？

明明，他都已经为她甘愿牺牲一半的魂魄了不是吗？

甚至，他也已经投入了这样多的情……

可是，她不要。

她还说她要跟自己的兄长走，她是疯了吗，还是自己疯了？

他深吸口气，努力想让自己镇定下来，他想告诉自己眼前所见一切皆是幻境，是一场梦，可偏偏那人的容颜在梦境中又分外清晰，清晰得脱离了泷姬的影子，成了一道痴妄。

帷幔在宫殿中轻拂，掀开夜的一角。

墨玉的莲床上，风黎正在熟睡，他长睫微垂，犹湿的黑发在白瓷枕下散开，一张精致的俊脸上尤似笼着一层薄薄的雾气，这正是半个时辰前杜君恒的术法余劲。

莲床外的透雕软榻上，杜君恒和衣坐了半宿，忽听廊外的浮桥上有了声响，那跳跃的步伐惊扰了沉睡的冥虫，发出不安的窸窣声。

杜君恒眼眸抬起，弹指一道透明的结界罩下，旋即只听一声响，来人撞在了那透明结界上。

“好啊，杜小九，你居然敢戏弄我？”叶青青绿裙疾舞，嗓门奇大，又看一眼莲床上酒醉半酣的风黎，一对漂亮的眼珠子几乎要掉出来。

“你之前不是答应我，说退出我和他之间的吗？”

杜君恒“哦”了声，慢悠悠地从软榻走下来，走上光可鉴人的青砖地面，表情似笑非笑：“我什么时候答应你了？”

“你！”似是没料到杜君恒居然也会出尔反尔，叶青青一张俏脸更红了，她指着杜君恒的鼻尖，几乎要揍上去，奈何被那透明的结界隔着，只能干瞪眼。

“你这个人怎么能说话不算话啊？你好歹也是魔神血脉不是吗？”叶青青怒斥道。

杜君恒又笑，笑得一脸风轻云淡的：“但是你无凭无据，凭什么说我答应你了？”

“我！”叶青青气竭，一拳砸上那透明的结界，“我打不过你，但你也不能这样欺负人啊。”

“可你都说了，我是魔神血脉，如此稀罕的地位，自然是我想干什么就干什么了。”杜君恒随手撤去了结界，她一袭曳地黑裙，眉心不知何时显现一粒与发色相同的妖冶红朱砂痣。她每向她吐一个字，容貌都仿佛要艳丽一分。叶青青看罢，不知怎地竟想要回避，她攒着眉头，急急将目光探向风黎。

“我早说了，你就是个坏女人。”她咬牙切齿，偏偏她的表情让杜君恒再次露出了笑意。

“所以说，对付像我这样的人，你便应该早有准备。”杜君恒勾唇，伸手擒住她的下颌，“烛龙族王女，不如我们来做个交易如何？这次是真的。”

这样的态度，这样的语气，直让叶青青心中一惊。她瞪大眼看着杜君恒，慌措间险些栽了个跟头，还记得最后一次见到杜君恒时，她就觉得心中怪异，但现在看来，她终于知道这怪异是源自何处了。

是气势，分明淡然，可又雌雄莫辨的气势。

她远远躲开，警惕地看看杜君恒，又看看床榻上衣襟微敞的风黎，一张俏脸噌地更红了。

“说吧，你、你想要什么？”叶青青道。

“我想要——”

杜君恒歪着头，仿佛猜中了她的心思，手臂一挥，一道隔音屏障连同莲床上的帷幕便一齐罩了下来，瞬时也遮挡住了那道望过去的灼热视线。

她则一步步向叶青青走来，似在斟酌，又似在算计：“王女，要知道，我床上的躺着的可是魔族少君。”话到这儿，她突然笑出声来，直让人寒毛倒立，“这少君的价码，自然不能同于常人。”

“所以呢？”叶青青屏息，几乎忘了眨眼。

“我要烛龙金莲。”她凑近了，嘴唇轻吐，而那话音落在叶青青耳中，也像是被谁一记闷拳砸中了胸口。

“这不可能！”近乎是本能地，叶青青立刻回绝了，而这四个字，也仿佛在瞬间给了她力量，甚至让她直逼向杜君恒，“更何况，你也快要和老大成亲了！”

“那又怎么样？”像是听到了什么天大的笑话，杜君恒纵声高笑。她单手扶向莲床旁九枝连盏灯的灯臂，身姿微倾，气势开阖，仿佛这身后就是她的王座，“王女你别忘了，这里，可是魔族。我若真要享齐人之福，你又能奈我何？”

没想到她居然这样毫无礼义廉耻！叶青青咬着嘴唇，几乎沁出血珠，倒是杜君恒悠悠换了个姿势，一脸心不在焉道：“再者说，你我都清楚，我们这位魔族少君心里，现在只有我一个。”

无耻！这简直太无耻了！亏得自己当初还帮她逃离呢！简直就是瞎了眼！叶青青在心里愤愤地想，奈何嘴上还偏偏不能提，仿佛提了就真落实了自己当时的愚蠢。

“杜小九，你给我等着！”她咬碎一口银牙，狠狠道。

“所以王女这是答应了？”她微笑着，眉宇间仿佛当真一团和气，奈何来人已经再无法忍受，下一刻，那道水绿色的鲜活身影便如匆匆来去的风般消失了。

她微叹一口气，抬手撤下方才的隔音屏障，片刻后才将视线转向掩盖着重重帷幕的莲床：“少君，不装睡了？”

风黎曾经设想过很多次他和杜君恒的重逢，但没有一次会是这样，这样的让他哑口无言。他没有动，浑身的骨头都仿佛被谁敲碎了，只剩下一双狐狸眼还能动，他盯着那烟罗帐顶的幽蓝色魅生花瓣，看它们一片一片地落下来，或被夜风卷走，或消失在廊下。

记得泷姬还在的时候，曾带他去过一片由她亲自监督栽种的花圃，其中有一处，便是开满了这种大片的魅生花。那时候他还不懂，觉得像这样的花既孱弱又不足够美丽，哪里值得她爱了？但她告诉他，这魅生花之所以动人，是因为它仅仅有七天的花期。

是啊，也许因为太过短暂，所以才格外的令人珍惜吧。

他在心中叹气，眼见面前烟色的帷幕被拂开，杜君恒的脸映入眸间，他一瞬不瞬地望着她，只觉本该是相同的，但明明又不一样。

或者是那颗重新多出的朱砂痣，亦或者，是这骤然疏远了的距离。

她向他靠近，疏淡的嗓音里带有一丝少见的温柔，她说，少君。而她就站在距他不到三尺的地方，安安静静的，就像是他第一次看见时那样，不过改成了一袭黑裙曳地，而那裙摆上绣着的墨莲反射出刺目的光。

她终于不是那个杜君恒了，虽然连他也并不知道这是为什么，尽管印象里还停留在他把她从反相塔里救出来时，而后来她说需远行一趟，再以后，事情就忽然变成了这样。

“小君，本少君的价值如何？”他心中钝痛，尽管在这片刻里，他脑海里浮现的是那个犹如梦中的一吻，他与她缠绵在水汽氤氲的莲汤中，他们仍然相对，却是唇齿相接。

他喉头有些发干，眼神则是执着，仿佛誓要从那人冷清的黑眸里看出个所以然来，而那人只是微俯下身，用清淡的嗓音道：“少君，你昨日喝醉了。”

“自然是醉了，”说话间，他猛地起身向前，一把攥住她的手腕，强行将她带至身边，“小君，我还是不信。”

“不信什么？”尽管脸已经很近了，眼也已经很近了，但那人的神情，还是那么的无懈可击。他有些颓然，手上的力量也不自觉地略略松开。

“不信我们曾经经历的一切都是假的！”他压低嗓音，一字字道。

“那些自然是真的。”杜君恒脸上挂着笑，而他的心则是猛地一提紧。

她叹笑声，目光从他握着自己的手腕重新回到他的脸上，她的表情略显明晦，像全然没明白他为何会这样问。

“只是楼主，你为什么就不能明白呢？不论这世上的情有多少种，我与你之间都不可能是你想的那一种。不论我现在是谁，曾经是谁，我以为你早当知晓的，就像……”她话音一缓，“就像当日你不死心从我的神明之火中看到的，那次人界庙会之行，你以为我会在莲灯上写你的名字，但是……”

后面的话已经不消多说了。

周围的一切都仿佛安静下来，他的手渐渐松开，而她离他这样近，又分明这样远。

是啊，她的心那么大，可以装着整个天下，整个人间，却从来没有装下过他。

从来没有。

他深吸了一口气，目光从她的脸上移开，他已经不敢看，也不想看了。可能是不想在那双冷清的黑眸里再一次读见自己的愚蠢，也可能是觉得这样的自己既失败、又可怜、还可笑。

这个女人，都要成为自己的大嫂了不是吗？

这个女人，甚至还把要自己拿出去和别人交易不是吗？

那他还有什么可想，可思慕，可不舍的？

他也笑，笑得几乎要直不起身，他用力拍了拍他身下的莲床，这张不久后便会成为她和他兄长缠绵的所在，一口鲜血已然从口中喷薄了出来。

反观站在一旁的她，不过是微蹙着眉头，淡淡看着，仿佛是在怜惜这床被自己弄脏了的上好锦被，也仿佛仅仅只是在不解，不解为何自己突然就会如此了。

“楼主，若无其他事，我也要就寝了。”杜君恒嘴角挑出一个笑，言语客气，表情规矩，几乎让人挑不出错处。见他未有反应，她的话音一住，继续道：“至于说楼主方才问你在本座心中价值几何？”“那自然是需以蜃楼中的宝物多少计了。”

原来你竟是这样想的。好，很好，再好不过。

在风黎离开半个时辰后，杜君恒才从那透雕软榻上起身，准确地说，她仅仅是动了动那修长的脖颈。

今夜，她的祀音阁似乎成了不速之客的欢乐场，又一道高挑身影出现在了她的眼前。来人玄袍银发，面戴黑金面罩，正是魔尊玄镜。

不过今夜的玄镜比起以往略有不同，因为他的手里，居然捧了一束花，一束幽紫色的，还带着新鲜露珠的抚生花。

杜君恒自然被捧花的玄镜吸引了视线，也实在是这件事搜寻所有记忆都太过难得，以至于她开口的第一句居然是："魔尊大人总不是走错房间了吧？"

"魔姬今夜的面色不好。"显然，玄镜并没有被她的话带偏，沉静又锐利的目光不动声色地从她面上拂过，径自继续，"我听辅相说，人界的男子追求女子，往往都要送花聊表心意。魔姬既对人间有好感，本尊也当顺势而为。"他眉眼低垂，磁性的嗓音唤着她魔姬，甚至走上前，凭空变出了一个白瓷花瓶，又将花插上，摆在了杜君恒软榻边的龙阴木方几上。

这整个动作行云流水，不愧是魔族首屈一指的魔尊追求女人的方式。

奈何杜君恒并没理会那花，仅是将目光钉在他的独眼上，与风黎不同，玄镜的任何行事都是收敛的，就像是一潭极深的水，你永远看不到底下暗流的方向。半瞬后，她拢了拢衣袖，缓声道："你我之间，不过是契约关系，魔尊大人又何必如此？"

"契约的夫妻也是夫妻，你我朝夕相对，天长日久，你总要习惯。"他在她身边坐下，单手松松搭上她的，"既然已经选择了，那你我便应该遵守对方的规矩，就拿本座来说，虽然外界一直盛传本座对女人没兴趣，甚至还有人怀疑本座在明镜宫内暗自豢养男宠，但其实并不是的，本座也是动过心的。"

"可惜我对魔尊的过往情史并不感兴趣。"杜君恒微微勾唇，不动声色地将手指抽出，"魔尊大人您喜欢谁、不喜欢谁，并不需要向我汇报，我没兴趣也没工夫听。"

"但小弟伤心了。"玄镜起身，黑氅如鹰翅震动，他盯着她的眼，不放过她哪怕再细微的表情，"他肩负着魔族的未来和希望，决不能行差踏错。"

"哈哈，哈哈哈……"

猝不及防地，杜君恒在听完他的话后突然笑出声来，她的笑声回荡在祀音阁的大殿里，几乎让人产生一种错觉，仿佛眼前的人并不是她，甚至也不是泷姬，而是魔神临世。

她凑上前，细长的手指撩拨着他送来的抚生花，仿佛情人间的挑逗，然而嗓音却是柔媚又冷然的："魔尊大人说的，我恐怕是做不到了，毕竟是连泷姬都做不到的事，您又如何能指望我做到呢？也许——"

她的话音低下来，黑眸望来如云子落下棋盘："这便是命吧。"

三日后，明镜宫大殿。

与往常的魔族会议不同，今日发生了一件大事，其重要程度直逼魔神血脉重生——出走千年的魔族少君风黎正式回归了！

事实上，这三日来，杜君恒也并不是没有思量过风黎接下来会如何选择，但她千般思量，也没想到风黎会选择回归魔族。也可能是太过于忽视这件事了，太习惯于他以蜃楼之主自称，以至于忘了他本身的血脉。

她皱眉，略微失神地看着层层石阶下墨发高高束起，一身玄色王服的风黎向她走来，不，应该说是向高台偏侧的黑金王座走来。

从前没有注意到，原来他认真起来竟是这个样子的，神情与玄镜有三分相似，偏偏眉眼又过于精致，就像是冰雕的美人，想凑近看，又怕沾了寒气。

她低垂下眼睑，且听着魔族诸众的拥戴之词，她余光还是忍不住在他的脸颊上溜了一圈。然而她的小动作刚毕，一双刺绣着双兽图的厚底靴便上前一步，那人一张干干净净的书生脸，话语却如阎罗："魔尊大人，既然少君与魔姬已经归位，那也是时候讨论下您与魔姬大人的婚事了。"

话音落，殿上之人无不欢欣雀跃，杜君恒含着口凉气，在将视线转向玄镜时装作不经意地擦过风黎的脸颊。倒是风黎的那一双狐狸眼直视大殿正中，仿佛没看见一般，只是在下一刻倏然起身，向着玄镜微微欠一身："既是如此，我提议此事宜早不宜迟，不知皇兄以为如何？"

他的话音甫落，整个大殿的空气都仿佛凝结了。在他的面前，他的大哥正襟危坐于大殿最高的位置上，身后四十九盏幽冥灯静默犹如死士。

"此事……"玄镜微抬下颚，黑金面罩上的金属光泽映出风黎微微上挑的狐狸眼，就像是一幅绝世的名画，艳然，也冷然。

"此事需容日后再议，"杜君恒将玄镜的话头接下，她一双黑眸看向风黎，眸色大大方方，"明日本座将外出一趟。"

魔神血脉才回归没多久，难道又要出去了？她的话未惊到风黎，倒是将魔族诸众结结实实震惊了，大殿之上顿时又开始议论纷纷。反观玄镜目光深沉，仅是与杜君恒对视了番，这才道："诸位安静，此事本座早已知晓，勿需再议。"

什么，原来魔尊已经知晓了？听着玄镜如此说，沸沸扬扬的声音总算停下来。杜君恒容色端凝，再次将目光对向肃和："如此，不知辅相大人还有何事要问？"

"臣，无事了。"大概也没料到玄镜居然会帮她，肃和握紧拳，最后还是退了下来。

第十六章 古月城

黄沙苍茫，极目远视，天空碧蓝中透出一丝灰黄，灼热的风让呼吸变得艰难，杜君恒顿了顿脚步，重新将面纱掩好，以防止口鼻吸入沙砾。

在这漫漫黄沙中，她已经走了两日，当然，是与叶青青一起。

想当初她们在使用烛龙道时出了偏差，以至于没有幻回古月城，而是来到了这古月城的外围：流沙之地。传说，每当这流沙之地的海市蜃楼浮现时，古月城的入口便会出现，可惜她们在此处等了两天，还是连海市蜃楼的影子都没瞧见。

叶青青是个路痴，责怪她自然也无济于事，又走了一会儿，她们才好容易瞧见一小片绿洲，杜君恒走上前，解开面纱，净了净面，又捧起水饮了一口，这水质清冽甘甜，总算让热气解了几分。

“你不喝？”她细长的手指淋着水滴，将视线投向叶青青。

说来这位王女，还真是比她想象中还难伺候得多。她叹了口气，且听离她甚远的叶青青不屑道：“你在那儿，我怎么喝？”

杜君恒无奈地摇摇头，遂起身让开。

见杜君恒空出了一块，叶青青这才走了过来，说来她的身量比杜君恒还略高一些，就像是一截水葱似的，虽然是沾满了尘土的水葱。

“水葱”猛地灌下几口水，接着脱去外衫扑通钻进了绿洲里。

“喂，我说，你别看我啊，背过去！”她意识到杜君恒的目光，不满道。

杜君恒再叹气，这下索性背过了身。在确定杜君恒终于不再搭理自己后，叶青青搓了把脸，这才将自己剥得干净，在水里欢快地扑腾了起来。

细细说来，这烛龙道的失误，纯粹是她刻意为之，谁叫这女人总是摆出一副高高在上的姿态呢？不但敢欺负自己,还敢欺负她最最在意的风黎哥哥！想到这儿，她猛地一拍水花，仿佛那就是可恶的杜君恒。未几，她又伸出修长的胳膊，使劲搓了搓皮肤表面，直到恢复细腻洁净了才肯罢手。

“王女，您沐浴完了吗？沐浴完我们可要启程了。”

等了好半天，杜君恒还是忍不住开口道。不过她倒也遵守规定没看叶青青，只是有一下没一下观测着手里一枚精致的铜质方盘，这方盘的表面与罗盘极为相像，若不仔细看，还会以为便是一样的东西。

可就在她话没说完多久，这罗盘上的银针便猛地动了下，几乎是瞬间里，那银针便高速摆动起来。

“叶青青！”她大叫一声，刚要回过头，身体就被一阵巨浪掀得后退几步。与此同时，绿洲中的叶青青也感应到沙尘暴就要来临，奈何她虽感受到了，但动作还是慢了一拍，仅仅能胡乱将里衣裙套上，人就被飓风从水中卷起，湿漉漉地挂在半空中。

危急关头，杜君恒指间一道咒术放出，这才将叶青青拉了过来。迅速腾起的冰蓝色保护罩中，赤裸双脚的叶青青眼见着衣衫被狂风卷走。

黄沙漫天，霎时已遮蔽了视线，绿洲也被飞快吞没，保护罩中的杜君恒和叶青青成为沙尘暴的下一个目标。

“我们必须尽快找到流沙之门！”杜君恒努力保持镇定，但毕竟在这流沙之地中因为结界的关系，二人的魔能和妖能将被大大压制，是以时间拖得越久，就越不利于她们。这个道理叶青青也懂，奈何她现在衣不蔽体，虽然同是女人，但她厌恶杜君恒，实不亚于那些臭男人，更何况还是被杜君恒这样搂着肩膀在风沙中艰难前行。

早知道，当初就不应该耍心眼了！她在心里愤愤地想，思索间，又一波邪戾的风沙袭来，几乎要冲破她们的保护罩。

眼前，黄沙如浪涛般汹涌，她们被包裹其中，耳膜中犹如有一头凶兽正在嘶吼。多半是看出她的不屑，杜君恒皱眉，忙而不乱地将外衫脱下给她罩住，叶青青有些诧异，但总归是咬牙将它穿上。

“我们现在要怎么走？”握紧了拳头，叶青青道。

见叶青青终于理自己了，杜君恒侧过脸，嘴角牵出一丝不露痕迹的笑意，同时，一道隐约的反光被她的余光捕捉到：“叶青青，你看那是什么？”她忙道。

闻言，叶青青也迅速回过身，自小生长在异域的叶青青自然比杜君恒更了解这里，甫一睁眼，她便断定了眼前所见。远方，一座古老又繁华的城池飘浮在空中，巍峨犹如风中之城。

“是海市蜃楼！流沙之门快要打开了！”她擦了把脸，急声说道，甚至并不知自己因过度兴奋，而勒红了杜君恒的手臂，“海市蜃楼是古月城倒映在空中的虚影，我们只要沿着蜃楼相反的地方，就能找到流沙之门！”

杜君恒颔首，从袖中又掏出早前的方盘，这其实是一方定向盘，一来是防止在风沙中迷失方向；二来，则是在来之前，她曾利用渊玉给自己设定过与古月城相似的气场，一旦她的气场超过，定向盘就可以发出预警。

“你想什么呢？快走快走！”

叶青青边推搡着她，边唧唧喳喳道：“千万年来，古月城都被称作避世王都，城中人大多喜爱音律，尤擅丝弦。魔姬，乐器什么的你是会的吧？”

杜君恒心蹙眉，心说：在古籍上只提到过古月城中人擅乐，但是论起丝弦……

她淡淡地扫了叶青青一眼，寡淡的嗓音在粗砾的风中几近消散：“不知箜篌箫管如何？”

叶青青嫌弃地撇撇嘴没说话，脚步则越发加快了。肆虐的黄沙中，时间如一把巨大的筛子，筛出了心跳声，也筛出了彼此难得建立的一丝默契。也不知走了多久，叶青青双眼一亮，扯着杜君恒的袖子喊道：“快看！”

顺着她的手势，眼前一个由流沙形成的巨大漩涡呈现在眼前，反观身后，古月城巍峨的空中虚影已渐渐模糊不见……

她吐吐舌头，手掌心凭空变幻出了一枚巴掌大小的鎏金莲花符节，杜君恒看罢心神一紧，便见叶青青忙不迭将那金莲花一把握紧，愤愤道：“假的假的，这莲符只是烛龙族的符节而已！”

杜君恒：“……”

古月城，烛龙族的王城，传说建造在流沙之地中，其实并非如此，它只是隐藏在流沙之地的某个神秘所在，每当流沙之地的海市蜃楼浮现时，它的入口便会浮现。但是，若没有烛龙族特制的莲符作为通关符节，也依然无法进入。

这前半条，杜君恒曾在那本残破的《大荒图鉴》是读到过的，至于这后半条……可见，尽信书不如无书，古人诚不欺她。

这般想着，她们已然从那条深长如甬道的涡旋中走出。多半是双目习惯了黑暗的摸索，乍一看见这光亮，她们一时之间居然还有些不适应。

眼前，一座鸦青色的巍峨古城拔地而起，古城的城堞上，手持银枪的烛龙族侍卫交替着巡防，城门正上方，“古月城”三个金色的烛龙族字体在烈日下熠熠闪光。

“怎么样，我们烛龙族的王都看着很威武吧？”叶青青叉腰得意道。

杜君恒：“……”

也许从某种程度说，叶青青和风黎还真是相像，都是一样的好面子又没心眼，可惜往往越是相似的人，就越难走到一起吧？杜君恒在心想着，不动声色将目光从叶青青脸上移回来。其实，早在来古月城之前，她就已同玄镜秘密商定了协议，会尽快赶回，毕竟神魔之战的号角吹响在即。届时战场之上瞬息万变，纵使她握有终极玄能渊玉，恐也未必真能改写战局。

城内悠扬的丝竹声拨动人的神经，恍然间，她就已经被叶青青带至了通关口处。

巍峨的城门下，仅有她们二人等待着进入，杜君恒心中涌起几分好笑，忽听一声啧叹从前方传来：“快看！竟是金莲符节！”

乍然看见叶青青出示的莲符，那几个守城的兵士也不禁窃窃私语起来。很快，便见一位短卷发将领模样的人上前一步躬身道：“贵人，这边请——”

说罢，他便将叶青青迎到了一僻静处，倒是叶青青似乎对这阵势颇为习惯，低声不知同那兵士说了什么，她们两人便很快被放行。

待走出了老远，杜君恒才道：“你同他说了什么？”

她这么问，自然是正中了叶青青的下怀，且见叶青青背着手大摇大摆道：“我对他说，有这金莲符不是已经很清楚了吗，不过还请将军替我先保个密。”

“原来如此。”

说话间，二人已经进入了王都的主街道，与凡界相似，街道上人流如织，不过穿着更为异域，且多以翻领、对襟、窄袖的便利衣饰为主，其形貌也多与叶青青一样，身材修长、皮肤细腻微黑，且高鼻深目。

放眼望去，由丹朱石浇铸的方砖修建成的街道宽阔而平直，每隔数十米便能看见一株形如枯木的树木，奇特的是几乎每棵树的枝丫上都垂挂着无数的彩条。

杜君恒被那迎风招展的彩条吸引，刚要开口，就听叶青青扬眉道：“它们名为福树，是烛龙王族为子民们祈福所栽种，彩条上的那些穗子你看见没，每个穗子里其实都藏着一个秘密。”

“什么秘密？”

“人的秘密啊，大家把不能讲出来的话藏在穗子里，绑在彩条上，希望有朝一日能够实现。”叶青青得意地朝杜君说道。

杜君恒“哦”了声，水色唇上笑意更浓：“王女同我说话的次数似乎多了。”

“嘁！”叶青青睨她，立刻闭了嘴，但很快又道，“你得意什么？一会儿有你求我的时候！”

“哦？”

“不然你以为呢？本王女这么辛苦地将你带来，你真以为东西是那么容易拿到的？”叶青青侧着脸，故意不看她。

“烛龙金莲不是在烛龙神木里吗？”杜君恒疑道，可她的话才开口，嘴唇就被叶青青捂住了。

“烛龙金莲可是我们整个烛龙族，乃至妖族的秘密，不能这么大声说！”她狠狠白了一眼杜君恒，手指向远处的一条僻静窄巷，“看见了没？那个地方！”

顺着她手指的方向，杜君恒费力地试图从那一幢幢相似的店铺间找出叶青青所指的具体所在，她的模样引起了叶青青的严重鄙夷，连身形也似瞬间高了数尺。

她摇摇头，以一副朽木不可雕也的口吻继续：“世人只知烛龙族人擅乐，但并不知晓音律对于我们来说又岂止是音律？在那里，你要找到这个世上专属于自己的乐器，它将会与你连成一体，成为你的密符。”

“所以你的意思是，在烛龙族，人们的秘密有时候会以密符的形式存在？”杜君恒很快反应过来，反观叶青青，已然向着前方走去了。

一幢竹林小院隐藏在闹市之后。

杜君恒不记得自己究竟是从哪一扇店门里走出，便见一片绿意映入眼帘，低矮的篱笆墙内，竹林、竹楼、古井、石桌井然有序，井边的竹节排钟发出的清越声响，与门楼前摇晃于风中的龙骨木圆牌组成一幅有趣的画面。

待她们走上前，杜君恒方看清那龙骨木圆牌上正书的二字：雅舍。

“雅舍？”

杜君恒口中喃喃，忽听一声细碎的低咳声从楼中传来，听声音该是位年轻男子，倒是连咳嗽都能如此羸弱又文气的，也不知是位怎样的男子。

正想着，又听一声轻微的摩挲声，楼中男子再次开口：“青青，是你带客人来了吗？”

那音色如玉磬漱耳，顿时让人心生好感。叶青青轻快地应了声，旋即竹门便被打开，四目相对间，杜君恒眼眸紧缩，眉宇上一阵阴云浮现。

这人竟是，云枢？

“伏雅先生真是料事如神呢！”

叶青青的话响起在耳边，瞬时将杜君恒的神思又给拉了回来，细细说来，眼前此人虽与云枢容貌身形极为相似，但举手投足间的文气和眉宇间的那份羸弱，又与云枢截然不同。如果说云枢像是山崖青柏，和风霁月；这人则像是空谷之兰，大音希声。更重要的是，这位名叫伏雅的男子，居然会是个……盲人？

杜君恒小心地用手指在他面前比了比，旋即被叶青青拦下："伏雅先生是王都最有名的乐师，可惜他眼睛看不见，不过听力可非同常人！"待二人进了门，叶青青才压低声音道。

杜君恒点点头，环视眼前，并不算宽敞的竹屋里竹香雅溢、竹窗半支，窗下一枚竹铃雕工古拙，晨光从外透入，将立架上的各式乐器镀上了一层温柔的金光。

这里的一切都显得很安静，仿佛连那些名动一时的礼乐名器到了这里，也慵懒缄默下来。但也正因为如此，伏雅不时发出的低低咳嗽声，才越发显得分明。

"不知青青这位朋友如何称呼？"伏雅冲她们比了个请慢慢甄选的手势，自己则在茶几的一侧坐下，随手搭上了旁边一具由梧桐木为琴身的古琴，那琴尾部漆黑，犹如被烈火灼烧过。

"她叫……叫阿九！"叶青青说罢，冲杜君恒吐吐舌头，可见这位王女大人，着实也是个记仇的性子。

好在杜君恒对这些向来不上心，抬睫向伏雅指间的古琴上望去，谁知——

"阿九姑娘是对我手里的古琴感兴趣吗？"伏雅抬起头，口吻温和中透出笑意，"此琴名为焦尾，古人曰吴人有烧桐以爨者，邕闻火烈之声。知其良木，因请而裁为琴，果有美音，而其尾犹焦，时人名曰焦尾琴焉。"他的音色本就清冷如玉磬，如此娓娓道来，更犹如磬声漱耳。若非是事先知晓他看不见，他这一声问，还真要令人以为是在向她推荐了。杜君恒尴尬笑笑，只好道："我确实是对先生好奇，您这雅舍里千般礼乐名器，为何独独把玩这焦尾琴？"

"非是把玩，是怀念。"对于杜君恒的无意冒犯，伏雅并未动怒，反是自嘲笑笑，双目珍而重之地凝视着那把古琴，仿佛真能看见，"我还以为您会问我是如何猜到的？"

"那您又是如何猜到的？"杜君恒与叶青青对视一眼，道。

"人能感知这个世界的并非只有眼睛，更多的时候，是用心。"伏雅朝她颔首，将那古琴重新放回茶几边，"九姑娘，我们烛龙族的习俗，向来都是乐器选择人，而非人选择乐器。"

说话间，他指尖轻易一点那博古架上陈列的各式名器，倏然间，所有的乐器都仿佛有了生命，它们凌空而起，周身五色光华沛涌，而他的手指上，则仿佛有一条无形的丝线，牵引着它们的脉搏。

“是龙兮音魂。”杜君恒心中一震，也是在这时，她确定了此人绝非是云枢。

“阿九，快选！”不等伏雅开口，叶青青已然催促起了杜君恒。

杜君恒点点头，上前一步置身于诸多乐器之中，她曾在古籍上见过这龙兮音魂之法，据说练至臻境，便可将自身与世间所有乐器之精魂融为一体，而练至化境，则可从心所欲。

眼前这位伏雅先生如此年纪轻轻，便已能将龙兮音魂熟练运用，想来也非凡人了。但若说他真是云枢……她在心里叹了口气，云枢虽也有名琴谪月，却并非笃心喜爱，而仅仅是为了当初配合自己的名箫，在百花宴上琴箫合奏了。

她的心神略微浮动，气息也凌乱了些，好在她很快意识到，阖目敛息，开始用心感受这些器乐的故事。

也不知过了多久，她眼前景象，变成了一个犹如镜花水月的迷梦。

梦的尽头是一阙箫音，用那悱恻的竹箫，吹奏出拨云见雾的畅快感。

吹箫的竟还是个女子，在月光下，高崖上，面对天地而奏。

“阿笙，这首行军曲，你已经练习得很好了。”伏雅的身影接着映入画面，那时他的身体似乎比现在好很多，也并不咳嗽，他身穿一袭雅蓝色的短袍，与对面那红裙犹如火焰的女子形成鲜明的对比。

那女子听罢转过脸来，她的发质乌黑油亮，梳成十数条细长的麻花辫，那辫子飞扬起来，就像是一匹不羁的小野马，看得人心中欢快。她有着一张端正好看的鹅蛋脸，黑眼明亮，眉毛浓黑，眉宇间有着如同男子的英气，“伏雅先生！”她也欢快地唤他，身上并无凡界女子的矫情扭捏。

“看，又忘了，以后你我私下见面，不用再叫我先生。”伏雅温和地笑笑，又用手替她擦擦额间的汗滴。

“我是怕我阿娘……那好吧，那以后我就叫你伏雅了！”那名唤阿笙的女子笑起来，露出洁白如编贝的牙齿，“那么伏雅，我们今天学什么？”

“今日我们学《碣石调》。”伏雅说着，将阿笙的竹箫拿过，慢慢抵上形状完美的嘴唇。

皎洁的月光下，他的嘴唇显得既禁欲又诱惑，他的十指修长有力，每变幻一次箫孔，都像是能牵动一次人的心绪，就连阿笙这样豪爽的女子，也不禁看得沉醉了。

“伏雅，你真的好厉害啊！不愧是我们烛龙族最好的乐师，不，是王都最好的乐师！”然而说到这儿，她的目光又暗淡下来，“我也好想成为王都的乐师，进入王宫，接受女王的嘉奖。”

“小丫头，会有机会的。”不自觉间，他已经改了称谓，可惜她却粗心地并未意识到，不过对这一切，他似乎早已经习惯了，只是温柔地拍拍她的肩膀。

山岚袭来，画面陡转，云雾散去后，画面又成了雅舍的竹林小院。

天空压着雨云，天色略显晦暗，风从闹市吹来，栅栏的门被推开，是阿笙。伏雅浇水的手停了下来。

“伏雅，我做到了，真的真的，你快看！”阿笙兴高采烈地递过一卷帛书，帛书在手心摊开，落款赫然是王宫的官印。

“是阿笙通过考试了？不应该啊，今年的乐师选拔并未开始，那又怎么会……”伏雅低声喃喃。

“我知道你在疑惑什么，女王说了，虽然乐府今年的选举还没到时间，但因为乐府中有人提前告病回老家，所以临时有了两个空缺，我就去报名了！”

“告病回老家？”伏雅皱眉，回想起之前的确有人向他报备过此事，可纵然如此，乐府也从来不会因为此便向王都中的普通民众招募。可惜，他的疑惑，向来粗心的阿笙自然又没有注意到，反是像只快乐的红色小鸟，围着他不停地转圈。

也罢，乐府杂事繁多，他性格喜清净，除了重要事务外，其他的向来都只是交由副司打理。他叹了口气，毕竟阿笙能进入乐府也是他一直以来的愿望，他低头摸了摸她的小脑袋，恍然间觉得她好像长高了。

风卷残云，竹铃在窗下晃荡不停，伏雅起身将竹窗支下，竹楼中霎时漆黑一片。他走上静置着焦尾琴的檀木立架前，手指轻轻拂动那琴弦，忽觉一阵刺手，不料竟是被那琴弦割破了手指，几乎同时间，一阵蛮横的推门声从院外传来。

“伏雅你个混账，教唆我们家阿笙去考什么乐府，现在可好了，阿笙她人不见了！”振聋发聩地咒骂声逼入耳膜，伏雅连忙推开门，谁知门外一道强光瞬时刺伤了他的眼睛。

杜君恒看到这儿，恍然察觉时间已经是半年以后，因为接下来那强壮女子递出的官文上，时间明显与之前阿笙给出的官文不同。这份官文写的是古历十月初九，而上一份则是四月末。

半年的光阴在眼前的画面里犹如弹指一挥，却也是到了这里，眼前景象乍然而止，杜君恒心神恍动，再睁眼，伏雅的龙兮音魂已经结束，而她的手里，则握着半截断裂的箫管。

这似乎就是当年阿笙的？

她微微皱眉，待站稳了身形，这才注意到身为烛龙族王女的叶青青不知何时瘫软在地面上，面色发白。反观伏雅的手中，一条几乎透明的、很显然属于叶青青的命魂被他攥住。他气息深沉如大海，虽目不可视，但仍教人无法忽视那一股无声的力量。

杜君恒上前一步，双眼直视伏雅："这到底是怎么回事？"

"这么多年，你终于出现了。"伏雅气息波动，但紧攥着叶青青命魂的手指却并未松动，"对不起，青青，我等了这样久，不能再放弃。"

"请为我找到阿笙，如果你能答应我……"

"我答应你。"杜君恒几乎是不假思索地打断他的话，但也是这一句，霎时就让叶青青有些无地自容了，她咬着唇，不自在地别过脸。

倒是杜君恒并未看她，她打开手心，露出里面的半截墨色箫管，道："说吧，你希望我做什么？"

"十五年前，阿笙消失在王宫里，我仔细调查过，当年的确是有人因病回乡导致职位空缺，于是乐府便向女王申请从民间乐师中选拔出一位。但那个名额，是一个，并非是两个。"

半刻钟后，伏雅坐在茶几边，他的手指抚摸着那把焦尾琴，音调暗淡而忧伤："古人说常说琴箫合奏最是和谐，可惜我到底是没等到。"话音一顿，他低垂的眼眸看向叶青青，话音忽而扬了起来，"但在暗访的过程中，我发现了一件趣事，王女想知道吗？"

说到这儿，已经被他松开的叶青青还是警惕地向后退了退，大概到现在都没适应向来温文尔雅的伏雅先生怎么突然变成了这样，甚至能力还在她这位有着王族血脉的王女之上。"你、你说吧！"她咽了咽口水道。

"当年阿笙突然接到乐府的调令我便觉得奇怪，之后她又无端消失，甚至连乐府的正式在册名单上也没有阿笙的名字。但可以确定的是，当年阿笙的确进了王宫，因为那一年，我们的王女大人突然得了急症，宫里的太医苦心治疗了整整三月，也依旧未见成效。但就在阿笙进入王宫后不久，她的病就突然好了。"

"我……"提起这段久远的往事，叶青青自然有印象，但那时她毕竟在生病的浑噩中，其中细节记不清晰也在所难免，"我只记得那日母上给我喂了一碗药，之后没过多久我的病便好了。”说到这儿，她立刻停下来，惊讶地“啊”了声，脸色煞白道：“你总不会是想说，说……”

她立刻做出个干呕的表情，却被伏雅一个不咸不淡的凉笑声打断：“王女所想，我早前已探查过，从龙兮音魂传来的消息看，阿笙还活着，不过脉息非常微弱。”

“那你猜测她是在王宫中？”杜君恒思忖了下，推断道。

伏雅点点头，虚空中胡乱摸了把，这才摸到杜君恒的手，随即紧握住：“我等了这样久，才等到你这个有缘人，千万人中，阿笙的残箫只对你有所触动。”

“那我又要如何才能找到她？”

“残箫上附有阿笙的气息，它会帮助你找到她。”伏雅深吸了口气，话中有苦涩也有坚持，他将叶青青扶起，但自始没有看她，“对不起，王女，如果我伏雅还有万分之一的选择，也不会出此下策了。”

他轻叹了声，侧过脸用那双早已看不见的眸子向竹窗外望去。黄昏的风中，那竹铃发出叮叮当当的空灵声响，大概也像是那一年的相遇吧。

第十七章 龙神木

金色的巨木通天而立，耀目的日光从那顶端簇拥的、金色的扇形叶片上反射下来，给整条进王城的大道都镀上了一层金色的光。

与大道相对的某个僻静角落里，杜君恒、叶青青、伏雅三人头戴斗笠、身着不起眼的灰色服装，已经在这里静静等待了好一会儿。

杜君恒审视的视线从那通天巨木上收回来，言语中带着某种不确定性：“这便是烛龙神木，烛龙族的王宫所在了？”

话音刚落，便听叶青青不屑地哼了声。说来也是，烛龙族的王宫居然就建造在巨木中，这件事无论从什么角度思量，都觉得太过荒唐。

“第一次看见它的人，往往都会以为是神迹。”伏雅压低了帽檐，在她身边说道。事实上，自从阿笙出事，他又调查到阿笙出事与这座王宫有关后不久，他就辞去了乐府的主司职务，隐居在王都的偏巷中，试图找到那个能替他找回阿笙的人。

可惜他这一等，就是整整十五年。十五年的光阴如弹指一挥，虽然他的眼睛现在已经不能看见，但他站立在这里，也依旧能感受到那金色的、犹如太阳神的光辉。

这是他多少次魂牵梦萦的地方，却也是多少次让他在噩梦中惊醒的地方。

他擦了擦早已失明的双眼，努力避开叶青青依旧恼恨的气息，对杜君恒继续：“我只能送你到这里了，进入王宫后，还请小心行事。”

杜君恒“嗯”了声，虽然感情上觉得应该多说些什么，但理智上还是不能。毕竟若不是他手里握有叶青青的一缕命魂，她也不一定就会出手相助，这世上苦命的鸳鸯有很多，但天下大事却只有一件，除此以外……

“阿九姑娘，不知可否借一步说话。”那日在竹楼中，伏雅趁着叶青青休息后，忽然对她道。

她虽然意外，但还是答应了。

“阿九姑娘，不，其实我不应该这么称呼您。”小院中，他忽然就决定开门见山了，他一双盲眼望向古井，那水里静静倒映着另一个他，就像是那个与他极为相似的人。

“不瞒您说，我知道您是谁，也大概能猜到您现在想做成什么事，但我的确不是您所认识的那个人。”

不可否认，当时他说完这句，杜君恒已经起了杀心，而她之所以没动手，不过是因为他的后半句，“我答应您，只要您能帮助我找到阿笙，我就把那个人的秘密告诉你。”

这是她与这位在古月城结识不到一日的盲眼乐师之间的约定，她相信他会遵守约定，只要她能真的做到。

“我走了。”

一阵悠扬欢快的号角声打乱她飘飞的思路，杜君恒看着眼前一队身穿七彩华服正奏着乐的人群，向叶青青使了个眼色，很快二人便悄悄地跟了上去。

那正是王宫乐府负责每月为百姓祈福的乐师们，作为王都地位最高的乐师，他们有进入王宫的权利。

并没有花多少工夫，在暗自跟随他们进入某条窄巷后，乐师中的其中两位便被杜君恒和叶青青神不知鬼不觉替换下来。

她们换上华丽的衣裙，尽可能低调地走在队伍的最后，倒也显得不是那么起眼——毕竟乐府的女乐师们，是需要佩戴素色面纱的。

乌金西坠，她们沿着宽阔的王都大道一路西行，每经过一个地方，都会受到百姓们的热情拥戴。人们向乐师双手合十表达敬意，并将自己的心愿穗子系在大道沿途的五彩福树上。

礼乐声中，杜君恒恍然在这座古月城中感受到了某种不论在神界或者魔界甚至人界都不曾感受到的气氛，它就像是一个理想之乡，虽然在这理想的金色浮沫下，又似暗藏了某种不可言说的阴影。

当最后一丝音律划破天际，天色已经完全暗了下来。

烛龙神木前，她与叶青青提着纱裙走在人群的最后，待前面的乐师们都逐一进入了，她们才拖拖拉拉地亮出了宫符，欲像其他人一样通过——

“站住，你俩是新来的？”其中一位颇年轻的军官打量着走在前面的叶青青，将她拦了下来，“以前没见过你。”

“也许又是哪个贵族的亲戚，走后门进来的。”另一个军官压低了嗓音，在他耳边轻道。

叶青青就站在他跟前，自然听见了，顿时她五官扭曲，就差要动手，好在被杜君恒急中生智按下了脑袋，又朝军官摆了摆手："她耳朵不好，但对音律很有天赋，副司说，像这样的人，总能听见常人听不见的。"

她的最后那句含义颇深，又似藏有一丝诡异，那军官听罢撇撇嘴，一脸略带嫌弃地总算是放了行。

如杜君恒在外部看见的，神木的内部也是庞然大物。

木色的空间里，她们沿着一条环形通道向内走，没多久，就看见中心处一排由巨大铁齿轮带动的"木柜子"。杜君恒还是第一次看见这样的装置，自然好生打量了下。叶青青因为刚才杜君恒说她是聋子而一直噘着嘴不说话。两人默默走进了其中一间"木柜"，关紧木门，才对一脸好奇的杜君恒生硬道："这个叫作升降间。"

杜君恒点点头："这样的装置我方才看见了好几处，你们烛龙族王宫平日里都是靠这个送达到不同地方的？"

叶青青有点不耐烦，但总算是回了话："神木里虽然空间庞大，但始终横向空间有限，祖先找到这里，就将此处通通改成了纵深结构。"

"于是你们就把整株烛龙神木都给掏空了？"杜君恒呼吸着升降间里充斥着的淡淡木香，惊讶道。

叶青青显然对"掏空"这个词不甚满意，但为了防止杜君恒对她们烛龙族越描越黑，还是道："除了神木之心，其他大部分应该都是被打通了。"

"神木之心"一词杜君恒略有耳闻，传说烛龙金莲就藏在那里。只是她原先以为这仅是个地名，没想到，居然真的会在神木里。

"神木之心是神木底部与神木根须相连的所在，也是神木最重要的地方。"也许是为了防止杜君恒继续发问，她索性先说话了，"另外，神木里严禁明火，以防止走水。"

杜君恒表示理解，几乎同时，一声摇铃响，升降间停了下来。

狭窄的木门推开一线，亮如火炬的光瞬间涌了进来，杜君恒下意识地用手挡住光线，待适应了才看清，这里每隔三尺便有一盏以术法点燃的浮光灯，将整个神木的内部照得犹如白昼。看到这里，杜君恒并不难猜出这整棵烛龙神木的内部横截面，其实都是一层层的同心圆结构，升降间由外围通道进入，处于同心圆的最里层；在神木中，升降间起到连接上下的作用。

不过，与之前所见的结构不同，此处的空间更为巨大，然而空间大了，反而真正可进入的地方就少了。而在她眼前，唯有远处的一队由数人把守的门洞。杜君恒似乎猜到了这是哪里，还未及开口，就见叶青青伸手又将木门关上。瞬间暗下来的光线里，她的呼吸与升降间里的木香一齐浮动："这下面就是神木之心。"

"所以，你的意思是希望我先拿到烛龙金莲？"杜君恒皱眉低声道。

叶青青咬了咬唇，明亮的眼眸骄傲地抬起来对上她："我是烛龙族王女，烛龙族王女向来不欠旁人人情。我的命不需要你来救。"

原来她在意的是这个，杜君恒有些错愕，轻抚了抚叶青青的头，怎奈何被她一记白眼，飞快避开。

"我说……"杜君恒压低嗓音，见她仍不搭理自己，遂摇了摇头，从袖中拿出残箫，但遗憾的是，此处并无阿笙的气息。

"放心吧，伏雅也不会真的把我怎么样的。"见了残箫，叶青青骤然别过脸，同时低道，"进入神木之心，需有烛龙王印金莲符节，但可惜，虽然我的和阿娘的那枚模样极像，可还是差了一些。"

她这般说着，也将金莲符节拿了出来，干声继续："我的确是不喜欢你，但你救过我两次，我还是决定帮你一回。"话音落，她手掌轻抚向那金莲符节，顿时异光乍起，金莲符节在瞬间里发生了细微的变化。

"这样便行了？"杜君恒疑声道。

叶青青摇摇头："你我现下是王宫乐师身份，乐师在烛龙族虽然地位崇高，但蓦然来到神木之心还是于理不合，所以，"她将佩戴有蛇纹金戒的手指在额间晃过，霎时，她便成了另一个人，一个杜君恒从未见过的艳丽女人。

"我现在的身份是阿娘的首席女官音楼，至于说你——"她涂着艳红口脂的嘴角微微挑起，显得狡黠又得意，"你是我的哑巴女侍阿九，新来的。"

偌大的神木底部，金碧辉煌又悄无声息。

两道身着女官服的婀娜身影缓缓向着最深处的金色拱门走去，她们穿着薄软的素色绢鞋，走起路来，就像两片轻盈的树叶落在拂晓的湖面上。在她们的脚底，是神木的终极脉络，尽管她们的动作已经很轻，但似乎依旧能感受到这株巨大神木的呼吸。

近了，距离已经很近了。

可惜她们骤然停了下来。

很自然是被那为首的守卫拦住，这名守卫生得又高又壮，容貌里憨厚的憨多过了厚，活脱脱一个傻大个典型。傻大个粗声粗气地向叶青青施了个礼，抓抓头道：“音楼大人三日前不是已经来巡视过，今日怎么又要……”

他的话顿时让叶青青她们的心悬了下，好在已经有先前的经验，叶青青端着张脸，故意淡声道：“女王近日接到密探，说会有贼人潜入神木，我身为首席女官，自然当为女王分忧。”

“原来如此。”得了个合理的解释，傻大个果然松了口气，毕竟这神木之心牵涉到烛龙族最大的秘密，每日执勤，都犹如把脑袋别在了裤腰带上。

“大人，这边请。”他向叶青青比了个手势，恭恭敬敬道。

沿着一条环形小径向里行走，越走光线便越昏暗。杜君恒一路观察着这神木之底，一边悄悄地记录下沿途环境，与她先前所想不同。这底部并非与上端一样的结构，而是一座接连一座的巨大悬桥，它们之间由自神界运来的浮云石砌成的浮云台相连，从悬桥向下望去，整个底部犹如陷在一片浓郁的仙雾之中，偶有几点莹蓝光辉从底部射来，仿佛是暗藏的发光晶石。

“我们要去的地方，便是在这最低处吗？”杜君恒用传音密术对叶青青道。

另一边叶青青“嗯”了声，便听走在前面的侍卫先一步踏上了浮云台，向她们回身道：“不知音楼大人今日可是要照例巡查极渊？”

说起这极渊，便是烛龙族禁区的所在，也是烛龙金莲的所在之地。叶青青面不改色地点头，故意道：“既是为女王分忧，那自然需检查仔细。”

她这话说得不无道理，倒是走在最前的那个傻大个忽然顿下了脚步，他骤然回身，一把将银枪横在胸前，大喊道：“好你们两个狂徒！先前突然来到我就感到蹊跷，后面又编出什么会有贼人潜入神木的鬼话，哼，若不是我先行试探，就要被你们两个贼人骗了去！”

言毕，转身拉动暗藏在浮云台中的青铜警铃。那身手之麻利，简直让人怀疑是否出自这位傻大个之手，杜君恒她们一阵发蒙，顷刻间一阵天旋地转，竟是那座她们身处的悬桥直直向下坠了去。

“浑蛋，你怎么知道我是贼人啊？”叶青青眼疾手快地抓住悬桥的扶手，对着浮云台上的傻大个吼道，这个关头，她也懒得再去装什么音楼大人了。

“哈哈，因为音楼大人，虽也例行检查，但从来都不会去极渊！”那傻大个笑得得意，好像从来没这么赢过。

音楼每每来这神木之心巡查，居然从来、不会去极渊？难道说……

这极渊下坠的速度似乎与旁处不同。

这是杜君恒转醒后的第一个想法，第二个想法是，叶青青不见了。

她蹙眉，起身拍了拍裙角上的灰尘，细长的指尖上一点银光亮起，莹莹将眼前照亮。

与先前在悬桥上所观不同，这里并没有浓郁的雾气，清晰的视野下，一眼望不到尽头的神木底无数金色的粗壮树根浮出地表，它们错综复杂地生长着，毫无规律。在它们之间，一片接着一片的莹蓝色的发光湖泊彼此相连，就仿佛是一面由金子镶成的巨大碎镜。

忽然间，她意识到这是哪里了，是神木之根——极渊，至于这莹蓝色的发光湖泊，大概就是传说中的“梦泽湖”，也就是她当初在悬桥上所看见的那些蓝光。不过在传说中，这“梦泽湖”虽然瑰丽奇异，却有扰乱人心的作用。

她顿时收敛心神，提起长裙一步步小心地跨过这些树根，好在它们还算老实，并没有对她发起攻击。很快，她就在某片湖泊上发现了一片足有脸盆大小的浮莲之叶，莲叶之上，一盏精致的莲灯在昏暗中闪烁着五彩的光华。

另一边，与杜君恒摔得七荤八素继而清醒的凄惨情况不同，叶青青睁眼的时候，迷迷糊糊觉得自己是躺在一团柔软的棉花上，那棉花实在太舒服了，舒服得简直让她不想醒过来。

但她还是醒了，因为肚子饿得开始咕咕叫，而且口中也觉得干渴。她一双美目迷迷瞪瞪的，无意识地转了转，刚要闭上，忽像想起了什么般猛地又睁开了！

这简直太诡异了，诡异得就像是做了场春秋大梦，因为她居然、居然又回到了自己寝宫的床上！

她、她、她，不是应该跟杜君恒在神木之心的悬桥上吗？

不对不对，她揉揉脑袋，依稀想起后来那傻大个拉动浮云台的警铃，接着她们便从悬桥上摔下去，再以后，她就来了这里。

她倒吸了口凉气，刚打算要掐醒自己，她的脸蛋就被一双手忙不迭给捏住了，那双手生得极好看，指尖修长，像青笋；指甲光润，像珠贝，还涂着紫色的凤仙花汁，既妖媚又多情，正是……

她试图转过身，奈何脸上的肉已经被那人不轻不重地扯了起来。同时一声威严中透出宠溺的女音落入耳畔：“这么着急要掐醒自己，是终于认识到自己的错误了吗？”

“阿娘！”她龇牙，忙讨好地坐起身来，在她的面前，是一名华服女子，那女人五官生得美艳至极，虽已非青春年华，但肌肤依旧光润紧致如少女，再加之大气深刻的五官，和一双犹如寒晶的熠熠美目，几乎能摄人心神。而叶青青虽与她模样相似，但若真论起来，大约就像是绝世佳酿与冰糖雪梨的区别。

见女人不搭理自己，叶青青只好继续撒娇：“我不就是出门玩了一趟嘛，阿娘你最疼我了，对吧？”

“既是出门玩，又怎会逛回自家禁地了？”女人任她扯自己的袖子，故做一副无动于衷样。

算起来，烛龙族传到叶倾城这一辈，一共出过三位女王，烛龙族向来的传统便是不论男女，只能由嫡长子继位。倒是叶倾城之后又生了一位王女叶青青，大概也是众人没想到的，毕竟连着两代女王当权，烛龙族的男性嘴上说满意，心里也是不甘愿的。又偏偏，王储叶青青不单爱惹是生非，还很爱倒贴魔族的少君，这当真是苦了现任女王叶倾城。

是以，虽然叶倾城很宠她，但更多的时候，还是管大于爱，就譬如说此刻——

“我就是无聊所以去看看嘛。”叶青青对着她一脸腻歪，故意说得避重就轻。

“所以不单自己去了，还领了外人去？”可惜叶倾城并不给她狡辩的机会。

“她不是什么外人，她是我的朋友！”提到“朋友”二字，叶青青突然愣住了，大概是连她也没想到时至今日，她居然会亲口说出杜君恒是自己朋友的话，她觉得惊讶，但更多的也许是难为情，连她自己也不知道从何而来的难为情。

“总之，你得帮我把她救出来。”她最后只得赌气道。

然而这对叶倾城来说，显然非是最好的选择，所以她也没着急应下允诺，反是直起身，细细抚平了衣裙上的褶子，道：“她误入梦泽，此时多半已经没命了吧。”

“阿娘，你不能这样对待我朋友！”叶青青很恼气，毕竟她平生也没几个朋友，这还是救过她多次的朋友，“我不管，她要是死了，我、我以后都不会听你的了！”她握紧拳，愤愤道。

“所以王女大人，你这是在威胁我？威胁你的母亲、烛龙族的女王吗？”叶倾城沉声，话语一句比一句重，但偏生这些在她平静的面容下连一丝都瞧不出来。

而这也是她多年保持的习惯，越是遇大事，越是要装作若无其事。但她的举动早让周围那些惯于察言观色的侍女吓破了胆，一时间，“女王息怒”之声不绝于耳。

罢了，只要她一日还是烛龙族的女王，这里的大小事务，就一日都归她做主。

她深吸了口气，回身望向叶青青的眼神平平静静的："你们给我听好了，没有本王的命令，谁都不许把王女放出去。"

叶青青见状更欲反驳，惊觉脖间一凉，竟是叶倾城将她颈脖上的蛇纹项圈收了去！那可是烛龙道，看来这下子真要没办法了！

远处五彩的灯烛飘摇着吸引人向前，杜君恒按紧腰间，告诫自己这是一个陷阱。此处她已经反反复复打量了许多次，除了错综的树根，便是连片的湖泊。很显然，若想要从这里出去，那片莲叶或许是唯一的办法。

也就在此时，她忽然觉察到别在腰间的残箫发出了一股温热又细微的力量。

是了，叶青青曾经说过，在这儿烛龙族音律有着举足轻重的作用，而这五彩灯上分为赤、橙、黄、绿、紫五色，那会不会就是对应着宫、商、角、徵、羽五声音阶呢？

想到这里，她心念闪动，忙将残箫拿出，飞身来至了梦泽湖前。

光线幽暗，远处莲叶上的那星五彩光辉忽明忽暗，越发显得这诞生于神木之底的梦泽湖梦幻绮旋。杜君恒观察了半刻，总算发现了这五色烛光的异常。

实际上，它每隔一段时间，五种颜色的光辉便会变动一次位置，譬如说，现在绿色的光在中心，但很快，它就已经变幻到西面了。除此以外，她还暗暗计算过，这烛台每变幻一次的时间间隔均相同。

她微阖目，在心中运用《九章算术》默算开，倘若五种色彩对应五声音调，那么合该是二十五种可能性，但很显然，在这样的地方，她恐怕只会有一次试验的机会。

那么，在这五色烛光中，究竟哪一种颜色，是对应哪一种音调呢？她握紧残箫，额间隐隐有汗滴流出。

叶青青在房间里转了大半个时辰，期间威逼过侍女两名，利诱过侍女两名，哭闹过一次，装病过一次，可惜均以失败而告终。

她丧气地趴在梳妆台前，急得只差扔了这面用纯金装裱的水光镜，然而就在镜子握在手心即将被她摔碎时，她脑中突然灵光一现，想到了一个办法。

没错，此刻因为叶倾城的禁令她不能离开寝宫，但她不能离开，却有一人能"进来"，那人正是精通机关五行术的魔族少君，她的心上人风黎。

虽说让自己的心上人帮助情敌，这桩事怎么想都觉得是脑子里少了根弦，但现在她已经没有别的办法了，更何况她早已经跟杜君恒信誓旦旦地说过，她烛龙族王女，不欠人情。

是以，为着这点不足为外人道的心思，她很快施展烛龙族秘术，用这枚厚颜讨要自蜃楼的水光镜与风黎取得了联系。

“什么？你是说，她与你失去联系，独自一人进入梦泽湖了？”水光镜的另一边，坐于明镜宫几案前正处理着公务的风黎手中狼毫一错，顿时将魔部新递来的折子划污了一笔。他虽然依旧绷着脸，但焦急的语气还是多少令她心中不悦。

她撇嘴，面上却故作大大咧咧：“我又不是故意的，再说了，她本事那么大，哪会这么轻易死掉？”

但其实她心里是着急的，可她又不是小女人，怎么能做出那些矫情的姿态？再者说，她未来可是要做女王的，这点度量总是要有的。

“黎哥哥，我这不是没办法了才来找你吗？你快去救救她吧，怎么说，她也是你未来的大嫂啊！”

风黎：“……”

一阵风从地底涌来，杜君恒猛地激灵了一下。

眼前，梦泽湖中迷雾渐起，五色灯隐有飘远的趋势，但可惜她依旧没找到破题的办法。她握紧拳，只觉某根手指轻轻动了一动。

这种感觉陌生又亲近，她蓦地想起来了，在反相塔的时候，她也曾与一人有过这样的默契。倒是自打那以后，指节上的那条灵犀红线就好像嵌入了肌肤，再也寻不见了。

“小君。”

很快，某个声音像隔着千山万水而来，杜君恒心神晃动，低低回声：“楼主。”

是啊，楼主，在她心里，自己不是楼主便是少君，又有什么区别？

风黎强忍下心头的苦楚，且听她又道：“想必楼主这个时候出现，应是受人之托吧？”

自然是受人之托，若不然，我又有何理由来寻你？

“时间紧迫，不如你先说说你那里的情况吧。”瞬了瞬，风黎才开口。隔着遥远的时空，似连这问答也变得生涩，杜君恒眼望着那渐远的五彩灯，手中残箫紧握，未留意间，她的指节已然发白。

片刻后。

“所以说，你现在遇到的灯烛，是五色的？”听完杜君恒的叙述，风黎很快问道。

“没错，是五种颜色，这难道有什么讲究？”杜君恒疑声。

“颜色没有讲究，重点是五。”风黎略微沉吟了番，继续，“五，阴阳在天地之间交午也，是谓正中，所以，这盏莲灯的灯眼应该就是正中。你只需要将正中处每次出现的颜色，按照它顺序对应的音调吹奏便可。”

“就这么简单，不需要每种颜色一一对应？”杜君恒蹙眉，忍不住问。

“不用，先天八卦讲的是太极生两仪，两仪生四象，四象生八卦，但道理万变不离其宗，都是在讲虚实。譬如乾坤的爻象，是乾三连、坤六断，便是彼此之间的对应。至于这五彩灯盏也是一样，烛眼变，是为虚；五色不变，是为实。”

“所以，你只需要按正常的宫、商、角、徵、羽对应赤、橙、蓝、绿、紫即可。”

“好，我尽管一试。”

默契的对答犹如回到了当日的反相塔中，然而时移世易，这个世上，又有什么是真能永恒不变的呢？

杜君恒心中一声叹息，下刻纵身飞身向梦泽湖的湖心，莹蓝色的发光湖面上，她发丝舞动、裙裾飘飞，翩如惊鸿。

可惜，这一切远在魔族的风黎并无缘得见。

第十八章 长相思

湖面烟色缥缈，一阕清越但并不成调的乐曲静静回荡着，杜君恒足下每向前用力一分，远处那五色灯仿佛就远离一分，似始终与她保持一个恒定的距离。

但她并不气馁，十指灵活按动着残箫上与五色灯颜色对应的音调。终于，一曲终了，那五色灯光同时暴涨开，旋即梦泽湖上莲叶移来，犹如穿云拨雾。

她足尖轻点上莲叶，莲叶载着她微微下沉，但并不下坠，反是径自向着远处飘去。她将残箫握紧在右手，左手微微抬起至唇边，空灵的发光湖面上，风黎的声音邈远仿佛来自天边："成功了吗？"

杜君恒很轻地"嗯"了声，其实真是成功了吗？她也不清楚，她只知道这莲叶将载着她去往一个未知的地方，这个地方也许是出口，但也许……是和阿笙有关。

残箫在手中幻出数道金色的光，温暖而雀跃，就仿佛是要将她的指节包围似的。可惜它的力量实在太过弱小了，就连移动那手指一分都不可能。

杜君恒看罢微微松开一根手指，不多时，便见它变幻成了一只凤尾金蝶，停驻在她细长的手指尖。

"你能听得见我说话？"她看着那凤尾金蝶，问道。

"我自然听得见你说话。"风黎不解的嗓音从她指节间传来。

杜君恒摇摇头，一时不知该怎么解释，反是那凤尾金蝶似乎对手指的传音处颇有兴趣，绕着它飞舞起来，"我并非是在说楼主你，是，它——"

随着她的话音落下，眼前迷雾骤然褪去，莹蓝色的发光湖面上，一座由千斤玄铁浇铸的莲瓣须弥座屹立水面，它的周身被数十条乌金链牢牢扣住，直锁入深不见底的梦泽湖底。

但这非是让人惊愕的，因为真正让人惊愕的是，那须弥座上竟然还躺着一名身着乐府服饰的妙龄女子！她被困锁在须弥座上，乌黑亮泽的发丝被梳成十数条细长的麻花辫。她容颜苍白俊丽，虽然陷入了沉睡中，但眉宇间依旧能瞧见普通女子没有的英气……

此人竟是……阿笙？伏雅心心念念的阿笙？

杜君恒拧眉，视线在须弥座上的阿笙身上停了半瞬，又回到了自己指尖的凤尾金蝶上。很快，她便明白了，正是阿笙的残箫引领她来至这里。但让人疑惑的是，此地既为梦泽湖，神木之心最最隐蔽的极渊，那消失的阿笙又怎么会在这里？

另外，若是此刻在须弥座上的人是阿笙，那么传说中的烛龙金莲又在哪里？

烛龙族王女寝宫中。

叶青青已经趴在水光镜前发呆了好一会儿，这期间，她不时用手指抠抠镜面，又不时敲敲镜面，只盼着风黎能再度出现。奈何事与愿违，那一头的风黎还真就再也没有出现过。

她沮丧着一张脸，端起桌角的茶盏打算解闷，谁知道再回到镜子前时，镜中竟然映出了叶倾城的脸，她一吓，手中的茶盏险些就摔了下去。

“这么慌慌张张的，是怕阿娘呢？”叶倾城从她身后走来，身姿袅袅笑意盈盈的，倒是她越这样，叶青青就越胆寒，只差将脑袋摇作了拨浪鼓。

“青青最喜欢阿娘了，怎么会怕？”她僵了脸，口不对心道。

“可是你方才看见镜中是阿娘，好像很不情愿的样子，还是，你其实是在等什么人？”叶倾城勾了勾她的尖下巴，倾身坐了下来。

“我、我……”叶青青支吾着跳到一边，又拿起另一个瓷杯倒了盏热茶，难得赔着笑脸给叶倾城端去，“既然阿娘心疼我，那不如就放了我朋友吧，我知道梦泽湖里机关隐蔽，但她向来运气不怎么好，若是被碰见了……”

然则她的话还未说完，那盏茶才刚碰到叶倾城的手，就被推了回来：“万事皆可依你，唯独这件不行。青青，你听话，阿娘是不会害你的。”

“但这跟我朋友有什么关系啊？”听她这么说，叶青青索性也不再装，一张俏脸绷着，狠狠瞪着叶倾城。

可纵使她这样，叶倾城也丝毫没有要松口的意思，不过是轻抚了抚叶青青的脸，便避开了视线，她的嗓音轻柔，话语却狠厉：“因为这个世上见过烛龙金莲的人，都必须得死。”

梦泽湖面薄雾澹荡、蓝光莹莹，水流轻轻拍打着须弥座，并不时将那深深锁入湖底的乌金链扣响。但尽管如此，须弥座上的女子依旧紧闭着双眼，仿佛是睡着了。

事实上，从杜君恒发现阿笙的那一刻开始，她就在不断尝试新方法，只可惜，不论她如何做，都依旧无法唤醒阿笙。

“此处有结界，我无法上前。”杜君恒蹙眉，只得向着千里之外的风黎求助。

这样的情况，风黎显然已经预料到了，虽然这样的她，屡屡也让他觉得，无非因自己尚有用罢了，而自己一旦失去了价值……

想到这，他喉头一涩，道：“既然如此，你不妨再试试那管残箫。”

“你的意思，这箫管上多半附有阿笙的记忆？”杜君恒沉吟道，其实，风黎的想法她也不是没曾想过，只不过……

忽地，她双眼一亮！

没错，她是与这位阿笙姑娘素昧平生，可那日在竹楼时，伏雅曾用龙兮音魂让她看到过阿笙的部分记忆，在那段记忆中，的确是有过一首曲乐！至于那曲子的名字似是……是了，《碣石调》。

“我想起来了，那首曲子名叫《碣石调》。但……”

“但是什么？”

“我当时仅仅听了半阕，所以我需要楼主帮忙。”杜君恒看着指尖的凤尾金蝶，明明该是求人的态度，嗓音却在不知觉间又换成了理所应当。

小片刻的沉默后，风黎总归还是应了声“好”。不管怎么说，他确是恨透了这种被杜君恒吃得死死的感觉！想他堂堂一位魔族少君，在这肃穆的明镜宫议事厅里，如先前那般给她提供建议就足够引人非议了，现下居然还要唱歌！

这个天杀的杜君恒，魔族上下，谁人不知道他五音不全啊？

他眉头紧皱，也不及屏退众人，便忙幻出一本《乐曲残谱》飞速找到那篇《碣石调》，接着对着那音律轻哼唱起来。

他的嗓音并不温柔，也不算动听，但在千里之外的神木之底，梦泽湖面上，于杜君恒的指节间响起时，还是忍不住叫人心间狠狠一暖。

莲叶上，杜君恒牵起嘴角，同时也将那残箫抵上嘴唇，跟着那调子吹奏了起来。她的乐感极好，能迅速将风黎哼跑调的地方纠正回来。

那是一首极古老的歌，韵律拙朴悠扬，曲意之中自有一股卓然于世的清隽风骨，就仿佛是一首来自远古的清风，回荡在这诡幻的树下世界。

歌曲行至一半，一直围绕着杜君恒的凤尾金蝶忽地振翅，它越过结界，飞向了须弥座上的秀丽女子。

小片刻后，睡梦中的阿笙缓缓睁开了眼睛，她清澈的双眸透出茫然，但似乎又是清醒：“伏雅，是你来带我回去了吗？”

王女寝宫中，一丝异常的震感猝然从神木的底端传来，叶青青扶着水光镜的手滑了一下，起初她还以为是幻觉，紧接着就听叶倾城暗道了一声“不好”，飞身便向升降间跑去。

难道是阿九在梦泽湖出事了？她心中一咯噔，这下反比叶倾城跑得更快了。

“青青，你不许去。”忽地，叶倾城像想起了什么般猛拽住了叶青青，她的神色威严，口吻更是不容置疑。

但越是这样，叶青青的好奇心就越重，上一次的亏她自然更是不肯吃，当下一个幻光诀，居然越过叶倾城，直奔向神木之底了。

说来这幻光诀乃是烛龙王族的不传秘术，使用者可在短时内极大的提升速度，只是这幻光诀对使用者的天赋要求极为苛刻，若一时不慎，很容易走火入魔，故而即使是有着高贵天赋血脉的烛龙王族，也轻易不会使用。可这叶青青居然敢当着她娘的面子如此做，叶倾城的绝世容颜扭曲成一团，几乎要当场发火！

莲瓣须弥座上，阿笙坐起身来，她的身体还很虚弱，但双眸却是极用力地盯着杜君恒手上的残箫。杜君恒虽不解，但还是缓声道：“阿笙，别怕。我是伏雅的朋友，是他拜托我前来找你。”

“真的是他，”阿笙喃喃，复又蹙起眉，“那他为什么自己不来？”

“是因为一些原因……”对于伏雅的双目失明，杜君恒也不知该如何解释，只得道，“这恐怕需要你出去了自己问他。”

沉默间，阿笙垂下眼眸，她叹了口气，一头乌黑发亮的麻花辫笼下来，仿佛一匹被遗弃的小马：“我是出不去的，叶倾城在我身上下了咒术，这个时候，她恐怕已经知道我清醒过来了。”

“叶倾城？你是说，你真是被烛龙族的女王关在这里的？”虽然一早便想过这种可能性，但真正从被害人口中说出时，杜君恒还是免不了抬高了话音，“可她抓你，究竟是为了什么？”

“为了烛龙金莲，更是为了王女。”阿笙的声音低了下来，她抬起手，费力地指了指上方散布的结界，“你看它像什么？”

听她这么说，杜君恒这才注意到散发在她周身若有若无的淡金色结界。起先她还以为是被人布下的，再仔细看，她才惊觉这竟像是阿笙自身发出的。金莲结界？她，怎么会？

“你猜得没错，我不过是烛龙金莲的替代品而已。”说到这里，她秀目里的星光越发暗淡下来，“真正的烛龙金莲，早在十五年前，就已经没有了。”

“没有了？你是说……”结合当初在伏雅处听来的消息，杜君恒沉默了下，遂开口，“为了救叶青青？”

“你认识她？”听见她直呼王女的名讳，阿笙双眸一亮，连身体都直了少许，但很快，她又摇了摇头，“算了，你快走吧。”

“这么说，你其实是知道如何离开的？”杜君恒惊讶道。

“既然你是伏雅的朋友，那我便应该帮你离开。”阿笙用手指敲了敲身下的须弥座，“只要将它移开，梦泽湖水便会自动向出口流去，你的时间不多，先速速按我说的做吧。”她虽然虚弱，但每一个字都尽量吐清楚。

杜君恒欣赏这样的态度，而她欣赏的人，总是不该死的。

“这应该就是此处的‘眼’，小君，按她说的做。”与此同时，久未出声的风黎忽然煞风景地道。

杜君恒点点头，移开须弥座，她自是会做的，但如果仅是她一人出去了，那这一遭她不是白来了？是以她依旧站在莲叶上纹丝不动，只抬手做了个简单的手势，仿佛单单那手势便有千钧之力：“阿笙，你刚才告诉我，叶倾城在你身上下了咒术，但如果我移开了这须弥座，你会怎样？”

“我……”

“她会死。”另一个柔媚中透出威严的女声，似从周遭无数的神木根中一齐传出。

迷幻的梦泽湖掀起了数丈高的浪头，一位身姿曼妙身材高挑的华服女子踏浪而来，她的容颜明艳不可方物，虽美极但也寒极，却偏偏在看见杜君恒时愣住了。

这不是神族曾经的罗浮宫主、女神尊杜君恒吗？杜君恒怎么会来了这里？

然而另一边的杜君恒也愣住了，她向来对鉴美很有一套，而眼前的美妇人虽已有些年纪，但若真将她也算入自己心中的江湖美人榜，恐怕那神界第一美人婴缇的位置就很危险了。倒是这美人如此惊诧于自己的这张脸，难道是曾经见过？

时间不容她细想下去，旋即又一个浪头猛地掀了起来，水花过处，叶青青的俏脸犹如清水出芙蓉，从梦泽湖底露了出来。

“阿九！”她急急大喊，并手脚并用地飞快站到杜君恒身边，“你！”

但她那个“你”字还没有说完，叶青青就看见了杜君恒身后那名位于须弥座上的女子，这女子按说该是与她差不多的年纪，可脸色苍白中隐隐泛着青色，分明是被囚禁在此已太多年月。

等等，她为何会出现在这本该是放着烛龙金莲的地方？还有杜君恒手上的那根残箫，为什么也好像与她正发生着某种奇异联系？

这女子，难道就是伏雅一直在找的人，阿笙？

叶青青脑中高速转动着，忽见叶倾城艳丽的嘴角勾起，笑容不动声色：“阿笙，好久不见。”

居然……真的是她。

叶青青尚不及反应，再细看下，赫然发现不知何时起，叶倾城那修长的双腿已然幻化成了褐色的金环蟒尾，正在梦泽湖中慢慢游弋着。

“阿娘，你、这是要干什么？”叶青青心头猛震，不作想便是将杜君恒护在身后。倒是杜君恒此前还未见过烛龙族的真身，这下竟盯着叶倾城看了个十成十。同一时间，叶倾城手中两股互相噬咬着的滔天水柱拔地而起，气势骇人，似直要将这梦泽湖搅个天翻地覆。

反观莲叶上的杜君恒依旧纹丝不动，她细长的手指抬起，一道银色结界便在瞬时凝成，旋即挡住了叶倾城的攻击。

“你不是杜君恒。”片刻后，叶倾城笃定道，她并未向前，仅是细细打量着杜君恒，“你既然不是她，那你究竟是谁？”

杜君恒沉默不语，倒是一旁的叶青青惊讶道：“杜君恒，那不是神界的那位女神尊吗？”言毕又甩了甩脑袋，对着叶倾城继续，“阿娘，你认错人了，她叫阿九，是魔神血脉泷姬的重生，但，这副壳子不是。”说到这儿，就连叶青青也不知该怎么解释了，好在叶倾城虽面露疑色，可也并不打算追问。

见她俩均不搭理自己，叶青青撇撇嘴，索性向着须弥座的位置游去，奇异的是，她丝毫未受到结界的阻隔，极轻松地就爬上了须弥座。

“果然是这样，”余光见此情形，杜君恒轻喃了喃，终于出声，“传说中的烛龙金莲其实就在王女的身体里，女王大人，我没有猜错吧？”

一言既出，语惊四座。

首当其冲的，自然就是须弥座上正与阿笙大眼瞪小眼的叶青青，她几乎当场就跳了下来，好在被阿笙拦住，那力量极为虚弱，却又极为固执。

“你就是王女。”阿笙看着她，目光里有极深邃的光，就像是地上的人在看天上的星，可天上的星从不知地上有人注视过它。

“别这么看着我。”叶青青被她盯得头皮发毛，当下便跟她隔出些许距离。可叶青青越是这样，就越暴露了她的心虚，她重重咬着牙关道：“你骗谁呢？在我们烛龙族，连三岁小孩都知道烛龙金莲是圣物，藏在神木最隐蔽的地方，又怎么可能在我身上？”

“在不在你身上，女王大人恐怕是最清楚的吧？”杜君恒双目直视叶倾城，朗声道。

但对这个问题，叶倾城并没有立即回答。当年青青罹患奇疾，她访遍三界名医都不见起色。她不舍女儿就此香消玉殒，便起意动用能活死人、肉白骨的圣物烛龙金莲。然而一旦烛龙金莲离开须弥座，神木就会枯萎塌陷，烛龙一族的根本将毁于她手。就在她纠结难解之时，她遍寻古籍，终于在一页残篇中发现了一个秘密。

原来烛龙金莲的本体千万年来都镇守在神木中，灵体却在人世轮回。烛龙金莲灵体转世皆为至真至纯的女子，其血液和烛龙金莲本体一样，可以镇守滋养神木。按照古籍记载，叶倾城找到了烛龙金莲的灵体转世——阿笙，并将她骗至神宫。从此以后，阿笙便被锁在须弥座，日日以自身气血滋养神木。

这样悖德且残忍的事情，叶倾城当然不会让自己女儿和臣民知道，她嗔笑着向前游动几丈，媚眼如丝道：“这个世上知道真相的人往往没有好结果，纵使你是魔神血脉，也无法逃脱。”

“可惜这世上想要我的命的人很多，但真正有能力杀我的，我却至今都没有遇到。”杜君恒语调缓而淡，仿似在说一件极普通的事，她手腕翻转，将那管箫平举至胸前，“其实女王何必生气，我不过是想与你做一桩交易。你只要放了这位阿笙姑娘，我便用别的方法保你族神树周全。”

“好大的口气！”叶倾城不怒反笑，越发显得她那张脸艳丽至极。

“女王何不听我一言，让我一试？”杜君恒眸光平静道。

实际上，杜君恒会这样说，的确是有十足的把握，她只消以一成渊玉之能，就可维持这神树的万年根基。当然，有关这渊玉的秘密，实难为外人道，只好以密语传音叶倾城。

一旁的须弥座上，叶青青咬着下唇，死死盯紧叶倾城的双眼：“阿娘，这么说是真的了？你当初真的为了救我……”

可惜她的话并未说完，就被叶倾城打断了，叶倾城自始未曾看她，只是将注视着杜君恒的目光，落在了阿笙身上：“好，没想到你竟有那样的造化，能够得到洪荒时代的神物。你要这小丫头的命，我可以给你。你答应我的事情，也不可食言。”

“那是自然。”杜君恒颔首，语调忽而一转，“不过，您的小王女，我还需借来一用。”

“这既是你们之前的事，那我便不插手了。”叶倾城冷哼了声，双眸在叶青青身上略略擦过，谁料想下一刻竟是身姿婀娜地离开了！

叶青青愕然地看着这一切，霎时间只觉得头脑像被人用一团乱糟糟的线缠住了，她剪不断也理不顺，只能随着它越来越大。

一直以为能成为叶倾城的女儿是她这辈子最值得庆幸和骄傲的事。她的母亲叶倾城，容貌绝世，地位尊贵，甚至有着无法匹敌容貌的智慧和手段，她爱民如子，深受烛龙族百姓的敬重。

但现在，她忽然不敢这样以为下去了，因为她的母亲，为了她，竟将一个无辜的少女幽禁在此十数年。她握紧拳头，眼泪不可遏制地流下来。自然也就没注意到默默来到她身边的杜君恒，奇异的是，那须弥座外层的结界也似随着叶倾城的离开而撤去，仅仅剩下自阿笙身上浮现的金光若隐若现。

“阿九，你……”她的话还未说完，身体忽地就动弹不得了。

眼前，杜君恒眉眼含笑，然则指尖已对上了她的前胸，蓦地，一道极细的银光注入她的体内，“王女，接下来该是你我实践契约了。”杜君恒话音平静道。

“阿九，你不能这么对我！刚才我还帮过你！”叶青青的身体虽不能动，但一对漂亮的眼珠子瞪起来，也像能吃人。

“放心，我既曾出手救你，便不会杀你。”杜君恒手臂不动，单凭腕力而为，不多时，一朵炫目的金莲便自叶青青体内浮出，霎时间华光万顷，整个神木底都被覆上了这瑰丽之色。倒是叶青青因体内的金莲倏然离体，一张俏脸顿时变成苍白。

“这个时候，你是不是很解气？”见杜君恒不发一语，她转而望向阿笙，这个年纪和她相仿的小姑娘。本以为阿笙才是这一程最大的意外，谁知道最大的意外竟是自己！

“王女，如果没有我，你十五年前就已经死了。”哪知道那小丫头片子甫开口，就直扎人的心窝，“女王视你为瑰宝，不惜为你将我诱骗至此，有这样的母亲，你该高兴。”

高、兴？

她的阿娘现在把她一个人丢在这里，甚至不惜让杜君恒如此待她，她难道应该高兴？她说不出话来，因为杜君恒已经开始一片片地摘取烛龙金莲上的金叶子了。每摘一片，她的心脏都好似被人用刀割般的生疼，但她已经哭不出来了，她是被娇宠惯了的王女，向来只有她欺负人，哪里又有人欺负她？

而杜君恒居然这般对她，这个她曾经唯一视为朋友的人。

“你的母亲真的对你很好。”在取下第三片莲瓣时，杜君恒忽然开口道，“可惜你却从不曾理解她。”

“我不需要你这个骗子来替她说话！”叶青青此时已经没力气哼哼了，仅仅能瞪着她，然而那目光里虽有恼恨，但更多的是不甘和不解。

“她不仅是你阿娘，她更是烛龙族的女王。”片刻后，杜君恒终于收了手，她指尖的银丝抽离了叶青青的胸口，几乎同时，一方精致的楠木小盒被幻化出，她微微颔首，将那三片闪耀着金光的莲瓣郑重放入。

“方才多有冒犯，还请见谅。”杜君恒最后道。

其实她的话对叶青青究竟有多少的提点，她已经不在乎了，毕竟叶青青就算现在不理解，天长日久也总是能理解的。而她，为了这三片烛龙金莲的莲瓣，所剩下的时间已经不多了。

她微微叹下口气，看向须弥座上的阿笙，对视间，那个看起来虚弱无比的人儿倒是先开了口，阿笙的目光有恳求之色，偏生又压抑得很：“我想知道伏雅是允诺了你怎样的好处，才肯让你帮他至此。”

“自然是天大的好处。”微微一顿，杜君恒并不避开她的目光，回答道。

话音落，阿笙却是摇了摇头：“既是如此，那我便先谢过恩人了，只是……”

“只是如何？”

杜君恒心中一声不妙，下刻，见她微垂眼眸，音色哑然道：“我在此十五年，每日与神木气息交融，身体早已不同于常人，一旦离开，恐命不久矣。”

果然，那位烛龙族女王不会如此轻易地就放阿笙离开的，毕竟是触了王之逆鳞，换作当日尚在神座的自己，恐怕也会如此。

杜君恒蹙眉，左右思量，终于将目光重新落回到那管残箫上：“我有一办法可救姑娘，不过……恐日后姑娘都无法再以常人之身出现，不知阿笙姑娘可愿意？”

“恩人的办法是？”

杜君恒静了一静，这才将那管残箫向阿笙递过去：“这管箫上有姑娘的记忆，我有办法能令姑娘的魂灵附在这竹箫上，若姑娘愿意，也可以金蝶之姿出现，但……”

"我明白了，恩人的意思是让我舍弃这副肉身。"阿笙微微垂眸，她的指甲已经抠进了肉里，但她却再也感受不到疼痛了，其实打从她被幽闭至此，她的身体便成了这副不死不活的状态。

"这万万不行，伏雅当初是让你救她，你这样，如何能算是救了她？"沉默间，竟是叶青青第一个站出来反对了，她的俏脸绷紧着，像从来未有做出过这样重大的决定。

说到底，正是她母亲当日的行为对他人造成了不可挽回的伤害，而始作俑者，竟是她。

她的嘴唇微微抖动，双手紧紧握住阿笙的："对不起，我、我也不知道事情会这样。"

阿笙摇摇头，其实从她看见这位王女的第一眼起，她便有千言万语涌上心头，但偏偏到最后也说不出口，她还能说什么呢？不过是王女的命，比自己的重要。只是，时至今日，她终于知道，并非这世上所有的人都这样以为。

至少，还有一人在她消失后长达十五年的时间里，都未曾放弃过努力。而这个人，恰是她平生最最倾慕与在意的。

所以她虽然被困了十五年，但也并非全然是无用的。

"女王是爱民如子的人，若不到万不得已，也不会如此。"杜君恒的话音响起在耳边，与此同时，在她身下的那由千斤玄铁所浇铸的须弥座也被高高升了起来，刹那间，铁链声震耳欲聋，数千道莹蓝色的水流猛然向下陷入，最终逆转成一巨大的发光涡旋。

就好似……这无情流逝的无数时光。

赫然是出口！

这是她日夜期盼的景象，虽然她一度因叶倾城的术法而陷入沉睡，但并非一丝一毫不曾醒来过。只是，真的要离开了，她好像又产生了种奇怪的感觉，就像是心也跟着那须弥座被提了起来，连呼吸都变得困难。

"恩人，请帮助我离开。"她听见自己用不大，但很坚定的声音说道。

杜君恒点点头，不顾叶青青的劝阻，已然对着阿笙施起法术来。

那一日，最后一个离开神木之底的人是杜君恒，没有人知道她在离开之前做了什么，但叶青青分明看见，她在上来时，脸色已差了许多。至于那个阿笙，则最终如她所愿变成了附在残箫上的金蝶，奋力地向着出口处等待已久的伏雅飞了去。

暮色西斜，久违的阳光从竹窗外透入，檐下竹铃不住地叮当鸣响。

榆木方几上，残箫与焦尾琴并置，连阳光到此都好像变得格外温柔了些，任凭那只凤尾金蝶恣意停驻。

“抱歉，我只能带回阿笙的灵蝶。”杜君恒站立一旁，淡淡的口吻里听得出内疚之意，至于说叶青青，自打回来后，她都不敢正眼瞧一眼伏雅。

“你已经尽力了。”小半晌，伏雅才开口道。他的眼睛看不见，但触觉并未失灵，他甚至能感受到那只金蝶在他肩头飞舞，与他无声地交流，他抬起手，极小心又极温柔地抚摸它的双翅，倒是它也不逃，仿似在跟他嬉笑似的，忙不迭又飞上了他的耳廓。

“让二位见笑了。”他些微地咳嗽，面色透出羞赧。略顿了顿，他手指灵活地挥动，一根透明犹如鲸须的物什旋即被幻出，那便是叶青青的命魂，他当初以此为要挟杜君恒之物。

“青青，当日如此对你，实属无奈。”他面对叶青青，肃然行了一大礼。言毕，信手又一挥，那鲸须便在瞬间化为齑粉，霎时震惊了众人。

“你！”

“这并非是你的命魂，”伏雅虚空抓了抓，好容易才抓住叶青青的手，他用力握紧，郑重道，“你既是我的好友，我又如何会这般待你？我只是为了阿笙，不得已做了回小人，以此骗过你的朋友，请求她的帮忙。”

“原来如此。”杜君恒蹙着的眉头终于舒展开，倒是叶青青闻言哼了一声，俏脸顿时别向了一边，“你们两个大骗子，亏我还把你们当朋友。”她的声音一抽一搭的，让人听来既心疼，又无奈。

人生在世，总难免有话难说出口的时候吧，而朋友之间的秘密，终也是越少越好。

风声落上琴弦，名器陈置的乐室里，伏雅温了一壶茶，那茶香袅袅如烟瘴，阻隔了前尘，教人看不真切。

“阿九姑娘，你要的答案都在这里。”他递给她一盏茶，白瓷内壁，内中细叶青翠如雀舌，正随着滚水载浮载沉。

第十九章 花信风

花开两朵，各表一枝。

身为云枢以傀影术造出的影子，算起来，伏雅与云枢性情的差异，就如同杜小九与杜君恒的差异。但不同的是，作为傀影之术的创造者，云枢创造出的伏雅，又比杜小九得天独厚了许多。

准确地说，他是直接继承了古琴太枢的某样天分，而这些阴差阳错的，身为古琴太枢的转生，云枢居然都未拥有。

所以从某种意义说，他的失明，不过是时间的早晚罢了。因为云枢绝不会允许他的能为超过自己，尽管他从无和云枢一样的野心。

而这项能力，便是坤眼，能够轻易洞察到三界之内所有灵物的命穴，也是因为这样的能力，使得他在音律的造诣上日臻完美。然而，最高一层的龙兮音魂，却因为他仅是傀影术制造出的影子，所以始终难以达到。

在阿笙出事以后，为了能找到阿笙，他千方百计地找到云枢，不得已用坤眼与之交换，这才得以突破自身，并最终得知阿笙其实并没有死，而是被幽禁在了某个地方。

不过，这些都并非是伏雅要告诉君恒的重点，毕竟这些与她并无多大的关系，而他之所以如此隐晦地告诉她，其实是为另一件事。

上古之时，青姬创世，以渊玉之能建立神州、创造了无数的族群。千年的角逐后，其中神魔两族异军突起，成为最极端的两面。

然而，世人只知青姬创世，却不知当初创世时，天地初开时，世间为浑浊一气，青姬偶得神器古琴太枢，后借琴力分天地阴阳，是为创世第一篇。之后太枢经青姬点化，化身为男子，成为她座下第一大弟子，也是她在众弟子中最出众和钟爱的一个。

怎奈何，万载之后，青姬却不知何故再不肯承认这名弟子，甚至将他的魂魄打散入人间，时间又过万载，世人只知古琴太枢，再不知其他。

只是，伏雅要告诉她的，似乎并不止这些，果然，他很快又将后话道出。原来，云枢虽是古琴太枢转世，但似乎并不得太枢真正精髓，而这也是他最为心心念念之处。现下，他虽已得到伏雅的坤眼，从表面上看，他的功体大进，但实则物极必反，若是有人与之对战，初时或惊艳其修为，但至多三日，他必露败迹。

杜君恒听后默然，放下茶盏，半晌无语。

竹窗外，风吹竹啸，绿意融金，古井边的竹节排钟在夕阳下被疏风吹响，奏出禅意的曲调。这分明是个避世之地，谁又能看出其实早已沾染了红尘气息？

她微叹了口气，且听伏雅朗声道："人生如一场大梦，虽屡有追逐之事，但毕竟完成者少，未完成者多，而那未完成者，愈久便成心魔，难以真正超脱。"

杜君恒点点头，应道："先生受教了。"

叶青青平生最听不得人打禅机，但经此一事，好像心性也定了不少，她干干抿了抿嘴，说道："伏雅，对不起，都是因为我，才害得你们有情人无法终成眷属，我先前还错怪你，我……"

她的话说不下去了，因为好不容易才擦干的眼泪又涌了出来。

她叶青青是烛龙族的王女，烛龙族除王以外身份最最尊贵之人，从小到大，皆是被人捧在手心，骄纵惯了的。但愈是这样的人，往往就愈希望能有几个真正的知己，不贪图自己的权势地位，只为真心相交。

可惜，她虽遇到了这样的人，却好像又没能把握住，这让她懊悔，甚至难堪。

她吸了吸鼻子，继续道："我会尽力说服让阿娘来道歉的，毕竟……"

毕竟是她的出现，强行更改了他人的人生。

然而伏雅却是摇了摇头，他轻拍拍她的肩膀，就像重逢时那样："青青，我相信事情如果能重来一次，也还会是一样的结果。毕竟叶倾城身为烛龙族女王，原本对王脉就有不可推卸的责任。若我是她，大概也会如此吧。"

"伏雅……"

她的声音再度低了下去，她屏息，凝视着那只围绕着伏雅翩翩起舞的凤尾金蝶，它像是他俏皮亲昵的恋人。

从前，她总以为世上之事非生离死别不能掉泪，但直到今日，她方明白并不是。原来世上的情有万千种，叶倾城为保她不顾牺牲烛龙金莲甚至毁掉他人的姻缘是一种，而伏雅与阿笙人蝶相恋、死生不渝又是一种。

她不敢简单评述这其中的错对，或许这爱本身也没有错对，有的仅仅是，各自为此究竟付出过什么。

千里之外，瀛洲仙岛，云台小筑。

一滴雨透过敞开的支摘窗落入房内，临窗的三足几上，田黄镇尺压好的徽宣很快被洇湿一片，有执墨的小童欲上前关窗，但被云枢喊停了。

“就由它开着吧。”他将狼毫放上桐木笔枕，嗓音淡淡的。

说来，这样淅淅沥沥的雨已经接连落了好些日子了，再这样下去，只怕他那些心爱的白斛生也要被泡烂了。但尽管如此，他也依旧不能阻止，就如同他不能阻止他那一直跳个不停的右眼一样，其实自打他从伏雅处取回坤眼后，他这只眼睛就爱没事闹些个小脾气。

他蹙了蹙眉，当下只得忍了。

原本说他是古琴太枢的转世，更是乾眼的持有者，本以为在坤眼归位后，会如虎添翼，谁料想会是这样。

他默叹了口气，走上窗前，那里摆着一盆用玉石盆栽种的时令花，修长的树枝，衔着桃色的花蕊，可谓尽态极妍，奈何花蕊尽数紧闭着，犹如那人。

“花神近日还好吗？”他出声问道。其实他这样纯属自欺欺人，婴缇上仙是不请自来的没错，却是被他强行“留”下来的，她不满他的做法，和他一直闹，甚至对着他的瀛洲仙岛施了云雨之术，企图以此法困住他。

但她只是个上仙，又哪里真能困得了他?

“花神她……还如昨日一样。”小童结巴了下，终究如实告知，“她不肯吃任何东西，还说、说如果上神要她的命尽管拿去，不过在这之前，她是绝不会放任上神如此的。”

“呵。”早料到是这个结果。云枢冷笑，他负着手，笑容有莫测的意味，但是小童仙龄还太小，还不能懂得凡成大事者，总难免是要亲缘尽疏的。

“上神要不要去看看她？”小童抓抓腮帮子，笨拙地提议。

云枢的视线在他脸上停了一瞬，终是道：“也好。”

风声在屋檐下呜咽，幽幽穿过抄手游廊，不多时，便到了西偏殿。

那大门上没有落锁，但重重的仙法结界，远比落锁更有效。云枢解开结界，穿行入内，汉白玉铺就的地面，犹如满地晃眼的细雪，远远的，有一身穿桃色裙衫的仙子立在雪上头。

那女子雪肤皓齿、仙姿佚貌，自然是婴缇。

“我还以为你不会来见我！”婴缇冷冷地看着他，面上犹如凝着层寒霜。曾几何时，他总是嫌她较于君恒不够气度，如此看来，倒也不输。

“言一说花神近日胃口不好，送来的吃食都未动过。你是名动天下的花神，纡尊降贵来我这云台小筑，云枢唯恐待客不周。”他的声音慢条斯理，但这就更让她气恼。

“云枢，你这个伪君子！”她气得恨不得给他一巴掌，一双杏目狠狠地瞪着他。

“花神错了，我云枢从来就非君子，又何来这伪君子一说？”他话音疏淡，旋即又将一路提着的锦盒放到圆桌上，“但无论如何，花神气坏了身子总是不好。你不满言一送来的饭菜，那我便亲自送来。你我仙僚一场，花神不必太过拘礼。”

“仙僚，呵！”婴缇顿时大笑，她的双眼连看都不曾看一眼那锦盒，便径自冲上前，“云枢啊云枢，我从前真是错看了你！你控制莲神，陷害君恒，你说，这个世上还有什么事是你做不出来的？接下来，你是不是就打算取我性命了？”

“我从来没想过要动花神你，”云枢退后一步，顺势擒住她的手，婴缇挣脱不得，瞬间面红耳赤，他贴近她的耳，凉声继续，“像你这般国色天香的仙子，不论是何人掌握‘九重凌霄’，都不会拿你怎么样，毕竟就算当个花瓶摆着，也是好的。”

“花瓶，”婴缇心中一痛，索性对准他的手臂狠狠咬下一口，“我知道你心里一直不喜欢我，一直都拿我当花瓶，可你不是最爱她的吗？又怎么也下得去手？”

话音落，云枢的手骤然松开。

“这是我与她的事，你不懂，也管不了。”云枢与她隔出数丈远，一时间像是楚河汉界，尺水之深，终不可越。

“我是不懂你，不然也不会落到今天的下场。”婴缇满脸泪痕，她用力拭了拭，娇嫩的肌肤立时红了一片，然而面对这早已铁石心肠的人，她再美貌，再多眼泪，都已经起不了作用。

因为在这样的人心里，女人，从来都不是最重要的。

“你走吧，不要再来了。”她背过身，声音凄清而坚定，“我是百花之神，世间众花不死，我便不死，你杀不了我。但，我还是希望你能放过她。”

她最后的那句求情已然很低，但云枢还是听见了，他握紧袖下的手，太阳穴突突跳动得厉害。在她眼里，现在的他大概是个彻头彻尾的魔头了吧？

但这已经不重要了，其实从踏上这一步起，便知会有今日的结局，可他终究不该再为这些或心疼或内疚或自责的情绪执迷太久，毕竟前尘种种，总要做一个了结。

杜君恒回到魔族已是一日后。

这一路上因为少了唧唧喳喳的叶青青，倒是清静了许多。然而清静下来，许多事就不免浮上了心头。这其中有一件，便是当年的无字简一事。

在伏雅的竹楼处，云枢的前世太枢被一再翻出，但更重要的，既然傀影术是太枢所发明，而她当年又是从无字简上习得这傀影术，那么是否也就可以得出，无字简其实就是太枢故意留下的?

她叹了口气，实在不堪回想他们初遇时，对方其实早已经抱了这般深远的心思。而当年，太枢又是做了何事，才会严重到令青姬对他如此?

明镜宫内，九十九盏幽冥灯升起来，像是茫然深邃的星空。

她缓步进入，一袭墨莲裙裳，在地面上拖曳出细微的韵调。雕漆几案前，玄镜搁下笔，黑金面具上微微反着光："事情办完了？"

杜君恒颔首，走至他跟前，余光不自觉地向内瓢了瓢，可惜并未看见某个想见的人影，遂又收回，淡声答道："只拿到了烛龙金莲的三片花瓣，不过，也足够了。"

"看来你要做的事，真是不论如何都要做成。"玄镜独目凝视她，抬手一道术法将旁处的座椅移动来，又向她比了个请坐的手势。

杜君恒倒也不客气，旋即便坐下。

"接下来，你想要如何？"玄镜问。

"那就要看魔尊大人您能配合到何种程度了。"杜君恒呵了声，微微牵起唇，这里已被玄镜不动声色地设下了一道隔音的结界，所以现下他们的交谈，已十足安全。

真是个心细的男人，难怪杜小九会动心。她在心里想着，却见玄镜并不答话，而是以术法凭空幻出了魔族之外，姬山之巅的景象。

他的画面逐渐移动，终于移动到了一株姿妍秀丽的花树上，那正是婴缇的元神，时令花树。但让人诧异的是，这株终年花开不败的花树此时花瓣凋零，竟显出颓败之态。

"君不失花期，风不失花期，唯恐花期误君期。"一字一语从身处九幽之下的魔尊口中道出，霎时间也令杜君恒神思恍惚。

"二十四番花信风，是婴缇的信号，看来，究竟是我错了。"杜君恒阖目，心下一声叹息。

还记当初自己与风黎费尽心力制造出了那把假檀上弓，之后她在姬山之巅将其交与婴缇，为的就是用此试探云枢。但此番婴缇竟无法亲身告知，仅能想出这以花树凋零的办法透露，看来的确是穷途末路了。

从明镜宫离开，杜君恒一路向祀音阁走去，心中一边想着这其中的要害。走至门口，她被一道身着石青锦服的英挺背影挡住了视线，那身影瞧着七分熟悉，却让君恒一时间不敢上前辨认。

“怎么，不过数日不见，不会连我都不认得了吧？”身影徐徐转身，赫然是风黎。

都说士别三日当刮目相待，还真是不假，从前只见过他穿红色，各式各样的红，银朱、胭脂、朱砂，甚至有时还会刺绣上暗纹牡丹，总一副花团锦簇的模样。

现今这一袭雅致石青配上水苍玉束冠，却是让整个人都朗阔起来。不是叶倾城与叶青青的陈年美酒与冰糖雪梨的差别，倒更像是晴与雨的不同。

“楼主。”杜君恒的目光在他脸上瞬了瞬，遂又移到他左手上的一卷薄皮书册上，“这是？”

“魔尊大婚，派我来打前站。”他笑笑，脸上看不出过多的情绪，“不如我们进去说。”

杜君恒没说话，事实上她也不知道该说什么，只是点点头，随他一起踏上了临水的浮桥。

夜风清冽，风中飘来一丝丝若有若无的魅生花香，杜君恒分明看见，是那幽蓝色的魅生花瓣漂上了莲湖，不多时便沉了下去，再看不见。

“你是不打算同我说话？”耐心等了等，见杜君恒依旧不搭理自己，风黎自嘲笑笑，旋即一招手，且见一只肥硕的飞鼠仿佛从天而降，落上了他的肩头。

“你方才叫我楼主，可惜最近魔族事务繁忙，我只好让千机暂时停业，来我这魔宫帮忙了。”

杜君恒尾音上扬地“哦”了声，余光不动声色地瞥了眼那有着黑豆般小眼睛的小家伙。“一时改不了口，还望楼主不要介意。”略微一顿，又道，“所以楼主的意思是？”

“我的意思，明镜宫因为人手紧缺，所以临时抽调了大部分祀音阁的侍卫侍女，那不如就先让千机暂时来你这帮忙。想必……”他的话未说完，但见杜君恒一双冷冷秀目直直盯着已然幻作鼯鼠的千机，看得千机忙又向他怀里缩。

但他已然下定了决心，继续又道：“想必魔姬是欢喜的。”

那魔姬二字，他故意加重了字眼。

杜君恒又怎会听不出，她微微皱眉，接着伸手摸了把那被养得一身光滑油亮皮毛的千机，道："魔族上下都传魔族少君你与魔尊关系不合，但在我看来，楼主对魔尊，可是关心得很嘛。"

"所以说耳听为虚，眼见为实。况且，他是我皇兄，而你是……"话音一住，他并不继续下去，反是单手掀开帷幔，走进了水榭中，待杜君恒与他相视而坐，方才递出那本簿册，"这是魔族的聘礼单，魔族不似人族，没有六礼之说，只有这份聘礼单，代表魔族男人所拥有的一切。"

"在我魔族，一个男人倘若爱上一个女人，那便要倾其所有。这一世，下一世，生生世世，这个女人都只能归他所爱，若是别的男人看上了她，那他就只能与这个男人打上一场，如果他赢了，女人还是他的，如果他输了，那他的这条命，就也是她的了。"

瞬间的沉默。

杜君恒抬手接过那份礼单，干干道："如此看来，人族虽然讲究，但魔族，却更是有情有义得多。"

方才风黎虽是替人传话，但这一语双关，显然是有备而来。杜君恒面上端着镇定，心里早已起了波澜，然而信手翻开礼单的一页，目光便凝住了。

"敢问楼主此处是何意？"她面上一片红云飞过，又惊又骇道。

"魔姬是指这兄弟共妻？"风黎居然回得一本正经，"在魔界王族，为了保持后代血统纯正，更为了避免兄弟相残，争夺王位，千年以来，魔族的传统便是若皇族若为兄弟二人，便只可迎娶一名女子。只是……"

"只是什么？"

"只是，这种事直到玄镜与我这一辈以前，魔界皇族里向来都只有一位嫡子。"

"你！"这下杜君恒端不住了，她虽然开明，但这样的习俗，断不是她能接受的，她气息收敛，犹如暗流沉渊，惊得千机越上了风黎的肩头。

"魔姬看来有些激动，"风黎脸上挂着笑，话语则未见轻薄，"其实，此事也不尽然，一般来说，若非兄长临危，其弟也不会染指王后。"

说到这儿，杜君恒的脸色才好看些。

"不过算起来，既然在魔族，王兄弟本就是一体，那么本少君也可算作是这聘礼单上的一部分，不知魔姬可还满意？"

"楼主真是说笑了，"杜君恒别过脸，猛地站起身来，"如果楼主来我这祀音阁只为看君恒笑话，那还请自便。”

“生气了？”风黎自然不会走，故作一副好整以暇地看着她，“还是我为小君作嫁衣，你不满意？”

不经意间，又换作了那个熟稔的、甚至心心念念的称呼。

可惜，杜君恒依旧闭着嘴不打算开口。

“那日在烛龙神木里，我记得小君你可不是这个态度。”风黎抬起头看她，凉声继续，“我前脚才帮了你，你后脚就过河拆桥，也未免太不道义了。你我既是旧熟，我做人做事，你应该最清楚，既然是恩，那还是尽快报了吧。”

“那你究竟想怎么样？”杜君恒被他激得眉头直跳，索性微侧过了脸。

“你要烛龙金莲做什么？”风黎适时才站起身来，他身量比她高出不少，从前没觉得，今日看来，居然还真有几分居高临下的意思。他的视线逼近她，没给她逃开的机会，“烛龙金莲，妖族至宝，普通人只知它有活死人、肉白骨的功效，但我可是蜃楼之主，小君，你不要想着骗我，你，究竟要用它控制什么？”

说到这，杜君恒脸色忽变，她周身的气劲瞬时掀开垂挂在水榭四方的帷幔，目光警惕道：“谁在那里？”

莲池中，平静的水面偶有气泡从水底轻轻咕噜出，它们遮蔽在巨大的莲叶下，但纵然如此，还是被杜君恒发现了。

许是见行迹已然暴露，一片莲叶很快被撑了起来，接着是一个透明的椭圆形避水结界，结界内有一年轻男子，看模样应是精通水性的鲛族，却是面生得很。

“你是何人？怎会在我祀音阁？”风黎倒是拿自己不当外人，一道术法掷去，那男子便被捆住，瞬间已至眼前。

“多半是肃和的人。”风黎扫了眼他身上的衣衫，断定道。

“肃和派你来做什么？”杜君恒沉声，才刚发问，便见一道身影化光而来，带动莲湖上的叶片簌簌作响，肃和从风声中步上水榭。

“九姑娘好眼力，这样都被你发现。”他高笑出声，竟也没打算藏着，只是这一副不请自来的模样着实招人厌烦。他落座其中一石凳，态度照旧我行我素，“我身为魔族第一辅相，自有监督之职责，既然九姑娘与魔尊一直有秘密不肯向我等股肱之臣言说，那我只好在其他地方多花些心思。”

“那不知辅相都探听到什么了？”杜君恒与他目光交锋，奈何这肃和虽生得一副书生相，却是心思缜密，手段高深，总让人挑不出错处。

“显而易见，是少君私会未来的王后，这是宫闱丑事。”肃和挑眉道。

“如果代替王兄下聘也是宫闱丑事，那不知在这魔族王宫中，还有何不是丑事了？辅相派人在魔姬的住处偷听，又不知该算是何等丑事？”风黎挑眉冷笑，他这人可向来都是小气得很，一般有仇皆是当场就报了。

他的话让杜君恒顿时一乐，毕竟真要论起这嘴皮子功夫，谁又能与这位精明的蜃楼之主相比？

果然，肃和的脸色微变，但终归是他有错在先，还是忍下了：“我劝少君还是少管闲事为好，毕竟与这来历不明的人讲情分，你再热心肠，也要看人家领不领情。”

“那都是本少君自己的事，我看，辅相没事还是少动这些旁门左道的心思，若是还有下次……”风黎冷笑声，气度一时风云变色，王者之气似瞬间凝上眉宇，“你且自求多福吧。”

“少君教训的是。”肃和看似恭敬道。

待肃和领着那名鲛人离开，水榭中才好容易重归平静。

千机重新爬上风黎的前襟，那小爪子牢牢抓着，黑豆般的眼中噙着泪，显然不愿离开的模样。杜君恒看罢，方才的气也好像消了几分。

倒是风黎的目光仍在这水榭四处巡视，好半刻才道：“小君对自己的地方也未免太不上心了，还是，你从来就没把这里当过自己的地方？”

杜君恒不知哪里又惹着他了，目光这才从千机身上收回来：“楼主这是哪里的话？我的性命曾数度为你所救，现在寄人篱下，又有什么可挑的？”

杜君恒这话不耐听，风黎更是听得浑身像长了刺，他知道她与玄镜有秘密，还是不肯告诉自己的秘密，奈何每次想去打听，偏偏都被玄镜的隔音咒挡了下来。思及此，他脸色越发不悦，遂冷声道：“你与王兄近日倒真是亲近得很，连说个悄悄话都怕被人听见。”

杜君恒一愣，实没想到风黎居然会去偷听，不过她虽已听出了这个意思，但嘴上却是道：“要说起这事，你王兄确实是比你心思缜密。”

风黎还是头一次听杜君恒如此夸一男子，心下顿时像腾起了一团火，无奈面子上还得挂住，他端起一杯茶，故作慢条斯理道：“王兄他还有哪里好？你不妨都说说看。”

杜君恒一时没拿捏准他话里的意思，认真想了想，还是道：“你王兄他模样好，身板直，重要的是，嗯，年龄合适。”

“你说的后两条我都承认，可我王兄他日日戴着面罩，你是何时看过他面貌的？”风黎屏息，挺直了身板盯紧杜君恒的脸，倒是杜君恒也不避，就这么大方坦然地给他看。

“我记得有一回在祀音阁，我半夜醒来，看见他坐在我床头……”

她的话未说完，已然听见某人关节活动的咯咯声，她淡淡扫他一眼，话音低下来。适时风吹起帷幔，遮住人的视线，仿佛也让人回到了那一晚。

“他大概是把我当作杜小九了吧。”

夜低了下来，天空中没有星。

大殿中唯一的光线来自那座落地的九枝连盏灯，千机正在往里面添灯油。那灯油是他特意从蜃楼里带来的，气味清香，尤其沁人心脾，风黎说，它对解郁宁神有奇效。想到这儿，他又为老板感到委屈，委屈得不禁叹起气来。

杜君恒看他这个模样，遂放下手中的书卷，问道：“千机这是第一次来魔族？”

千机没想到杜君恒居然会搭理自己，霎时有些诚惶诚恐的，但言语还是尽量镇定道：“千机愚钝，不知在这里应该称呼您君姑娘，还是九姑娘？”

杜君恒道：“既是在这祀音阁，还是后者合适。”

千机低低“哎”了声，将话给回了：“从前千机只知老板是魔族中身份尊贵的人物，现在才知道，老板的身份地位居然是如此尊贵。我想要不是九姑娘在此，老板也未必会带我来吧。”

千机这话说得话里藏话，可见的确是风黎调教出的人儿。杜君恒假装没听懂，仅是“哦”了声，将话头给转开了：“那千机可喜欢这里？”

千机初先摇摇头，后又点了点：“老板在的地方，千机都喜欢。”

“看来他的确对你很好。”杜君恒颔首道。

“可老板对千机的好，又怎及对姑娘的半分？”千机抬起头看着她，他已长成了清秀伶俐的少年，而少年与成人最大的不同，或许就是眸光清澈，藏不住火焰灼灼。

“所以呢？”她问。

“所以姑娘何不考虑下我们老板？”千机欲言又止，咬了咬下唇，终是道，“他对您，您是知道的。”

是啊，知道，她又何尝不知道？可是知道了又能如何？她轻笑出声，她笑起来就像是绝世的山水画一层层洇染开了，有种惊心动魄的美。

“千机，天黑了，去睡吧。”她的嗓音柔而淡，起身掀开一挂珠帘，那九枝连盏的烛光照在她的玄羽裙裳上，反射出一种极其炫目又不真实的虹光。

第二十章 惊涛亭

姬山之巅下起了万年不曾有过的雨。

那雨水一层层地从天顶浇下来，就像是要浇灭覆盖在神魔两端看不清边缘的结界。

她没有打伞，径自沿着细碎山径在雨水中行走，忽然，头顶的天空暗了一块，她抬起头，看见一只骨相风雅的手，那手握住一柄四十八骨的油纸伞，伞面撑开便是一幅风荷听雨。

竟然是云枢。

她是于三日前约会的云枢，出乎意料的，他居然答应了，虽然在一开始杜君恒并不这么认为。毕竟此时非彼时，神魔大战即将来临，作为不同阵营的他们，确实是不该见面的。

可他到底还是来了，还来得如此不慌不乱、纤尘不染，就犹如他们第一次见面。

第一次见面是什么时候?

很多年了，脑海中的记忆早已经模糊不清，那大抵是云枢邀请虚白去人界的家中做客，虚白捎带手，带上了小小的她。

如今想来，当时的细节几乎忘干净，唯一还记得的，就是云枢在庭院中养的一缸白色睡莲，粗陶的水缸里，连从塘里挖来的淤泥都似带着股新奇气儿，灰青色的草鱼从淤泥里钻出来，看见她，又灵活地缩回去。

她挽起袖子盯着它们，觉得一切都很有趣。

下雨了，云枢便从会房中飞奔出，手忙脚乱地将那一缸睡莲搬回屋檐下。她还记得那时问他，为什么要搬来搬去。他回说，因为这花喜阳，所以要搬出去，但是花朵娇弱，所以要搬回来。

彼时她听得似懂非懂，只记下了这是种矜贵的花，不像天界的莲，可以连开上整整数百日，风吹雨打都不凋谢。

想一想，那时的日子真干净啊，连对着区区一缸睡莲，他都可以如此珍惜。可惜一转眼，便成了如今这样，她在心中默叹了口气。

想他们曾是万万年的交情，可他骗她。

“君恒似乎有心事？”冷不防地，云枢突然道。

杜君恒停步，话音冷静道：“我只是在想，当初虚白对我可真是无情，我却还是要见他。”

云枢对此不作解释，仅是比了个手势，淡声道：“他现在惊涛亭中，你一会便可看见他。”

杜君恒呵了声，身形仍不动，不过音调提高了些许：“你可知他当初为何会这样？”

云枢道：“大概是重生出了问题。”

杜君恒点点头：“那这个问题，可在你意料之中，云枢上神？”

一句话，瞬间点破了这看似融洽的氛围。

杜君恒自伞檐下走出，在自天地间倾泻的水墙中与他对视：“当初我们三人选择在姬山之巅建造惊涛亭，为的就是纵观神魔局势，云枢，前面路还很远，你还可以回头。”

可惜，他却是笑，笑得一脸云淡风轻，他将伞檐向她倾斜，自己则湿了大半：“君恒，我听不明白你在说什么，你说要来姬山之巅，我冒着被‘九重凌霄’发现的危险来了，你说想见莲神，我也想方设法把人请来了。”

“君恒，你还想让我怎么样？”他一顿，眉梢眼底尽是笑，就仿佛他还是当年那个宠溺自己的大哥哥，她不用说话，他就会把天上的星星都给她捧来。

“如果我说，希望神魔止战呢？”

杜君恒勾唇，回给他一个笑。这笑令他恍然，甚至慌措，也正是这个时候，他忽然发现她再不是那个只会用细细软软的手指戳水缸里小鱼的寡言少女了，她好像在一夕间长大了，连她的美都有了不动声色却艳惊四座的味道。

“可惜，这并不是我能说了算的。”他摇摇头，目光从她端凝如白玉的脸庞上移开，他已经很久不曾这样看她了，从前是不能，现在是不敢，而以后，也许没有以后。

他收敛气息，手指向半山腰的凉亭：“到了。”

顺着云枢手指的方向，她看见前方石亭中，一道白衣背影，恍若月下谪仙。

说到底，虚白到底还是那个虚白，哪怕是最简单的穿着，也足够羡煞世人。杜君恒曾经不止一次地想过，如果这个人不是自己的兄长，自己会不会爱上他。

答案是不知道，尽管他们也曾无数次相拥而眠，但毕竟，他都是她名义上的兄长。

可她的这位兄长，现而今却成了他人的傀儡，杜君恒收敛气息，正要上前，云枢却忽然叫住了她："君恒，我还有话说。"

她心中一动，等待他继续。

"你是不是喜欢上魔族的那个小子了？"云枢看着她，看得很深，看得很沉，可是她的脸上仍旧安安静静的，看不出过多的情绪。

"这重要吗？"她眼帘微垂，话音轻得似山风。

"对我来说，重要。"他向她迈近了一步，仿佛如此便能将她看得更清楚，可有些事，注定要让他失望了。

"云枢，走吧。"她移开视线，径自向前走去，有山雨落在她肩头，她也像是走进了连绵的雾气里。

惊涛亭中，今日的虚白看来，确有些不同。

其实分明容颜都是一模一样的，只是看她的眼神甚是生疏，就仿佛是见着前世之人，一颦一笑都要极力分辨。但尽管如此，他眼中也未见敌意，就好似当日率千军万马来孟府欲对她杀之而后快的不是他，正如同，曾在她耳边教她唱人界歌谣的，也不是他。

"莲神现在已经不记得任何人了。"云枢探身上前，在她耳边解围道。

杜君恒点点头，目光落在石亭正中的圆桌上，那里静置着一方镌刻着四方兽的银制托盘，其上一樽银制酒壶、三只银制杯盏，看起来精巧无双。

但她已不是当年的她，现今的她已然知道，用这样的器具，是为了验毒。

而这便是他们今时今日的情分，大家说着口不对心的话，做着口不对心的事，却连自己都不知哪句是真，哪句是假，哪件是真，哪件是假。

她目光痛了下，别过脸拉着虚白坐下，那位置正是他们三人当初一齐修行时惯坐的，但如今坐来，却有种物是人非之感。

"哥哥。"她将他的手握住，小心翼翼地感受着他的脉搏，应说是正常的，但还是能感觉到一股阴狠之力伺机潜伏在他的身体底，她的面上尽量不动声色，实则悄悄开启了渊玉之能，同时裹挟以魔力，以混淆云枢的听力。

忽地，虚白抽出了手，仿佛被什么惊到一般。

“如你所料，的确是重生出了问题。”杜君恒言辞笃定，但看向虚白的目光却很温柔，那样温柔的目光，如今云枢已不能时时看到，自然被吸去了视线。

“所以哥哥当初那样对我，我也不能怪他。”杜君恒与他视线交汇，不过一瞬，又移了开。

但显然，她这样说，云枢是不信的：“这难道就是你今日要见他的原因，只是为了告诉他，你不怪他？”他略略沉吟，目光中的探寻意味已十足明显。

可杜君恒偏生是应了，她拢起袖子，伸手去捻酒壶耳，一杯杯地将酒杯满上，在其中某一杯上，她的手指不经意地在杯底转了一圈，同时开口道：“不然云枢以为呢？眼下神魔两族蠢蠢欲动，我此时不见，难道要等到神魔之战结束后再见吗？到那时……”

她的话故意不说下去，而云枢虽听得明白，但也不接话，似是任那话头空置上许久。

石亭外风在动，雨在下，山岚淡得像是一抹飘忽的烟，忽然间，他觉得自己也像是回到了多年以前，他翕动嘴唇，很想开口问她这段时日究竟经历了什么，但终究还是没问出口，仅是道：“所以听君恒的意思，心中已经有所决定了？”

奈何杜君恒并未正面回答，她端起了一杯酒，似笑非笑道：“难道我此刻还有选择的余地吗？”微一顿，见他默然，旋即转移了话题，“既然云枢无话，那不如我们来说说檀上弓吧。”

“檀上弓？”说话间，云枢也伸手向酒杯端了去，他的手指在面向自己的那杯处停了停，竟然端起了属于虚白的那杯，但并不饮下。

“我心知自己此般模样，神族必对我有所忌惮。”谁知此时杜君恒已换了一副声势，她叹息着浅啄下一口酒，连话音也仿佛软下来，然而问的却是，“半月前，我将檀上弓交与婴缇上仙，不知云枢收到否？”

她的话，就像是一枚棘手的刺，一时间让向来镇静自若的云枢也不由地避开了虚白忽而抬起的眼帘。

其实此时此刻，纵使虚白还对“檀上弓”这三个字有所触动，又能如何呢？今日的虚白，早非昨日的莲神了。但也是这一刻，云枢忽然像被蜇中了般，微微倾斜了握着的酒杯，适才饮下一口，语调中略有急促：“东西的确在我处，不过……”

“不过什么？”杜君恒追问。

“不过此物既为神族至宝，那我自然需谨慎保管，想必莲神也是理解的。”他淡声道。

杜君恒没想到云枢当着虚白的面，居然都敢如此说，倒是云枢紧接着又道：“不过昨日我已将檀上弓交与莲神，不信，你可以亲口问问。”

亲口问问？杜君恒勾唇，自然不会真的问，而是垂眸，将剩下的那杯给虚白静静递过：“哥哥，这酒是你往日最爱的沉香醉放，你尝尝。”

虚白原本无动于衷，但在提到“沉香醉放”四个字时，眸光忽然闪动了下，这让君恒心生惊喜，可是才一瞬，又暗淡下去，他接过那酒杯，目光呆呆地研究了好一会儿，这才小心翼翼地抿了一口。

“哥哥少年时，也不曾这般孩童心性吧。”君恒感慨道，她语调温柔，再次覆上他的手指，见这次他不再躲闪了，便更用力了些。

这期间，云枢一直在谨慎地观察着她，倒是她一脸无惧的模样，反倒让他有些无措。

“莲神，向来做什么都是第一的。”他久久才道。

他的这句是评价也是实话，遥想当年虚白带着她四处耀武扬威的时候，她还暗自嫌过虚白清高又霸道，可现在，她却宁愿他回到那个时候。

“云枢，你现在还会想起那个时候吗？”君恒突然由衷地发问，她向他举起了自己的酒杯，似在等着他来碰杯。

“以为忘了的，到梦里又会记得。”略迟疑了下，云枢到底是将酒杯迎了过去，那银制的酒具发出清脆的声响，在这空山里、石亭下、雨幕中，仿佛一声久违的鹤唳。

可那个时候，他们却是交杯换盏，秉烛夜谈至天明。

但时光就是这样，一去便不会再回头，哪怕是对有着千千万万年仙家寿命的他们来说。

“雨要停了。”杜君恒将酒饮下，旋即站起了身，她一身玄羽裙裳，身形秀挺如修竹，她虽已为魔身，但眸光清明甚至胜于他们这些仙者，“云枢，下次战场相见，我不会留情。”

言罢，已是向惊涛亭外走去。

“魔族对你意味着什么？”远远地，云枢的声音从渐微的雨中传来。

“在魔族的这段时日，我忽然明白了一件事，为何魔神两族至多只能维持休战的状态。”她停住脚步，但并不回头，“因为魔族之努力，让人心生敬意。”

一盏嶙峋的鬼手灯挑亮黑夜，古老的高塔里，呛人的灰尘从颤巍巍的顶层飘了下来。

通向顶层的狭窄木梯上，某条身披黑氅的颀长身影已经在此处停留了很久。他双脚踩在倒数第三格的横格上，身体微微前倾，修长的手指则不断地从这一头，移向那一头。

终于，他的手指停了下来，似是犹疑了片刻，才从数以万计的卷册中，抽出了那本颜色发黄的《百源绘卷》。

他朝着那早已发脆的书皮吹了口气，几乎是同时，飘浮在顶层的鬼手灯也移动了过来，幽绿的光线下，他的脸瞬间被映亮，那是一张精致绝伦的脸，有着微微上挑的桃花眼和亮如锦缎的墨发。

可惜，那双桃花眼已熬得通红，一头墨发也因歪到一侧的镂玉束冠而显得可笑，他的脸颊上东一块西一块被蹭上了黑灰，眼还死死盯着手里的古旧卷册。

没错，此处正是魔族的藏书阁"汲渠塔"，而翻书的人，自然是魔族的少君风黎。

事实上，风黎已经在这待了整整三天，期间他的随从千机提着食盒来过一次，可他连看都没看那食盒一眼，劈头就问了一句："她还没回来？"

那个她是谁不言而喻，而他将千机安插在祀音阁，也正是为了给他通风报信。

所谓养兵千日用兵一时，便是这个道理，倒是千机虽然能事事按他说的做，可心里却并不开心，他还是个少年，少年有不满，往往很容易就表现在脸上，所以千机那时的回答是："君姑娘吩咐我去睡觉之后就不见了，我觉得，君姑娘好像不想再回来了。"

不对，这其中一定有什么不对。

他用力拍着书架，险些将这里上了年纪的"老古董"震碎，好在被千机及时提醒。他叹了口气，将思绪从千机那张倔强又忧心忡忡的脸上移回来，接着将手中的卷册扬了扬灰，便迅速地翻阅起来。

其实，这种不安从她当日离开蜃楼的那一刻起，他就已经产生了。可是他找不到缘由，他觉得自己多半是遗漏了某些细节，或者没理解透彻某些事，所以这才放下案头之事来了这汲渠塔。

但到底那会是什么事呢？

他一时间也没有头绪，但翻阅《百源绘卷》的手指则越发快了，他的十根手指因查阅太多陈书旧册而变成黑灰色，但向来讲究的他此刻居然毫不在乎了，甚至隐隐地他还有种错觉，觉得时间不够了。

他想要争分夺秒，抢在她的前头。

他已经预感到她要做一件大事，可在她的全部计划里，却并没有他，甚至从始至终她都不肯向他透露更多，更让他觉得悲哀的是，就连他的亲兄长玄镜，也好像知道得比他多。

此时此刻，他们拥有着一个共同的秘密，他们可以为着这个共同的秘密而一齐努力，就更无须说，还有“结亲”这一层堪称牢不可破的关系。

想到这儿，他的心好像被什么给猛地捅了下，目光也骤然停了下来，重重钉在了书页中一处名为“临界之匙”的词上。

这是一个极古老的，古老到几乎让人遗忘的词，而之所以被人遗忘，则是因为迄今为止，都还没有人能成功地使用过。

所谓临界，就是由某一状态转变为另一状态的最低条件，至于临界之匙的意思，则是指巩固，或者说维持这一状态的钥匙。

他曾经问过杜君恒，究竟找叶青青去取烛龙金莲是做什么？可惜被杜君恒避而不答。从表层上看，烛龙金莲的作用是活死人肉白骨，但更重要的，它还有催眠、控制的作用，可烛龙金莲的作用仅止于此吗？

若真的止于此，它又缘何被烛龙族世代隐秘地守护在神木之心里？若不是，烛龙金莲的真实作用，会不会其实就是临界之匙？他片刻地失神，一时间没扶稳木梯，自半空中跌了下来。

魔族石瑀崖。

夜露含霜，安静的空气中飘来烧着的却邪草的味道。

那味道渺渺浮浮又若即若离，仿佛是一出古老的往事。杜君恒沿着一道偏僻的石林穿行，石林的尽头，一道挺拔的人影立在淡薄的月光下。

他一头银发在月华下显出温柔的色泽，连杜君恒也不由地多看了两眼，遂出声戏谑道：“我方才还想在这魔族中能替我布阵的会是何人，没想到竟是魔尊亲自动手。”

“自己人动手，才能放心，不是吗？”玄镜说着直起身，月华将他骨节分明的手指照出冷玉般的质感，在他的指尖，最后一缕尘灰也随风飘散。

“不过，你确定这却邪草真的能对那个人有效？”他想了想，还是道。

“这不是普通的却邪草，这是叶倾城给我的却邪草，更何况，不是还有您的天羽御魂珠吗？”杜君恒语调从容，她走上前环视一圈，正如玄镜先前所说，此地为魔族的至高之崖，看似风清月朗无甚特别，实则是与神魔分界姬山之巅成掎角之势，也是布阵的最佳地点之一。

想到这儿，杜君恒不由地又沉默了。

“怎么，事情不顺利？”玄镜望向她，难得温柔道。事实上，从杜君恒踏入这里的第一步起，他便知道她已得手，毕竟她是他见过的少有的头脑睿智的女人，而这样的女人，其实也很像他自己。

可这样的人，往往同时也孤独得要命。

所以她沉默时，他其实也不怎么想说话，只是他身为魔尊，很早便已习惯见不同的人说不同的话。可当他独自一人时，他与生俱来的秉性才会显露，所以那个时候，杜小九才会误会他是小哑巴。

杜小九……

而眼前之人，便是占用着她身体的女子。

“魔尊，那年的神魔之役，你还记得多少？”她的话突然打断他的思绪，到底是杜小九的创造者，或许她俩唯一相同的地方，便是说话的前后没什么必然关系，常常不按常理出牌。

他蹙了蹙眉，且听杜君恒补充道：“我想知道有关虚白的那部分。”

原来她想问的是虚白，那位神界的至高之人，莲神。

夜风贴着石林吹过，一层接着一层，像是一只冷静的手，慢慢抽离出盘踞在脑中的乱团。

“他是我平生最敬重的对手。”玄镜面向星空大地，衣袍猎猎，仅剩的冷峻独眼中仿佛涌动着当年的风云，“但是……他的死，是我始终都想不明白的问题。或者说，我以为他一直都在保留实力，尽管我并不知道为什么。”

竟是保留实力吗？

听到这儿，杜君恒的心骤然揪紧了，正如玄镜所说，有些问题他想不明白，可当日的她又何尝能想明白？她的兄长是神界首屈一指的莲神，纵然失败，又何至于身死？

但事实是，虚白的确是死了，死得干干脆脆，连一句告别的话都没有给她留下。她深吸了口气，将紧攥在袖下的手掌缓缓打开，仿佛是在捧着一束月光，她的话音很淡，犹如古井里流淌的月光：“魔尊，你可曾视过什么人为生命吗？”

以他魔族未来王后的身份问他这个问题，自然是不妥。但这一刻，他突然想要去回答，对着这个与杜小九一样，又不一样的女人。

“我想过的，但是我不能。”久久的，他还是回答，他的嗓音略显生硬，并不似他往日的低磁动听。

但杜君恒知道，这便是真实，因为真实的东西，往往不都是那么完美的。

“以前一直以为是他欠我，但后来我才知道，其实是我欠他，我也……并不曾真的了解过他。”那个他究竟是谁，她并没有细细阐述，但玄镜依旧能感受到她说的正是莲神虚白。

那毕竟是她的至亲之人，就像风黎是他的至亲之人一样。而当一个人在谈论着自己的骨肉至亲时，常常都是不会带太多情绪起伏的。

因为早已融刻进了骨血里，所以一切才像是信手拈来，但其实并不是的，不是原本就该这样，而仅仅是因为太过熟悉，而忘记了。

“他一定对你很好。”玄镜沉吟一番，开口道。

“是比任何人都好。”她对视上他的眼睛，他的眼睛像落入深泉的星光，但对着他，她却好像看见了另外一个人，那个她熟悉，却又已经陌生了的人。

“如果我对你说一件事，你会不会不相信？”她突然没来由地道，今夜的月色静谧又温柔，他们又独处一地，实在适合倾诉，玄镜则点点头，表情一如既往的有耐心。

忽然间，她好像就知道杜小九为什么会喜欢这个人了。不是因为他模样好、身板直、年龄合适，而是当他安静地看着你的时候，你会误以为全世界都在看着你。

这是一种错觉，错觉得很致命。

于是她垂下眼睫，抬手幻出那张绝世的神弓，一时间，月华倾盆，仿佛天地的所有光都为之吸引。

“这便是檀上弓？”玄镜话音一顿，“你要说的事，便是与它有关？”

杜君恒颔首，细长的手指很轻地搭在弓弦上，仿佛奏乐：“虚白其实是这世上第一个知道我是青姬转世的人。”

青姬，那个如太阳般闪耀于洪荒传说中的名字，玄镜虽早已听风黎提过，但由她亲口说出，还是免不了心头一震：“你为什么要告诉我这些？”

他忽然有些慌了，因为事情不该如此，至少与他原本预料的，大相径庭。

但杜君恒并没有回答这个问题，反而慢慢地对着那一头的山月舒张弓弦，那弓弦之上，三支有着暗金色箭镞的弓箭同时显现。霎时间，风起云涌，天地为之变色，孤高山崖之上，且见她一人玄羽裙裳，猎猎如标旗。她的容颜端凝素净，风姿傲然，犹如古女神临世。

片刻后，她的话音从夜风中传来，山岚飘忽，她的身影隐入云端。

“小的时候，我总觉得什么都不如哥哥，就连那些神族长老也说，说我若不是沾了莲神的光，又怎么可能跻身神位？那些话听多了，连我也觉得刺耳，后来哥哥想了个办法，每每外出回来，都会带给我不重样的书，并嘱咐我认真看……再后来，我的修为精进了些，他才带我去人界，也是在那里，我认识了云枢。”

在提到这个名字时，她很轻地喷叹了声，复又继续：“现在想来，我与他相识，该是命中注定。只是他千算万算，却没算到哥哥的这步棋。”

“我不明白。”玄镜疾步上前，欲看清她的身影，“这些又与你现在要做的事，有何干系？”

“你曾说，那时与哥哥对战，发现他的实力有所保留。”说到这儿，她的嗓音突然沉了下来，所有的指力也仿佛汇聚到了那三支金色的弓箭上，她闭紧双眸，慢慢感受着这把绝世神弓的脉搏，终于，她找到了某个点，一箭飞射。

霎时间，三道金光降于天地间，那光线太强，以至于暗淡了那道急奔来的颀长身影，而她的后半句，也在同时落下：“那是因为哥哥花了很大的代价，才封印了我身体里属于青姬的能力。”

第二十一章 神魔战

新一轮神魔之战的起点，是以整座姬山之巅燃烧起来为标志。

神魔的分界处姬山之巅，屹立在二者之中长达数万年的时光，这数万年来，草木枯荣了不知几轮回，当漫山遍野的草、木、虫、石被大火点着了，冲天的火焰升起来，犹如万千条舞动的火蛇，它们映透了方圆数百里，仿佛就连天都是红的、是热的。

脚下的土地早已不能立足，仅仅还能笃信的，是手中的枪、马上的戟，神魔两族的将领兵士要靠它们冲出一条血路，尽管他们也并不确信胜利到底在哪里。

远处，铅灰色的云团犹如云龙盘踞于惊涛亭，龙首之下，杜君恒一身隆重的玄羽裙裳，她的红发被风吹得高高扬起，眉梢眼底尽是冷冽之意。

她的双手在胸前结印，嘴唇轻阖，那是一串极繁复且古老的咒语，金色的咒语飘散在半空中，似能引四方诸神前来。

霎时间，漫天飞雪，那些雪花雨滴般落在火焰上，冰冻了温度，也仿佛能冰冻时间。

在近乎绝对的寂静中，一个声音从风雪中传来，他说：“你来了。”

他并未现身，但每颗冰晶都好似能反射到他那抹雪白的身影，是的，雪白，白的衣，白的靴，甚至……白的发。

为了打开那把檀上弓，他大概将从伏雅处得来的坤眼利用至了极限，可惜，那把神弓早被换成了假的，杜君恒心中一声叹息，又听他继续道：“没想到你的对手会是我。”

“是你又如何？我早说过，若他日战场相逢，我不会留情。”杜君恒指尖微动，在渊玉的作用下,她本就顶绝的咒术几乎能将刹那的时间控制在绝对静止的状态下。

在这样的状态下，哪怕任何细微的移动，都很难逃过她的眼睛。

然而云枢的速度也实在不慢，他本就修习轻身仙术，这样的身法正是杜君恒的克制，再加上，此刻他还有坤眼的加持。

梅枝微颤，雪花抖落，一道身影自梅树中袭来。他袖中赦生剑泻出，剑光冷然，映出冰与火之间的两道人影。

“你要杀我？”杜君恒身姿轻盈，瞬间已立于他的剑尖之上。

她看似素手纤纤，然而掌中却暗藏有千钧之力，云枢心惊，瞬时收剑，凝气成箭雨，默然向君恒射去。君恒身形急退，抬手一道无形气墙，挡下纷纷箭雨。

“云枢，你好好看看，这就是你要的结局吗？”说话间，她已掠至惊涛亭之顶，素手遥指山河，“天地失色，万民泣血，这便是你身为神，当年在封神台上立下的誓言吗？”

说到这，他的脸色也不禁微变，却是冷声道：“神魔之战并非我一人能主导，君恒，你以仙身堕入魔道，不要怪我。”

“就因为我堕入魔道？”话音落，杜君恒突然纵声笑起，她的笑声冷然又凄怆，仿佛寒冰化戟，“云枢，你我万万年的情谊，生死之交，你说你要杀我，用这柄我送你的赦生剑杀我？”

赦生剑，仅亚于檀上弓的神器，由武曲星取天塞玄铁和溯流之水耗时三百年亲手打造。彼时为了庆贺云枢的生辰，君恒自请为武曲星陪练三年，这才将这把绝世名剑好容易换了来。

现而今，这把剑直指的对手，竟是自己。

可笑，还真是可笑。

她眼盯着云枢，从剑的这一头，看向她千千万万年来忽视的对手。然而剑锋既出，便是无法回头，终于，他还是将话说出口。

“不是我要你的命，是青姬要太枢的命。”他深吸了口气，剑锋不动，正如他的心也不动，不能动。

已经万万年了，他与眼前的这个女人纠葛了万万年，而事到临头，总要有个解释，总该有个解释。

“当年，我不过是对‘渊玉’起了私心，青姬便将我逐出师门。我曾经是那么仰慕她，她却毫不留情，非但在师门册上划掉我的名字，更将我的魂魄打散入人间，我不服，我没有错！”

“……你疯了。”

原来，当年之事，竟会是因为渊玉。杜君恒记忆深处的空白终于有了解释，但丝毫不感到轻松，因为此时此刻，她已无法劝他收手了，但她还是不甘心："云枢，你可曾后悔过？"

后悔？

她的话问住了云枢，他摇摇头，表情似笑非笑，他没有说话，目光则飘到了姬山之巅的彼端——封灵海，三千年前神魔一役留下的最后一片古战场。在那里，早已失去心智的虚白和玄镜正在对战，他来时看得一清二楚，而现在的玄镜，已然不是虚白的对手了。

毕竟当年的战役让玄镜元气大伤，至于说那个魔族少君，他心尖一酸，本能地不愿提这个名字，仍被困于那座蜃楼里，而这也正是他设下的圈套。

"后悔？我已经不能后悔了，"他手中的赦生剑指向她，在风中发出尖锐的剑鸣，"我所做的一切，都是为了今日不后悔。"

风黎从汲渠塔一路狂奔至石瑀崖，他已经知道了答案，可等他好容易来到时，杜君恒已经用由烛龙金莲打造的箭羽开启洪荒境界了。

这是他平生第一次如此懊悔，懊悔自己没有聪明一点，甚至魔能再精深一点。他跪坐在石瑀崖的法阵面前，在他的身边，是一脸欲言又止的玄镜。

"你都知道了是不是？"他抬头看玄镜，那表情凶狠得像头受伤的小兽，很多年前，玄镜也曾看他露出过这个表情，那一次是为泷姬失踪，之后他也失踪了，或者说，是离家出走了。

"是。"过了许久，玄镜才答，他的话音很轻，像不知该怎么劝慰这个弟弟，没错，在人前他的确能做到镇定自若，可面对着这个他唯一的小弟，他的话总是少之又少。

他其实也不是不会说，他只是不知该怎么说，怎么说是最好，怎么说才能不出错。他拧着眉，奈何手指才碰到风黎的肩头，就被风黎一掌拍开了，紧接着，是脸上突如其来的一拳。

那拳劲刚猛，直接让他一个踉跄，掀飞了黑金面罩，露出那只瞎了的、丑陋的独眼。

"你这个浑蛋……"月光覆上他的面庞，风黎冲动的声音突然在看见那只眼睛时弱了去，他低下头，拳头一下下用力捶着地面，"你明知道我喜欢她，你明明知道啊！"

这么多年，他以为风黎长大了，可现在，风黎好像又成了记忆里那个单薄的孩子，留着及肩的碎发，赤着脚丫，唯独一双眼水灵黑亮，在遇见生人时会闪躲到他身后，却在遇见她时，又会像丢了魂。

这是他最爱的小弟，可他还是保护不了他的小弟。

“对不起。”他喉头干涩，可已经没有别的话可以说了，他拍拍身上的尘土，站起身来，嗓音尽量公正客观了，“她是青姬转世，命轮中便注定拥有开天辟地的力量，而这样的女子，生来就不单纯是为与某个男人相爱相守的。”

是啊，青姬转世。

沉默中，风黎幽幽抬起头，唇边勾着一丝嘲讽：“皇兄，其实你也喜欢她的，对吧？”他顿了顿，目光逼近了，“可你为什么就不敢承认呢？对着泷姬是如此，对着杜小九是如此,对着她还是如此！你总是以魔族的未来为借口,可是你的心呢？你有问过自己的心吗？”

片刻的恍然，他却是摇头，云开雾散，他从阴影中走出，一步步走至风黎面前：“小弟，你曾经问我泷姬为什么会失踪，那我现在告诉你，是因为女祀之瞳。”他深吸了口气，眼中的雾气仿似在佐证当年的痛楚：“泷姬很早就看见了你我的结局，她说有朝一日，你我会因她而反目，到那时神族崛起，魔族式微，你我的反目，将会陷整个魔族于危难之中。所以我的心在我成为魔尊的那一刻起，就已经不再属于我，而是整个魔族了。”

原来如此。

原来，如此。

山岚静寂，将那枚倒扣的黑金面具微微掀动，撞击地面发出清脆的声响，那是由魔族最好的工匠花上整整一年手工打造出的，坚固无比也精美无比，却被他一拳打陷了一个深印，他将它默默拾起，也站起身来，双眼望向面前那个巨大的阵法。

“那么，她呢？”他像是对玄镜说，更像是在对自己说。

火眼看就要烧到眉角，但眼前的争斗却并不停歇。

剑气与掌劲回荡在姬山之巅，周围落雪簌簌，梅枝一截截地在耳边摧折，白梅落入火海，鲜血溅上雪地。再远处，神魔两军的厮杀声也好像渐弱了，它们成了一卷卷流动的背景画，杜君恒曾在反相塔、在海底城中匆匆一瞥的古壁画。

记忆与现实交叠，惊涛亭之顶，此时已换作了云枢持剑而立：“你是怕我了吗？居然一直保留实力！”他挥剑如游龙，一头白发如晨曦新鬼，偏偏双眼赤红。

反观杜君恒，则立于一截梅枝上，她自始未使用檀上弓，仅是以掌力对战敖生剑："上神这话错了，我自小就未曾怕过你。"

一言既出，竟是戏谑之语，杜君恒纵身一跃，掌中之力愈强。云枢见状，以指血祭赦生剑，霎时剑光四溢，生生将周遭盛景也逼退三分。

"你的确是未怕过我。"云枢身影如浮光掠影，倒是君恒疾飞至身前时，身影倏而化为数道——这正是泷姬的看家本领之一，只是到了杜君恒身上，原本的三条身影变作了七条。

七个一模一样的杜君恒对视上云枢，顿时也让他压力倍增，他沉喝一声，坤眼中金光暴涨，欲以此窥视出杜君恒本尊，哪知竟然毫无破绽！

怎么会这样？他冷汗透体而出，但面上仍无惧色，手中赦生剑反挽一道剑花，霎时数道剑影盛开如屏，恰是赦生剑的最强杀招——七星夺月。

"但我也从未与你真正较量。"他话说着，七道剑光已然向杜君恒毫不留情地刺去，一时间，劲风压云低，远古之力宛如沉睡了千年的洪荒神兽发出愤怒的咆哮，世间瞬时陷入一片晦暗之中。

人影，剑光。

仅剩的两道影在天地间流曳，待终于能看清时，二人已然战至封灵海面。

海风呼啸，惊涛拍岸，千里海面犹如大块大块的浓墨相互崩裂。海面上气温陡降，三千年前的古战场，一时间也凝为一片黑色冰海。

在这片冰海之上，黑月高悬，海天石门半洞半开，蜃楼似乎近在眼前。

"你以为如此就能困住他了？"杜君恒嘴角勾出一抹凉笑，她甚少这样笑，这笑容隐隐让云枢感到不安，但这份挑衅，却是可忍孰不可忍。

魔族石瑀崖。

法阵前，一面巨大的水镜呈现出洪荒境界中发生的景象，风黎转动指间魂玺，面色隐隐发白。

"我得去帮她！"他咬牙，奈何指尖才触到那面水镜，就如同被雷击般弹了回来。

"没用的，洪荒境界有进无出，一旦启动，非到既定的时间不会中止。"玄镜立在他身边，虽不如他这般急躁，但独目也一刻都不曾离开过那水镜。

"不会的，这个地方我去过！"风黎握紧拳，话语中有不肯定的意味，"但……"

"但那时你为了救她回来牺牲了半条魂魄。"玄镜沉声，替他补齐后面的话，他手指向水镜，一字一句道，"何况，它现在也变得不一样了！"

原来玄镜居然一早便知晓他的身体有所损耗！风黎心下愕然，且听玄镜继续道："你可知为何洪荒境界会被封印？不仅仅因为那是一个扭曲了时空的地方，更因为它能变成你心里所想的任何地方。"

心里所想的任何地方？风黎愣住了。

水镜中，一场空间的战役呈现眼前，可难道这就是她心里所想的地方？

"不，你现在看见的只是我的梦境，或者说，回忆。"玄镜垂眸，道出风黎心中的疑惑，而他鼻翼微动，仿佛有不愿回忆之事，"这是法阵'魔之魇'，想必你曾听过。"

魔之魇，魔族至高的幻术之一，可将人引至梦境中而不被察觉，而梦中之人之景，足可乱真。难怪……

他握紧拳，且听玄镜继续："她以渊玉交易了我的梦境，我不能拒绝。"

"渊玉？"风黎低低重复，猝然像想到什么般狠狠剜了玄镜一眼，"她现在虽有魔神之心、渊玉之能，但身体毕竟还是那个用傀影术造出的杜小九，如果没有了渊玉……"

他不敢往下想，且听玄镜的解释一句句撞入心间："如你所料，烛龙金莲就是临界之匙，她与叶青青交易，就是为了将已幻形的洪荒境界维持上三日三夜，你贸然闯入，就不怕她许久以来的心愿，因此功败垂成吗？"

但这难道真的就是她长久以来的心愿吗？

难道在她的心愿里，真的就没有哪怕一丝丝自己的位置吗？

风黎握紧的手心被指甲抠破，他终于还是没忍住，对玄镜大吼着，眸中有泪光闪烁："但这样她会死的，你知不知道？"

神也会死吗？

万万年前，杜君恒并没有思考过这个问题，也许是那时她的天地还很长，也许是那时她还未将什么放在心上，但现在，她阖目，感觉手中的掌力随着进入蜃楼后一寸寸地在流失……

这种感觉，她并不是第一次经历。是的，那其实并非真的蜃楼，而是——洪荒境界！

至于说云枢，想那时在姬山之巅，她在酒杯底部暗自动过手脚，但现在，那颗天羽御魂珠的作用，也快要失效了。

蜃楼中，"风黎"对着她转过身来，此刻，他被困在了那以整块紫云母为基座雕铸的水镜前，这里的他与真实的他看起来并无不同，如果真要说不同，便是真实的他，并不会在这里等着她来救。

就这一点而言，幻术中的他，其实远比真实中的他更可爱。

想到这儿，杜君恒微微翘起了唇角，只可惜方才他们硬生生闯入这蜃楼中，不但导致海天石门倾塌，还连带着让这蜃楼中的博古架也倒塌了不少，砸坏了不少好东西。

而云枢就在她的对面，自然看见了她突兀的笑，和那一声极轻的叹息。

“你今日确实是有些不同。”这句话感慨得真心实意，可惜他手中的剑也挥得真心实意，然而不对，一定有哪里不对……

思及此，他猝然向她瞪眼，同时惊觉手中的剑也越来越沉，最后竟直直偏离了方向，劈向了身侧的桃木几案：“君恒，多日不见，没想到你也会玩阴谋诡计了。”他终于恍然道。

“如果使用阴谋诡计只是坏人的特权，那好人岂不是太吃亏了？”比起他，杜君恒其实也没好过多少，但她还是笑，笑得连眉眼都浓丽起来，“云枢，与我死在一起，你想必期待许久了吧？”

“这一天，我自然期待了很久。”云枢喟叹一声，旋即拖起手中的赦生剑，一步步向她走来。

剑很沉，脚步也很沉，但最沉的，却还是心。

这个地方他已经知道有问题，但偏偏未找到究竟是哪里出了问题。还有眼前的这个女人，他曾思慕了万年的女人，原来早和他一样，起了非杀对方不可之心。

“婴缇近日如何了？”没料得那剑锋在距她心间半寸的地方，她忽然向他拉起了家常，她身形微动，瞬间便错开剑端，她的羽裙被他激荡的剑气割开一角，但她丝毫不在意，身姿轻盈仿佛舞蹈。

“你想说什么？”云枢挥剑，看似攻势，实则勉强，在这“蜃楼”之中，他的能为被压制得厉害，再有就是，他的坤眼也好像出了问题，他开始越来越难看清杜君恒的攻势，而每当他试图聚精会神时，总有一股力量在搅乱他的心神。

不行，一定要速战速决，他挥剑提气，嘴唇紧抿。很显然，此处并非真的蜃楼，但诡异的是，杜君恒究竟是何时将他引至此处的？还是，这一开始，其实就是一个局？

想到这儿，他心中越发恼乱，他瞪着她，且听她勾唇，盈盈道：“没什么，我只是想知道你这个人是不是真的铁石心肠。”说话间，她一道掌风斜斜劈过，再次将他击退。

“这很重要？”他重复她那日在姬山之巅的话，他双眸微阖，似在思忖什么，忽然，他眸中一亮，剑锋也跟着凌厉起来。

杜君恒见状，飞身急向后，却也因此撞翻了身后成排的博古架，那架上的古玩一一倒地，轮到最末排时，且见一樽水晶绶带扁瓶倒下，霎时间，时间静止，整个世界仿佛仅仅剩下了那瓶中瑰丽星云的细微碰撞声，她黑眸微怔，忽然意识到了什么。

“小君她这是怎么了？”

就在风黎说话的当口，忽见一蓬绚烂的烟花自山谷中腾起，瞬时映亮了整个漆黑夜空。他下意识地侧过脸，忽见玄镜的黑金面罩上一条白色人影掠过，还不等他们出手，便见那人仿佛自烟花中来，白衣绝尘，风仪清傲——赫然是莲神虚白！

“魔尊美人，我们又见面了。”虚白勾唇，出言戏谑，眨眼间已至玄镜身前，倒是玄镜虽面有震惊，但仍旧镇定。

他手指向水镜，沉声道：“洪荒境界已经启动了，莲神此时赶来，想必是有办法救她出来。”

那个她是谁，他和虚白心知肚明，但对虚白来说，自从姬山之巅杜君恒以渊玉之力灌入他的体内，不久后他便恢复了神智。只是他这位妹妹向来做事甚有主张，为了不破坏她的计划，他这才一路隐瞒下去，直到此刻方才现身。

“洪荒境界被封印于檀上弓中，小君想以此困住云枢，但也被傀影之身所拖累而不得不选择玉石俱焚，着实……”说到这，他居然故意一停，“着实让为兄苦恼。”

从前也不是没在那些传闻中拼凑过一个关于莲神的形象，但今日一见……

风黎叹气，眼看着玄镜也微微抽搐的眉头，接着听虚白啧叹道：“此处荒郊野岭的，若不是为了我家小君，本尊才不屑踏夜前来。”

风黎：“……”

风黎挑了挑眉毛，原本他此时就已心急火燎，但被虚白这个自恋狂如此一搅和，居然都有些待不下去了，“莲神，那么您的办法是？”他握紧拳头，出声道。

虚白“嗯”了声，似乎很满意他不耻下问的态度，这才拢起宽袖，又细致翻好，而就在水镜中的星云瓶即将倒地时，他的指尖居然直直透过那道屏障，穿向了水镜。

几乎是同时，风黎感到双脚一轻，紧接着整个人都被提了起来。

杜君恒是第一个觉察到蜃楼中那个风黎有所不同。

彼时“蜃楼”中的一切都处在静止中，唯独风黎那双桃花眼对着她眨了眨，有些警觉又有些迷糊的，那时她便知道是外界出了情况。

因为依照她原先的计划，不论风黎还是玄镜，都是无法进入这里的，而他能进入此，则是说明……她深吸了口气，是了，她的兄长虚白回来了。

虚白的灵犀指能穿越任何空间的屏障，只是，为何进入的会是风黎？她并不得其解，倒是另一边的风黎忽然自行动了起来。

他的动作显然很诡异，看似无甚章法，但偏偏又好像蕴含着什么规律。而另一边，一个仅仅能被他听见的声音，从结界外传来——

“莲神这是什么意思？”玄镜难得地焦急道，而这样的情绪，倒是让风黎眼前一亮。

“自然是报仇。”虚白照旧不徐不疾的语气，更让人听着心中窝火。

“我不信。”玄镜冷声道。

“爱信不信。”虚白很快接话，“魔尊美人以为这洪荒境界是什么地方？想换我小妹出来，就得用你小弟的命，我这人向来锱铢必较，你曾欠我一条命，现在我用你小弟的命还上，算一算，你还是赚了。”

“你！”

二人争吵的话语一句句从外界传来，风黎心中震惊，但面对杜君恒那张端凝如玉的脸，还有那一双沉静的、看向自己的黑眸，还是忍不住地心弦波动。

为了这样一个女人，其实也是值得的吧。虽然她从始至终，都没有在意过自己……

但仔细想一想，她也是吻过自己的，甚至还说要保护自己的不是吗……

时间，真的好快啊……

可时间，却已经不多了。

他曾为了她豁出了半条命，她并没有多少的珍视，那么如果是一条命呢？

他闭上眼，努力不去看她那双幽深的、仿佛闪着水光的黑眸，身形倏动犹如腾龙，方才虚白说要以命换命，到底是何种换法呢？

而杜君恒既然会选择将洪荒境界幻形为蜃楼，那想必他是应该知晓答案的。

而她，竟然选择了他的蜃楼。

这一整段情感因果的起点。

时间的规律被打破。

崩裂的星云犹如被拉长了的光润飞絮，在它的周围，一切都仿佛定格住了，哪怕是那些正倾倒的博古架，或者正砸向地面的古玩珍宝……

至于说云枢和杜君恒，则同样是处在一种诡异的静止中，风黎甚至用手指轻弹了一弹的云枢的赦生剑，这才绕行至杜君恒的身前。

此刻，她旋身侧腰，鸦羽般的发丝半悬在空中，仿佛每一根他都能数清。

然而，这样的静止只是暂时的。很显然，当水晶瓶中的星云消弭殆尽，时间就又会恢复正常，倘若到那时他还找不到解决的办法，洪荒境界将会被永久地关闭。而转换的关键，到底是什么呢？

他握紧拳，只恨不能将与她有关的点点滴滴都温习上一遍。从当初他们自蜃楼初遇，她向他讨要转生石；其后为擒住假花神，他们大闹迷津画舫；接着又是她为复活虚白身死，他厚颜跑去云枢的瀛洲仙岛，这才拿到了她在世间仅剩的魂魄；再后来，他为使她复生，不得已重回魔族，却意外获知了她其实并非泷姬的真相，他矛盾过也挣扎过，但后来还是遵从了自己的内心，但从那个时候起，他偏偏发现自己的兄长看她的眼光已经不一样了……

再后来，魔族海底城一行，致使她获得魔神之心而修为剧变，也正式以魔神血脉的身份回归。可他心里知道，她必是不情愿的，她是高高在上的神，又怎肯真的与魔族为伍？所以直到那时，他都不敢确定她心里真实的想法。直到孟府惨案发生，她彻底入魔……

入了魔，他以为她就该与自己一样了，但偏偏并不是的。她虽然外貌变了，可骨子里其实并未改变，她仍旧关心着神族的事，甚至为了试探云枢，与他合作制造出一把假的檀上弓，却也因此令她第一次进入洪荒境界中。那也是那一次，在他好容易将她救出来后，整个事情都变了。

他时常发现她的眼底对苍生藏着极深的怜悯，却对自己保持着似近又远的疏离。他知道，她一定有事在瞒着他，这件事玄镜或许有三分知晓，可偏对他三缄其口闪烁其词。她甚至选择与叶青青前去烛龙族王都古月城，为的就是那深藏在神木之心里的烛龙金莲。

是啊，烛龙金莲，临界之匙，自上古起唯一留存下的圣莲之一。

可思绪到这，其实也并没有理出什么有用的线索来，如果说真的有……那么，被他忽略的一条应该是……

是了，应是他自反相塔中逃出，魂魄大损，杜君恒亲自照顾他的那段时间。那段时间，正是杜君恒之后转变的重要时间点之一。奈何他当时因沉睡无缘亲见，但……

是了，他虽看不见，但还有个人，不，准确说，是一样东西能看见！

——记忆球！

找到了问题的关键，他终于松了口气，毕竟这里还是他熟悉的蜃楼，那么想来，他的记忆球也能变幻出。

思及此，他再来的动作自然不会含糊。

片刻后，蜃楼中暗了下来，一道璀璨的光束从光润的透明圆球中发出，水镜中雾气涌现，霎时整座蜃楼都好像陷入一场遥远又光怪陆离的梦里，唯独墙角的水晶瓶还在提示着时间在缓慢但坚定地流逝。

第二十二章 尾声

夜色浓郁，风从遥远的海面吹来，黑色的礁石屹立海边，潮气越来越重，连呼吸都仿佛带上了那种特有的、咸咸的气味。

久久地，站立在海天石门前的杜君恒抬起了手，她的手指细长而优美，仿佛一件上好的瓷器，但也是这双手在三天前，那样用力地挥开了自己与那个人的距离。

她叹了口气，用手指轻轻擦了擦脸颊，在那里，零星的海水一再地溅起在她脸上，不仔细看，还以为那是眼泪。

但像她这样的人，又怎么会有眼泪呢？

她曾是人人敬仰的创世神青姬，但就算是青姬，也有她做不到的事。事实上，自反相塔中她被风黎舍命救出后不久，有些事她便慢慢回想了起来。

毕竟，于降生天地万万年的仙者而言，其实还有一种被遗忘的记忆，叫作前世。

她的前世是青姬，但与世人口中描绘的不同的是，在一开始，她会选择创世，其实是因为太过孤独了。想那时天地浊气云吞，尚未分化阴阳，她遍寻大地，也找不到一个同类。久而久之，她决定尝试做一些事让自己开心起来，但是到底做些什么事呢？

她思忖良久，终于打算开辟起这穷山恶水，好在她天赋异禀身负渊玉之力，干起来也并不算太费功夫。在这期间，她以灵物幻化为座下弟子，这其中，便有洪荒古琴太枢。

只是，那时她对太枢的印象仅仅停留在天资卓绝、眉目清秀的层面上，万万想不到千年后，他竟会对自己起那样的绮念。

想那时，她率领众弟子开天辟地，升清气为天，浊气为地，分日月阴阳，至于她的这些功绩，则被后世的人族智者记载为：道生一，一生二，二生三，三生万物。万物负阴而抱阳，冲气以为和。

提及人族，就不得不说另一回事。当初，她以渊玉之能建立神州、创造了无数的族群，其中数量最为庞大的，便要数人族、神族、魔族和妖族，她怎么也没想到的是，就在神州创立不久，族群之间却因为争夺资源，使得神魔两族异军突击，成为最极端的两面。这样的局面，迫使她重新反思当年的作为，而实际上，她身为创世神，最大的能力并非创世，而是预言。

通过开启天眼，她预测到千万年后，神魔两族因彼此利益而导致神州覆灭，她打算将最后的渊玉藏起，等待自己的转世重新启用。

而在这之前，她必须努力重新将各族群构架回最初的样子，但可惜，彼时神魔两族之间已经势同水火，他们甚至为此在阪野之地足足征战了三年，惹得天降红雨，血流成河。神魔两族的死伤之气久久盘踞于划分天地的衔天之柱，终于引得天柱断裂，无数生灵命丧黄泉。

大战之后，天地生灵萧条，山河一片悲歌。

为了重新修补神柱，青姬只得穷尽渊玉之能，整整七七四十九日不眠不休，终因神力枯竭而消散于天地之间。

青姬仙陨后三万年，在那场古战役中残存下的族群各自繁衍，终于再次形成神、魔、人三足鼎立，妖族偏安一隅的局面，而这些族群的后人为了警示当年之事，便将它们记载于各自的秘辛中。

水镜中的画面呈现至此，风黎也忽然记起了他曾在魔族海底城中惊鸿一瞥的画面，它们虽在经年的岁月中被洗涤、被淡化，但依旧无法抹去它们当年的震撼。

身着青衣的高贵女子手捧一掬灿然星河，她漆黑而美丽的眼眸在流着无声的泪滴，但靠向通天神柱的手却并不止歇地将星河慢慢盈溢其周身。

在那时，他本就应该猜到，青姬的宿命，便是为天地而生，为天地而亡。

至于渊玉，便是重新开启她成为青姬的宿命。

原来如此。

原来在那日之后，她便开始对自己若即若离，原来，那时她便已知道，自己命不久矣。

他这一生都未曾如此疯狂过，还是为了一个女人。

一个可爱又可敬的女人。

他爱的女人。

记忆球已经提示了他当初未曾看见的画面，但最终停止的，却是她谨慎又笨拙地吻着自己的画面。

那个吻，大概已是她的心意和抉择。

他屏息，仿佛唯恐画面破碎。他大步踱至她身边，漆黑中，她的眼眸凝望着自己，犹如星辰或曙光，她的睫毛微微颤动，这大概是她现在唯一能做出的动作。但当他仔细看时，便会瞧见那里面噙着泪珠，此前他还从未见她哭泣过，甚至露出过度悲伤的表情。

所以这一刻，他的心像被什么东西给生生拧了一下，瞬间狠狠痛了起来。

他伸手抚上她的脸颊，仿佛捧着什么稀世的珍宝："小君，从今以后，再也不会有人打扰你了。只是，记得以后睡觉前，别再看那些仙宫本了，对、对身体不好……"他说着一顿，明明是尴尬的话，却被他说得嘴角微翘起，他伸手去触她的睫毛，那睫毛细长如扇面，却也像是一根根柔软的刺，一不留神便扎进了他的心窝里，"那些男欢女爱，我这辈子无法让你理解，来世，如果真有来世……"

他的话没说完，或许已经不知道该怎么说了，他捧住她的后脑勺，嘴唇赫然封上了她的。

顷刻间，"蜃楼"中的静止状态被解除。耳畔，水晶瓶中的星云碎裂，珍宝古玩、成排的木架倒地声不绝于耳，一股庞大到不可逆的力量自地心而来，依稀中，他听见她在自己耳边轻嚅，却是不知说的什么，仅仅能感知到手指与她的紧紧相扣。

一点鲜血覆上双目，云枢不及躲闪，便被杜君恒猝然强大起来的气场生生压制。

"云枢，事已至此，你还有何话可说？"她站立在那股磅礴的源自洪荒时代的气团中央，羽裙猎猎，红发冲天，如神如鬼如修罗。

"成王败寇，我还有什么可说的？"仿佛不可控般，他的身体随着她一语落下，骤然被身后的水镜莫名吸引去，"可我不明白，你为何要精心设下这局，而不选择直接杀了我？"

他双目通红，坤眼之力已经到了极限，但可惜，他越是挣扎，那股束缚他的力量似乎就越大。

"云枢，这万年来，你扪心自问我待你如何？"杜君恒深吸了口气，手指不自禁地抚摸上怀中已然瘫软的风黎的脸庞，但她的视线并未移开，仍旧是牢牢盯着云枢，仿佛在等一个回答。

"但那又怎样？"他咬牙，胡乱挥动着手中的赦生剑，那把她赠予他的绝世名剑，那名剑秋水鸿光，却沾着他和她的血，仿佛是最绝妙的讽刺。

“君恒——”他死死盯着她，嗓音却低了下去，“你生来便是神，再不努力，也能被人推上神尊之位，可我呢？我比你努力十倍不止，却还是得不到我想要的。”

他握紧拳，喉头干涩，目光仿佛要一寸寸钉入她的魂中：“你知道吗？我送你的白斛生，其实还有另外一层意思。”

见此花者，诸恶去除。如今这句话，竟也成了最绝妙的讽刺。

“它的另外一层意思：我足以与你相配。”话音落，他突又高笑起来，“君恒，我知你一直当我是朋友，是好友，但是你觉得，这个世上真有如我这样的朋友吗？你可知我有多少次可以杀你，又有多少次，眼睁睁看着那机会白白溜走。呵，我知道，现今说这些，你也是不信的。”

“你不说，又怎知我不会信？”

“好，既然你问了，那不如索性我都告诉你。”他深吸了一口气，终是道：“君恒，我有多恨你，就有多爱你。我夺走伏雅一双眼睛，你以为我是恨他继承了太枢‘坤眼’的能力，其实我只是羡慕他，羡慕他可以找到两情相悦之人，可我看着你在我面前长大，从女孩到女人，从不解风情到一点点对别人动了心，我却无能为力。”

“无能为力。”他咬牙，一字一痛，一句一伤，“你有你的道，我也有我的，也许这就是天命，是青姬和太枢的，也是你的和我的。”

“但是云枢，我与你最大的不同，也许就是我从来不信命。所以——”话到这儿，连她也不由地为之哽咽，为之动容，但她与他之间，终究要有一个了结，了结这生生世世的循环。

“不论你信与不信，我费尽心力将你锁入这洪荒境界，并不单单因为我们是对手，更因为我们曾经是朋友。”

“呵，朋友。可惜你我今生只能做对手，不能做朋友。”云枢仰天大笑，奈何那笑却是比哭更难看，“小时候，你向问我白首相知犹按剑的故事，也许从那个时候起，就注定了你我今日的结局。只是……”他话音一顿，目光如剑锋出鞘，“你终于是长大了，甚至还学会了用假的檀上弓引我入局，都说青出于蓝。”

“小君，我输了。”他直视她望过来的目光，是那样的从容而淡定，她的气度，又是那样的冠绝四海，犹如皓月当空。原来在不知不觉间，一切早已逆转，而不甘心不认输的，从来都不过是他一人罢了。

“好，真好。”

他牵动嘴角，最后也只回了三个字，而这三个字中有两个字都是好，就仿佛要以此字作为他们万万年情谊的终结。恍然间，杜君恒想起与他初见时的情形，那是在檀城，一座云雾古都，他自拱桥行来，玉簪素袍，清风霁月，他向她作揖，说：“君恒，能认识你，真好。”

她想，也许是时间改变了什么，抑或者，又什么都没改变。

魔族石瑀崖。

巨大的水镜中一片漆黑，周围阵法的咒光已然暗去，万物一片寂静，仿佛方才一切不过是他们所有人杜撰出的传说。

玄镜揉着太阳穴，终于忍不住开口道：“莲神，您能不能别再转圈了？”

话语的另一端，失去月华笼罩的虚白，此刻正如同一条游魂般在他面前飘来飘去。听玄镜这么说，倒真的停了下来，他眨眨眼，欺身上前打量道：“魔尊美人，我说你小弟都快要香消玉殒了，你好像也并不怎么关心嘛。”

“莲神，注意你的措辞。”玄镜的太阳穴忍不住又跳了三跳，他摇摇头，继续道，“方才魔姬的举动想必你也看见了，虽然我小弟的确如你所想选择了与魔姬交换生死，但在危急关头，魔姬却用手指上的那条红线结了个死生的契约。那，可是个生生世世的死扣。”

“呵，红线？”虚白挖苦着皱眉，“我曾以为魔尊多么博学，却连这月老的灵犀红线都不认得……等等，本尊怎么好像记得，自重生以来听得最多的，是我家小君要嫁于魔尊你为妻呢？”

他的话登时让玄镜脸颊一烫，玄镜咳嗽一声，忙向偏处踱了两步，仿佛是为避开这人而唯恐不及。

倒是虚白也丝毫不介意，照旧在各处晃荡，倏地，他顿住了脚步，“咦”了一声，接着微微俯身低头一嗅，突然拍手高喝道：“他们回来了！”

明镜宫中乱作了一团。

不为别的，就为魔族少君再度离家出走一事，事实上，这次出走的不止少君一人，还有他们魔尊的未婚妻：魔姬九姑娘。

天晓得这是怎么一回事，倒是自三日前，莲神意外现身魔族，并与玄镜把盏言欢后，整个魔族上下的气氛都变得分外诡异了。

大家都在猜测魔尊大人究竟是出了什么事，是以所有人都一副噤若寒蝉的模样，明镜宫后殿里，玄镜好容易清走了所有人，这才得以与莲神虚白继续对谈。

他设下隔音结界，再凭空幻出一幅水幕，水幕之上，碧波万顷，月华之下，海天石门在潮水中时隐时现。

蜃楼。

雕花窗外，星辰的光线漏上玉床上年轻男子的面庞，他墨发披散，显得容颜尤其精致俊美，只两道略微邪气的眉紧拧着，嘴唇也似在念叨着什么。

此刻，他正陷入一个深长且百转千回的梦魇中，那梦魇中，枫叶深红，漫山遍野，层层叠叠的红色中，一道端秀的人影自云深处走出。他不知道她是谁，也看不清她的脸，仅仅下意识地要伸手去够，哪知人影没够着，却不慎先摔了个狗吃屎，而等他再抬头时，女子早已经不见了踪影。

他心中急躁，捶胸顿足，奈何喉头干哑，又无法叫出她的名字。

是了，她的名字是？

他蹙眉，两道好看的眉毛只差要打架，可他迷迷糊糊的，还是想不起来，正当此时，他忽觉身体被谁摇动了下，紧接着一个熟悉的声音仿佛从天边传来。

那一声声的，带着哭腔和急迫，可分明是在叫着“老板”。

老板？难道那人是在叫他？

他惺忪睁眼，月色迷离，熏香袅袅，他一抬眼，便看见了她。

总算是看见了她。

她坐在桃木几案前，右手持善琏湖笔，左手则在翻阅蓝封皮的账本，其眸色沉静，犹如古井之光。她身着一袭白裙，比月华还皎洁的颜色，越发衬得她雪肌乌发、眉目端凝。她没有说话，也在静静地看着他。

忽然间，他好像什么都想起来了。

但他偏生又不愿回忆，只想好好体悟当下这一份真真切切，这是一种他从未体验过的、很踏实又很完满的感觉，不再雾里看花，不再虚无缥缈，不再握不住，也不再让人担惊受怕。

可以任这楼阁外风霜雨雪，这楼阁内依旧宁静如斯。

他嘴唇翕动，耳根子虽微微发红，但吐字坚定：“小君，那时那句话，你可以再说一遍吗？”

她淡笑笑，放下湖笔，向他走来：“楼主忘了，我说过，我会保护你的。”

番外·仙踪酿

据说蜃楼多了个老板，还是个女老板，龙毓不信邪，非要去瞧个明白，今夜是三月初九，传闻中海天石门洞开的日子。

封灵海面，千里雾泽，月华隐入云层后，龙毓打了个喷嚏，搓搓鼻尖，趴在祥云上对着那道因自己的喷嚏而裂开的云层缝隙往下瞧了半晌，才大摇大摆地降了下来。

另一边，以整块紫云母为基座雕铸的水镜前，檀香袅袅的蜃楼中，美人榻上的男子对着里头的人影微勾了勾唇。在他的身后，千机手指着水镜，嘴里发出惊讶的声音。

然而饶是如此，杜君恒也依旧不为所动。她坐在不远处的桃木案前，细长的手指静静拨弄着翡翠算盘，桌角上，一盏明月灯笼出淡金色的光辉，越发显得那算盘油青碧润，她的动作行云流水。

但就在她的最后一粒算珠拨停时，海天石门洞开，那人从云海木的夹道中走了进来。这次是位极年轻的公子，他手持折扇，一袭白袍显得风度翩翩，但仍旧是……视线不自禁地落在了杜君恒的身上。

这岂止是落，简直是胶。

风黎叹了口气，想这几年总能看见这样的客人，衣着不凡，品貌上佳，除了……会盯着他的小君多看几眼。一开始他还很不习惯，醋更是没少吃，但日子久了，见杜君恒也没其他心思，也就罢了。

但今天的这位似乎不同，因为这位的目光并非单纯的欣赏，而是夹杂着些许疑惑，好半晌，才开口道："您就是君老板？"

杜君恒抬头看他，淡声答"是"。

结果那人一双眼瞬时便亮了，他上前半步，笃定道："我见过你。"

杜君恒不轻不重地"哦"了声，静等他说后文，谁知他眉头皱起，一朵红云旋即飞上了脸颊。风黎见他这个模样大感不妙，哪知杜君恒这时忽然开口，那话音安安静静的，犹如一枚石子，准确落下了湖心："你是小龙。"

此小龙自然非风黎方才在水镜中看见的白龙真身，风黎沉下张俊脸，且听那人深吸了口气，话头还带着颤音："我是龙毓，南海龙王的三太子……女君，你还记得我？"

原来，他早认出了眼下的这位女老板，便是神族当年的那位女神尊杜君恒。遥想当年，神魔一役即将开启，后又不知因何缘故突然息战，不过那场战争虽未打响，但神族中上神云枢失踪、莲神复位却是不争的事实。

那时许多人都在猜测这或许跟那位突然仙陨的女神尊杜君恒有着莫大的关系，但可惜谁都找不到切实的证据。但现在，曾经的那位女神尊就近在眼前，虽然她的容貌衣着都有所不同，可这又怎么能瞒过他龙毓的眼睛？

他双手紧握成拳，且听杜君恒轻呵一声，几案上的蓝皮薄册也不紧不慢地翻动一页："这位客人，不知您今夜造访蜃楼，所为何事？"

这个神情、这个声音，分明就是当年的女君，龙毓心头狂震，连手指都有些不稳了！他按捺下激动的心情，虽知晓了这个天大的秘密，但也明白她道出了自己的名字，很显然她并不愿将自己的身份告之他人，他垂下眼睫，这才将早已准备好的东西郑重拿出。

霎时间，暖风袭来，一阵奇异的酒香盈满蜃楼，那酒香是如此难以言说，既让人心情愉悦，然而回甘之中，又好似暗藏了些微苦涩，让人觉得仿佛在哪里闻到过，又仿佛并不曾。

"这是……"千机挑眉，没忍住了出声问道。

"这是仙踪酿。"风黎自美人榻上起身，一步步向龙毓走来。他已经打量了这位龙太子许久，正如他所料，这位龙太子必是与小君有所前缘，这才千方百计找到他的蜃楼，甚至还别有心机地弄来了这仙踪酿……

他微微勾唇，将目光对上龙毓："这仙踪酿可是南海龙宫的宝贝，饮之能令人忆起前尘，龙太子，不知你是要以此交换何物？"

许是问题被人一再提醒，这位龙太子的心神方才从女神尊缘何变成了老板娘的疑惑中挣扎回来。他自知失态地咳嗽了声，这才道："半个月后便是我父王的寿辰，本太子来此蜃楼，便是希望能以此仙酿交换楼主的延年珠。"

听罢，风黎心中一声冷笑，想这人连南海龙王寿辰这样的鬼话都编出来了，可见其险恶用心。他负着手，慢慢踱至龙毓的面前，又将那一樽由剔透月光瓶密封着的仙踪酿再三打量，道：“既是如此，本楼主便应下了。千机，去给太子拿东西。”

他如此说着，手上却是一把夺下那仙踪酿，利落取下瓶塞，直直对准那瓶口饮下……

风黎觉得双脚像是踩在了团棉花上，一阵风在耳边徐徐地吹，吹得他时而清醒又时而迷糊，因为，眼前的这个景象他曾经在梦里见过。

这是一个深夜，无星无月，只有一口幽深的井，他就坐在井底，听着潮湿的风在头顶盘旋，似乎也在思索自己是怎么就掉进了这井里？

可他拼命地想，还是想不起来。

夜太黑，他也尝试过幻出法术看清周围，可不知为何都无法奏效，他哀叹口气，用爪子蹭蹭后腿，却惊觉自己居然受伤了，不单如此，还、还变回了原身银耳狐狸的模样！

他摸摸自己的尾巴，借着突然亮起的电闪数了数，不由地又叹了口气。还是很可怜的……只有一尾。

他可是魔族少君，九尾银狐啊！什么时候才能长出九条尾巴呢？他耷拉下狐狸耳朵，用尾巴一下下轻扫着受伤的后腿，但或许因为变回了原身，一切都显得笨拙了，他腾挪了好几次，伤口也险些撕开了好几次。

终于，他发现问题了，原来他是被人用捕猎夹夹住了，只是那条腿被夹住太久，他已经麻木失去了知觉，至于说这个地方，哼，大概就是那些传说中最讨厌的猎人们设下的猎洞！

但是，他是什么时候来到人界呢？

他抓抓耳朵，正想着，忽听一阵急促的脚步声从头顶的地面响起，听这中气十足的声音，多半是个中年男子，不，应该说是个中年莽汉。

莽汉的火把扫过猎洞，当光线照亮的一瞬间，莽汉的咂嘴声也随之落下：“哎，亏老子逮了这么久，今天总算逮到一只。”可等他定睛再一看，却是骂骂咧咧起来，“妈的，还是只狐狸崽子！”

狐狸、崽子？

这人是在说本少君？风黎瞪着他，却被他手上一个石头冷不丁砸中了脑袋，痛得风黎几乎当场龇牙。

“瞪，让你瞪，你瞪个屁！”

莽汉三句不离脏话，当下一个收网，就将他直直从井里吊了出来，边拉着，嘴里还边继续骂道："才这点斤两，就是剥了皮也不晓得能卖几个钱！罢了，明日爷爷带你去市集开开眼！"

他方才说要剥本少君的皮？风黎心中一个激灵，却在那莽汉撤掉捕猎夹的瞬间，痛得晕了过去。

日头从东边升起，鼎沸的人声穿透稀薄的雾气，从四面八方刺入耳膜。

风黎睁开眼，恍见自己竟然被人锁在铁笼子里，公然放在市集上售卖。他微微转动眼珠，且听站在身边一名梳着两髻的稚童拍手道："看，它醒了，它醒了耶！"

废话，本少君再不醒，就要被你们当猴子看了！他在心中哼哼，一条腿也痛得哼哼，清醒过来后，他那干瘪的肚子旋即也咕咕叫了起来，他手按下软塌的肚皮，只听那小孩儿叫得更欢了："阿爹，它动了，你看它居然动了耶！"

他无语地别过脸，不想再听那稚童胡言乱语，然而饶是此，周围的议论声也并不停。有悄悄议论他居然生了对银耳朵的；有向那陈姓的猎夫讨论他究竟值多少钱的；更有趁人不注意悄悄向他塞了根胡萝卜的！

他不是兔子好吗？他是狐狸，他是要吃肉的，吃肉！

他狠狠瞪了那人一眼，却听又一人向那张姓的猎夫讨价还价了："你看这狐狸崽毛色不纯，生得又这般瘦小，就算是给我家夫人做皮袄子也不够料，你不如便宜点卖给我，反正你看这里这么多人来问价的，却没一个真心要买的。"

什么叫这么多人来问价，却没一个真心要买的？敢情他堂堂魔族少君都成了卖不出去的了？风黎气得七窍生烟，就差揭竿而起了，奈何他此刻法力尽失，只能一下下有气无力地撞着铁笼子。

"敲什么敲，再敲老子就把你给剁了！"听他这边闹出动静，陈姓猎夫立时走来冲他大吼道，"不过是一只狐狸崽子，居然也有脾气，真是邪性了！"

"这邪性的狐狸崽子我要了！"

哪知他才说完，就听一道笃定的男声从人群后传来，那陈姓猎夫还在狐疑这么远那人怎么就能听见他说话的，便见那位书生扮相的白袍公子犹如分花拂柳而来，出众的气质瞬间将周围的人群都衬成了背景。

然而他的出现，却霎时让风黎倒抽了口凉气，这哪里是什么书生公子？这分明是化了男形的杜君恒！

杜君恒今日心情很不错，因为云州一行，让她白捡了只狐狸，哦不，是"买"了只狐狸，还是一只幼年的狐狸崽。

瞧那小家伙浑身雪白的毛，尤其后腿还带了伤，走起路来一颠一拐的，那楚楚的小模样看得人简直觉得这伤应该更狠些、重些才好。

不过想归想，在回到来福客栈后，她还是很快将它治好了，倒是它那一脸惊恐地看着她施用仙术时的模样，不由地让她心生得意。

毕竟畜生就是畜生，给吃给喝就已经该摇尾巴了，况且还是这施法治疗？

她勾着唇，嘴里还哼着小调，招手示意它过来：“今日本公子救了你，按照戏文上的规矩，你就该以身相许了。”

以身相许？风黎脑中闪过了一道霹雳，他摇摇头，下意识地要退后，哪知就被她一个倾身，果断抓进了怀里：“小畜生，既然你以后就是我的了，那我该给你起个什么名字好呢？”

小畜生？风黎脑中再次闪过一道霹雳，而这接连两个霹雳，不单惊得他头晕眼花，让他对自己原来早就遭际过杜君恒的事实难以消化。

“若不然，还是叫小狐狸吧。”

沉吟了半晌，杜君恒这才道，她似乎很满意这个名字，连连啧了好几声。也是在凑近了，他才闻到她身上隐约的体香，似药苦似花香，迷得他一时间居然忘了要反抗，只晓得呆呆地看着她，他已经不记得她这个模样了，还是十六七岁的杜君恒……

尚没有成年后的那般四平八稳眼风沉静，只有幻了男身，依旧带着神气。

“走，去睡觉。”她懒懒地打了个哈欠，居然说睡觉就要去睡觉，她将他抱起，又捏了把他腹下软软的肉，自言自语道，“嗯，还是得养胖点好。”

风黎：“……”

熄了灯，并不多时，她就睡着了。她的睡相很安静，只是手臂将他压着，以免他逃跑，这点让他不那么自在。夜风送入阵阵清凉，窗外蝉声时起时伏，倒是脑海中的事也慢慢浮想起来。

他想起来了，当时是因为泷姬消失了，他在魔族找了许久也没有结果，心灰意冷下，这才偷偷来到了人界，却忘记魔族中人在未得到许可的情况下贸然进入，是会被打回原身且法力尽失的。

这下可好，他要回不去了。

他耷拉下耳朵，静静地看着夜里的杜君恒，她的呼吸匀长，他低低嗅了好一会儿，心里也好像并不那么难过了。只是，她想必是不会对一只毛团产生什么爱意的，她不过是把他当作宠物在养，毕竟她这人向来爱惦记别人家的、未成年的小动物，他也不是第一次知道这事。

他用小脑袋蹭了蹭她的胳膊，她的手臂微微松开些，嘴里喃喃着："小狐狸，别闹……"

仲夏的梦总是深长，次日天光拂晓，一阵悠长的歌声落入他敏锐的狐狸耳朵里。那个声音忽远忽近，烟色的软帐被风轻轻扬起一角，他在惺忪中看见她的一双纤细白皙的玉足，仿佛踩着某个节拍，在晨风中舞蹈。

他从未见过她舞蹈，并不算得多么优美，但就是让人看了一眼，就再移不开视线了。

忽然间，他就清醒了。

就好像所有的时光到此停止，所有的记忆消失不见。唯有眼前这若隐若现的身影，这放浪形骸的舞姿，这飞扬如瀑的青丝，还有她手里这把秋水惊鸿的长剑。

迥然不同于泷姬的柔媚低回，她是英气的，像出鞘的剑光，但她又是飘忽的，像簌簌的飘雪，即使握住了，又很快会消失不见。

此情此景，只像是一场别开生面的、盛大的相逢。

陡然间，她的剑舞停止了，她以三尺剑锋挑开软帐，冲他勾唇一笑："小狐狸，你偷看我多久了？"

他哑然，霎时满脸通红，只恨没有一条缝钻进去，可惜在这之前，他的嘴唇就被递来了一壶酒，一壶……不该是女人喝的酒。

"小狐狸，来，尝尝。"他眨眨眼，咕咚被灌下一大口，瞬时辣得他舌尖都在颤。她则放声大笑，笑得整个人都犹如拨云见日般地明媚起来，她歪着头看他，目光里三分好奇七分得意，仿佛在说：不错，不愧是我的狐狸。

但他又岂止是一只狐狸啊，想到这儿，他又不禁沮丧起来，沮丧得连狐狸毛都好像没了精神，倒是她也没留意，单手将他抱起来，用指尖轻轻弹了一弹他的额头："你呀……"

她的话并没有说完，然而他的心不知怎地，好像忽然也轻了一轻。

风黎喝醉酒了，从来没有过的，仿佛所有的世界都变成了两个。一个是光，一个是影，一个是实，一个是幻。

迷迷瞪瞪地，他又开始做起梦来，他没法说话，只能发出难听的怪声。但其实他是想说的，他想说自己不是一只狐狸啊，可你怎么就不知道呢？他还想说，他其实不是那么容易醉酒的，但也许，因为这是人界的酒。

皇兄说过，人界的酒，是这个世上最玄的东西，可以让人想起一切，又让人忘记一切，所以这样的东西，其实也是毒。

他定是喝了毒才会这样，果然，她不是什么好女人。他在心里愤愤地想，可他想着想着，又觉得浑身都舒服起来，周围热气腾腾的，还有一只温柔细长的手，在帮自己有一下没一下地按着。

冷不丁地，他忽然就睁开了眼，原来房间还是那个房间，只不过多了个盛满热水的大木盆，他大半个身子浸泡在这木盆中，水汽氤氲，他果然就看见了一只细长的手穿行在水雾里。

那清雅的皂香萦绕在她的指尖，她的手指轻轻擦洗着他的身体。

突然间，他反应过来了，是她，一定是她！

他还从未被一个女人如此碰过身体，顿时便不安甚至躁动起来，热水更是当下便洒了一地。她自然生气，一下子就将他拎了起来，拧眉轻喝道："小狐狸，不许动！"

但她这样说，他却是该逃了，也不知是哪里来的力气，他这次居然挣脱了她，他四爪并用，跑起来飞快，他甚至撞开了虚掩着的门，一路向楼下跑去。

那客栈里的人哪里见过这阵势？转眼间桌椅倒地，刚摆上桌的酒菜被撞翻，整个客栈都鸡飞狗跳起来。但他只顾着跑，自然就瞧不见她身边突然多出了一名英俊男子，那男子拦住她，而她也就没及时追上来。

时间不知过了多久，他终于停了下来，他钻进一家卖馄饨的小店里，躲躲藏藏的，却几次被人当作野狗赶了出去。

天渐渐黑了，他流浪在这座陌生的人界小城里，倒真像是一只被人遗弃的小狗。他觉得有点想她，毕竟，他还不知道她的名字呢。

可他已经回不去了，就像回不去他的魔族一样。

他耷拉着狐狸耳朵，仿佛想要以此伪装自己。在路过河道时，他看见一盏河灯顺流而下，水流湍急，飘忽的烛光很快被湮灭。

他在心中叹了口气，却在抬头时突然就瞧见了她，远远地，她站在石桥上，再扎眼不过的一身白裙，正与另一名谦雅温文的蓝衫公子交谈甚欢。

很显然，她是已经忘记了他，忘记了这个收养不过一天一夜的"宠物"。

但这样其实也好，毕竟人生很多时候就是一场又一场来不及说再见的离别。

他吸了吸鼻子，甚至尚不及抹去眼角不自禁涌出的泪滴，忽地一阵花香飘至面前，再来便是一道久违的女声，在夜风中似嗔似笑："看了这样久，也是时候回家了。"

附《檀上弓》小说同名主题曲歌词

作　曲：恒曌
作　词：羽笑然
演　唱：W.K.
配　音：旁白 - 阿册　君恒 - 鬼月　云枢 - 轩 ZONE
海报君：徒夫
歌曲混音：Eric. 周
人声处理：慕染°

那是在檀城，一座云雾古都，他自拱桥行来，玉簪素袍，清风霁月，他向她作揖说："君恒，能认识你，真好。"

那是在檀城一座云雾古都
种下心香几束
屋檐下的雀替　廊桥边的檐柱
比你我还相熟

我酿来酒一壶
你恰好曾赏脸同路
走过漫长的日暮
千年角逐也作尘土

莫辞酒　暂相留
听我翻弦说从头
纵有前缘再牵手

也在风雨吹散后

君恒：那个时候罗浮宫里开了一株白斛生，云枢说白斛生好，象征着见此花者，诸恶去除。但后来我才知道那斛生花也是云枢用术法催开的，大概是觉得太冷清，冷清得没了一丝人情味儿。

云枢：此花者，诸恶去除。

又路过檀城那座云雾古都
岁月先我驻步
屋檐下的雀替　廊桥边的檐柱
风雨剥蚀面目

我推开旧蓬门
只剩人与景共孤独
你说善恶当执孰
严寒几尺也敢只身渡

莫辞酒　暂相留
听我翻弦消永昼
故事里的同白首
借来团圆暖一宿

这盏酒　还如旧
又一年绿肥红瘦
尘归尘的肃秋后
谁还记春时辐辏

当时岁月多温柔

君恒：你现在还会想起那个时候么？

云枢：以为忘了的，到梦里又会记得。